DRACHEN PARKIEREN VERBOTEN

Anna-Katharina Höpflinger und Yves Müller (Hg.)

W0095594

INHALT

Teil II: Drachenauge

Teil III: Drachenherz

Teil IV: Drachenei

DANK

Drachen begegnen uns über die Jahrhunderte hinweg in unterschiedlichen Formen und Rollen: in der mediterranen Antike als mächtige Mischwesen, die die Welt ins Chaos stürzen wollen, als Wahrzeichen der Herrschenden in Asien, als zu besiegendes Böses in christlichen Heiligenlegenden, als Schätze hütende Kreaturen in Märchen und als tolpatschige Sympathieträger:innen in Kinderbüchern.

Drachenvorstellungen haben unsere Welt mitgeprägt. Diese Mischwesen wurden gefürchtet und bewundert. Sie haben Orten Namen gegeben, blicken uns als Wappentiere entgegen und sind auch im Internet allgegenwärtig. Vor allem aber haben sie unsere Fantasie beflügelt und tun es immer noch, wie die Geschichten dieses Buches zeigen.

Mit der vorliegenden Anthologie wollen wir dem riesigen Schatz der Drachengeschichten einen weiteren (Edel-)Stein hinzufügen. Das Buch ist in vier Teile gegliedert: Drachenklaue, Drachenauge, Drachenherz und Drachenei präsentieren Geschichten, die lustig, magisch und fantasievoll sind und manchmal auch zum Denken anregen – nicht nur über Mischwesen, sondern auch über uns. Der letzte Teil, Drachenei, bildet ein Jugend-Special; darin sind Texte von jungen Autor:innen zu entdecken.

Wir danken allen Autor:innen für ihre drachenstarken Geschichten und die tolle Zusammenarbeit. Ein herzlicher Dank geht an Denise Polaczuk für das Lektorat und an Codans für die Illustrationen.

Euch als Lesenden wünschen wir eine spannende und facettenreiche Lektüre: Mögen kräftige Drachenschwingen Euch in phantastische Gefilde entführen!

Anna-Katharina Höpflinger und Yves Müller, Juli 2021

TEIL I
DRACHENKLAUE

DIE DRACHEN

Philip Bartetzko

Sterne voller Leben
Leuchten und bewegen,
Sich rasant
In dunkler Ewigkeit.

In jener Zeit,
In der selbst grosse Könige
Mit stärkstem Schwert und Schilde,
Nutzten jede Möglichkeit
Und jede Magiergilde –
Um den pulsierenden Himmel zu bewachen –
Um sich zu schützen, vor grossen, mächtigen Drachen.

Denn nicht nur Himmelsdrachen, äusserst leicht,
Erklommen hohe Himmelssphären weit.
Mit lautem Gebrüll,
Eiskaltem Blick
Und donnerndem Schrei,
Regierten sie selbst,
Als intelligente Herrscher der Lüfte,
In weit zurückliegender Zeit. –
Welche nun, so scheint's,
Und von Gelehrten prophezeit – wiederkehrt.

Geachtet vom Drachenblut,
Gefürchtet, von allem anderen, was atmete und lebte,
Ragten sie, mit gewaltigen Flügeln,
Für weite Flüge stark heraus –
Und kämpften
Für Gold und alleinige Herrschaft,
Ohne sich zu zügeln, laut.

Kommt bloss jemand,
Den riesigen Drachen
Gefährlich nah –
Ist das, was naht,
Magisch wie im Magierrat.
Ein kleiner Funke erst,
Dann bebt die Erde,
Gewaltig, lauter Donnerknall –
Rasend tödlich schnell, entwickelt sich,
Mächtig nun der Feuerball.

VOM DRACHEN, DER AUSZOG, EINEN ANTRAG ZU STELLEN

Gerhard Schönbeck

Es war ein frostiger Morgen. Die Luft war so kalt und klar, dass man fast ein Stück davon abbrechen hätte können. Träge mäanderte ein Fluss durch das Tal, dampfend in der Kühle des anbrechenden Tages. Hinter einer sanften Hügelkette, die den Talschluss nach Osten hin bildete, ging die Sonne auf und liess die von Reif überzogenen Wälder glitzern. Eine prächtige Stadt, inmitten des Tales malerisch auf beiden Seiten des Flusses gelegen, räkelte sich gleichsam im noch schwach wärmenden Morgenlicht. Nichts deutete darauf hin, welche Gefahr ihr vom nahe gelegenen Bergmassiv drohte – oder man hatte die Prophezeiung über die lange Zeit schlicht vergessen …

Betont majestätisch trat Sigibertus der überaus Schreckliche auf den Felsvorsprung vor seiner Höhle und sog genussvoll die frische Luft ein. Die siebenhundert Jahre Schlaf hatten bei dem Drachen ihre Spuren hinterlassen, dennoch fühlte er sich überraschend lebendig. Von der aufgehenden Sonne geblendet, kniff er seine Augen zusammen, bis er sich an die Helle gewöhnt hatte, und liess seinen Blick dann über die weitläufige Gegend schweifen. Als die Stadt in sein Sichtfeld kam, hielt er kurz inne und betrachtete die golden schimmernden Hausdächer. *Schade eigentlich*, dachte Sigibertus, *sie liegt wirklich entzückend da. Aber was hilft es, Weissagung ist Weissagung. Naja.* Langsam fühlte er die unvorstellbare Feuerkraft in sich aufsteigen, die er für seine Aufgabe brauchte und die er zuletzt vor siebenhundert Jahren, bei der Zerstörung des Dunklen Bergs, eingesetzt hatte. Zeit seines Lebens hatte er sich gefragt, welchen Sinn es hatte, dass er nur alle sieben Jahrhunderte darüber verfügen konnte. Aber bitte. Er streckte sich noch einmal, breitete seine mächtigen Schwingen aus und hob ab.

Nach wenigen Minuten hatte er sein Ziel erreicht und hielt nach einem geeigneten Landeplatz Ausschau. Eigenartig. Der weitläufige Exerzierplatz vor der Stadtmauer war verschwunden, wie ihm jetzt erst auffiel. Stattdessen erhob sich dort ein rechteckiges, furchtbar schmuckloses Gebäude neben dem anderen. Wo war überhaupt die Stadtmauer? Wo der Richtplatz mit den unzähligen Galgen? Verwirrt drehte der Drache ein paar Runden, bevor er beschloss, auf einer grösseren freien Fläche zu landen, auf der einige entfernt Pferdefuhrwerken ähnelnde Dinge abgestellt waren – allerdings ohne Deichsel und seltsam metallisch glänzend. Hier hatte sich in den letzten siebenhundert Jahren offensichtlich manches verändert. Sigibertus blickte sich um. War das wirklich die richtige Stadt? Die Koordinaten stimmten, und sonst gab es in der Umgebung keine vergleichbare Siedlung. Ratlos suchte er die Gegend nach markanten Geländepunkten ab, die ihm aus früheren Zeiten noch bekannt vorkamen, und war heilfroh, als er endlich einen mächtigen Kirchturm ausmachen konnte, der ihm vertraut war. Wenigstens etwas, dachte er und setzte sich in diese Richtung in Bewegung, wobei die Schneise der Verwüstung, die er zu ziehen gehofft hatte, durch die Breite der Strasse nicht so verheerend ausfiel wie angedacht. Auch die ihm entgegenkommenden fuhrwerkähnlichen Was-auch-immer-sie-waren, die ihn zornig antrompeteten und zu raschen Ausweichmanövern nötigten, liessen ihn konsterniert zurück. Aber weiter vorne schien eine kleinere Strasse abzuzweigen, an deren Ende er das alte Stadttor sehen konnte – offensichtlich als einziger Rest der Stadtmauer erhalten geblieben.

Nun denn. Die Prophezeiung sprach von einem alles vernichtenden Feuerstrahl. Dann wollen wir mal. Sigibertus stiess probehalber ein, zwei kleine Flämmchen aus und holte tief Luft.

„Was glauben Sie, was Sie hier tun?" Der Drache wurde jäh aus seiner Konzentration gerissen und wendete seinen Kopf in die Richtung, aus der die Stimme kam.

„Bitte wie?", fragte er perplex.

„Inspektor Korbmayr, Polizei Drachenbrück. Noch einmal: Was glauben Sie, was Sie hier tun?"

„Ähm, da gibt es diese alte Weissagung, sehen Sie, und ich …", setzte Sigibertus zu einer Rechtfertigung an, doch der Beamte dachte nicht daran, ihn ausreden zu lassen.

„Papperlapapp. Sie sind offensichtlich dabei, eine pyrotechnische Vorführung mit historischem Bezug unter Heranziehung riesenhafter reptilienähnlicher Strukturen abzuhalten, und ich bezweifle stark, dass Sie die dafür nötige behördliche Genehmigung vorweisen können."

„Die was?", hakte der Drache verdutzt ein.

„Das dachte ich mir", versetzte der Inspektor streng und irgendwie selbstzufrieden. „Für pyrotechnische Vorführungen

mit historischem Bezug unter Heranziehung riesenhafter reptilienähnlicher Strukturen ist eine Genehmigung des Kultus-
amtes einzuholen. Eine solche liegt hier offensichtlich nicht vor,
daher habe ich Sie aufzufordern, Ihre Darbietung sofort einzu-
stellen."

„Einen Moment, ich …" Sigibertus versuchte erfolglos, eine
Atempause des Beamten zu nutzen.

„Habe ich mich undeutlich ausgedrückt?", fragte Korbmayr
scharf. „Sie haben zwei Möglichkeiten: Entweder Sie besorgen
sich eine Genehmigung beim Kultusamt, Poststrasse 14a, oder
Sie ziehen ab und lassen sich nie wieder hier blicken, ist das klar?
Ansonsten wird das Folgen für Sie haben, die ich Ihnen nicht
wünsche."

Sigibertus wägte ab, ob ein Beharren auf seiner Position die Sache im Hinblick auf nicht einschätzbare Konsequenzen wert
war und entschied sich dagegen. „Poststrasse 14a, sagten Sie?"

„Na also", meinte der Inspektor fast schon versöhnlich. „Und
passen Sie in der Altstadt um Himmels willen mit Ihrem Schwanz
und Ihren Flügeln auf!"

Der Backsteinbau an der Poststrasse, einem um die Jahrhun-
dertwende angelegten Prachtboulevard, wirkte wenig einladend.
Sigibertus folgte den Anweisungen auf dem Eingangstor und
drückte mit einer Krallenspitze auf den Klingelknopf.

„Amt für Kultusfragen, ja bitte?", meldete sich knackend eine
dumpfe Stimme aus dem Lautsprecher. Der Drache fuhr erschrocken zurück, verlor die Kontrolle über seinen Feueratem
und versengte den Eingangsbereich.

„Was in Dreiteufelsnamen geht hier vor?", ertönte nach kurzer
Zeit dieselbe Stimme, nun deutlich klarer, von oberhalb. Sigibertus blickte ratlos umher.

„Erster Stock", präzisierte die Stimme. Sigibertus folgte dem Klang und hob seinen Kopf, bis er einer mittelalten, blondierten Frau in die Augen sah, die neugierig aus dem Fenster spähte.

„Ähm … Ich brauche eine Genehmigung für …"

„Lassen Sie mich raten: für die Abhaltung pyrotechnischer Vorführungen mit historischem Bezug unter Heranziehung riesenhafter reptilienähnlicher Strukturen", vollendete die mittelalte Frau, nachdem sie Sigibertus eingehend gemustert hatte.

„Ja, genau", antwortete der Drache erleichtert. „Bekomme ich hier sowas?"

„Jein", gab die mittelalte Dame kurz angebunden zurück. „Das Kultusamt ist dafür zwar zuständig, der Antrag für die Genehmigung ist aber online einzureichen, unter wewewe-Punkt-kultusamtdrachenbrueck(u-e, zusammengeschrieben)-Punkt-ge-o-vau-Schrägstrich-pyrotechnische-Unterstrich-vorfuehrungen(u-e)."

„Bitte?" Sigibertus starrte die mittelalte Frau entgeistert an.

„Ein Onlineantrag. Unter wewewe-Punkt-kultusamt …"

„Was ist ein Onlineantrag?", unterbrach Sigibertus verzweifelt.

„Ein Antrag übers Internet", erläuterte die mittelalte Frau. „Haben Sie noch nie irgendwo auf einer Homepage etwas bestellt oder so?" Ein Blick in die grossen, wässrigen Augen des Drachen sagte der Beamtin, dass genau das der Fall war. Ihr Gesichtsausdruck wurde weich. „Wissen Sie was? Ich schicke Ihnen einen Bekannten von mir vorbei, der arbeitet bei der hiesigen Telekommunikationsgesellschaft und kennt sich aus. Bis dahin gebe ich Ihnen unseren Leitfaden für die Antragstellung mit. Da steht alles drin – Unterlagen, Kontaktadressen für Fragen und so weiter. Wenn es Probleme gibt, melden Sie sich einfach."

Dankbar nahm Sigibertus den Leitfaden entgegen und wandte sich zum Gehen.

„Und passen Sie um Himmels willen mit Ihrem Schwanz und Ihren Flügeln auf!"

So. Verbindung herstellen – läuft. Dann gehen wir's mal an. Sigibertus schlug den Leitfaden auf und tippte die Internetadresse ab. Wo musste er jetzt hin? Ah ja, hier: Anträge → pyrotechnische Vorführungen → Formulare. *Wird ja.*
Der Bekannte der blonden Frau hatte sich als Glücksgriff erwiesen. Mit unendlich scheinender Geduld hatte er den Drachen beim Erwerb eines schnittigen Laptops mit extragrossen Tasten beraten, für die Verkabelung der Drachenhöhle gesorgt und Sigibertus auch noch erklärt, was es mit dem Internet auf sich hatte. Dieser hatte sich als gelehriger Schüler herausgestellt, der die Unterweisungen des Computerfachmanns begierig in sich aufgesogen hatte. So hatte es nur wenige Tage gedauert, und der Drache war technisch auf der Höhe.
Was für eine Zeit, in der wir leben, dachte er fasziniert.
Sigibertus blätterte weiter. *Formblatt Seite 1 – Grunddaten. Vorname: Sigibertus. Nachname: der überaus Schreckliche. Ungültiges Format? Mist. Also: Vorname: Sigibertus, Nachname: Überausschrecklich. Na bitte.* Er kam richtig in Fahrt. *Adresse: Drachenhöhle … Eins.* Das musste reichen. *E-Mail: sigibertus002@yahoo.com.* Was jetzt? Beschreibung der geplanten Darbietung. Es war unter Umständen nicht opportun, allzu streng bei der Wahrheit zu bleiben. *Hmm … Zurschaustellung eines Feuerspektakels mit anschliessender Erleuchtung der Stadt, zur allgemeinen Hebung der Stimmung.* Ja, das klang gut.
Nächster Punkt: Beizubringende Unterlagen und Dokumente. Mal sehen … Bescheinigung der Befähigung zum Umgang mit pyrotechnischen Gegenständen. Sigibertus sah sich in der Höhle um. Irgendwo musste doch noch die Chronik aus dem Jahr Dreizehnhundertzwanzig liegen … Da war sie ja: „… Untt der Linndenwurm warph sich

in die Lüffte untt gar helle Flammen züngelten woll aus seinem Maule, untt der Dunkle Berg ward nicht mehr." Sigibertus wurde es auch nach all der Zeit warm ums Herz, als er die Schilderung seines damaligen Angriffs las. Einscannen, hochladen und fertig. *Wenn das nicht einschlägt, weiss ich auch nicht.*

Dann: Impfzeugnis — insbesondere Tetanus. Wie bitte? Wie stellten sich die das vor? Woher sollte er das bekommen? *In Ordnung, frag Meister Google. Tierärzte im Raum Drachenbrück mit Spezialisierung auf Reptilien. Sehr schön. Terminvereinbarung — nächster freier Termin in drei Wochen?! Du liebe Güte. Aber bitte, erledigt. Gottseidank kann ich das nachreichen. Ziemlich anstrengend, das Ganze. Was noch? Lichtbild. Habe ich keins, aber das Bild aus der Chronik muss reichen. So. Klick und weg.*

Endlich. Lange genug hatte es gedauert. Es war ein erhebendes Gefühl, die Genehmigung und die Terminreservierung für eine Darbietung am heutigen Tag nach fast zwei Monaten endlich in Händen beziehungsweise Klauen zu halten. Dass sie in Papierform eingeschrieben per Post gekommen war anstatt an die eigens angegebene E-Mail-Adresse, verbuchte Sigibertus unter Treppenwitz der Weltgeschichte, liess sich davon seine Freude aber nicht nehmen. Jetzt stand der Erfüllung der Prophezeiung nichts mehr im Weg. Eilig machte sich der Drache fertig und brach auf in Richtung Stadt. Herrlich. Es war mittlerweile Frühling geworden. Die Sonne hatte deutlich an Kraft gewonnen, ihre Wärme liess das Land gleichsam bersten vor Betriebsamkeit und neuem Leben. *Eigentlich seltsam*, dachte Sigibertus nachdenklich und liess seinen Blick über die blühende Landschaft schweifen. *Die Welt erwacht zu neuem Leben und ich bin gerade dabei, Leben auszulöschen … Sei's drum, es gibt Arbeit zu erledigen.*

Betont sanft setzte der Drache auf dem Platz vor dem Stadttor auf. Das war ja klar. Endlich hatte er seine Genehmigung und jetzt war keiner da, der sie kontrollieren würde. Egal. Sigibertus holte Luft und aktivierte seine Flammendrüsen.

Nichts.

Noch einmal. Luft holen, Flammendrüsen aktivieren.

Wieder nichts. Seine Nüstern erwärmten sich zwar, aber das war es auch schon.

Das durfte nicht wahr sein. Hektisch überprüfte Sigibertus seine pyrotechnischen Funktionen. Keine Reaktion. Was zum …?! Okay. Ganz ruhig. Keine Panik. Vielleicht kurz warten und dann noch einmal versuchen.

Nichts.

Verdammt. Verdammtverdammtverdammt. Das Feuer konnte doch nicht jetzt schon wieder versiegt sein! Was sollte er tun? Geordneter Rückzug war angesagt und dann in Ruhe überlegen. Sigibertus hob ab und eilte zur Drachenhöhle zurück, doch obwohl er sich den ganzen restlichen Tag den Kopf zermarterte, kam er auf keine Lösung. Frustriert nahm er sein Exemplar der Prophezeiung zur Hand und blätterte nach.

„Und es wird sich begeben im Jahr tausenddreihundertvierundzwanzig nach der Einbalsamierung des königlichen Schosshundes", *wer auch immer diese Zeitrechnung eingeführt hat*, dachte Sigibertus kopfschüttelnd, „dass der Drache mit drei goldenen Hörnern Drachenbrück mit einem alles vernichtenden Feuerstrahl auslöschen wird", rezitierte er. „Am Ende des Tages wird die Feuerkraft des Drachen versiegen und er wird mit der verbliebenen Restwärme Fruchtbarkeit über das Land bringen."

Tatsächlich. „Und was heisst das jetzt?", fragte sich Sigibertus laut.

„Das heisst, dass du Armleuchter es vergeigt hast!", meldete sich eine Stimme, von der der Drache nicht mit Bestimmtheit sagen konnte, woher sie kam. Er fühlte eine eigenartige pulsierende Verdichtung der Atmosphäre im Raum, als wäre jemand da, aber auch wieder nicht. Dann erschien einem Hologramm gleich eine hochgewachsene Gestalt, angetan mit einem groben Stoffumhang.

„Wer bist du?", fragte Sigibertus vorsichtig.

„Ich bin der Prophet, von dem die Prophezeiung stammt", antwortete die Gestalt. „Das heisst, ich war es. Dummerweise finde ich die ewige Ruhe erst, wenn die Prophezeiung erfüllt ist, was mich auch geradewegs zum Punkt führt: Meine schöne Weissagung ist ruiniert! Welcher Teufel hat dich geritten, nicht sofort loszulegen, als du die Gelegenheit dazu hattest?"

„Ich kann nichts dafür!", versuchte Sigibertus sich zu rechtfertigen. „Ich musste erst eine Genehmigung einholen, und das dauert halt."

„Eine Genehmigung? Seit wann braucht ein Drache von deinen Ausmassen eine Genehmigung?"

„Aber ich …"

„Schluss jetzt!", beendete der Prophet kategorisch die Diskussion. „Was passiert ist, ist passiert. Ich werde die Weissagung anpassen. Es wird zwar mühsam, die Chronik und die begleitenden Schriften umzuändern, aber es wird sich schon ausgehen. Folgendes: Ich füge davor einen Absatz ein, dass du jetzt nur deine Feuerkraft ausprobiert hast, für siebenhundert Jahre zum Wiederaufladen deiner pyrotechnischen Akkus von der Bildfläche verschwinden wirst und wenn du deine Feuerkraft wieder hast, die Stadt dem Erdboden gleichmachst. Anschliessend wirst du das Land wieder aufbauen, wie ursprünglich vorgesehen."

„Ist das nicht etwas konstruiert? Und ausserdem: Fällt das nicht auf, wenn sich die Chronik plötzlich ändert?", wandte Sigibertus ein.

„Hast du das Ding jemals ganz gelesen?", fragte der Prophet zurück. „Das ist ein Ungetüm. Acht Bände, zwölftausend Seiten. Im Detail nicht zu durchschauen, vor allem was Jahreszahlen angeht. Wenn sich einer der Gelehrten auf eine Stelle beruft, wird er von mindestens fünf anderen widerlegt. Da macht eine kleine Änderung das Kraut nicht wirklich fett. Es sollte nur gut ausgearbeitet sein, damit es nicht zu Widersprüchen mit anderen Schriften und der Sekundärliteratur kommt. Aufwendig, aber machbar."

Sigibertus begann der Kopf zu schwirren.

„Jedenfalls müsste es so hinhauen", resümierte der Prophet zufrieden. „Hast du das verstanden?"

„Ich …"

„Ob du das verstanden hast!", herrschte der Prophet den Drachen an.

„Jaja", maulte Sigibertus.

„Was wirst du tun?"

„Ich lade meine Akkus auf und mache die Stadt nieder. Eine Genehmigung habe ich ja jetzt", antwortete der Drache verdriesslich.

„Versuch nicht, mich zu verarschen", drohte der Prophet. „Ich habe dich im Auge!"

„Jaja", murrte Sigibertus noch einmal.

Von einem mächtigen Schwerthieb enthauptet, sank der Bergtroll zu Boden. Der Krieger in der Drachenrüstung bückte sich, um eine Phiole mit Lebenselixier und zwanzig Goldmünzen aufzuheben, die das Monster hatte fallen lassen, als aus dem Hintergrund ein schwaches Piepsen an sein Ohr drang. Vorsichtig hob er den Kopf und versuchte, die Richtung zu ergründen, aus der das Geräusch kam. Nicht auszumachen. Naja. Rasch verstaute der Krieger die Beute in seiner Tasche und setzte seinen Weg zum Dunklen Gebirge fort.

Wo kam nur dieses nervige Piepsen her? *Ach, der Timer ist aktiviert. Ist es schon Zeit? Mal sehen … Noch fünf Tage bis zu meinem grossen Auftritt.* Sigibertus deaktivierte den Alarm. Daran würde er auch ohne Erinnerung denken.

Moment. Noch fünf Tage?

Wie lange hatte er gespielt, um Gottes willen? Sechshundertneunundneunzig Jahre und dreihundertsechzig Tage zeigte der Timer an. Nicht schlecht. Aber das Spiel war wirklich packend, und schlafen hatte Sigibertus nach der Tirade des Propheten ohnehin nicht können. Um den Kopf frei zu bekommen, hatte sich „Krieger und Drachen" geradezu angeboten. Der Computerfachmann hatte in höchsten Tönen davon geschwärmt und es beim Aufsetzen des Laptops gleich mit installiert. Sigibertus hatte vor kurzem Level siebzigtausendeinhundertsechs erreicht, und noch war kein Ende in Sicht – es gab immer neue riesige Höhlen, düstere Wälder und herausfordernde Verliese zu entdecken. Das Spiel lud dazu ein, sich rettungslos darin zu verlieren …

Gerade jetzt stand er vor einem unheimlich aussehenden Portal und konnte sich nicht entscheiden, ob er es betreten sollte oder nicht. Hatte er schon den Schöpflöffel der Macht? Kurzer Blick ins Inventar … Ja, da war er. Also los.

„Ähem."

Auf dem Bildschirm materialisierte sich eine Figur, die entfernte Ähnlichkeit mit jemandem hatte, den Sigibertus vor langer Zeit gekannt hatte, und versperrte den Weg. Auch die Stimme kam ihm merkwürdig vertraut vor – konnte das wirklich …? Nein.

„Ich rede mit dir!"

Er war es doch. Was zur Hölle war denn jetzt wieder los? Sigibertus würde das Zeitfenster schon nicht vergessen.

„Hättest du nicht vor zwei Wochen die Stadt niederbrennen sollen?", fragte der Prophet verärgert.

„Vor zwei Wochen? Ausgeschlossen, ich habe noch fünf Tage", entgegnete der Drache.

„Sieh mal auf den Timer."

Siebenhundert Jahre, vierzehn Tage. Das durfte nicht wahr sein.

„Ich habe dich um eine einzige Sache gebeten. Und bevor du fragst: Nein, es geht nicht mehr. Das Zeitfenster ist wieder zu."

„Jaja", gab der Drache trotzig zurück und schielte am Propheten vorbei auf das Portal.

„Was heisst ‚jaja'?!", fragte der Prophet.

„Mache ich gleich, wenn ich mit dem Dungeon fertig bin."

„Bekommst du eigentlich mit, was ich dir sage?", brauste der Prophet auf. „Ich habe zwei Prophezeiungen machen müssen, weil du es nicht fertigbringst, eine simple Aufgabe zu erledigen. Noch einmal tue ich mir das sicherlich nicht an. Es ist zum Auswachsen. Ein einfacher Feuerstrahl und die Sache hätte sich gehabt. Aber nein, der feine Herr Drache zieht es vor, sich die Nächte um die Ohren zu schlagen und alles um sich herum zu vergessen. Hörst du mir überhaupt zu? Tu bloss nicht so, als würde dich das alles nicht interessieren. He! Was soll das? Lass gefälligst das Schwert unten!"

Sigibertus hielt kurz inne. Dann zuckte er die Achseln, rammte der Figur seinen Zweihänder in die Brust und betrat das Portal.

SELBSTHILFE-
GRUPPE FÜR
ALTERNATIVE
ENTITÄTEN

Katherina Heinrichs

Stufe um Stufe schleppe ich mich die Wendeltreppe hoch. Das Klopfen meines Krückstocks hallt durch das Gemäuer. Lächerlich. Warum ein Turm? Richtig, das war damals Rapunzels Idee gewesen. Sie ist schon lange nicht mehr dabei, hat ihre Essstörung mit meiner Unterstützung gut in den Griff bekommen. Wenn ich etwas kann, dann ist es backen. Obwohl Rumpelstilzchen mir neuerdings echte Konkurrenz macht.

Endlich komme ich an. Wenn man vom Teufel spricht. Aber der besucht gerade seine Grossmutter. Rumpelstilzchen sitzt schon in der Ecke, wie gewohnt überpünktlich. Berufskrankheit. Es muss immer wissen, was wo abgeht. Mein Blick fällt auf den Tisch neben der Tür. Nektar, Ambrosia und Kaffee. Rumpelstilzchen hat Doughnuts mitgebracht. Doughnuts.

„Du guckst zu viele amerikanische Krimiserien", murre ich und hinke zu meinem Stuhl. Seit der Geschichte damals ist meine Hüfte auch nicht mehr das, was sie mal war.

„Aber sie werden in Schweinefett ausgebacken. In Schweinefett!", schwärmt das Männchen.

Ich blicke ihm streng in die verklärten Augen. „Du hast doch wohl nicht …? Die drei …?"

„Nee, nee, keine Sorge. Ich hab' das Fett beim Metzger geholt. Bei mir um die Ecke gibt es zum Glück noch einen." Rumpelstilzchen wird ewig im Gestern hängenbleiben. Weshalb es auch kaum noch Geschäfte macht. Ohne Smartphone, ohne Internet und Facebook kann es einpacken.

„Schweinefett? Im Ernst? Nimm lieber Kokosöl, das ist viel gesünder." – „Kannste in Kokosöl auch frittieren?" – „Ich habe es noch nicht ausprobiert, aber du solltest auf jeden Fall ein Pflanzenöl …" Und schon tauschen Rumpelstilzchen und das gerade eingetroffene Heinzelmännchen Backtipps aus. Ich schüttle den Kopf und erinnere mich an das letzte Adventsbacken. Wir drei sind uns beinahe an die Gurgel gegangen. Und das, obwohl die beiden von Beginn an einverstanden waren, sich an meine No-Pfefferkuchen-Policy zu halten.

„Heute kommt ein Neuer", unterbreche ich die Erörterung darüber, ob Meersalz in eine Karamell-Lakritzfüllung gehört oder nicht. Wenn Rapunzel das hören könnte …

„Ein Neuer?" Das Heinzelmännchen ringt die Hände. „Märchen oder Mythologie? Hoffentlich Märchen …"

„Was haste bloss gegen Mythologie?", braust Rumpelstilzchen auf. „Du bist doch selber weder Fisch noch Fleisch. Ein blödes Gedicht, pah …"

„Naja, die letzten Mythologischen waren etwas anstrengend, nicht wahr?"

„Witzig, dass du in der Mehrzahl redest." Ich kichere. Es klingt eher wie ein Meckern. Ich werde alt.

Rumpelstilzchen lächelt entrückt. „Ich find's schade, dass die Musen uns verlassen mussten. Sie waren so schön … und haben Leben in die Bude gebracht. Nicht so wie das depressive Aschenputtel."

„Die teilstationäre Arbeitstherapie hat dem Mädchen aber sehr gut getan", gibt das Heinzelmännchen zu bedenken. „Aber die Musen … Ich fand sie verstörend. Man wusste ja nie, mit welcher man gerade redet. Da lässt sie sich gerade über die Schönheit der Dichtkunst aus, und man fängt an, das eigene Gedicht zu rezitieren, und schwupps, keift sie einen an, dass man in der Nacht Besseres zu tun haben sollte, als den Haushalt zu schmeissen. Bloss weil sie gerade wieder die Astronomin ist."

„Ja, diese multiplen Identitäten waren etwas anstrengend", räume ich ein und sehe auf die Uhr an der Wand.

„Wie viele war sie nochmal?", fragt Rumpelstilzchen.

„Neun", antworten das Heinzelmännchen und ich wie aus einem Mund. Eine Pause entsteht.

„Wo ist sie denn jetzt?"

„Ich glaube, immer noch in der Geschlossenen. Sie hat sich ja gar nicht mehr eingekriegt. Stellt euch mal vor, dieser Stress. Überall Leute, die sich berufen fühlen, Musiker zu sein oder zu schreiben oder Theater zu machen. Diese Hobbykünstler nehmen überhand. Und die Auftragslage für Inspirationen steigt und steigt."

„Da beschwere sich nochmal jemand darüber, dass die Ausländer uns die Arbeitsplätze wegnehmen", brummt Rumpelstilzchen.

„Redest du von den Flaschengeistern?", fragt das Heinzelmännchen geistesabwesend.

Der war gut. Unfreiwillig komisch. So gemein ist das Heinzel-männchen nicht, einen übergewichtigen Alkoholiker derart zu beleidigen. Trotzdem wirkt das Rumpelstilzchen etwas mürrisch. Zum Glück haben wir sein aufbrausendes Temperament schon etwas zügeln können. Womöglich zählt es gerade langsam bis zehn. Unbeeindruckt rede ich weiter: „Wie soll eine Muse das hinbekommen? Und dann das Niveau. Voller Kalender, aber nur Massenware. Kein Tiefgang. Und dann so viele verschie-dene Genres. Kein Wunder, dass sie sich aufgespalten hat."

„Sie waren so schön ... und haben Nektar und Ambrosia mitge-bracht. Zum Glück hält das Zeug sich ewig."

„Wo bleibt eigentlich der Engel?", fragt das Heinzelmännchen. „Und wer ist der Neue?"

„Den Neuen stelle ich vor, sobald der Engel da ist. Seltsam. Ist doch sonst immer so pünktlich." Ich schaue wieder auf die Uhr. Vier nach drei. Naja, wird schon noch kommen. Niemand ist pflichtbewusster als der Engel. In den letzten Wochen kam immer eine Abmeldung per WhatsApp an die ganze Gruppe, für heute aber noch keine. „Wir können ja schon mal einsteigen. Wir erinnern uns: Ich nehme mich zurück, wir fangen mit eurem Dialog an. Heinzelmännchen, wie hast du denn geschlafen?"

„Ach ... Diese Woche ging's sogar. Wenn bloss der Terminstress nicht wäre. Wie soll man nach so einem Arbeitsunfall so schnell wieder auf die Füsse kommen? Aber das Amt sitzt mir im Na-cken. Und meine Sachbearbeiterin bestellt mich immer zu mor-gens um acht. Ich glaube, die macht das mit Absicht. Dabei weiss sie doch, dass ich wegen dieser Nachtschichten ..."

„Jaja, das wissen wir auch. Ich hatte nie ein Problem mit den Nachtschichten."

„Du hast auch immer nur drei Tage die Woche gearbeitet. Ba-cken, brauen, Kinder klauen."

„Kinder klauen geht leider schon lange nicht mehr ...“

„Wie sieht es denn aus mit einer Umschulung? Oder einem Computerkurs? Wir könnten auch immer Unterstützung gebrauchen im Hauswirtschaftssektor.“

„Nee, danke. Dieser voreilige Gehorsam geht mir auf den Sack. Ich bin nicht fürs Dienstleistungsgeschäft gemacht.“

Wir verstummen, denn schwere Schritte nähern sich unserer Tür. Die schmale Gestalt, die kurz darauf schwer atmend im Rahmen steht, scheint kaum in der Lage zu sein, diese Geräusche zu verursachen. Und doch, sie trampelt förmlich in unseren Kreis. Die riesigen Flügel schleifen auf dem Boden.

„Verdammte Scheisstreppen. Gottverfluchter Mist-Turm.“

„Na na na ... Geziemt sich diese Ausdrucksweise für einen Engel?“, wagt das Heinzelmännchen einzuwenden.

„Warum biste nicht geflogen?“, fragt Rumpelstilzchen.

„Ihr könnt mich mal.“

„Schön wär’s“, kichert der kleine Saufbold. „Geht ja aber nich’.“ Der Engel brummt und lässt den makellosen, in Weiss gehüllten Körper auf den Stuhl neben meinem fallen, begleitet von einem dumpfen „’Tschulljung“. Die eingeklemmten Flügel werden über die Lehne geschwungen, sodass sie hinten herunterhängen. Ich streiche meinen dunklen Flickenrock zurecht. Da ist ein Fleck. Mist.

„Gut, dass du mal wieder vorbeischaust. Nachdem die Musen, äh, die Muse eingewiesen werden musste, war es fast etwas einsam ohne dich. Aber“, ich richte mich auf, „wie ich den beiden kleinen Herren schon angekündigt habe: Wir bekommen Zuwachs.“ Und etwas leiser füge ich hinzu: „Vielleicht mehr, als uns lieb ist.“

„Was?“, fragt das Heinzelmännchen nervös. „Sind es etwa mehrere? Dann hätten wir auch die Musen behalten können.“

Es knetet wieder seine Finger.

„Nein, der Neue ist nur … etwas grösser." Der Engel blickt auf.

„Etwa ein Riese?" Ein Anflug von Panik hat sich in des Heinzelmanns Stimme geschlichen. Rumpelstilzchen hat die Augenbrauen zusammengezogen.

„Nein, keine Sorge", beschwichtige ich die beiden. „Es ist kein Riese. Es ist ein ..." Der Raum verdunkelt sich. Vor das einzige – dafür umso grössere – Fenster schiebt sich eine dunkle Fläche, die sich weiterbewegt, ein gesättigtes Grün, hier und da allerdings auch rötliche Flecken, die sich über die Schuppen ziehen. Das Muster dreht sich, scheint sich endlos fortzusetzen, bis ein Arm, eine Schulter auszumachen sind, schlussendlich gefolgt von einem Kopf, der nun auf dem Fensterbrett abgelegt wird. Heinzelmännchen und Rumpelstilzchen weichen noch tiefer in ihre Ecke zurück.

Die müden Züge des Engels hellen sich auf. „Ein Drache!"

„Ja", stelle ich vor, „das ist ein Drache. Der einzige der Gegend."

Der Reptilienkopf mit den ledrigen Ohren und den in sich verdrehten Hörnern bewegt sich leicht, als die schmalen Pupillen, senkrecht in leuchtendem Rot stehend, unsere Runde in Augenschein nehmen und schliesslich am Engel hängenbleiben. Dann sieht er mich an. Das Maul öffnet sich. Ein Röcheln ertönt. Kurz bekomme ich es mit der Angst zu tun. Das Feuer … Nur ein Ausgang … Doch die befürchtete Stichflamme bleibt aus. Aus dem Rachen dringt eine warme, dunkle Stimme.

„Du hast nicht zu viel versprochen. Ihr seid wahrlich eine illustre Runde." Der Engel hat sich nicht geregt und starrt wie hypnotisiert den Drachen an. Mit einem Räuspern versuche ich, den Bann zu brechen. „Und einen zauberhaften Unterschlupf habt ihr hier. Das Dekor könnte man überdenken ..." Ich lasse meinen Blick mit dem seinen an den kahlen Felssteinmauern entlanggleiten. „Aber der Turm ist sehr charmant. Und diese Lage kommt mir durchaus entgegen. Mitten im Wald." Der Kopf räkelt sich zurecht. „Und der Umfang passt auch ganz wunderbar. Hier kann man sich gut drumschlängeln." Er scheint zufrieden zu lächeln. Doch wahrscheinlich ist es mit Drachen wie mit Katzen. Sie scheinen immer zu lächeln.

„Also hast du gut hergefunden?", frage ich.

„Jaja, nicht mal eine halbe Flugstunde von meiner Höhle entfernt. Perfekt. Wer hätte das gedacht – eine Selbsthilfegruppe mitten im Nirgendwo."

„Naja, wir sind ja auch keine Menschenfreunde", wirft Rumpelstilzchen ein.

„Hey, sprich nur für dich!", zischt das Heinzelmännchen. „Obwohl ..."

Ich rufe zur Ordnung und bitte den Drachen, sich vorzustellen. Der arme Kerl wurde aus seiner alten Höhle vertrieben, weil diese als ein neues Zwischenlager für radioaktiven Abfall genutzt werden sollte, und musste dementsprechend mit seinem Hort umziehen. Völlig ohne Hilfe, denn seine letzte Jungfrau ist schon vor einigen Dekaden verstorben.

„Es gab Zeiten, da haben sie mir jedes Jahr eine neue geschenkt. Erst wusste ich nichts mit den Damen anzufangen. Sie redeten immer etwas von Opfer und dass ich sie möglichst am Stück verschlingen sollte." Das Heinzelmännchen zuckt zusammen. „Dabei bin ich doch Vegetarier."

Letztendlich hatte er die jungen Frauen zu seinen Mitarbeitern ausgebildet. Archivsystem, Katalogisierung, aber auch Goldschmiedekunst und Schmuckrestauration. Für die Pfiffigeren noch Buchführung. Die völlig Unbegabten kochten oder putzten. Ein, zwei magisch Talentierte durften ihn auf seinen gewaltfreien Beutezügen begleiten und sich der Pflege seiner Schuppen widmen.

„Ich habe meine Angestellten immer gut behandelt und mit einem ordentlichen Lohn aus dem Dienst entlassen. Aber nach dem Mittelalter kam nur noch selten Nachschub. Die Letzte, meine süsse Andrea, hatte sich eher aus Versehen zu mir verirrt. Sie blieb bis zu ihrem Tod bei mir. Eine echte Perle. Aber nun habe ich niemanden mehr. Und meine Habseligkeiten sind alle durcheinander, lagern zum Teil noch in den Umzugskisten. So eine Menge, die ich nun neu ordnen und katalogisieren muss … Da sammelt sich einiges an im Laufe der Jahrhunderte." Der Engel, mittlerweile nicht mehr den Drachen, sondern den Holzboden fixierend, nickt gedankenverloren. „Und überhaupt, vorher, die Wohnungssuche … Die Welt ist ja nicht mehr das, was sie mal war."

Der Engel seufzt. „Genau. Überall Terror, Gewalt, Angst. Dazu der Strassenverkehr. Alle immer unter Strom, immer unterwegs. Arbeit, überall Arbeit. Die Menschen messen dem Leben kaum noch Bedeutung bei, achten kaum noch auf sich. Überall Arbeit für uns Schutzengel. Wir stehen alle sehr unter Stress. Hunderte von Kollegen sind schon in Frührente. Verstörend viele haben sich damit zufriedengegeben, in Umschulung zu gehen. Zu Weihnachtsengeln. Im Ernst jetzt. Den Dienst an der Menschheit aufgegeben, von Lebensrettern degradiert zu … zu Schaufensterdeko!"

„Du bist also Bodyguard?", erkundigt sich der Drache. Der Engel zuckt mit den Schultern. „Cool … Wie ist das so? Das befriedigt einen doch bestimmt total, oder? Leid verhindern, seinen Schützling ständig im Auge behalten. Wache halten. Klingt gut!"

„Naja, ich bin wie geschaffen für den Job. Ich interessiere mich wahnsinnig für die Menschen. Ich will ihnen nahe sein. Aber … die Arbeitsbedingungen zermürben einen. Nachdem so viele Kollegen ausgefallen waren, hat sich der Betreuungsschlüssel geändert. Statt einem Schützling haben wir nun dreizehn. Stellt euch vor! Drei. Zehn." Er sackt in sich zusammen, atmet schwer aus. „Dreizehn. Verfluchte Scheisse, wie soll ich das machen? Wenigstens haben wir recht enge Einzugsgebiete, aber es ist trotzdem heftig, alle im Auge zu behalten."

„Soll ich dir meine Kristallkugel leihen?", biete ich an, kassiere aber nur einen giftigen Blick.

„Deshalb war ich die letzten Wochen auch nicht mehr hier. Ich habe solche Angst, dass einem von meinen Menschen was passiert, sobald ich mal nicht hingucke."

Das Heinzelmännchen nickt. „Jaja, sie sind so unselbstständig."

„Ich weiss einfach nicht mehr, wo mir der Kopf steht. Langsam wird's gefährlich. Verdammter Mist … Menschen bekommen unter Stress ja gerne mal kreisrunden Haarausfall."

„Aber deine blonden Locken sehen doch nach wie vor aus wie gesponnenes Gold", wende ich ein.

„Pah, gesponnenes Gold! Ich weiss, wie gesponnenes Gold aussieht. So nicht. Das ist Watte", wettert Rumpelstilzchen. Kurze Stille. Der Engel richtet sich seufzend zur vollen Grösse auf, tritt einen Schritt vor und breitet die Flügel aus. Ich schlage mir die Hand vor den Mund. Das Heinzelmännchen stöhnt auf.

Rumpelstilzchen kriegt einen Lachanfall und presst kichernd hervor: „Ein Schutzengel in der Mauser!"

Die Flügel sehen in der Tat furchtbar aus. Die Federn stehen teilweise in merkwürdigen Winkeln ab. An manchen Stellen kann man bis auf die albinoblasse Haut gucken.

„Ich bin schon abgestürzt."

Tränen laufen über das scheinbar marmorne Gesicht. „Leute, ich kann nicht mehr fliegen." Bestürzte Stille.

Der Drache atmet tief ein. „Was das bedeutet, kann ich vielleicht am besten nachvollziehen. Es wäre ein Albtraum, wenn ich nicht mehr fliegen könnte. Das ist der perfekte Ausgleich. Ich sitze ja immer nur in meiner Höhle und kümmere mich um meine Gold- und Schmuckstücke."

Mit hängenden Schultern schlurft der Engel wieder zum Stuhl und betastet die lädierten Flügel beim Drapieren über die Lehne. „Sie werden immer dünner." Leises Schniefen. „Ich habe es schon mit einer Aufbaukur probiert, aber es hilft nichts."

„Ich fürchte, das bringt nur unterstützend etwas. Ich kenne das von meinen Schuppen. Das ist psychosomatisch, weisst du?"

Des Engels leicht gerötete Augen blinzeln den Drachen an. „Das wollte ich dich sowieso noch fragen. Deine Schuppen. Ich habe noch nie einen geflammten Drachen gesehen."

„Hm. Das ist nicht meine natürliche Farbe. Eigentlich bin ich komplett grün. Smaragdgrün."

„Und was sind dann diese roten Flecken?", frage ich. Der Drache seufzt. Ein warmer Luftstrom trifft uns.

„Schuppenflechte." Drohend blitze ich das Rumpelstilzchen an. Es hält zum Glück den Mund.

„Ich sage ja, psychosomatisch. Es wird immer schlimmer, je mehr ich unter Stress stehe. Und mit diesem Umzug und dem Ein- und Auspacken, die Gewöhnung an eine neue Umgebung … Das ist mir einfach zu viel."

„Hast du es schon mal mit Kortisonsalbe probiert?", erkundigt sich das Heinzelmännchen.

„Davon halte ich nicht viel."

„Verständlich", sage ich. „Ich habe eine Kollegin, die ist eine sehr begabte Naturheilkundlerin. Eine Kräuterhexe, möchte man sagen. Sie schaut sich deine Schuppen bestimmt gerne mal an."

Nun lächelt der Drache wirklich. Glaube ich. „Das wäre wundervoll. Wie du dir sicher denken kannst, kommt ein x-beliebiger Tierarzt für mich nicht in Frage." Und nach einer kurzen Pause fügt er hinzu: „Lohnt sich doch gleich, so eine Gruppe."

„Behindert dich die Psoriasis beim Fliegen?", will der Engel wissen.

„Nein, die betrifft nur die Schuppen. Vor allem an den Extremitäten. Ich könnte mich an den Ellenbogen kratzen … den ganzen Tag lang. Der Wind beim Fliegen kühlt schön. Aber ich komme so selten dazu. Sitze ja immer in meiner Höhle. Bei meinen Sachen. Ich bräuchte mal wieder eine Jungfrau … Aber woher nehmen, wenn nicht stehlen?"

„Da könnte ich dir Tipps geben", murrt das Rumpelstilzchen. Der Drache schaut es erstaunt an, erwidert aber nichts.

Der Engel räuspert sich. „Fliegst du eigentlich nur allein?"

„Was meinst du? Ob ich auch in Schwärmen fliege? Wir Drachen sind ja Einzelgänger, da …"

„Nein, das meine ich nicht." Dem Engel scheint das Thema unbehaglich zu sein. „Ich meine, ob … ob … naja …"

„Jetzt spuck's schon aus, is' ja nich' zum Aushalten", meckert Rumpelstilzchen.

„Ob du jemanden auf dir reiten lässt", platzt es aus dem Engel heraus.

Die Augen des Drachens weiten sich. „Was?", faucht er.

„Vergiss es. Vergiss es. Ich habe nichts gesagt. Ich wollte dich nicht beleidigen. Ihr Drachen seid ein edles Geschlecht und keine Reittiere, ich weiss, aber es hätte ja sein können, dass du irgendwann schon mal …"

„Andrea ist gerne auf meinem Rücken geritten", erinnert sich der Drache. „Damals, vor den ganzen Satelliten und Drohnen. Als ich noch unbehelligter durch die Lüfte ziehen konnte." Er mustert den Engel. „Aber warum fragst du?"

„Naja, ich dachte ... vielleicht könnten wir uns zusammentun. Du könntest mir helfen, bis meine Flügel wieder in Ordnung sind. Ich bringe dir bei, was man als Schutzengel zu tun hat. Und vielleicht kannst du auch Bodyguard werden."

„Aber ... Ich werde gesehen, ich werde getötet. Das machen die Menschen gerne. Drachen töten."

„Nein, nein. Da gibt es Tricks. Wir werden nicht entdeckt. Die Menschen wollen uns gar nicht wahrhaben, das hilft."

„Hm", macht der Drache.

„Das klingt doch nach einer guten Idee", werfe ich ein.

„Aber wer kümmert sich um meinen Hort?"

„Das könnte ich doch machen", mischt sich das Heinzelmännchen ein.

„Du? Aber du bist doch so ..."

„... klein?", fragt das Männchen herausfordernd. „Mag sein. Aber auch fleissig. Ausserdem habe ich zwei, drei Kumpels von früher, die nach den Geschehnissen mit der Schneiderin noch in der Reha sind. Die hätten vielleicht auch Interesse. Die geheime Hauswirtschaft macht nicht mehr so viel Spass wie vorher, wenn man einmal so eine Undankbarkeit erlebt hat. Und dann diese Nachtschichten ..." Es schaudert. „Aber bei dir, das klingt doch fabelhaft. Verantwortung, routinierte Arbeit, trotzdem facettenreich, freie Arbeits- und Pausenzeiten. Gefällt mir. Und glaub mir, wir Heinzelmännchen sind nicht nur gewissenhaft, sondern auch grundehrlich."

„Um die Bezahlung braucht ihr euch keine Gedanken zu machen. Entgegen der gängigen Vorurteile bin ich nicht geizig.

Hm. Das Fliegen würde mir sicher guttun. Balsam für Schuppen und Seele. Und dann die interessanten Arbeitsinhalte … Und wenn ihr euch wirklich gerne um meinen Kram kümmern würdet …"

„Ich besuche meine Leute morgen in der Klinik, dann frage ich mal nach", verspricht das Heinzelmännchen.

Der Engel ist erstaunlich still geblieben, öffnet erst jetzt wieder den Mund. „Darf ich …" Die weisse Gestalt erhebt sich.

„Jetzt gleich?", fragt der Drache.

„Unheimlich gerne."

„Ja, klar. Steig auf." Und mit diesen Worten zieht er den Kopf zurück, schiebt Hals und Schulter am Fenster entlang und bietet seinen Nacken an. Mit Leichtigkeit schwingt sich der Engel auf den Rücken des Drachen, klemmt die Beine unter dessen Flügelansätze und streicht mit den zerzausten Federn über die entzündeten Schuppen. Der Drache kichert. „Das kitzelt." Und schon schwingen sich die beiden in die Lüfte.

Das Heinzelmännchen guckt ihnen irritiert hinterher. Dann schüttelt es den Kopf. „Manchmal ist es leichter, als man denkt."

„Du hast gut reden", jammert Rumpelstilzchen. „Du hast Aussicht auf einen neuen, grossartigen Job, aber die Hexe und ich …"

„Lass gut sein", versuche ich, es zu trösten. „Wir finden auch noch was."

„Aber wie denn? Wir können doch nicht zaubern!"

Ich muss lachen. „Ach, nein?"

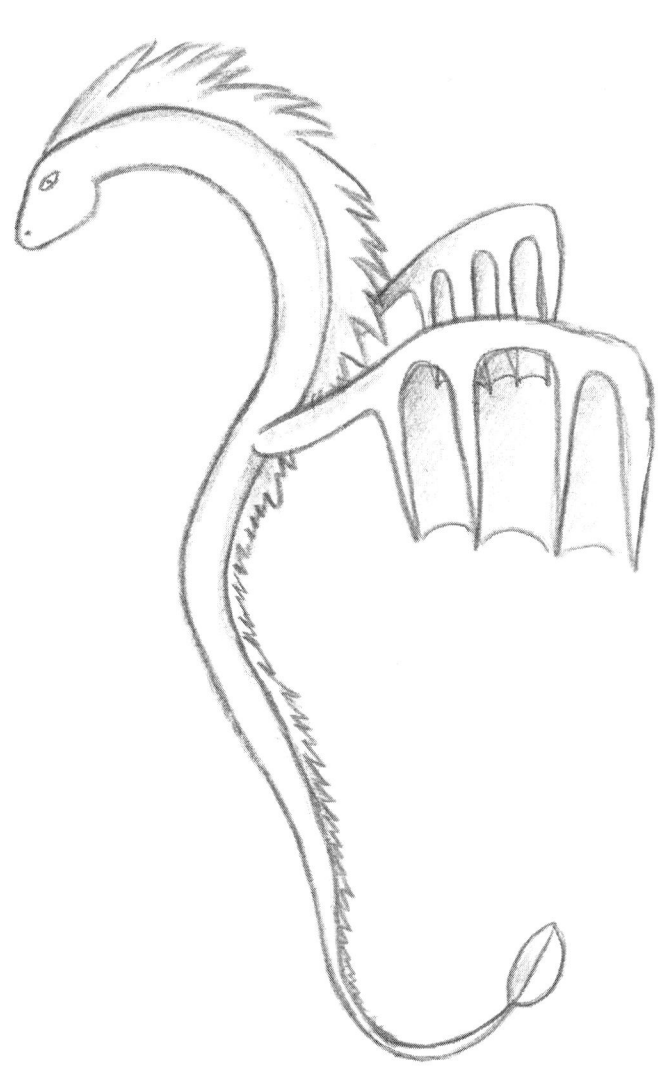

K20

Jonas Martin

Der Eingang zum K20 sieht aus wie eine zu gross geratene Garageneinfahrt. Mächtig genug, um einen Lastwagen zu verschlucken. Auf dem Tor ist ein Schild angebracht: *PARKIEREN VERBOTEN*. Sonst ist da nicht viel. Zwanzig Meter vor dem Tor ein Absperrgitter und daneben ein Wachkabäuschen. Da sitzen wir drin oder stehen davor und warten, bis der Teufel uns holt.

Die Regel ist klar: Wer unangemeldet kommt, wird weggewiesen. Wer nicht Folge leistet, der wird angebellt: „Schweizer Armee, halt! Halt, oder ich schiesse!" Unsere Maschinenpistolen sind scharf, und das sollen ungebetene Besucher wissen. In den letzten sechs Wochen ist das kein einziges Mal vorgekommen. Gefühlt zwei Dutzend verirrte Wanderer und ein paar Gaffer waren alles.

Wenn nur einmal etwas Aufregendes passieren würde. Es ist sterbenslangweilig hier draussen, verglichen mit den Aufträgen zum Personenschutz, wo ich vorher eingeteilt war. Es läuft einfach nichts. Abgesehen von den seltsamen Transporten vielleicht, die einmal die Woche ankommen. Riesige Kühllaster ohne Beschriftung, die im Bauch des Bunkers verschwinden. Was zur Hölle bringen die? Nahrungsmittel? Ich habe noch nie mehr als acht

Personen gleichzeitig in der Kantine getroffen. Dafür braucht es doch keine LKWs.

„Weisst du eigentlich, was hinter uns im Berg versteckt wird?", fragt Korporal Fitzener, mit dem ich heute den Wachtdienst teile. Kann der nicht mal seine Fresse halten?

„Gold!"

Offensichtlich kann er es nicht. Verdammter Mansplainer.

„Die Reserven der halben Welt lagern hier", fügt er an.

„Du hast null Ahnung, Fitzener! Im K20 liegt nur das Gold der Schweizer Nationalbank. Nicht einmal alles davon."

„Woher willst du das wissen? Du bist doch Albanerin."

„Nein, aus dem Aargau."

Ich balle die Fäuste und drücke meine Fingernägel in die Handflächen, bis es schmerzt. Da bemerke ich seinen Blick.

„Du Arsch! Hör auf, mir dauernd auf die Brüste zu glotzen!"

Fitzener stottert eine unverständliche Antwort.

„Denkt ihr Neandertaler eigentlich, wir merken das nicht?"

Fitzener ist Brillenträger. Bei denen ist es am auffälligsten. Da reicht ein kleiner Schlenker mit den Augen nicht. Die müssen ihren Kopf nach unten bewegen, um etwas zu sehen. Als ob es viel zu entdecken gäbe unter unseren Uniformen.

„Wenn ich dich nochmal dabei erwische, kriegst du eins auf die Nase, klar?"

Er murmelt eine Entschuldigung. Ich stapfe genervt aus dem Wachhäuschen, hinaus in den Nieselregen, und stelle mich ans Absperrgitter. Drinnen zückt Fitzener sein Handy und spielt irgendwas.

Ich starre hinauf zum Bunderspitz und zu den Wasserfällen unter dem Gross-Lohner. Aus purer Langeweile habe ich die Landkarte des Kandertals studiert, und jetzt könnte ich jeden Gipfel im Umkreis von fünf Kilometern im Schlaf aufsagen.

Ich versuche mir vorzustellen, wie das Tal aussehen würde, wenn hier keine Menschen lebten. Ohne Wege. Ein weisser Fleck auf den Landkarten. Eine wilde, unberührte Welt.

„Worüber denkst du nach, Schätzchen?"

Verdammt, ich sollte aufmerksam sein. Ich reisse die Waffe hoch und drehe mich herum.

„Nicht so ungestüm!" Eine etwa fünfzigjährige Frau in Uniform lächelt mich an. Ich sehe sie zum ersten Mal. Sie ist drahtig gebaut, das graue Haar zu einem Knoten zusammengebunden. Das Abzeichen an ihrem Arm zeigt die Köpfe eines Pferdes und eines Hundes, getrennt durch den Äskulapstab – das Zeichen der Veterinärkompanie.

Sofort senke ich die MP und schiele auf ihren Rang. Weil ich die Waffe noch immer mit beiden Händen festhalte, drücke ich den Brustkorb nach vorne. „Hauptmann! Korporal Demiri, Wachtdienst Det zwei".

Sie grüsst mit der Hand an der Stirn. „Merci, Korporal." Dann nimmt sie einen tiefen Zug aus ihrer Zigarette. „Und jetzt lassen wir den Blödsinn, einverstanden? Ich bin Giorgia."

„Wie der amerikanische Bundesstaat?", wundere ich mich.

„Genau, nur anders geschrieben. In meinen Zwanzigern habe ich sogar einige Jahre dort verbracht. Ich habe in einem Privatzoo Löwen gebändigt."

„So wie in *Tiger King*?"

Sie grinst. „Nicht ganz so spektakulär. Und lange her. Aber was mich interessiert: Was treibt eine junge Frau wie dich zur Militärpolizei? Du siehst nicht gerade glücklich aus."

„Ich? Nein. Es ist voll okay", sage ich.

„Erzähl keinen Unsinn, Schätzchen."

Ich wage nicht, ihr zu sagen, dass ich es hasse, wenn mich jemand so nennt. Meinen Ex hätte ich beinahe vor die Tür gestellt, als er mich einmal so bezeichnet hat.

„Du hast einen suchenden Blick. Und Sehnsucht in deinen Augen", bemerkt Giorgia.

Ich atme tief ein und gebe unwillkürlich Antwort: „Irgendetwas fehlt auf dieser Welt. Aber ich habe keinen Plan, was es ist. Das macht mich verrückt."

Ich werfe einen Blick auf Fitzener im Wachhäuschen, der hastig sein Handy unter dem Tresen verschwinden lässt und den Blick von uns abwendet.

Giorgia nickt. „So ist es mir damals auch gegangen. In Amerika, da ist die Welt noch frei und die Luft voller Abenteuer – so habe ich gedacht. Trotzdem fand ich nicht, wonach ich suchte. Das ist mir erst viel später gelungen."

Ich hebe gespannt die Augenbrauen.

„Lange Geschichte", sagt sie nur, krümelt den glühenden Rest ihrer Zigarette auf die Strasse und verstaut den Filter in der Brusttasche. Ohne ein weiteres Wort wendet sie sich ab und verschwindet im Eingang des Bunkers. Ich schaue ihr nach. Jetzt fällt mir ein, was ich sie die ganze Zeit fragen wollte: Was zum Teufel hat eine Frau Hauptmann der Veterinäre im K20 verloren?

Das elektrisch betriebene Bähnchen, das uns vom Riesengaragentor nach innen trägt, schnurrt durch den hell erleuchteten Stollen ins Herz des Berges, zu unseren Quartieren. Fitzener schweigt für einmal. Dankeschön! Wie immer kommen wir an all den stählernen Türen vorbei, die sich noch nie für mich geöffnet haben, und in die man ohne ID und Irisscanner auch nicht reinkommt. Ich stelle mir vor, was sich dahinter verbergen

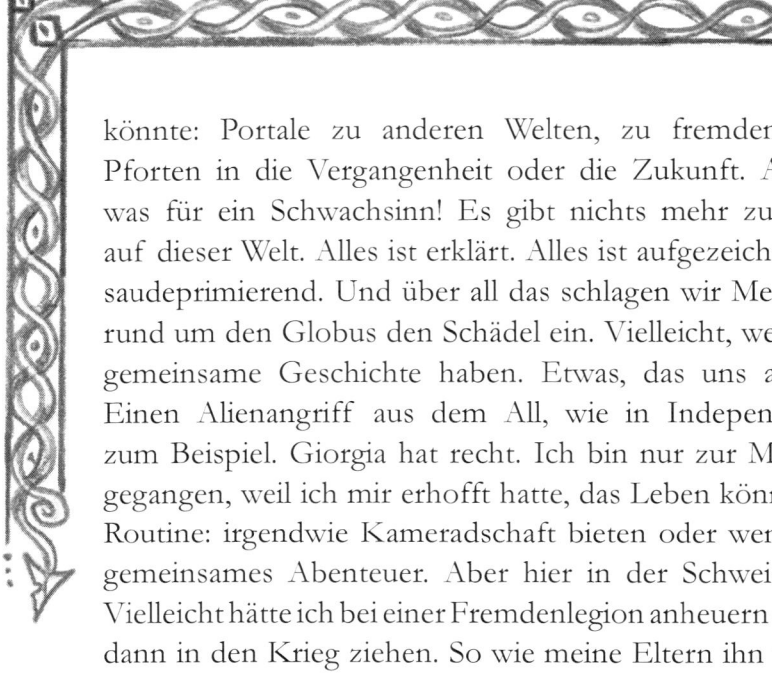

könnte: Portale zu anderen Welten, zu fremden Planeten, Pforten in die Vergangenheit oder die Zukunft. Ach komm, was für ein Schwachsinn! Es gibt nichts mehr zu entdecken auf dieser Welt. Alles ist erklärt. Alles ist aufgezeichnet. Das ist saudeprimierend. Und über all das schlagen wir Menschen uns rund um den Globus den Schädel ein. Vielleicht, weil wir keine gemeinsame Geschichte haben. Etwas, das uns alle vereint. Einen Alienangriff aus dem All, wie in Independence Day zum Beispiel. Giorgia hat recht. Ich bin nur zur Militärpolizei gegangen, weil ich mir erhofft hatte, das Leben könne mehr als Routine: irgendwie Kameradschaft bieten oder wenigstens ein gemeinsames Abenteuer. Aber hier in der Schweiz? Bullshit. Vielleicht hätte ich bei einer Fremdenlegion anheuern sollen. Und dann in den Krieg ziehen. So wie meine Eltern ihn unfreiwillig erlebt hatten. Nochmal Bullshit.

Das Bähnchen hält an. Fitzener verschwindet im Männerquartier und ich mache mich zu meinem Einzelzimmer auf. Eigentlich ist es ein Viererschlag, eingerichtet für die Frauen in der Armee, aber in den letzten sechs Wochen habe ich hier noch keine erblickt – bis heute, bis auf Giorgia. Und hier steht sie, an die Tür meines Verschlages gelehnt, die Arme verschränkt.

Sie wirft mir einen rätselhaften Blick zu. „Ich habe über deine Sehnsüchte nachgedacht, Schätzchen."

„Ich heisse Patricia", grummle ich. „Oder Pez, so sagen die meisten."

„Also, Pez: Ich möchte dir etwas zeigen, wovon ich glaube, dass es dir hilft."

Was will die von mir? „Okay", sage ich. Neugierig bin ich ja trotzdem. Sie nimmt mich mit, zurück auf die menschenleere Hauptstrasse, wie wir hier den Zufahrtsstollen nennen, und führt mich tiefer in den Berg hinein, bis zu einem mächtigen Eisentor an dessen Ende.

„Willst du mir die Goldreserven zeigen?", frotzele ich, und komme mir dumm dabei vor.

Sie hustet ein heiseres Lachen hervor, ohne auf meine Frage einzugehen. „Hier, dein Besucherausweis, nur für den Fall", sagt sie und drückt mir eine ID der höchsten Sicherheitsstufe in die Hand.

Jetzt glaube ich langsam wirklich an das Goldmärchen. Giorgia führt mich in einen Seitengang, zu einer Stahltür, drückt ihr Auge gegen den Irisscanner und wischt ihre ID über das Lesegerät. Die Tür lässt uns passieren. Mein Dienstgrad erlaubt mir nicht, mich hierher zu begeben, das weiss ich, aber ich schweige und folge meiner Führerin durch zwei weitere Türen mit dem immergleichen Prozedere.

„Keine Angst, Pez", beruhigt mich Giorgia. „Hier gibt es keine Überwachungskameras." Sie deutet auf die Stahltür vor uns, noch dicker als die anderen zuvor. Links und rechts stützen fette Metallpfeiler den Fels ab.

„Dort drin verbirgt sich das grösste Geheimnis der Schweizer Eidgenossenschaft. Es ist die Antwort auf deine Frage."

Red mal Klartext, du alte Schachtel, denke ich und beisse mir auf die Lippen, um es nicht laut auszusprechen. Gleichzeitig zieht sich mein Magen zusammen vor Spannung. Irgendetwas Verrücktes muss sie ja zu bieten haben.

Die Stahltür öffnet sich und wir betreten eine leere Kammer, an deren Front ein stabiles Gitter angebracht ist. Dahinter öffnet sich der Blick auf eine in gedimmtes Licht getauchte Kaverne.

So weit das Auge reicht, stapeln sich schmucklose Holzkisten.

„Also doch das Gold", seufze ich. „Es ist eingepackt. Man sieht es nicht mal."

„Aber etwas anderes siehst du vielleicht", raunt Giorgia und deutet in den hinteren Teil der Kaverne. „Dort an der Kreuzung."

Ich strenge meine Augen an und glaube, etwas rötlich glitzern zu sehen. Es dauert eine Weile, bis sich meine Augen an das Dämmerlicht gewöhnt haben. Wenn ich es nicht besser wüsste, würde ich behaupten, es gleiche einem ... nein – nein, das kann nicht sein.

Giorgia holt eine winzige Pfeife aus ihrer Brusttasche und bläst einen urtümlich anmutenden Dreiklang. Das glitzernde Ding an der Kreuzung regt sich. Und dann bewegt sich noch eine zweite Gestalt. Ich schnappe nach Luft. Zwei geflügelte, echsenartige Wesen von der Grösse eines Sattelschleppers erheben sich über die Kisten und starren in unsere Richtung. Ihre Haut ist geschuppt, der eine Körper rötlich, der andere gelblich reflektierend. Ihre Köpfe gleichen gekrönten Eidechsen im Riesenformat.

„Habt ihr Dinosaurier geklont?", japse ich.

„Ach komm, du weisst doch längst, was es ist", lächelt Giorgia.

„Drachen!", hauche ich.

„Der linke heisst Pilatus. Und das Mädchen rechts nennen wir Rigi. Bescheuerte Namen, ich weiss."

Ein Schleier legt sich vor meine Augen. Ich habe das Gefühl, mein Verstand will mir einreden, was ich sehe, sei nur ein Zaubertrick. Aber dafür sehen die Viecher verdammt echt aus. Und warum sollte die Armee so aufwändige Fakedrachen aufstellen? Ich blinzle und versuche, meinen Blick von diesen Kreaturen loszureissen. Es gelingt mir nicht.

„Deshalb die Kühltransporte", flüstere ich.

„Sie fressen eine Menge."

„Aber warum sind sie hier drin?"

„Drachen lieben Gold. Und sie bewachen ihren Hort besser als ihre eigenen Eier. Welch effektiveren Schutz könntest du dir für die Reserven der Nationalbank vorstellen?"

„Aber … sorry. Das ist dermassen surreal, ich …"

„Mach dir nichts draus. So geht es allen."

Ich atme tief durch. Und ein neues Gefühl kribbelt durch meinen Körper: eine unbegreifliche Erleichterung.

„Wer weiss davon?", frage ich, nur um das Gespräch im Gang zu halten, in der Hoffnung, die Wesen noch eine Weile beobachten zu dürfen.

„Wir natürlich, vom Vet 13 D. Der Bankpräsident wird bei seiner Einweihung aufgeklärt. Ein Bundesrat weiss meistens Bescheid. Und ein Corps-Kommandant der Armee. Allein diese drei sind im Besitz einer Pfeife, welche die Drachen einschlafen lässt. Sonst kämen wir ja nicht mehr an unser Gold." Giorgia lacht leise.

„Wo kommen sie her?"

„Kennst du die Sage von den zwei Drachen am Pilatus?"

„Sollte ich?"

„Google es bei Gelegenheit. Im Frühmittelalter gab es einige Sichtungen, die in Zentralschweizer Sagen einflossen. Dann auf einmal nichts mehr. Warum? Eine Gruppe von Franziskanermönchen hat sie gezähmt und in ihrer Höhle tief im Innern des Pilatus eingesperrt. Das hier sind ihre Enkel. Auch Drachen leben selten länger als 400 Jahre. Zumindest in Gefangenschaft."

Ich werd' verrückt! „Ihr züchtet sie?"

„Immer zwei auf's Mal. Unter dem Schatten der Weltkriege haben die Franziskaner sie der Schweizer Eidgenossenschaft geschenkt."

Ich muss mich setzen, sinke an den Gitterstäben nieder, den Blick noch immer auf die zwei Giganten gerichtet. Pilatus, das Männchen, hat sich wieder hingelegt, Rigi ihren Kopf nach hinten geneigt. Es scheint, als warte sie nur darauf, abzuspringen und sich in die Lüfte zu erheben. Genau so, wie ich mich fühle. Gefangen in einer Höhle, nur auf ein Zeichen wartend, endlich loszufliegen.

Eine Frage schwirrt mir schon die ganze Zeit im Kopf herum. „Gibt es noch mehr Drachen auf der Welt?"

Giorgia neigt den Kopf. „Ziemlich sicher, ja. Es gibt Gerüchte aus dem Kaukasus, aus den Anden und dem Himalaja. Und Berichte aus der Antarktis über weisse, fliegende Echsen. Stell dir vor, Pez: Schneedrachen!"

„Wahnsinn", wispere ich. „Aber warum zeigst du mir das alles? Bringst du mich jetzt um, weil ich von eurem Geheimnis weiss?"

Ich stelle die Frage ohne Angst; es ist mehr ein Gedanke, der mir durch den Kopf geschossen ist.

Giorgia lacht laut auf und Rigi dreht ruckartig den Kopf zu uns herüber. In einem Reflex springe ich auf und stelle mich neben die Tür.

„Ich könnte es doch jedem weitererzählen", ergänze ich vorsichtig.

„Klar!", antwortet Giorgia. „Versuch es doch."

Ich seufze. Sie hat recht. Niemand würde mir glauben.

Heute ist mein letzter Tag im Bunker. Die Sachen sind gepackt. Mein Dienstbüchlein ist unterschrieben. Die Quittierung meines Dienstes bei der Armee durchgewunken. Ich hätte nicht gedacht, dass es so einfach geht. Giorgia sei Dank. Das letzte Mal besteige ich das surrende Bähnchen, werfe einen Blick zurück in den Stollen und wünsche mir, ich hätte sie noch einmal gesehen. Wenn ich die Augen schliesse, flammt das Bild der Drachen auf, als hätte es sich in meiner geistigen Netzhaut eingebrannt.

Aber wie lange noch?

Ich steige aus, patsche meine ID auf den Scanner, werde vom diensthabenden Offizier förmlich verabschiedet und trete vor das Tor ins Sonnenlicht, in eine vollkommen neue Welt. Eine, von der ich nicht geglaubt habe, dass sie existiert. Die Flugtickets nach Georgien sind gebucht. Ganz egal, was auch passiert: Ich werde sie aufspüren, die Letzten ihrer Art. Ich werde sie fotografieren, filmen, was auch immer. Und endlich werden wir Menschen wieder etwas Gemeinsames haben: eine Welt, in der alles möglich ist.

Bevor ich gehe, drehe ich mich noch einmal um, betrachte das Schild am Riesengaragentor. Ich klaube einen wasserfesten Filzer aus meinem Rucksack und lasse es mir nicht nehmen, über die beiden vorhandenen Wörter ein drittes hinzukritzeln. Dort steht jetzt:

DRACHEN PARKIEREN VERBOTEN

DER DRACHE UND DER RING

Katharina Wagner

Han nieste. Sie betrat den modrigen Keller, der sich unter dem Elternhaus ihrer Mutter ausdehnte. Ob es hier wohl viel zu entdecken gab? *Wohl eher nicht*, dachte sie. Ihr Grossvater hatte den Keller selten betreten. Er hatte immer gemeint, dort spuke es. Dabei handelte es sich bei den Geräuschen doch nur um das Getrippel kleiner Katzenfüsse, die durch die kaputten Fenster in die Wohnung des alten Herren einstiegen. Er hatte die Tiere mit Fleisch- und Wurstresten verwöhnt, sodass sie immer wieder zu ihm zurückpilgerten, und als er sterbend in seinem Sessel gelegen hatte, hatte eine der Schmeichlerinnen sogar bis zum Schluss auf seinem Schoss ausgeharrt. Doch nun war das vorbei und seine einzige Enkelin hatte das Haus geerbt. Sie schlich vorsichtig durch die sich aneinanderreihenden Räume, inspizierte die unordentlichen Werkbänke und zog jede Schranktüre und Schublade auf. Weil die Glühbirnen des Kellers allesamt durchgebrannt waren, musste sie sich eine Taschenlampe zu Hilfe nehmen. Sie war gerade dabei, eine mit allerlei Krimskrams vollgestopfte Schublade auszuräumen, da drang ein heiseres Klimpern aus einem der hinteren Räume.

Ihr Puls schnellte in die Höhe.

Was war das? Etwa ein Einbrecher? Hatten sie davon gehört, dass der alte Goldschmied dahingeschieden war?

Unsinn, sicher ist es nur eine der Katzen, beruhigte sie sich. Eigentlich war sie doch gar nicht der Typ für Paranoia. Trotzdem verlangsamte sie ihre Schritte, leuchtete nervös in jede der düsteren Ecken und wagte kaum mehr, den lichtlosen Fluren für auch nur einen Moment den Rücken zuzukehren.

„Miez, miez?", rief sie zweifelnd.

Ein kleiner, dunkler Schatten spähte vom nächsten Türrahmen her zu ihr hinauf. Seine Augen funkelten sie prüfend an. Erleichtert hockte sie sich auf den Boden und streckte ihre rechte Hand aus, als biete sie dem Wesen ein Leckerchen an.

„Na, komm her!"

Der Schatten zog sich zurück in die Dunkelheit.

„Wo willst du denn hin?" Sie stand auf und folgte dem Tier. Es schleppte sich träge in den freien Raum zwischen zwei Regalen. Erst jetzt fiel Han auf, dass es sich nicht um eine Hauskatze handeln konnte. Es besass einen langen, breiten Schwanz und seine Figur war eher sperrig denn geschmeidig – vielleicht war es ein Dachs oder irgendeine Art Wildkatze. Han richtete den Lichtkegel in die Lücke, in der das Tier sich verschanzt hatte. Da löste sich die Lampe aus ihren taubgewordenen Fingern und landete scheppernd auf dem kalten Betonboden. Eine grosse Eidechse schaute ihr, nicht ängstlich oder aggressiv, sondern viel mehr interessiert, entgegen.

„Oh …" Sie taumelte einige Schritte rückwärts.

„Hast du was zu essen dabei?", tönte eine rauchige Stimme.

Hektisch schaute sich Han in alle Richtungen um. Sie war doch gar niemandem begegnet.

Oder hatte sie das Reptil so sehr abgelenkt, dass sie nicht einmal einen Menschen bemerkte, wenn er neben ihr stand?

„Ich … Wer bist du?"

„Die Menschen nennen mich Rico, aber mein eigentlicher Name ist für deinesgleichen unaussprechlich. Was gibts zu essen?"

„Äh … wie wär's mit Butterbrot?"

„Butterbrot klingt okay… aber ich hab' eine bessere Idee."

Blitzschnell zog der Schatten des kleinen Tieres vor ihren Füssen vorbei, weswegen Han diese geschwind zurückzog.

„Hallo?"

„Na, schnell. Ich bin am Verhungern." Die Worte hallten aus einem der vorderen Räume zu ihr und entfernten sich immer weiter.

Han hob die Taschenlampe auf und machte sich vorsichtig auf den Weg zurück zur Treppe.

„Bist du schon oben?"

„Schnell!", rief die Stimme ungeduldig aus dem Flur im Erdgeschoss.

Zitternd erklomm die junge Frau die Stufen. Was war das für ein Wesen, das hungrig in Grossvaters Keller hauste?

„Hallo?"

„Hallo." Vor ihr stand die Echse und bewegte ihren lippenlosen Mund synchron zu den Worten.

„Was ist das für ein Trick?"

„Hast du noch nie einen Drachen gesehen?", fragte das Tier mit einem ironischen Blinzeln.

Han wäre in sich zusammengesunken, wenn sie das Treppengeländer nicht weiter fest umklammert gehalten hätte. Wurde sie nun verrückt?

„Du wirst nicht verrückt", antwortete der Drache, als könne er Gedanken lesen.

„Ich hab' schon bei deinem Grossvater gewohnt und jetzt helf'
ich dir."

„Du willst mir helfen? Wie denn?"

„Natürlich, indem ich dich zu einem guten Schmied mache.
Dein Opa und ich haben die glorreichsten Sachen gemeinsam
vollbracht. Und jetzt bist du dran. Alles, was ich dafür will, sind
unzählige Dosen Thunfisch. Und deinen Schutz."

„Schutz? Wovor brauchst du denn meinen Schutz?" Sie beäugte
die rasiermesserscharfen Zähne der Echse.

„Selbstverständlich. Vor den Drachentötern."

„Es gibt doch gar keine Drachentöter."

„Klar gibt es die. Die zeigen sich nur nicht mehr. Dein Opa hat
das gewusst. Los jetzt, in die Küche!"

Der Drache hechtete vor ihr her und kratzte dann ungeduldig
an einer der Schranktüren. Han öffnete sie und zu ihrer Überraschung war der Schrank über und über gefüllt mit Thunfischdosen. Sie riss eine von ihnen an der Lasche auf und stellte sie
dem Drachen vor die Schnauze.

„Du bist aber ein komischer Drache. Esst ihr alle so gerne
Thunfisch?"

„Nö", antwortete dieser heiser und schmatzte dabei vergnüglich.
Angewidert beobachtete sie, wie er mit seiner langen, glatten
Zunge die Innenkanten der Dose blitzeblank leckte. Der Anblick erinnerte an eine Schlange, die Witterung aufnahm. „Und
wie lange lebst du schon hier?" Der Drache hielt kurz inne. „In
diesem Haus? Sicher schon ... 724 Monde ... Noch eine Dose?"
Sie tat ihm den Gefallen, dann setzte sie sich im Schneidersitz
auf einen der Küchenstühle und fragte ihn weiter aus. „Und wie
alt bist du?" „Etwa ... 8540 Vollmonde. Hab zwischendurch
vergessen mitzuzählen", erklärte er und versank mit der Schnauze wieder ganz und gar am Grunde der Thunfischdose. Han

nahm ihr Smartphone aus der Hosentasche und rechnete aus, wie viele Jahre das sein mussten. Sie schaute auf.

„Du machst Witze!"

„Nö."

„Und wo warst du vorher? Bevor du hier ins Haus gezogen bist?"

„Mal hier, mal da. Ganz früher, als es noch mehr von uns gab, da hab' ich noch im Gebirge gelebt ..."

„Und was ist dann passiert?"

„Die Drachentöter haben uns gejagt, wir mussten uns verstecken."

„Und wieso hast du gar keine Flügel?"

Alle vorherigen Fragen hatte der Drache wie nebenbei beantwortet, doch nun stutze er. „Die hab' ich verloren. Wenn wir sie nicht benutzen, dann verkümmern sie und irgendwann sind sie gar nicht mehr da. Und dank den Drachentötern bin ich sehr, sehr lange nicht geflogen."

„Das tut mir leid", antwortete Han. Der Drache zuckte mit den Schultern.

„Solange ich immer genug Thunfisch bekomme, verzeihe ich dir."

Er blinzelte auffordernd zwischen ihr und der leeren Dose vor sich hin und her.

Als Rico endlich satt war und sich von dem leeren Teller abwandte, bemerkte Han, die ihn die ganze Zeit über wie gebannt beobachtet hatte, dass einige Katzen durch die offene Kellertüre nach oben gekommen waren.

„Wieso haben die eigentlich keine Angst vor dir?", fragte sie die Echse, die auf kleinere Tiere alles andere als harmlos wirken musste. Rico grinste mit seinen rasiermesserscharfen Zähnen.

„Wir genießen unsere Gesellschaft. Wo Drachen sind, kommt

Energie in den Raum, wo Katzen sind, kommt sie zur Ruhe – deswegen auch das Schnurren. Außerdem teile ich manchmal mein Essen mit ihnen – was das angeht, haben wir die gleiche Schwäche."

Bei diesen Worten setzte Han eine ungläubige Miene auf.

Rico antwortete auf jede ihrer Fragen in einer Art und Weise, die noch mehr Fragen aufwarf, und obwohl ihr dieser Wesenszug nicht behagte, begann sie, ihn zu mögen. Als sie dem Drachen von ihren Plänen berichtete, die Werkstatt ihres Grossvaters wiederzueröffnen, war er außer sich. Er freute sich wie ein Honigkuchendrache und hetzte sie ständig, sich mit den Vorbereitungen zu beeilen. „Ich kann es kaum erwarten! Wieder mit einem Goldschmied arbeiten!", jubelte er, während er Han durchs ganze Haus trieb, und dank seines Enthusiasmus konnte sie schon einige Tage früher eröffnen als geplant.

Schon beim ersten Schmuckstück kam der Drache zu ihr.

„Lass mich noch einmal an den Schmuck ran", hauchte er.

Han musterte ihn misstrauisch. Waren Drachen in den Märchengeschichten nicht immer jene gewesen, die Gold und Schmuck horteten und für sich behielten? Was wollte er wirklich? Sie haderte mit sich, legte den saphirbesetzten Verlobungsring schliesslich aber trotzdem vor seine Nase. Es war eine ihrer besten Arbeiten. Weiss- und Gelbgold umwanden sich in immer breiteren Segmenten, bis hin zum gefassten Edelstein. Er war genau so, wie der Kunde es sich gewünscht hatte. Sie war äusserst zufrieden mit sich selbst. Der Drache fragte, wofür das Stück gedacht sei und sie erklärte es ihm. Wenn er welche hätte, so hätte er die Augenbrauen hochgezogen, doch nun starrte er sie nur ausdruckslos an.

„Saphir. Bist du dir sicher?"

„So wollte der Kunde es. Warum fragst du?"

„Na gut." Er nahm einen tiefen Atemzug, den er dann in Form einer blauen Flamme ausstiess. Han machte einen Satz nach hinten. Das Schmuckstück badete einige Sekunden in der Hitze. Als er fertig war, nahm sie den Ring in die Hände. Es schien sich nichts daran verändert zu haben. Sie schaute Rico fragend an.

„Du wirst schon sehen. Hast du noch mehr?", fragte er jetzt angefixt.

Sie war tatsächlich gerade dabei gewesen, zwei Trauringe fertigzustellen. Han legte die beiden Schmuckstücke vor seine Schnauze. „Oh, unsere Spezialität!", rief der Drache entzückt und hüllte auch sie in sein Feuer.

In den nächsten Monaten tat er dies mit jedem Stück, das Han fertigte. Sie hatte noch immer keine Ahnung, was das sollte, doch tatsächlich wurde sie weiterempfohlen und ihre Trauringe wurden ungeheuer populär. Auf den sozialen Kanälen folgten ihr eine Masse von Leuten, Menschen bestellten von überall her und sogar aus dem Ausland kamen immer mehr Aufträge. Jedes Mal, wenn Edelsteine im Spiel waren, erkundigte sich der Drache nach dem Zweck des Stücks und manchmal haderte er dann damit, es in sein Feuer zu tauchen. Gerade blaue Steine schien er nicht besonders gerne zu bearbeiten, und ebendiese wurden überdurchschnittlich häufig gegen einen geringeren Preis zurückgegeben. Eines Tages kam auch der Verlobungsring mit dem Saphir zurück, das erste Schmuckstück, das sie gemeinsam erschaffen hatten. Der Käufer war am Boden zerstört. Von dunklen Augenringen gezeichnet berichtete er, seine Liebste habe den Antrag angenommen, den Ring an den Finger gesteckt und die Beziehung am nächsten Morgen beendet. Han nahm das Schmuckstück zurück und brachte es an den Nächsten und den Übernächsten, doch auch diese Männer hatten kein Glück mit ihm. Als der Dritte der verlassenen Männer endlich fort war,

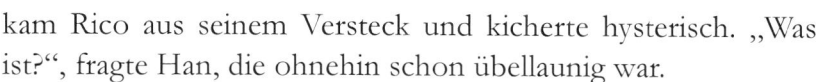

kam Rico aus seinem Versteck und kicherte hysterisch. „Was ist?", fragte Han, die ohnehin schon übellaunig war.

„Ich hab' doch gefragt, ob du dir mit dem Saphir sicher bist."

„Was soll das heissen?"

„Hast du es immer noch nicht verstanden? Mein Feuer entfacht die wahre Magie, die hinter dem vermeintlich Leblosen steckt. Ein roter Stein wird zum Stein der Liebe, ein grüner zum Stein der Jugend und Schönheit, und ein blauer wird zum Stein der Klarheit."

Han drehte den Ring einige Male zwischen den Fingern und betrachtete den Stein nachdenklich von allen Seiten.

„Das heisst ... diese Frauen haben sich den Ring an den Finger gesteckt und dann ... klargesehen?"

Der Drache bleckte die Zähne zu einem breiten Grinsen. „Korrekt. Sie sehen, was buddhistische Mönche vielleicht nach Dekaden langer Meditation sehen, was man sieht, wenn man tagelang ohne Wasser durch die Wüste irrt, und was ihr sterblichen Wesen seht, wenn ihr am Ende steht. Sie lernen Glück und Leid, Leben und Tod kennen und sobald sie den Ring ablegen, vergessen sie wieder alles. Weil sie Idioten sind."

Das erklärte auch, weshalb Smaragde und Rubine so gut weggingen und unzählige Saphire zurückgekommen waren. „Was mache ich jetzt mit den ganzen blauen Steinen?", fragte sie verzweifelt.

„Dein Grossvater hat sie irgendwann nicht mehr verarbeitet", gab der Drache zurück. „Ich kann unendlich viele blaue Steine zum Leben erwecken. Aber Menschen interessieren sich nun mal nicht für sie."

Rico reckte sich wie eine Katze, da pochte es plötzlich wie wild an der Tür. Han lief ein kalter Schauer über den Rücken.

Sie zog die Schublade unter dem Tresen auf, legte den Ring hinein und nahm eine kleine Pistole heraus.

„Ja?" Sie erwartete keine Kunden mehr; die Tür war bereits verschlossen.

„Machen Sie sofort auf!", rief eine ihr bekannte Stimme. Han wollte dem Drachen einen verschreckten Blick zuwerfen, doch dieser war bereits in seinem Versteck verschwunden.

„Wir haben geschlossen", antwortete sie.

„Ich brauche unbedingt den Ring zurück! Sie hat gesagt, sie nimmt mich zurück, wenn ich ihr den Ring zurückbringe!"

Han biss sich so fest auf die Unterlippe, dass sie blutete. Das hörte sich nicht gut an. Rico hüstelte leise, sodass sie sein Geplapper nur gerade so verstand: „Vielleicht weiss da jemand meine Kunst doch zu schätzen."

Die Goldschmiedin verdrehte die Augen.

„Bitte machen Sie telefonisch einen Termin mit mir aus. Ich habe Feierabend."

Der Mann draussen wimmerte. „Ich kann aber nicht ohne den Ring gehen."

„Der Ring wurde bereits weiterverkauft, tut mir leid", log sie.

„Der Mann, der hier eben herausmarschiert ist, hat mir aber was anderes erzählt!"

Er begann wütend auf die Tür einzutreten.

„Ich rufe die Polizei, wenn Sie jetzt nicht gehen!"

Der Mann heulte auf wie ein getretener Hund.

„Bitte nicht! Ich will doch nur …“

„Gehen Sie weg!“

Er hörte auf zu heulen, zu schreien und zu treten. Mit einem Mal war wieder Stille eingekehrt.

Han wischte sich den Schweiss von der Stirn und legte die Waffe mit zittrigen Händen auf den Tresen. Den Ring nahm sie wieder aus der Schublade. „Am liebsten würde ich ihn mit dem Hammer zerschlagen“, sagte sie mehr zu sich selbst als zu ihrem Drachen. Dieser gab ein röchelndes Gelächter von sich. „Setz ihn doch mal auf. Vielleicht findest auch du Gefallen daran“, schlug er vor.

Weisheit? Was sollte dieses Schmuckstück schon Hilfreiches offenbaren?, dachte Han.

Als er sah, dass sie keine Anstalten machte, ihn aufzusetzen, meckerte der Drache: „Ihr seid alle gleich, dein Grossvater wollte es auch nicht. Ihr habt einfach Angst vor der Wahrheit.“

„Und was ist mit dir? Hast du es mal ausprobiert?“

Er hustete wie ein alter Mann. „Ich bin ein Drache! Was denkst du, woher eure Geschichten von den grossen, weisen Drachen kommen?“

„Ich kenne nur Geschichten über Schurken und Halunken.“

Sie war wütend auf den Drachen, denn er hätte ihr früher verraten sollen, was es mit seinem Feuer auf sich hatte. Dann hätte sie sicher ganz anders gehandelt. „Mister Mystisch, aber zehn Thunfischdosen am Tag hat mir ja auch nicht verraten, was seine Magie mit meiner Arbeit anrichtet!“

Rico knurrte. „Ach, ich bin der Schurke und Halunke? Würde so einer nur für dich in die Zukunft sehen und dich warnen?“

„Warnen vor was?“

Im Raum nebenan klirrten Glasscherben, als das Fenster zerbarst. Han wich alle Farbe aus dem Gesicht.

„Ok, vielleicht hab' ich mir doch ein bisschen zu viel Zeit gelassen. Dieses eine Mal", räumte er ein und verschwand wieder in seinem Versteck unter dem Tresen.

Han wollte sich noch über die Flucht des Drachens entrüsten, doch da stand der ehemalige Kunde schon im Türrahmen vor ihr.

„Ich will nur den Ring. Dann gehe ich sofort wieder", erklärte er. Seine Augenringe hatten sich seit seinem letzten Besuch noch tiefer in sein wachsbleiches Gesicht gegraben. Er war unbewaffnet und die Pistole lag immer noch auf dem Tresen hinter Han. Aber vielleicht war die Waffe gar nicht nötig. Sie warf dem Mann den Ring zu. Dieser fing ihn auf und küsste ihn.

„Sie sollten ihn einmal aufsetzen."

Nun schaute er verdutzt drein. „Der passt mir nicht. Wieso sollte ich das tun?"

„Am kleinen Finger passt er sicher. Und wenn man einen Ring verschenkt, der bereits einer Frau gehört hat, ohne ihn selbst einmal aufzusetzen, bringt das Unglück. Vor allem bei Verlobungen", flunkerte sie.

„Das ist doch alles Schwachsinn", nuschelte der Mann, setzte ihn aber dennoch auf. Han hoffte, eine Regung in seinem Blick, ein kleines Aufleuchten in seinen Augen zu bemerken, doch das Gesicht des Mannes schien unverändert.

„Wollen Sie die Frau etwa immer noch?", fragte sie trotzdem.

Der Mann hob fragend die Augenbrauen.

Plötzlich schrie er auf.

Rico hatte sich in seiner Wade verbissen und machte keine Anstalten, seinen Kiefer zu lockern. Selbst als der Mann mit aller Gewalt versuchte, den Drachen abzuschütteln, liess er nicht los. Dann klappte der Einbrecher in sich zusammen.

Han schlug die Hände vor den Mund. „Was hast du mit ihm gemacht?"

„Vergiftet." Er zuckte gleichgültig mit den Schultern. „Als ich verstanden habe, was du vorhast, musste ich irgendetwas tun. Gestohlene Magie funktioniert nicht. Und als Drache kann ich mich doch nicht ausrauben lassen."

„Dein Biss ist giftig? Und was soll ich jetzt mit ihm machen?", schimpfte sie, obwohl sie dem Drachen in Wirklichkeit dankbar war.

„Setz' endlich den Ring auf, du stures Gör", knurrte der Drache bedrohlich. Der Vorfall hatte seine Raubtierinstinkte geweckt.

Han war mit einem Mal völlig eingeschüchtert. Sie bückte sich zögerlich, nahm dem Mann den Ring vom kleinen Finger und zog ihn sich dann schliesslich selbst über. Und ab da war nichts mehr wie zuvor.

DER LEKTOR

Cornel Worofka

Ludwig drehte am Zündschlüssel und sofort erstarb der Motor des Wagens. Nur die Scheinwerfer und das Autoradio waren weiterhin in Betrieb, um den Mann von der erdrückenden Stille und der Dunkelheit des Waldes abzuschirmen. Eine kleine, sichere Zone. Zumindest bildete sich Ludwig genau das ein. Es war nicht seine liebste Umgebung, aber sein bester Mitarbeiter wollte es so. Oder vielmehr hatte er keine andere Wahl, als sich hier in dieser Einsamkeit zu verkriechen, und Ludwig hatte sich diesem Umstand gefügt. Zum Glück musste er nicht jeden Tag diesen Ort besuchen. Wenigstens das hatte er aushandeln können bei dem kleinen Pakt.

Ludwig zückte das Smartphone aus der Manteltasche um nachzusehen, ob ihn jemand hatte erreichen wollen. Sophia, natürlich. *Wo bleibst du?* Sie war wie an jedem dieser Abende allein mit den Kindern zurückgeblieben und wunderte sich, wo sich ihr Mann herumtrieb. Überstunden, so nannte er es. Es war keine komplette Lüge, aber eben auch nicht die volle Wahrheit. Ludwig tippte seine Standardausrede auf das Display und hoffte, dass der Empfang hier ausreichte, damit die Nachricht auch versendet wurde. Er drückte seinen Hinterkopf an die Kopflehne und schloss kurz die Augen. Ob er ihr jemals von diesen Treffen erzählen könnte? Er hasste das Versteckspiel und die Flunkerei. Die Ausreden zu tippen, fühlte sich von Mal zu Mal schwerer an. Es war nicht seine Art.

Ludwig steckte das Smartphone zurück in die Tasche und blickte auf den Beifahrersitz. Der Stapel an Manuskripten war mit einem Strick fest verzurrt, um ihn gut transportieren zu können. Ludwigs Finger drehten wieder am Autoschlüssel und diesmal wurde es finster und das monotone Geschwafel aus dem Radio verstummte im Wagen. Allein der Gedanke, sich wieder in dieses schwarze Loch da draussen zu stürzen, weckte das Unbehagen in Ludwig.

„Oh Mann", stöhnte er leise und griff nach dem verschnürten Stapel Papier neben sich, um ihn mit nach draussen zu zerren, als er endlich ausstieg. Dort empfing ihn die Dunkelheit unliebsam mit der erwarteten Kälte und Geräuschen, die für einen Wald wohl normal waren, aber bei Nacht einfach nur bedrohlich wirkten. „Oh Mann, oh Mann, oh Mann", wiederholte Ludwig leise. Er klemmte sich den Stapel unter den Arm und versuchte, schnell voranzukommen, was gar nicht so einfach war, wenn man vor lauter Dunkelheit nur gruselige Umrisse zu sehen bekam und die Schrittlänge sich vor Nervosität immer weiter verkleinerte. Ludwig versuchte Letzteres mit einem schnelleren Tempo auszugleichen und er wünschte sich, dass sein beschleunigter Atem nur daher rührte. Wieder kramte er nach dem Smartphone in seiner Manteltasche, um die Taschenlampenfunktion zu betätigen. Er kannte den Weg zwar auswendig, aber auf die Sicherheit einer Lichtquelle wollte er nicht verzichten. Ludwig zwang sich zur Ruhe und versuchte, ruhig zu atmen. Was sollte schon passieren? Es war nur ein Wald. Einer, den er bereits seit etlichen Jahren durchquerte. Nie war etwas vorgefallen. Und trotzdem presste er immer wieder ruckartig den Stapel fest an seinen Körper, wenn wieder einmal ein Geräusch aus dem Unterholz zu ihm drang.

„Das ist doch lächerlich", schimpfte er leise mit sich selbst, als würde ihn das beruhigen. *Das ist nur ein Wald. Das ist nur ein Wald.* Ludwig dachte nur diesen einen Satz. Wieder und wieder. Es wurde zu seinem Mantra für den weiteren Weg.

Seine Beine trugen ihn immer tiefer hinein, in das Herz des Waldes. Es dauerte gewöhnlich eine gute Viertelstunde, bis die ersten Felsen endlich in Sicht kamen. Sie ragten in der Dunkelheit besonders bedrohlich aus dem Boden. Bald waren sie so gross, dass Ludwig den Kopf in den Nacken hätte legen müssen, um ihr Ende erahnen zu können. Doch dafür hatte er weder die Zeit noch die Nerven. Er wollte nur schnell sein Ziel erreichen. Dort würde es wieder wärmer sein und hell. Ausserdem würde er dort nicht allein sein. Er würde sich in der besten Gesellschaft befinden, die er nur haben konnte. Abgesehen vielleicht von Sophia und den Kindern.

Das Labyrinth aus Fels wurde dichter, und bald schon verschmolzen die vielen einzelnen Brocken zu massiven Wänden aus Stein. Ludwig stellte mit Erleichterung fest, dass die Strecke sich dem Ende näherte. Spätestens als er die zwei Felswände vor sich sah, die sich einander zuneigten, schaltete er die Taschenlampe an seinem Smartphone ab und steckte es weg. Ein kleinerer Felsen, der von einer der Wände abgebröckelt sein musste, versperrte ihm auf Brusthöhe den Weg. Es war seit jeher das sichere Zeichen für Ludwig, dass er am Ende seiner kleinen Wanderung angekommen war. Er packte das Bündel mit den Manuskripten und schob es in eine kleine Lücke unter dem Felsen hindurch, bevor er sich mühselig daran versuchte, sich auf den festgeklemmten Brocken zu hieven und darüber hinweg zu klettern. Er hatte zu lange keinen Sport mehr gemacht. Die

Felswände waren sich hier so nah, dass er nur seitlich zwischen ihnen hindurch kam und sich ein paar Schrammen zufügte, bis er endlich wieder festen Boden unter seinen Füssen spürte. Es fühlte sich enger an als das letzte Mal. Wahrscheinlich hatte er doch zugenommen. Wie es Sophia schon seit ein paar Wochen behauptete, auch wenn Ludwig es immer abgestritten hatte. Sie hatte recht gehabt.

Er ging in die Knie, um den Stapel Papier den letzten Rest unter dem Felsen hindurch zu ziehen, und war froh, als wenige Meter weiter die Wände wieder mehr Abstand zwischen sich liessen. Sie liessen sogar Raum für eine kleine Lichtung, auch wenn keine Pflanze diese Chance nutzte, um sich hier breitzumachen. Wie auch, wenn sie vermutlich regelmässig mehreren Tonnen Gewicht ausgesetzt wäre, sobald der Bewohner der Höhle eine Runde drehte in der Nacht. Dies war sein Landeplatz. Sein Vorgarten. Das einzige kleine Plätzchen Ruhe, das er hatte, abgesehen von der Höhle, deren schwarzer Schlund rechts von Ludwig in der Felswand gähnte. Noch so ein Anblick, der ihm gehörig das Blut in den Adern gefrieren lassen würde, wüsste er nicht, dass dort unten ein alter Bekannter auf ihn wartete. Vor diesem Hintergrund schaffte es Ludwig sogar, die Mundwinkel zu heben. Er war endlich da.

Sein Arm packte das Bündel Manuskripte wieder unter den Arm, bevor er sich auf die Höhle zu bewegte. Ein Windstoss kam ihm an der Schwelle entgegen, der sich deutlich wärmer anfühlte als die Umgebungstemperatur dieser Januarnacht. Ludwig stützte seine freie Hand an die Höhlenwand, um sich vorzutasten. Es war stockduster und das Gelände abschüssig, aber das würde nur ein paar Meter anhalten. Kein Grund, das Smartphone wieder herauszuholen. Sein Gastgeber war ohnehin kein Freund von elektrischem Licht. Er bevorzugte den warmen Schein des

Feuers, und dieser war auch schon zehn Schritte weiter in der Dunkelheit der Höhle zu erahnen. Mit jedem Schritt, den Ludwig tat, wurde es wärmer und heller. Fast so, als würde er nach Hause kommen.

Wie zuvor an der Oberfläche liessen auch unterirdisch die Felswände von Meter zu Meter mehr Platz zwischen sich, um schliesslich in einem Hohlraum zu münden. Der Hausherr der Höhle hatte es sich dort mit einem Feuer gemütlich gemacht und blickte in seine Richtung, als würde er Ludwig schon längst erwarten. Ludwig klemmte den Stapel vor seinen Körper und lächelte dem Drachen entgegen.

„Trrrachujl kki, Rrggtmrr." Stolz strahlte Ludwig den Drachen an und nickte mit dem Kopf zur Begrüssung.

„Trrarchuijll kky", erwiderte der trocken. Ludwig legte die Stirn in Falten.

„Was?"

„So heisst es richtig, wenn du mich begrüssen willst", kam prompt die belehrende Antwort. „Trrarchuijll kky", wiederholte der Drache nochmals und Ludwig hielt für einen Moment inne, um den Klang für sich zu studieren.

„Wo ist der Unterschied?"

„Der Unterschied liegt in etwa sieben grammatikalischen und elf Aussprachefehlern. Und da habe ich noch nicht einmal meinen Namen korrigiert."

„Wie soll das gehen? Ich habe doch gerade einmal drei Worte gesagt?"

„Faszinierend, nicht wahr?"

„Ich weiss nicht, ob faszinierend das richtige Wort dafür ist."

„Welches würdest du denn verwenden?"

„Frustrierend."

Der Drache stiess ein kurzes Lachen aus, das von den Wänden der Höhle widerhallte. Ludwig verstummte wieder und setzte dann von neuem an, seine Begrüssung aufzusagen, aber der Drache schloss bereits nach zwei Silben nur die Augen, als würde ihm der Mann gerade physischen Schmerz bereiten.

„Lassen wir das lieber." Der Drache schüttelte den Kopf und verschränkte die Pranken vor sich auf dem Boden. Ein kleines Funkeln stahl sich in die gelben Augen, als er seinen Kopf Ludwig entgegen reckte. „Hast du etwas Schönes für mich mit?"

Ludwig sah hinab auf den Stapel in seinen Händen, den der Drache ebenfalls ganz interessiert betrachtete.

„Das hoffe ich, ja." Ludwig sah wieder auf, übergab dem Drachen aber noch nicht den Stapel. Erst wollte er wissen, was die Manuskripte des letzten Besuches für einen Eindruck hinterlassen hatten.

„Nichts dabei. Alles langweilige Geschichten, wie ihr sie schon zuhauf habt", antwortete der Drache, verzog die Lefzen und richtete seinen Kopf wieder zurück in die vorherige Position, um erhaben in der Höhle zu thronen.

„Schade", kommentierte Ludwig und nahm den Rückzug seines besten Lektors als Einladung, die Höhle vollends zu betreten.

Der Drache grinste. Oder zumindest glaubte Ludwig, dass es so war. Es war schwer, in eine Reihe von messerscharfen Zähnen zu blicken und dabei etwas Wohlwollendes zu entdecken. Ludwig sah sich in der Höhle um, entdeckte aber keine Hinweise auf das Päckchen, das er dem Drachen das letzte Mal mitgebracht hatte.

„Wo sind sie denn?"

Der Drache grinste noch breiter und drehte den Kopf. Ludwig folgte dessen Blick und betrachtete das Feuer, das in der Höhle brannte. Es dauerte einen Moment, bis der Groschen fiel.

„Oh, komm schon. Ich dachte, wir hätten uns darauf geeinigt, dass du keine Manuskripte mehr verbrennst", nörgelte Ludwig und der Drache machte nicht den Eindruck, als ob er den Verstoss gegen ihre Abmachung sehr bedauerte.

„Das kann ich erst versprechen, wenn du mir besseres Material mitbringst. Glaub mir, das ist noch das Beste, was man aus ihnen herausholen konnte. Ein gemütliches, kleines Feuerchen."

Ludwig atmete tief durch und wandte den Blick von dem Feuer ab.

„Gibt es denn wirklich so wenig, das deiner Kritik standhält?"

„Du hast mich eingestellt", verteidigte sich der Drache. „Du wolltest meine ehrliche Meinung zu den Autoren, die sich bei dir bewerben. Und da hast du sie." Stolz betrachtete der Drache sein Feuer und Ludwig kam nicht umhin, es sich ebenfalls wieder anzusehen. Allerdings stand er dem Ganzen eher entsetzt gegenüber, im Gegensatz zu dem Drachen, der eine schier greifbare Genugtuung ausstrahlte.

„Oh Mann." Ludwig blickte auf das Bündel in seinen Armen und kassierte einen flüchtigen Seitenblick des Drachen. „Ich kann nicht versprechen, dass heute etwas Besseres dabei ist."

„Lass das meine Sorge sein."

Schweren Herzens tat Ludwig ein paar weitere Schritte auf den Drachen zu und stellte den Stapel neben ihm ab.

„Vertraust du meinem Urteil nicht mehr?" Der Drache legte den Kopf auf dem Boden ab und sah zu Ludwig hinüber. Der zuckte nur mit den Schultern und wand sich ein wenig.

„Doch, schon." Ludwig kratzte sich im Nacken. „Du lagst mit deinen Meinungen bisher immer richtig."

„Na also." Zufrieden erhob sich der Drache wieder und durchschnitt mit der Kralle die Schnüre, die das lose Papier zusammenhielten.

„Dann wollen wir doch mal sehen, was du dieses Mal mitgebracht hast."

Ludwig liess sich mit wenig guten Aussichten ebenfalls auf dem Boden der Höhle nieder und setzte sich in den Schneidersitz, die Ellenbogen auf die Knie gestützt. Er hatte keine grossen Hoffnungen, dass *Rrggtmrr* – oder wie auch immer er nun hiess – zufrieden zu stellen war. In den ganzen Jahren, in denen er den Drachen nun um seine Meinung bat, hatten ihn vielleicht vier Manuskripte wirklich angesprochen. Vier von Hunderten. Aber so deprimierend das auch war, konnte Ludwig nicht behaupten, dass der Drache sein Kunstwerk nicht verstand. Diese vier Manuskripte, die er durchgewinkt hatte, waren zu grossen Erfolgen geworden. Sie hatten Preise gewonnen, waren auf Bestsellerlisten vertreten und trotzdem ganz anders als das, was üblicherweise verlegt wurde. Ja, Drachen verstanden wahrlich etwas von Sprache und Literatur. Und von Originalität. Aber was sollte man auch anderes von ihnen erwarten? Ihre Sprache war unübertroffen. Ludwig verstand zwar nicht viel von dieser, aber er hatte inzwischen gelernt, dass Drachen sich in einer Art und Weise unterhielten, die von grammatikalischer und sprachlicher Perfektion war. Jeder Buchstabe und jede Silbe hatte solch tiefgreifenden Einfluss auf ihren Ausdruck, dass es unmöglich war, die Tragweite dieser Sprache als Mensch zu erfassen.

„Es ist diesmal auch eine Geschichte mit Drachen dabei. Ich dachte, das könnte dir möglicherweise gefallen", platzte es aus Ludwig heraus.

Der Drache schnaubte und kleine schwarze Wolken stoben aus seinen Nüstern in die Luft.

„Wohl kaum."

Ludwig sah den Drachen überrascht an.

„Aber ist das nicht schön für dich? Das müsste doch genau dein Gebiet sein."

„Das ist ja das Problem."

„Wieso?"

„Weil ich es viel besser weiss als ihr. Eure Geschichten über Drachen … sie sind allesamt nur alberne Karikaturen von mir und meinen Artgenossen. Nichts wird uns gerecht." Der Drache züngelte nach einem Blatt Papier, um es vom Stapel zu hebeln und das nächste zu lesen.

„So habe ich das noch nie betrachtet." Entschuldigend sah Ludwig den Drachen an und beobachtete, wie dieser seinen Kopf immer weiter zu dem Papierstapel heranbrachte, um die Wörter darauf lesen zu können. Erst da fiel Ludwig auf, dass etwas fehlte.

„Wo ist deine Brille?"

„Ich brauche keine Brille", zischte der Drache.

„Das war nicht die Antwort auf meine Frage." Ludwig stützte seine Arme hinter seinen Beinen ab und lehnte sich zurück, um das Reptil vor sich prüfend zu mustern. Der Drache wischte mit seinem Schwanz über den steinernen Boden, dass die grünen Schuppen darauf kratzten. Ein bisschen wie ein aufgescheuchtes Tier.

„Hast du dich mal wieder drauf gesetzt?"

Der Drache schwieg und tat ganz so, als würde er Ludwig nicht hören.

„Das ist die achte Brille in einem Jahr."

„Was sind diese Dinger auch so zerbrechlich?", beschwerte sich der Drache.

„Warum setzt du dich auch drauf?", entgegnete Ludwig.

„Ich wusste nicht, dass sie dort liegt."

„Weil du sie nicht gesehen hast?" Ludwig verzog nun die Lippen zu einem Grinsen und wusste, dass er den Drachen mit dieser Frage reizte.

„Kann schon sein. Aber das liegt nicht daran, dass ich schlecht sehe!"

„Ah ja." Ludwig nickte und sah sich in der Höhle um. „Da ist doch nichts dabei. Bei den Lichtverhältnissen hier ist es kein Wunder, dass du eine zum Lesen brauchst."

„Ein Drache braucht keine Brille." Der Drache zog den Kopf wieder nach oben um zu demonstrieren, dass er auch so lesen konnte, aber die Fassade konnte er nicht lang aufrechterhalten. Schon wenige Sekunden später klebten seine Augen wieder direkt auf dem Papier.

„Ich lasse eine Neue anfertigen."

„Wenn du meinst, dass das nötig ist."

Ludwig sah den Drachen weiterhin grinsend an, aber sagte nichts weiter dazu. Zwar sträubte er sich jedes Mal gegen die Lesehilfe, aber wenn Ludwig mit einer neuen ankam, wurde sie trotzdem angenommen.

Der Drache gab den Versuch auf, noch mehr zu lesen, und schob den Stapel Papier dementsprechend von sich weg. Seine Pranken legten sich wieder übereinander, während er Ludwig eingehend betrachtete.

„Wann lese ich denn eigentlich mal etwas von dir?"

„Von mir?" Ludwig schüttelte leicht den Kopf und setzte sich aufrechter hin. „Ich verlege Bücher nur, ich schreibe sie nicht."

„Wieso nicht?"

„Dazu fehlen mir die Ideen, schätze ich. Ausserdem hätte ich wenig Lust, mich deiner strengen Kritik auszusetzen." Er lachte leise auf, hörte aber sofort damit auf, als er bemerkte, dass der Drache nicht mit einstimmte. Drachen waren wirklich hart zu knacken, was das anging. Oder zumindest dieser. Es war nicht so, dass Ludwig wirklich viel über den typischen Charakter eines Drachens sagen konnte. Er kannte schliesslich nur diesen einen. „Aber ein kleiner Traum ist es natürlich trotzdem", setzte Ludwig hinten an und lächelte verträumt, während seine Augen über den Drachen hinweg wanderten. Bis ihm plötzlich ein Gedanke kam.

„Vielleicht solltest du ein Buch schreiben. Über euch Drachen."

„Ich?" Wieder schnaubte der Drache. „Wie soll das bitte gehen?" Unterstützend zu seinen Worten hob der Drache eine Pranke und spreizte die Krallen vor Ludwig. „Ich kann weder einen Stift halten, noch könnte ich auf einem dieser neumodischen Maschinen tippen."

„Computer."

„Was?"

„So heisst es richtig. Computer."

„Was macht das für einen Unterschied?"

Ludwig presste die Lippen grinsend aufeinander, weil er die Parallelen zu dem anfänglichen Gespräch entdeckte. Nur waren die Rollen dieses Mal umgekehrt. Darauf herumhacken wollte er allerdings nicht. Drachen wurden nicht gern aufgezogen. Zumindest dieser hier nicht.

„Das könnte ich für dich übernehmen."

Das Maul des Drachen öffnete sich leicht und Ludwig rechnete bereits mit einem schlagfertigen Konter oder Spott, doch der Drache sah ihn nur überrascht an. Seine Pranke senkte sich wieder zu Boden.

„Wie stellst du dir das vor?"

„Na ganz einfach." Ludwig rappelte sich vom Boden auf und klopfte sich etwas Dreck von den Hosen. „Du diktierst mir die

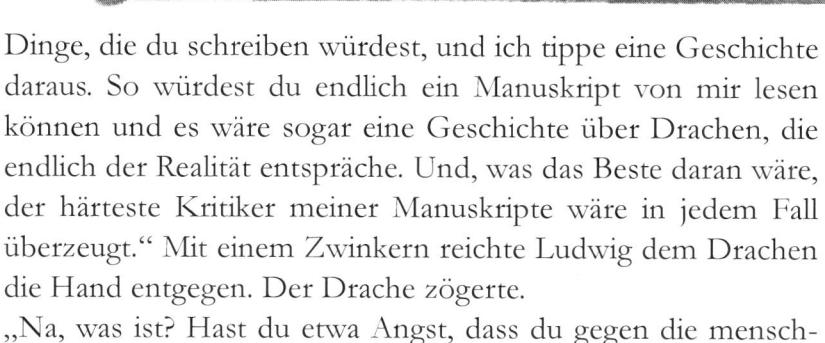

Dinge, die du schreiben würdest, und ich tippe eine Geschichte daraus. So würdest du endlich ein Manuskript von mir lesen können und es wäre sogar eine Geschichte über Drachen, die endlich der Realität entspräche. Und, was das Beste daran wäre, der härteste Kritiker meiner Manuskripte wäre in jedem Fall überzeugt." Mit einem Zwinkern reichte Ludwig dem Drachen die Hand entgegen. Der Drache zögerte.

„Na, was ist? Hast du etwa Angst, dass du gegen die menschlichen Autoren da draußen keine Chance hast?" Herausfordernd hob Ludwig die Augenbrauen. Ein Funkeln trat in die Augen des Drachen. Sein Interesse war offensichtlich geweckt.

„Du denkst, das könnte funktionieren?"

„Wir sind doch ein gutes Team bisher, findest du nicht? Ich sehe keinen Grund, warum es nicht klappen sollte. Also, Deal?" Ludwig zappelte leicht mit der Hand, um den Drachen wieder darauf aufmerksam zu machen. Dieser beäugte die Hand kurz und hob nun doch die Pranke, um eine spitze Kralle vorsichtig in Ludwigs Handfläche zu drücken. Sie fühlte sich erstaunlich warm an, wie Ludwig feststellte.

„Deal", antwortete der Drache. Ludwig lächelte zufrieden und sah dem Drachen tief in die Augen.

„Aber wir brauchen echt einen anderen Namen für dich."

KRALLEN-PFLEGE FÜR FORT-GESCHRITTENE

Laura-Luisa Neitz

Einzelne Sonnenstrahlen brechen durch die tristen grauen Wolken, als würden sie die Tür zu einer anderen Welt aufstossen. Es wäre zu schade, wenn ich mich jetzt schon in meiner winzigen Wohnung verkrieche. Was oder wer wartet da schon auf mich? Nichts und niemand. Seufzend lasse ich mich auf eine der Bänke vor meinem Wohnblock fallen, wandere mit meinem Blick die Geschäftspassage am anderen Ende des Parkplatzes entlang und ziehe das Buch aus meiner Tasche. Natürlich ein episches Fantasyspektakel. Insgeheim fühle ich mich zwischen Feen, Orks und all den anderen imaginären Gestalten heimischer als in der realen Welt. Kurz recke ich mein Gesicht zum Himmel, um einen der warmen Sonnenstrahlen einzufangen, bevor ich mit dem Lesen beginne. Das habe ich mir nach der nervigen Arbeit echt verdient. Doch weit komme ich nicht. Kaum dass ich in die Geschichte eingetaucht bin, scheppert es ohrenbetäubend laut. Intuitiv ducke ich mich weg und blicke ängstlich um mich. Waren das Schüsse? Eine Explosion? Auf das Klirren folgt hohes Gekreische, das meine Augen auf das Nagelstudio lenkt. Aufgebrachte Menschen stürmen aus dem Geschäft, in dessen Schaufenster ein riesiges Loch klafft. Sollte ich die Feuerwehr oder Polizei rufen? Wie lauten nochmal die Notrufnummern? Selbst wenn ich mein Handy schon griffbereit hätte, wäre es mir jetzt wohl aus der Hand gefallen. Ein grosser Kopf blickt durch das zersplitterte Glas. Sogar aus der Entfernung sieht er atemberaubend aus – gleichermassen atemberaubend schön und atemberaubend gefährlich. Ich dachte, die Dinos wären ausgestorben.

Fassungslos sehe ich zu meinem Buch. Das ist alles Fiktion. Ich übertreibe es in letzter Zeit einfach mit dem Lesen. Jetzt lasse ich Realität und Literatur schon verschwimmen. Kann Druckerfarbe berauschende Wirkung haben und Halluzinationen hervorrufen? Immer wieder lasse ich meinen Blick zwischen dem Buch vor mir auf dem Schoss und der Szenerie, die sich dort wenige Meter von mir entfernt abspielt, hin- und herwandern. Wirklichkeit. Fantasie. Wahrheit. Einbildung. Auch nach mehrmaligem Blinzeln und Kneifen wache ich nicht auf. Das ist kein Traum. Erst jetzt wird mir klar, dass sich meine Beine verselbstständigt haben und mich immer näher zu dem geheimnisvollen Wesen führen.

„Cynthia!", zischt ein Typ in brauner Lederjacke dem riesigen Reptil zu und versucht, es mit der dünnen Leine von dem Geschäft wegzuzerren, wobei er natürlich kläglich versagt. „Du unsagbar störrisches …"

Das Tier erstickt seine Schimpftirade mit einem lauten Brummen, während es widerspenstig Dampf aus seinen Nüstern stösst. Hier wird irgendein Fantasyfilm gedreht, kommt es mir plötzlich in den Sinn. Neugierig sehe ich mich nach den Kameras um, die ich aber nirgendwo entdecken kann. Die Szenenbildner haben auf jeden Fall gute Arbeit geleistet. Staunend bewundere ich die mehr als authentische Nachbildung des beeindruckenden Wesens. Diese grossen Augen sind der Wahnsinn! In ihnen liegt so viel Lebendigkeit. Sie blicken gleichzeitig stur, abschätzend, aber auch treu. Nur schwer kann ich mich von ihnen losreissen, um mir das Reptil in seiner ganzen Schönheit anzusehen. Im Licht schimmert die schuppige, moosgrüne Haut rosa. Anstelle von Fell trägt dieses faszinierende Tier Stacheln. Wie sich die Haut wohl anfühlt?

„Ich kümmere mich immer um deine Krallenpflege. Und wie dankst du es mir?", redet sich der Kerl in Rage.

„Vielleicht hat sie ja Lust auf eine neue Farbe", überlege ich. Erst als sich der Mann mit der Leine zu mir umdreht, merke ich, dass ich meinen Gedanken laut geäussert habe.

„Hast du das Schild nicht gelesen?", fragt er trotzig. Meint er jetzt mich oder das Tier? „Drachen lackieren verboten!"

Wo eben noch eine Nails-Leuchtreklame grell geblinkt hat, hängt jetzt tatsächlich ein derartiges Hinweisschild. Ungläubig schüttele ich den Kopf.

„Wenn du nicht aufhörst, nenne ich dich nur noch Cindy", ruft er hämisch grinsend dem Wesen zu. „Das liebst du doch so. Nicht wahr, Cindy?"

Missmutig setzt sich das riesige Tier in Bewegung. Sein Cindy-Trick scheint Wirkung zu zeigen.

„Das ist ein Drache?", frage ich verblüfft, als mir bewusst wird, was er da gerade gesagt hat.

„Ja, was dachtest du denn?", entgegnet der Typ schulterzuckend, als ob es das Normalste der Welt wäre, mit einem Drachen Gassi zu gehen. Wie magisch angezogen folge ich den beiden. Immer wieder speit das fantastische Geschöpf Feuer, setzt damit Mülleimer, Autos und die dürftig bepflanzten Grünflächen auf dem Parkplatz in Flammen. Der Drachenhalter führt mit der rechten Hand die bis zum Bersten gespannte Leine, während er mit der linken kunstvolle Bewegungen in der Luft vollführt, um das Feuer zu löschen und die angesengten Dinge wieder in ihren Ursprungszustand zurückzuversetzen. So geht es weiter, bis wir den nahe liegenden Stadtpark erreichen.

„Hier kannst du nicht ganz so viel Unsinn anstellen, bis ich die Wandlung vorbereitet habe", murmelt er dem Wesen zu und klopft es sachte, wie ein Reiter sein Ross.

„Was wird verwandelt?", entfährt es mir.

Der Typ dreht sich so rasant um, dass ihm sein zerzaustes Haar ins Gesicht fällt. Wütend bäumt er sich vor mir auf. „Bist du uns gefolgt?"

„Ich …", setze ich kleinlaut an und überlege mir schnell eine Notlüge, „musste zufällig auch in diese Richtung." Genau in diesem Moment brennt der Drache ein grosses Loch in den akkurat getrimmten Rasen. Saftiges Grün weicht rauchender Asche.

„Cynthia!", brüllt der Kerl und stürmt los, um auch diesen Fehltritt seines Drachens wieder rückgängig zu machen.

„Sie tanzt dir ganz schön auf der Nase rum", ziehe ich ihn schmunzelnd auf. Er wirft mir einen vernichtenden Blick zu, ehe er mit schnellen Handbewegungen den verbrannten Fleck schrumpfen lässt. Doch das Brandloch verschwindet trotz aller Bemühungen nicht ganz. Jetzt sieht es so aus, als ob eine Feuerschale oder ein Grill dort stand.

„So ein Drachendung!", wütet er los. „Jetzt habe ich fast meine ganze Zauberkraft für die Fehltritte dieses sturen Drachenviehs aufgebraucht."

„Vielleicht stört sie irgendwas", überlege ich wieder laut. „Oder ihr ist langweilig."

Oh je, jetzt habe ich den Bogen eindeutig überspannt und seine Wut auf mich gezogen. „Wer bist du, dass du mir, Kalvin, einem der erfahrensten Wandler überhaupt, erklären willst, wie ich meinen Drachen zu behandeln habe?"

„Ich möchte doch nur helfen", erwidere ich entschuldigend und versuche, die Spannung zwischen uns wegzulächeln.

„Also langweilig ist ihr eindeutig nicht. Wir haben wichtige Dinge zu erledigen", gibt er zögernd zu bedenken. „Geheime Missionen."

„Auf denen ihr Dinge verwandelt?", frage ich möglichst beiläufig, um vielleicht noch etwas mehr aus ihm herauszubekommen.

„Verwandlungen sind nur ein kleines Gebiet meines Könnens", erklärt Kalvin, während er stolz seine Schultern strafft. „Ich bin ein Wandler. Das sind Magier, die zwischen eurer Welt und unserer hin- und herwandeln."

„Es gibt also wirklich eine magische Welt?", platzt es aus mir heraus. Der Schwall an Fragen ist nicht mehr aufzuhalten. „Wie sieht es da aus? Kannst du mir etwas von dort berichten? Bitte, bitte, bitte!"

„Ich habe schon viel zu viel verraten", blockt er plötzlich ab und bewegt sich auf Cynthia zu. Natürlich folge ich ihm. „Wenn Ergon das mitbekommt!"

„Wer ist Ergon?", frage ich neugierig, immer noch total davon geflasht, einen Zauberer samt seinem Drachen zu treffen. Das fühlt sich zu real an, um reiner Fantasie zu entspringen, aber auch zu fantastisch für die nüchterne Realität.

„Was ist bloss mit diesem Drachen los?", wundert sich Kalvin, als Cynthias Schuppen immer kräftiger rosa schimmern.

„Ergon ist ein Wächter", berichtet er mir, als ich mich schon fast damit abgefunden hatte, nichts mehr zu erfahren. „Er überwacht uns Wandler."

Meine Neugier möglichst unterdrückend blicke ich zu ihm, während er Cynthia die Stacheln krault. „Das klingt gruselig."

„Ist es auch", gibt er mir recht, „und echt nervig. Ich musste schon mehrmals bei ihm antanzen."

Langsam habe ich begriffen, dass ich die Infos, nach denen ich mich so verzehre, nur bekomme, wenn ich ihn nicht dazu dränge. „Gab's Ärger?"

„Er war nicht gerade erfreut", antwortet er mir knapp.

„Aber warum nicht?", taste ich mich weiter ran.

Mit einem Anflug von Verzweiflung rauft sich Kalvin die Haare. „Cynthia bringt mich in letzter Zeit immer wieder in solche blöden Situationen. Als ob sie mir eins auswischen will."

„Sie wirkt auf mich alles andere als fies", gebe ich zu bedenken, während ich allen Mut zusammennehme und das erste Mal meine Hand ausstrecke, um die wunderschöne Drachenhaut zu streicheln. „Vielleicht wünscht sie sich einfach mehr Beachtung und Feingefühl von dir."

„Ich wünsche mir auch so einiges", brummt er. „Wenn das so weitergeht, muss ich sie wohl oder übel gegen einen gehorsameren Drachen eintauschen. Auch wenn es mir noch so schwerfällt, weil ich sie ja selber ausgebrütet und aufgezogen habe. Vielleicht ist sie in der Hand einer Wächterin einfach besser aufgehoben oder in der Zucht."

Plötzlich weicht jegliches Schimmern aus Cynthias Schuppen und sie schlägt ihre Augen nieder. Mit diesen Worten hat er sie echt verletzt.

„Anstatt ihr zu drohen, solltest du lieber mal überlegen, warum sie sich so verhält."

„Sie ist ein Weibchen", motzt er los. „Wann handeln die schon rational verständlich?"

„Deine Machosprüche kannst du dir sparen", setze ich ihm entgegen. „Ich dachte, so was gibt es nur in unserer Welt."

Er grummelt etwas, das sich im Entferntesten wie eine Entschuldigung anhört.

„Was passiert, wenn sie Blödsinn anstellt?", frage ich, um weitere Infos aus ihm rauszubekommen.

Kalvin beginnt, unruhig hin- und herzurennen, während er mir antwortet. „Ergon kriegt das mit, bestellt mich zu sich und ich bekomme immer mehr Einschränkungen. Ich weiss echt nicht, was Cynthia davon hat. Sie darf dadurch ja auch immer weniger."

„Vielleicht hat sie keine Lust auf eure Missionen und würde lieber faul auf ihren Schuppen liegen."

Er bleibt stehen und zeigt mit beiden Händen auf Cynthia, die unter meinen Streicheleinheiten wieder etwas rosa Farbe bekommen hat. „Sieht sie etwa so aus? Sie ist doch so was von neugierig und abenteuerlustig."

„Vielleicht hängt es mit Ergon zusammen", entgegne ich nachdenklich. „Gibt er ihr irgendwelche Leckerlis oder so?"

„Ergon ist alles andere als ein Typ, der Leckerlis verteilt", spottet Kalvin und schiebt meine Erwägung mit einer wegwerfenden Handbewegung beiseite. „Bei Ergon verhält sich Cynthia auch immer schüchtern."

Mit aller Fantasie versuche ich mir auszumalen, wie ein Aufeinandertreffen mit diesem Ergon wohl abläuft. „Ich stell mir so einen Wächter auch ganz schön einschüchternd vor."

Kalvin zeigt sich unbeeindruckt. „Er ist eigentlich ein ganz normaler Typ, der sich wegen seiner Funktion aber für zu wichtig nimmt."

„Und was ist da noch so? Hat er ein Büro oder wo trefft ihr euch?"

„Über die Behörde darf ich echt nichts verraten", beginnt er ärgerlicherweise wieder zu mauern. Doch so schnell gebe ich nicht auf. Das ist eine einmalige Chance, die ich mir nicht entgehen lasse.

„In der magischen Welt gibt es eine Behörde?", lache ich auf. „Ich kann mir nichts vorstellen, was weniger Zauber umgibt als eine Behörde."

„Es sieht auch anders aus als in eurer Welt. Während hier einige Drachen im Amt arbeiten, hat bei uns jeder Mitarbeiter einen Drachen", frotzelt er.

Jetzt hat er mein Interesse ins Unermessliche gesteigert. Diese Fantasiewesen haben es mir echt angetan. Obwohl der Begriff Fantasiewesen nicht mehr so wirklich passt. Seitdem ich Cynthia kenne, haben Drachen für mich die Fantasie überflügelt und sind in meine Realität eingeflogen. „Ergon hat auch einen Drachen? Auch so einen grossen? Passt der überhaupt in sein Büro?"

„Sein Drache Cedroc ist sogar noch grösser als Cynthia", erzählt mir Kalvin begeistert und deutet mit seinen Händen die riesige Statur des Tieres an, während sein eigener Drache von einen auf den anderen Moment pink zu leuchten beginnt.

„Was ist nur los mit dir, Cindy?", wendet sich Kalvin genervt an Cynthia. Wie kann er nur so schnell seine Laune ändern? Wahrscheinlich ist es das, was seinen Drachen so verrückt macht.

„Hast du wieder irgendwas in dich reingefressen, auf das du allergisch reagierst?"

„Ich glaube, sie reagiert alles andere als allergisch", werfe ich zögerlich ein, als bei mir endlich der Groschen fällt.

„Ganz im Gegenteil."

„Woher kennst du dich jetzt plötzlich so mit Drachen aus?", ärgert sich Kalvin nun auch wieder über mich.

„Nicht direkt mit Drachen", gebe ich zu, „aber mit Gefühlduselei, wie du es wahrscheinlich nennst."

„So", brummt er, blickt mich misstrauisch an und verschränkt seine Arme vor der Brust.

„Sie ist verliebt", lasse ich die Katze oder besser gesagt den Drachen aus dem Sack.

Seine Augen, die eben noch zu Schlitzen verengt waren, nehmen nun die Grösse von Tennisbällen an. „Wer? Wie? Was?"

„Wieso verwundert es mich jetzt nicht, dass dir nur Fragezeichen ins Gesicht geschrieben stehen?"

„Du meinst Cynthia und Cedroc?", fragt er perplex. „So was habe ich ja noch nie gehört."

„Und du denkst, du seist ein Drachenexperte?", ziehe ich ihn auf.

„Dreimaliger Drachenflugmeister in Folge, Bestnoten in meiner Ausbildung zum Drachenwandler, einjähriges Praktikum in der Drachenzucht et cetera", rattert er seinen Lebenslauf runter. „Das spricht ja wohl für sich."

„Manches kann man halt nicht lernen", foppe ich ihn genüsslich. „Also sei froh, dass du mich getroffen hast."

„Das bin ich wirklich, ehrlich", gibt er überraschenderweise zu.

„Aber trotzdem muss ich schon bald deine Erinnerungen an uns auslöschen. Sonst bin ich schneller wieder bei Ergon, als ich Drachendung sagen kann."

„Ich würde dir raten, ab sofort öfters von dir aus bei Ergon vorbeizuschauen. Vielleicht kannst du dich als Drachensitter für Cedroc anbieten oder so", gebe ich ihm als letzten Rat mit auf den Weg.

„Danke, du hast mir wirklich weitergeholfen", gibt er kleinlaut, aber aufrichtig zu. Cynthia stupst mich als Zeichen ihrer Dankbarkeit leicht an, was mich jedoch fast von den Füssen reisst. Kalvin kann mich gerade noch am Fallen hindern und schüttelt über das Verhalten seines Drachens den Kopf – jetzt aber nicht mehr verärgert, sondern grinsend.

„Es wird Zeit, Abschied zu nehmen. Ich hoffe, dass meine Kraft noch ausreicht, um unser Treffen …", er stoppt und schluckt den Rest des Satzes runter. Wenn ich mich nicht täusche, fällt es ihm nicht so leicht wie alle anderen Zauber, die er heute vollführt hat. „Du weisst schon."

Obwohl ich nichts lieber wollen würde, als ihn davon abzuhalten, nicke ich tapfer. Ein Sorry ist das Letzte, was ich höre, bevor mir schwarz vor Augen wird.

Langsam erwache ich aus einem ganz tiefen Schlaf. Mühsam öffne ich die Augen und setze mich schneller auf, als es gut wäre. Wo bin ich? Es ist dunkel. Über mir spannt sich der Sternenhimmel. Mein Blick wandert über den fast leeren Parkplatz, auf dem nur vereinzelt Autos stehen. Erschrocken weiche ich zurück, als ich auf der Bank neben mir einen Typ im Lichtkegel der Strassenlaterne sitzen sehe, der mich unentwegt anstarrt. Irgendwie kommt er mir bekannt vor. Woher kenne ich ihn bloss? Aus der Schule? Ist er ein alter Nachbar? Vereinzelt ploppen Bilder in meinem Kopf auf. Züngelnde Flammen, eine Leine, rosa schimmernde Schuppen, grosse treue Augen.

„Wo ist Cynthia?", platzt es aus mir heraus, als sich mein Unterbewusstsein an die Oberfläche meines müden Geistes kämpft.

Ein Schmunzeln huscht über sein Gesicht, während er seine Jacke öffnet, hineingreift und vorsichtig eine Bartagame herausholt. Ihre Krallen leuchten auffällig rosa. Von wegen Drachen lackieren verboten!

TRAUMFRAU OHNE HUND

Karina Geiger

Nina konnte es nicht glauben. Sie hatte im Leben noch nie eine schönere Frau gesehen als die Schwarzhaarige, die gerade an der Empfangstheke von Ninas Tierarztpraxis stand und mit Tim, dem Tierarzthelfer, sprach. Die Unbekannte trug einen eleganten Mantel in dunklem Violett, der ihre grünen Augen bis hin zu Ninas Behandlungsraum leuchten liess. Und obwohl das Gesicht offen und freundlich wirkte, lag ein Hauch von Verzweiflung in diesen wunderschönen Gesichtszügen.

Nina sah, wie Tim auf eine Frage der Frau den Kopf schüttelte und die Verzweiflung noch grösser wurde. Sofort setzte sich Nina in Bewegung. Keine Ahnung, was da vor sich ging, aber sie konnte es auf keinen Fall zulassen, dass Tim diese bildhübsche Person wegjagte.

„Einen schönen Guten Tag. Ich bin Doktor Müller. Herzlich willkommen in meiner Praxis", unterbrach die Tierärztin das Gespräch und streckte der Dunkelhaarigen ihre Hand entgegen.

„Sehr schön, Sie kennenzulernen", antwortete ihr Gegenüber und Nina fühlte einen elektrischen Schlag, als sich ihre Hände berührten.

Nicht stark, aber aufregend.

Sie wollte mehr davon.

„Mein Name ist Felicitas Fiedler und das ist Fogo." Frau Fiedler hob die Tier-Transportbox mit beiden Händen hoch, die bisher zwischen ihren Beinen gestanden hatte. Zum Vorschein kam eine grosse Echse. Jetzt verstand Nina auch Tims Kopfschütteln.

„Wie ich Frau Fiedler gerade schon gesagt habe, sind wir in unserer Kleintierpraxis leider nicht auf Reptilien spezialisiert. Ich kann ihr allerdings gerne ein paar Experten empfehlen …"

„Oder wir werfen einfach einen kurzen Blick auf das Tier und sehen, was wir tun können", unterbrach Nina ihren Mitarbeiter. Die Dunkelhaarige erstrahlte vor Freude und Nina hätte sich wahrscheinlich niemals an diesem Anblick sattsehen können, wenn Tim sie nicht mit einem sehr unromantischen „Häh?!" unterbrochen hätte.

„Entschuldigen Sie uns kurz", meinte die junge Tierärztin in ihrem süssesten Ton zu Frau Fiedler und zog dann Tim mit sich in ihren Behandlungsraum.

„Warum hast du gesagt, dass wir uns das Reptil anschauen? Wir sind dafür gar nicht ausgebildet."

„Weil die Frau unsere Hilfe braucht. Ausserdem kann es ja nicht schaden, einen kurzen Blick darauf zu werfen. Hat sie denn gesagt, was dem Tier fehlt?"

Tim zuckte mit den Schultern. „Sie meinte nur, der Leguan will nichts mehr essen und verhalte sich komisch … was auch immer das bei einem Leguan bedeutet."

Nina blickte zu der schönen Unbekannten, die inzwischen ihre Transportbox auf der Theke abgestellt hatte und beschwichtigend auf das Reptil einredete. Die Tierärztin seufzte. Hätte diese Traumfrau nicht einfach einen Hund haben können?

„Okay … Du nimmst das Tier mit in den Behandlungsraum und machst ein paar Routine-Checks und ich unterhalte mich solange mit der Besitzerin. Vielleicht finde ich ja etwas heraus." Der Tierhelfer runzelte die Stirn. „Was ist das für ein komisches Vorgehen? Warum gehen wir nicht zusammen in den Behandlungsraum und … Ohhhhh." Tim fing an zu kichern. „Du willst mit Frau Fiedler ein bisschen alleine sein. Verstehe, verstehe."

Nina verdrehte die Augen und wünschte sich, sie würde in ihrer Arztpraxis für ein bisschen mehr Schrecken und Autorität sorgen. Das hat man nun von einem kollegialen Arbeitsklima.

„Gib mir einfach zehn Minuten", knirschte sie durch die Zähne, woraufhin der junge Mann dümmlich grinste: „Ich weiss nicht so recht. Das entspricht nicht zwangsläufig den Verordnungen."

„Weisst du, was auch nicht den Verordnungen entspricht? Im Innenhof der Tierpraxis Marihuana zu rauchen. Und mein vorlauter Tierhelfer macht es trotzdem."

Nina hatte gehofft, sie könnte dieses Druckmittel noch ein bisschen länger für sich behalten. Aber die wunderschöne Frau Fiedler war ihr jedes Bestechungsmittel recht. Ausserdem war Tims Anblick einfach göttlich. Der arme Junge hatte grosse Telleraugen bekommen und sein Mund war offen stehen geblieben, unfähig etwas zu erwidern. Die Tierärztin nutzte den Moment und schob ihren Angestellten wieder zur Theke.

„Herr Schneider wird jetzt Ihren kleinen Fogo ins Behandlungszimmer mitnehmen. Und während die beiden Hübschen ein paar Untersuchungen durchführen, würde ich mich gerne ein bisschen mit Ihnen unterhalten."

Die Dunkelhaarige blickte Nina überrascht an. „Also, ich weiss nicht, ob das eine gute Idee ist, Fogo alleine zu lassen."

„Ach, da müssen Sie sich wirklich keine Sorgen machen. Bei Herrn Schneider ist der Kleine in sehr kompetenten Händen", versicherte die Tierärztin zuckersüss. Sie hoffte, dass ihr Gegenüber darauf ansprang. Natürlich wollte sie gerne ein paar Minuten alleine mit ihr haben, aber sie konnte die Dunkelhaarige auch nur schlecht dazu zwingen. Nach ein paar Sekunden Bedenkzeit stimmte Frau Fiedler dann allerdings doch zu – Nina hoffte, es hatte etwas mit ihrem charmanten Lächeln zu tun.

„Du benimmst dich, Fogo!", ermahnte Frau Fiedler den Leguan bevor er mit einem schmollenden Tim im Behandlungszimmer verschwand. Nina musste grinsen. Es bereitete ihr immer wieder Freude zu sehen, wie eng die Verbindung zwischen Besitzer und Tier sein konnte. Das Ganze wurde nur noch süsser bei einer so attraktiven Besitzerin …

„Und Sie wollten sich mit mir unterhalten?", fragte die Dunkelhaarige und riss Nina damit aus ihrer Träumerei.

„Äh … was?"

„Sie wollten reden? Über Fogo?"

„Ja, ja genau", Nina schüttelte sich aus ihrem Tagtraum. Das fing ja super an. „Am besten gehen wir in unseren Aufenthaltsraum. Da sind wir ungestörter." Oh Gott, das hatte ja wie eine ganz schreckliche Anmache geklungen.

Die andere Frau zog kurz eine Augenbraue hoch und schmunzelte dann. „Wie Sie wünschen, Doktor."

Nina versuchte cool zu bleiben. Die schöne Frau Fiedler flirtete eindeutig zurück. Das war ein guter erster Schritt.

Mit einem leichten Nicken führte sie die Dunkelhaarige in die kleine Küche, in der sie und ihre Angestellten die Pausen verbrachten. Der Raum war einfach und Nina konnte sich nicht daran erinnern, jemals eine Besitzerin hierher mitgenommen zu haben. Aber besondere Situationen erforderten eben besondere Massnahmen.

Sie machte eine einladende Geste und Frau Fiedler nahm am Küchentisch Platz. Nina setzte sich ihr gegenüber. Aus der Nähe waren die grünen Augen noch hypnotisierender.

Nina räusperte sich und versuchte, sich zusammenzureissen. „Erzählen Sie mir doch bitte, was genau das Problem mit Fogo ist."

„Das ist ein bisschen schwer in Worte zu fassen. Er benimmt sich … merkwürdig. Einfach nicht, wie er selbst. Er ist mir gegenüber sehr abweisend und will auch nicht mehr spielen."

Nina runzelte die Stirn. „Echsen sind normalerweise keine sehr sozialen Haustiere", sagte sie mit Bedacht. Frau Fiedler seufzte. „Ich weiss, das klingt ein bisschen verrückt. Aber Fogo ist besonders. Er gehört zu einer speziellen Rasse, wenn man so will."

Die Tierärztin wollte gerade weiter nachhaken, als die Tür aufgerissen wurde. Im Türrahmen stand ein panisch wirkender Tim. Nina sprang sofort auf und ging zu ihrem Angestellten.

„Tim, was ist passiert?", fragte sie ihn flüsternd. Sie hoffte inständig, dass mit dem Leguan alles in Ordnung war. Sie wollte nicht ihre Lizenz verlieren, nur weil sie mit einer hübschen Frau flirten wollte. „Ist alles okay mit dem Leguan?"

„Das Ding ist kein Leguan", erwiderte Tim mit zittriger Stimme.

„Was meinst du damit?"

Tim schluckte. „Es … keine Ahnung. Es schaut mich so komisch an. Und es hat die Augenfarbe gewechselt."

„Was?!"

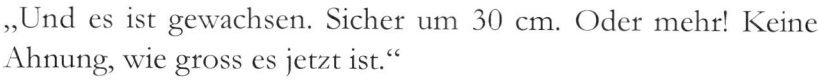

„Und es ist gewachsen. Sicher um 30 cm. Oder mehr! Keine Ahnung, wie gross es jetzt ist."

„Warte, du hast das Tier alleine im Behandlungsraum gelassen?", fragte Nina entgeistert.

„Nein! Also … ja, schon. Laura bewacht die Tür."

Nina rieb sich mit der Hand über die Stirn und versuchte, sich zu beruhigen. Sie konnte den Blick von Frau Fiedler auf ihrem Rücken spüren.

„Du hast also unsere Auszubildende Laura darum gebeten, die Tür des Behandlungsraums zu bewachen, weil das Tier seine Augenfarbe wechseln kann und gewachsen ist?"

Tim nickte eifrig.

Nina seufzte. „Okay, Tim. Ich bitte dich darum, dass du dich beruhigst, zurück in den Behandlungsraum gehst und die Untersuchung beendest. Ich komme in ein paar Minuten nach und wir beide unterhalten uns ernsthaft darüber, was halluzinogene Drogen mit deinem Gehirn anstellen."

Tim öffnete seinen Mund, doch ein Blick von Nina schien zu reichen.

Der junge Mann nickte nur und verliess ohne ein weiteres Wort den Raum.

„Ist alles in Ordnung?", wollte Frau Fiedler beunruhigt wissen.

„Ja, alles bestens. Heutzutage ist es eben schwierig, gutes Personal zu finden", lachte Nina gespielt, aber bekam von der anderen Frau nur einen fragenden Blick. Das lief ja ganz fantastisch.

„Möchten Sie denn einen Tee?", fragte Nina, um das Thema zu wechseln.

„Ähm ja. Wenn Sie Minze haben, dann gerne einen Minztee."

Nina nickte und stellte den Wasserkocher an. Vielleicht war es schlauer, wenn sie sich bewegte. Es gab ihr weniger Gelegenheit, die schöne Dunkelhaarige anzustarren und sich noch mehr zu blamieren.

„Seit wann haben Sie Fogo?", fragte sie, während sie nach zwei vorzeigbaren Tassen suchte.

„Erst seit sechs Monaten. Er hat davor bei meiner Grossmutter gelebt. Sie hatte ein grosses Haus mit viel Platz im Schwarzwald. Sie ist …"

Nina drehte sich zu Frau Fiedler um. Der Dunkelhaarigen fielen die nächsten Worte sichtlich schwer. „Meine Grossmutter ist vor einem halben Jahr gestorben und ich habe Fogo zu mir geholt. Er war ihr Ein und Alles. Und anfangs ging es ihm auch gut, aber jetzt …", sie seufzte verzweifelt. „Ich hab' keine Ahnung, was mit ihm passiert und was ich machen soll. Wahrscheinlich hätte ich nicht einmal hier herkommen sollen. Das war eine dumme Entscheidung."

„Nein, das war es nicht", Nina trat an den Tisch heran und legte der anderen Frau ihre Hand auf die Schulter. Sie wusste nicht, ob diese Geste angemessen war, aber sie konnte nicht anders. Die Worte brachen ihr fast das Herz.

„Ich kenne Sie nicht sehr gut, aber ich sehe, wenn ein Tier seinem Besitzer wirklich viel bedeutet. Und das ist bei Ihnen ganz eindeutig der Fall. Also seien Sie nicht so hart zu sich selbst. Und haben Sie ein bisschen mehr Vertrauen in unsere Fähigkeiten." Bei den letzten Worten zwinkerte Nina und Frau Fiedler schenkte ihr ein schüchternes Lächeln.

„Danke", sagte sie leise.

Nina wollte ihre Hand gerade wegziehen, als sich die Finger der Dunkelhaarigen auf ihren Handrücken legten. Sachte und unsicher. Aber eine Berührung, die Ninas Puls in die Höhe schiessen liess. Frau Fiedler sah zu ihr auf. Ein zurückhaltendes Lächeln lag auf ihren Lippen. Und die grünen Augen strahlten Nina mit einer Intensität an, die sie nicht für möglich gehalten hätte.

„NINA!"

Die Tierärztin machte einen Sprung zurück als plötzlich Tim wieder in der Tür stand.

„Nina, du musst sofort mitkommen!"

Nina funkelte ihren Tierarzthelfer böse an, doch dieser schien zu sehr in seiner Hysterie gefangen, um den Todesblick zu bemerken.

„Es kann fliegen! Ich habe versucht, es einzufangen, aber dann hat es Feuer nach mir gespuckt!"

Nina wollte Tim zurechtweisen, als Frau Fiedler bereits aufgesprungen und aus dem Raum gerannt war.

„Das hat ein Nachspiel", raunte Nina Tim noch zu und machte sich dann ebenfalls auf in Richtung des Behandlungszimmers.

„Das tut mir so furchtbar leid!", bekräftigte sie als sie den Raum betreten und die Tür hinter sich geschlossen hatte. „Ich werde alles tun, um …"

Nina versagte die Stimme.

Die Echse war nicht auf dem Behandlungstisch, sondern krallte sich oben an die Zimmerdecke. Und es sah auch gar nicht mehr aus wie eine normale Echse. Es war ganz eindeutig grösser, als sie es in Erinnerung hatte – von den zwei Flügeln auf dem Rücken ganz zu schweigen.

„Was zum Teufel ist das?"

Frau Fiedler starrte sie mit grossen Augen an. „Ich hatte Ihnen gesagt, dass Fogo besonders ist."

„Jeder Besitzer erzählt uns, dass sein Tier besonders ist! Aber ihnen wachsen normalerweise keine Flügel."

„Dann bringen die Leute wohl normalerweise keine Drachen in Ihre Praxis."

„Keine … was?!" Nina hörte selbst, wie ihre Stimme panischer wurde. Das konnte doch nicht wirklich passieren! Zu allem Überfluss hielt Fogo das jetzt für einen guten Zeitpunkt, um seine Flügel auszubreiten und auf Nina zuzufliegen. Die schrie auf und rannte, so schnell sie konnte, in die andere Ecke des Raums.

„Fangen Sie das Ding ein!", rief sie der anderen Frau zu, die ähnlich panisch wirkte.

„Das würde ich machen, wenn Sie nicht so rumschreien würden. Sie machen ihm Angst."

„ICH mache IHM Angst? Das Ding hat mich angegriffen und davor meinen Mitarbeiter und … kann es wirklich Feuer spucken?"

„Nur wenn er sehr unter Stress steht. Ich habe Ihnen gesagt, dass er Hilfe braucht", meinte die Dunkelhaarige vorwurfsvoll. Nina konnte es nicht fassen. Wer war diese Person?!

„Was sind Sie? Sind Sie eine Hexe? Haben Sie mich mit Ihren Zauberkräften verführt, damit mir nicht auffällt, was hier passiert?"

„Von was sprechen Sie überhaupt?", fragte die andere entgeistert, aber Nina schüttelte nur den Kopf.

„Ich wusste, dass etwas nicht mit rechten Dingen zugeht. Keine Frau kann so attraktiv sein."

„Sie finden mich attraktiv?"

Nina konnte darauf nicht antworten. Ihr Blick traf zum ersten Mal den von Frau Fiedler, seitdem sie den Raum betreten hatten. Die grünen Augen sahen sie fragend und hoffnungsvoll an. Es lag die gleiche offene Verletzlichkeit in ihnen, die Nina von Anfang an gesehen hatte. Vielleicht war Nina zu naiv, aber das war nicht der Blick einer Frau, die die Welt brennen sehen wollte. Die Tierärztin atmete tief durch und wählte ihre nächsten Worte mit Bedacht. Es waren Worte, die sie nicht zum ersten Mal an liebevolle, aber überforderte Tierhalter richtete: „Das Tier ist eine Bedrohung für die Allgemeinheit. Es ist gefährlich und sollte nicht unter Menschen gehalten werden."

Frau Fiedler sah sie verzweifelt an und schüttelte den Kopf. „Nein, bitte. Fogo ist die letzte Verbindung, die ich zu meiner Familie habe. Wir schaffen das. Wir brauchen nur ein bisschen Hilfe."

Als ob er die Worte verstanden hätte, flog Fogo auf seine Besitzerin zu und landete sanft in ihren Armen. Frau Fiedler drückte den Drachen an sich, der daraufhin auf seine vorherige Grösse schrumpfte. Es brach Nina fast das Herz. Sie konnte nicht helfen. Sie glaubte nicht, dass überhaupt jemand helfen konnte.

„Nina! Ist alles in Ordnung?", rief plötzlich Laura durch die Behandlungstür.

„Ja, hier ist alles im Griff", antwortete die Ärztin und betete, dass nicht gleich die Tür aufgerissen wurde. Sie wollte sich nicht vorstellen, wie Fogo auf den Stress reagierte.

„Alles klar. Die Feuerwehr ist in fünf Minuten da", kam es von der Auszubildenden.

„Was?!", rief Nina zurück.

„Tim war total panisch und hat etwas von Feuer erzählt. Ich dachte, das wär die beste Entscheidung … Soll ich reinkommen?"

„Nein!", antworteten die Ärztin und die Dunkelhaarige gleichzeitig.

„Ich bin sofort da, Laura." Nina klang ruhig, aber ihre Gefühlswelt sah ganz anders aus. Was sollte sie jetzt tun? Vielleicht war es keine schlechte Idee, ein feuerspuckendes Wesen bei der Feuerwehr zu melden.

„Bitte nicht", flehte die Besitzerin, als konnte sie Ninas Gedankengang erahnen. „Lassen Sie uns einfach gehen und ich verspreche, Sie sehen uns nie wieder."

Nina seufzte. Sie wusste nicht, was die richtige Entscheidung war.

Also hörte sie auf ihr Herz.

„Die Tür hinter Ihnen führt zu einem langen Flur. Gehen Sie den entlang und Sie landen auf dem Mitarbeiterparkplatz. Von da aus können Sie unbemerkt verschwinden."

„Danke", antwortete Frau Fiedler. Nina warf einen Blick auf das Wesen in ihren Armen. Die Flügel waren am Körper angelegt und es starrte Nina mit einem undefinierbaren Blick an. Sie wusste nicht, ob es gleich einschlafen oder zum Angriff losfliegen würde. Sie sah wieder in das schöne Gesicht der Dunkelhaarigen, die sie dankbar anlächelte. Nina erwiderte das Lächeln

leicht und nickte ihr zum Abschied zu. Dann drehte sich die Ärztin um und ging aus dem Behandlungszimmer. Sie hörte, wie hinter ihr die Tür zum Hinterausgang geöffnet und leise geschlossen wurde.

…

Nina verschränkte die Arme vor der Brust und hielt sich selbst davon ab, zum dritten Mal auf ihre Uhr zu sehen. Die Andere war zu spät. Wenn sie überhaupt aufkreuzte.

Der Vorfall in der Praxis war einen Monat her und Nina hatte Frau Fiedler in einer SMS ein Treffen vorgeschlagen – in der Hoffnung, dass die Dunkelhaarige am Empfang ihre richtige Nummer angegeben hatte.

Nachdem die Tierärztin noch ein paar Minuten gewartet hatte, konnte sie endlich ein Scheinwerferlicht sehen. Ein Auto, das in den einsamen Feldweg einbog, auf dem sie stand. Ihr Herz machte einen kleinen Hüpfer als Frau Fiedler aus dem Auto stieg. Sie trug wieder ihren violetten Mantel und war im Mondschein genauso schön wie im grellen Licht der Tierarztpraxis.

„Ich habe mich verfahren", sagte die Dunkelhaarige als Begrüssung. Sie wirkte angespannt. In der einen Hand umklammerte sie die Transportbox, die Nina bereits aus der Praxis kannte.

„Ist das Fogo? Wie geht es ihm?", fragte Nina.

„Was wollen Sie von uns, Dr. Müller?"

Nina war über die unfreundliche Art nicht überrascht. Ihr Gegenüber hatte keine Ahnung, ob das eine Falle war.

Trotzdem war sie gekommen.

„Mir wär es lieber, wenn wir zum Vornamen wechseln und du mich Nina nennst. Das hier hat nichts mit meiner Arbeit zu tun. Es ist eher ein Tipp … unter Bekannten."

Die Dunkelhaarige zog die Augenbrauen hoch. „Na schön. Und was für ein Tipp soll das sein, Nina?"

„Als du mir von Fogo erzählt hast, hat es mich eher an das Verhalten eines Hundes als an das einer Echse erinnert. Ich gehe davon aus, dass deine Grossmutter im Schwarzwald abgeschieden gelebt hat und Fogo viel Bewegungsfreiheit hatte?"

„Kann sein", antwortete Frau Fiedler – Felicitas – vorsichtig.

Nina sprach weiter: „Ich bin sicher keine Expertin in Drachenkunde, aber Fogo zeigt die typischen Anzeichen eines Hundes, der zu wenig Bewegung hat. Regelmässige Flugtouren sollten ihm dabei helfen, sich besser zu fühlen."

Felicitas starrte sie mit grossen Augen an. „Du meinst … jetzt?"

Nina zuckte mit den Schultern. „Wieso nicht? Es ist hier auf dem Feld stockdunkel und es ist keine Menschenseele zu sehen. Solange er nichts in Brand steckt, sollten wir sicher sein."

Die Schwarzhaarige überlegte kurz und öffnete dann die Box. Fogo sprang auf den Boden und stand genau vor Nina. Diese schluckte, als der Drache vor ihr wuchs und die Flügel an seinen Seiten auftauchten. Sie war fasziniert und eingeschüchtert zugleich. Einen Moment starrte Fogo sie nur an und Nina befürchtete schon, dass sie in Flammen aufgehen würde. Dann wand er seinen Blick ab und schwang sich in die Höhe.

Nina atmete erleichtert auf und hörte dann ein leises Lachen. Felicitas lächelte sie zaghaft an und richtete dann den Blick gen Himmel. In der Dunkelheit war Fogo nur ein Schatten. Eine Kontur, die sich mit hypnotisierender Grazie und Geschicklichkeit über den Sternenhimmel bewegte. Nina wünschte sich fast mehr Licht, um das Spektakel besser beobachten zu können.

„Danke", hörte sie Felicitas' sanfte Stimme. „Danke, dass du uns hilfst."

„Danke, dass du gekommen bist und mir eine zweite Chance gibst", erwiderte Nina und machte einen Schritt auf die andere Frau zu. Die grünen Augen leuchteten sie in der Dunkelheit an.

„Ich hab übrigens nicht vergessen, dass du mich attraktiv findest", meinte Felicitas schmunzelnd.

„Und ich habe nicht vergessen, dass du beinahe meine Praxis abgefackelt hast."

Felicitas warf ihren Kopf in den Nacken und lachte. Es war so ein volles und glückliches Lachen, dass Nina gar nicht anders konnte und noch einen Schritt auf sie zukam.

Sie standen jetzt ganz nah beieinander.

Felicitas grinste. „Habe ich dir eigentlich schon von meinen vier Katzen erzählt?"

Nina wusste nicht, ob das ein Witz war oder nicht. Aber eines wusste sie ganz genau: Sie war dabei, sich in diese Frau zu verlieben – mit all ihren Geheimnissen.

„Ich kann's kaum erwarten, sie zu treffen", antwortete sie ehrlich. In der Dunkelheit suchte sie die Hand der Anderen und ergriff sie. So standen sie noch lange da, während Fogo über ihnen seine Runden drehte.

TEIL II
DRACHENAUGE

DRACHEN-TRÄUME

Danny M. Hygelheim

Im Traum bist du mir erschienen
So anmutig und stark
Stets deinem Herzen gefolgt
Und der Liebe seinen Dienst erbracht
Wild und ungestüm
Das innere Feuer entfacht
Und mit flammendem Atem nach aussen gebracht

Ehrlich und aufrichtig begegnest du mir
Sprichst mir aus der Seele
Bis ich dem Traum entrissen
Und der Realität wieder aufgewacht

Mit offenen Augen – sehendem Leid
Sagt mir die Erfahrung:
Traue keinem, verbrannt wirst du sein!
Verbittert, berechnend
Und vom Mitgefühl kalt

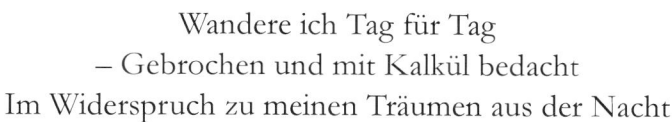

Wandere ich Tag für Tag
– Gebrochen und mit Kalkül bedacht
Im Widerspruch zu meinen Träumen aus der Nacht

Schliesse ich die Augen
Träume ich von Liebe und Freiheit
Des Lebens Mut
Von Abenteuern und Gemeinsamkeit
Doch stattdessen faucht mir entgegen
Die stets flammende Wut

Zum Mittel der Anderen
Bin ich verkannt
Dem eigenen Zweck entrissen
In deren eisigem Atem verbrannt

Erkaltetes Herz – innerer Glut zum Trotz
Der Liebe abgewandt
Denn im Tauschgeschäft
Stets auf Konkurrenz bedacht

Im täglichen Kampf
Um die blosse Existenz
Mich selbst vermarktet
Gefügig und zum Objekt gemacht

Mit scheinbar schützender Kälte
Der Emotionen fern
Mich selbst belogen
Bis zum inneren Kern

Nun am Boden und ausgebrannt
Vom Widerspruch zerrissen
Dem Leben fern, dem ich entrannt
Bleibt nichts mehr übrig
Bis auf etwas Asche und ein wenig Glut
Als plötzlich und aus letzter Not
Ein Funken Leben in mir
Entzündet sich entbrannt
– Aus Liebe und Wut

Allem Widerstand zum Trotz
Entgegen der Masse
Stehe ich auf
Wie Phönix aus der Asche

Das kalte Herz erwärmt
Vom inneren Feuer entfacht
Mit flammendem Herzen erhoben
Der Drache in mir erwacht

Anmutig, aufrichtig und mit Liebe bedacht
Breite ich meine Schwingen aus
Mit feurigem Atem und leuchtendem Herzen
Den Traum zur Wirklichkeit gemacht.

DER DRACHE AUS DEM ABFLUSSROHR

Kerstin Niederbäumer

„Lass das! Verraucht und verstopft!"

Erschrocken drehe ich das Wasser ab.

Eine kleine Dampfwolke steigt aus dem Abfluss. Es ertönt ein Geräusch wie von Schmirgelpapier auf rostigen Autoteilen. Dann ein leises Rülpsen und die Dampfwolke färbt sich hellgrün.

„Hallo?"

Ich mache einen halben Schritt vom Waschbecken weg und beuge mich gleichzeitig mit dem Kopf nach vorn, um einen kurzen Blick in den Abfluss zu werfen. Da kommt die Stimme doch her, oder?

„Hallo? Ist da jemand?"

„Ja klar, ich bin hier! Und deinetwegen bin ich jetzt klatschnass und hab den ganzen Schleim zwischen den Schuppen!"

Es schnauft empört.

„Ähm, hallo, wer bist du denn? Und was machst du in dem Abfluss?“

„War ja klar! Ich habe natürlich ein Abflussrohr erwischt! Na, ich kann ja wohl von Glück reden, dass ich nur Wasser auf den Kopf gekriegt habe. Tante Melusine hat immer gesagt, wenn du jemals ins Oben gehst, such’ dir die schmalen Rohre aus. Da kann nur was Kleines durchgespült werden … Aber nass ist nass und das juckt ganz schrecklich unter den Schuppen und hier ist es so eng, dass ich mich nicht mal umdrehen kann, geschweige denn putzen! Und …“

„Alles klar, aber wer bist du denn?“, versuche ich den Redefluss meines Gesprächspartners zu unterbrechen. Schuppen? Oben?

„Ich bin Nepomuk. Und wer bist du? Und warum flutest du mein Rohr?“

„Was machst du hier im Abflussrohr, Nepomuk?“

„Ach so, verzeih. Mein Name ist Nepomuk Ladislaus von Röhringen III, letzter Spross der Berliner Rohrschachtdrachen. Und wenn mir nicht bald jemand hilft, ende ich hier wohl als Mumie im Rohrendstück …“ Nepomuks Stimme verklingt mit dramatischem Tremolo.

Verdutzt schaue ich mich um. Ein Drache? Im Abflussrohr?

„Hallo? Soll das hier ein Witz sein?“

„Mitnichten! Das ist tödlicher Ernst! Ich hänge fest!“

„Nepomuk, ja? Wieso habe ich noch nie von dir und deiner Art gehört? Drachen gibt es im Märchen. Drachen spucken Feuer und sitzen nicht im Abflussrohr!“

„Drachen gibt es nur im Märchen? Pah!“ Wieder steigt eine kleine Wolke aus dem Abfluss, diesmal orange.

„Dann mal herzlich willkommen in deinem persönlichen Märchen! Nur weil du noch nicht von uns gehört hast, heisst das nicht, dass es uns nicht gibt! Wie heisst du überhaupt?“

Es schrappt im Abfluss und das Rohr unter dem Waschbecken wackelt bedenklich.

„Oh, sorry, ich heisse Lena." Mein Blick irrt zum Spiegel über dem Waschbecken. Ich unterhalte mich mit einem Drachen im Abfluss!

„Soll ich vielleicht die Haustechnik holen? Die haben Werkzeug und können das Rohr sicherlich ganz schnell aufschrauben!" Stolz auf diesen Geistesblitz schaue ich mich nach dem Haustelefon um. An der Rezeption kann man mein Anliegen sicherlich schnell weitergeben und dann kommt ein Techniker mit einem grossen Werkzeugkasten …

… und fragt sich, was die Verrückte aus Zimmer 235 eingeworfen hat, um mit Drachen im Abfluss zu sprechen …

Das ist wohl doch keine so gute Idee.

„NEIN!", tönt es wie zur Bestätigung aus dem Rohr. „Schlimm genug, dass du jetzt weisst, dass es uns gibt! Wir Rohrschacht-drachen leben in den tiefsten Katakomben einer Stadt und zeigen uns nie den Menschen."

„Und wieso sitzt du dann unter dem Waschbecken im Ellington Hotel fest?"

„Ich habe mich verlaufen! Ich bin auf meiner Queste – dem Ausflug ins Oben, den jeder Kleindrache an der Schwelle zum Schachtdrachen macht. Alle Drachen müssen einmal im Leben bis an die Grenzen zum Oben kriechen und einen Blick darauf werfen. Danach kehren wir für den Rest unseres Lebens zurück in die Tiefe. Aber ich habe mich wohl verlaufen und bin näher am Oben als ich wollte … Ob ich je hier wegkomme? Und meine Familie wiedersehen werde? Entweder ich verhungere hier jämmerlich oder ich werde auf ewig in den Gängen unter der Stadt herumirren, einsam und allein. Meine Rufe werden ungehört verhallen …"

Das Gejammer wird von weiterem energischen Schaben und Ruckeln im Rohr begleitet. Und dann passiert es: Die Rohrschelle, die den Abfluss mit dem Siphon verbindet, gibt nach und der Abfluss öffnet sich.

„Aaaah! Mach das weg! Mach das aus! Auaaa!"

„Was denn?" Panisch schaue ich mich um.

„Aua! Hell! Heiss! Aua!"

Nepomuk verträgt scheinbar kein Licht! Ich hechte zur Badezimmertür und schlage sie zu. Gleichzeitig drücke ich mit der anderen Hand den Lichtschalter. Alles wird dunkel.

Fast.

Denn aus dem Rohr unter dem Waschbecken dringt ein goldener Lichtschimmer.

„Nepomuk? Alles klar bei dir?"

„Ja", kommt es gequetscht aus dem Rohr. Dann wird das Licht heller und ich sehe, wie sich eine vierzehige Pfote über den Rand schiebt, gefolgt von einem schlanken, geschuppten Bein. Es folgt eine zweite Pfote und nach einigem Schnaufen und Ruckeln schiebt sich ein wundersames Wesen aus dem Rohr: schlank und biegsam wie ein Marder, von Kopf bis Fuss von goldenen, leuchtenden Schuppen bedeckt. Eine schmale, stumpfe Schnauze. Grosse dunkle Augen, die sich nun auf mich richten. Unter goldenen Lidern blinzelt es mich an.

„Bist du wunderschön!"

„Lena, nehme ich an?" Ohne den Abfluss klingt die Stimme plötzlich weniger unheimlich, eher etwas quietschig.

„Äh, ja, hallo, ich bin Lena. Du bist dann wohl Nepomuk …"

„Endlich wieder Luft!" Der schlanke Leib weitet sich und nach weiteren fünf oder sechs Atemzügen ist er um zwei Handspannen länger geworden und schimmert im eigenen goldenen Schein.

„Hatschi! So ein Mist, jetzt habe ich mich auch noch erkältet!"

„Aber nicht von dem bisschen Wasser, mit dem ich mir die Hände waschen wollte!"

„Pah. Bist du nass geworden, oder ich?"

„Okay, du hast dich erkältet, das tut mir leid. Was machen wir denn jetzt mit dir?"

Neugierig rücke ich ein bisschen näher an den Drachen heran, der es sich auf dem flauschigen Badezimmervorleger bequem gemacht hat und dort Dreck aus den Berliner Abflussrohren verteilt.

„Trocknen, bitte!" kommt es etwas jämmerlich. Geräuschvoll zieht Nepomuk die Nase – oder Schnauze? – hoch.

„Wie kriege ich dich denn trocken mit deinen ganzen Schuppen?"

„Meine Mama pustet mir immer von hinten ihren heissen Atem unter die Schuppen. Aber das kannst du wohl nicht?"

Ich gehe zum Waschbecken, greife nach dem Föhn, stecke den Stecker ein und drehe mich triumphierend zu Nepomuk um.

„Ich habe keinen Drachenatem, aber ich habe das hier!", und damit schalte ich den Föhn ein und ziele wie mit einer Pistole von hinten auf Nepomuk.

„Ja! Mehr! Geht es vielleicht noch ein bisschen wärmer?"

„Ja, eine Stufe habe ich noch."

„So! Genau so ist es perfekt!"

Vor mir auf dem völlig verdreckten Vorleger windet sich ein zierlicher Drachenkörper und lässt sich den warmen Luftstrom unter die Schuppen blasen.

„Ihihihi! Das kitzelt, wunderbar!"

„Da, nimm das auch noch, du Drache!" Ich schwenke den Föhn von links nach rechts und versuche, Nepomuk immer wieder aus einem neuen Winkel zu erwischen.

Nach einigen Minuten dreht er sich auf den Bauch, schüttelt sich noch einmal durch und verkündet: „Danke, das hat gutgetan! Alle Schuppen trocken."

Ich verpacke den mechanischen Drachenatem und setze mich dann wieder auf den Boden zu Nepomuk.

„So, trocken bist du nun. Und was kommt jetzt?"

Schnell ist die gute Laune wieder verflogen.

„Ich weiss es doch auch nicht …"

„Keine Panik, Nepomuk, wir finden eine Lösung. Schau, aus dem engen Rohr bist du schon mal raus und warm und trocken bist du auch schon."

Nepomuk knurrt.

„Hey, was soll das denn?"

„Entschuldigung! Das war mein Bauch." Verlegen blinzelt Nepomuk mich unter seinen schweren Lidern an. „Du hast nicht zufällig was zum Essen hier? Mit Hunger im Bauch kann ich so schlecht denken."

„Da findet sich sicherlich was. Was fressen denn Rohrschachtdrachen?"

„Ach, wir sind da wenig wählerisch, was uns so vor die Schnauze kommt und nicht schnell genug verschwindet. Würmer, Käfer, Asseln, junge Ratten. Dazu Pilze und Flechten. Hast du da vielleicht was …?"

Mich schüttelt es. Würmer und Asseln!

„Nein, so ein Menü kann ich leider nicht bieten, aber ich schau mal, was der Zimmerservice so auf der Speisekarte hat."

Ich schlüpfe aus dem Badezimmer und muss blinzeln im dämmergrauen Licht des verregneten Novembernachmittags. Auf dem Tisch mit dem Fernseher liegt die Speisekarte. Ich rufe an der Rezeption an und gebe meine Bestellung auf.

Es kratzt an der Badezimmertür. „Lena? Bist du noch da?"

„Alles klar, Nepomuk! Gleich kommt das Essen, bis dahin musst du bitte im Bad bleiben. Ich verdunkle das Zimmer, dann kannst du rauskommen."

Ich schliesse die Vorhänge. Alles dunkel, prima. Da ich nicht leuchte, stosse ich mir schmerzhaft das Schienbein an auf dem Weg zur Tür, an der in diesem Moment der Zimmerservice klopft. Schnell schalte ich das Licht ein, bevor ich die Tür öffne und das Essen in Empfang nehme. Das Tablett in Händen gehe ich zur Badezimmertür, lösche das Licht wieder und öffne sie.

Sofort erhellt Nepomuks Schein das Zimmer. Er hebt schnuppernd seine Schnauze und ich meine, ein interessiertes Funkeln in seinen Augen zu erkennen.

„Riecht das gut?" Ich lasse mich auf den Boden sinken und stelle das Tablett zwischen uns. „Achtung! Heiss!"

„Heisses Essen? Riecht … ungewohnt … Aber definitiv lecker!" Eine lange Zunge leckt über goldene Lippen.

Ich zerlege den Burger in seine Einzelteile und arrangiere diese zusammen mit den Pommes auf dem Tablett. Den Salat in der Schüssel stelle ich daneben. „Guten Appetit!"

Nepomuk sitzt neugierig vor dem Tablett und probiert sich mit delikaten kleinen Bissen einmal durch das Angebot. Er entscheidet sich für den Hamburger Patty, Teile des Salats und die Pommes. Sein Leuchten verstärkt sich und er gibt ein Geräusch ähnlich dem Schnurren einer Katze von sich.

Als der grösste Hunger gestillt ist, greife ich unsere früheren Überlegungen wieder auf.

„So, ich hoffe, jetzt geht es dir etwas besser. Wie geht es denn jetzt weiter? Wie bringen wir dich zurück in den Berliner Untergrund?"

„Weiss ich doch auch nicht!"

„Okay, was war der ursprüngliche Plan?"

„Alle Jungdrachen gehen an diesem grossen Tag auf die Queste. Waren sie am Oben, kehren sie zurück und es gibt ein grosses Fest … und ein tolles Büffet … und die Jungdrachen werden zu Schachtdrachen ernannt …" Etwas jämmerlich verklingt Nepomuks Stimme und eine kleine Träne rinnt ihm über die Wange. Ein Schluckauf geht durch seinen Körper.

„Hey, nicht weinen!" Ich rutsche neben meinen kleinen Besucher und lege ihm sachte eine Hand auf den Leib. „Wir finden schon einen Weg, wie wir dich zurückbringen!"

„Aber wie soll das gehen? Ich habe mich verirrt und weiss nicht, wo genau ich mich verlaufen habe." Erneutes Hicksen. „Ich werde nie ein Schachtdrache werden. Ich bin die schwarze Ratte der Familie. Und jetzt gehe ich auch noch auf der Queste verloren …" Weitere Tränen rinnen ihm übers Gesicht. Nepomuk kringelt sich ein und vergräbt den Kopf unter seinem Schwanz. Weinen und Schluckauf schütteln ihn. Ich kann sein Elend kaum mit ansehen.

„Lass mal überlegen. Was kannst du mir über dein Zuhause erzählen?"

„Es ist mein Zuhause. Eine grosse, wunderbar warme und dunkle Höhle. Es riecht nach meinen Eltern und Geschwistern. Wir haben unsere Schlafkuhlen mit weichem Kuschelmaterial ausgepolstert. Links und rechts neben unserer Höhle wohnen Tante Melusine und Onkel Adalbert auf der einen und meine grosse Schwester Kunigunde mit ihrer Familie auf der anderen Seite. Und Tante Melusine macht die besten Grillenplätzchen. Einen ganzen Korb voll davon hat sie für die Heimkehrer gebacken, sie hat doch heute Geburtstag …" Klang Nepomuk zu Beginn seiner Schilderung noch träumerisch, so holt ihn sein Elend jetzt wieder ein. Mist, mit seiner Schilderung komme ich leider nicht weiter.

„Nur die Ruhe bewahren. Wir kriegen das schon hin! Wo musst du denn nach deiner Queste hin? Nach Hause?"

„Nein. Alle Drachen treffen sich nach der Queste in einer grossen Höhle für die Feier. Und dazu feiern wir heute noch Melusines 250. Geburtstag! Sie ist doch meine Lieblingstante, die Einzige, die immer an mich geglaubt hat …!" Neues Heulen und Schluchzen.

Aber wo gibt es im Berliner Untergrund einen Ort, an dem sich viele Drachen treffen können, ohne dass die Menschen etwas davon mitbekommen?

„Moment mal." Ich räume die Essenreste zusammen und stelle das Tablett auf den Tisch. Neben der Speisekarte und allgemeinen Hotelinformationen findet sich hier auch ein Stadtplan von Berlin. Diesen nehme ich mit zu Nepomuk. Ich breite die Karte aus und grübele.

„Nepomuk, wenn wir dich zu deiner Familie bringen wollen, brauche ich deine Hilfe!"

„Meinst du wirklich, das schaffen wir?"

„Nur, wenn du hilfst! Also überleg mal, was du mir zu dem Ort sagen kannst, an dem ihr euch zur Feier treffen werdet."

„Das ist ein ganz grosser Saal. Mit vielen, kleinen Säulen. Die Menschen haben ihn geschaffen, vor etlichen Questen. Da war ein Lärm und ein Rumpeln und Räumen. Dann wurde es ruhiger und zurück blieb dieser tolle Raum, nah am Oben, aber perfekt für unsere Familientreffen."

Da klingelt nichts bei mir … Wo in Berlin gibt es derzeit keine Grossbaustelle?

„Lange waren wir da unter uns. Jetzt aber wird es wieder lebendiger. Wäre auch zu schön gewesen, wenn die Menschen uns einen Versammlungsort gebaut hätten. Wahrscheinlich treffen wir uns heute zum letzten Mal da."

Grosser „Saal", viele kleine Säulen. Schon vor etlichen Jahren gebaut. Dann eingestellt? Pausiert? Jetzt langsam wieder in Betrieb genommen …

Könnte es sein? Das wäre ja verrückt!

„Was weisst du noch von dem Ort? Nepomuk, konzentrier dich! Rumpelt es an der Oberfläche, als ob was schnell fährt, sehr laut und schwer? Und dann als ob etwas runterfällt oder landet?"

„Ja!" Nepomuk hebt hoffnungsvoll den Kopf. „Genau so kann man das beschreiben! Weisst du, wo das ist?"

Siegesgewiss balle ich die Faust.

„Der neue Berliner Flughafen! Der sollte vor neun Jahren schon eröffnet werden. Da war jahrelang so gut wie nichts los. Aber seit Anfang November ist er nun endlich eröffnet worden. Und was du beschreibst, könnte ein unterstes Parkdeck oder eine Versorgungshalle sein."

Mich packt die Aufregung. „Nepomuk, ich glaube wir haben es!"

„Du weisst wirklich, wo unser Treffen ist?" Endlich kommt wieder Leben in den Drachen. „Dann los!"

„Jetzt wissen wir, WO du hinmusst. Und WIE bringen wir dich da hin?"

„Ich kenn mich nur unterirdisch aus … Also, zumindest teilweise … Ich weiss ja nicht, wo ich jetzt bin. Aber im Oben finde ich meinen Weg nicht."

„Und ich kenne mich unterirdisch nicht aus, aber hier oben. Okay. Wie könntest du den Einstieg finden? Das Rohr unter dem Waschbecken ist zu eng nach unserem Abendessen."

Schuldbewusst betrachtet Nepomuk die kleine Kugel aus Hamburger und Pommes.

„Ich sage es nicht gerne, aber das grössere Rohr führt durch die Toilette …"

„Oh nein! Alles, aber keine Toilettenrohre! Nicht wieder nass werden und schon gar nicht in die Kloake! Den Gestank wird man nie wieder los!"

„Okay, nicht durch die Toilette."

Ich gehe zum Fenster und linse durch einen Spalt in den Vorhängen. Eine frühe Dunkelheit hat sich über Berlin gesenkt.

„Sag mal Nepomuk, tut dir nur das Tageslicht weh oder auch elektrisches Licht?"

„Elektrisches Licht? Licht ist Licht. Es brennt! In den Augen, auf der Haut, überall!"

„Okay, lass mich mal kurz was probieren!"

Ich gehe zur Nachttischlampe und schalte das Licht ein.

„Iiih, willst du mich umbringen? Mach das aus!"

„‚Iiih'? Aber nicht ‚Aua'?"

„Was soll das? Mach das aus!" Nepomuk windet sich und dreht sich weg vom Lichtschein.

„Aber tut es weh oder ist es nur unangenehm?"

„Es ist hell! Ich kann nichts mehr sehen."

„Okay, aber es ist auszuhalten?"

„Mphf."

„Nepomuk, wenn wir dich zu deiner Feier bringen wollen und du nicht durch die Toilette absteigen willst, müssen wir raus. Aber in der Welt der Menschen ist es nie ganz dunkel, überall sind Lichter. Wenn du das Licht aushalten kannst, dann haben wir eine Chance. Auf geht's!"

Ich schnappe mir meinen Rucksack und leere ihn kopfüber auf meinem Bett aus. Dann suche ich alles zusammen, was wir aus meiner Sicht brauchen werden: meine Bauchtasche mit Geldbörse. Taschentücher. Ein dunkles Handtuch aus dem Badezimmer. Ich schlüpfe in meine festen Schuhe.

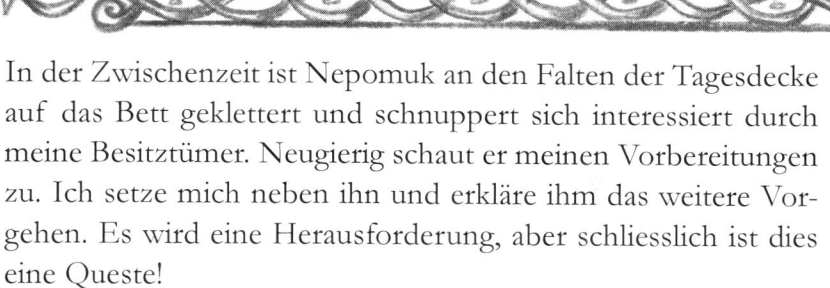

In der Zwischenzeit ist Nepomuk an den Falten der Tagesdecke auf das Bett geklettert und schnuppert sich interessiert durch meine Besitztümer. Neugierig schaut er meinen Vorbereitungen zu. Ich setze mich neben ihn und erkläre ihm das weitere Vorgehen. Es wird eine Herausforderung, aber schliesslich ist dies eine Queste!

Vorsichtig wickle ich Nepomuk in das Handtuch und bedecke besonders seine Augen. Dann packe ich den warmen, kleinen Drachen in meinen Rucksack. Er passt perfekt hinein.

Per Telefon bestelle ich ein Taxi zum neuen Berliner Flughafen, dann schlüpfe ich in Jacke und Mütze, schultere vorsichtig meinen Rucksack und los geht es.

Ein gelegentliches Schnaufen und Grunzen lässt mich ahnen, dass Nepomuk es nicht ganz bequem findet. Aber Hauptsache, er fackelt meinen Rucksack nicht ab!

Der Taxifahrer verwickelt mich in ein ausschweifendes Gespräch über den BER, zu dem in Deutschland wohl jeder eine Meinung hat. Als ich schliesslich am Terminal 2 aussteige, bin ich schweissgebadet. Der Rucksack ist unangenehm warm geworden und fängt an sich zu bewegen.

Ich gebe dem Taxifahrer ein grosszügiges Trinkgeld und flüchte ins Gebäude. In meiner Anspannung kann ich meine Umgebung kaum wahrnehmen. Als eine von nur einer Handvoll Gästen habe ich keine Privatsphäre. Aus allen Läden und Cafés wird jede meiner Bewegungen verfolgt. Ich versuche, mich schnell anhand der Beschilderung zu orientieren, und suche meinen Weg zur S-Bahn-Station.

Hier endlich bin ich allein mit meinem Bündel. „Nepomuk? Alles okay bei dir?"

„Lass mich sofort hier raus!"

„Moment! Wir wollen doch nicht, dass du jetzt noch entdeckst wirst!" Ich suche mir am Ende des Bahnsteigs eine Ecke, in die hoffentlich keine Überwachungskamera gerichtet ist. Zur Sicherheit schirme ich mit meinem Rücken mein Tun in Richtung Bahnsteig ab. Ich öffne den Rucksack und schnaufend wühlt sich Nepomuk aus seinem Handtuchnest. Er schüttelt sich und kneift die Augen zusammen.

„So, wir sind da. Kannst du deine Verwandten schon spüren? Oder riechen? Wie findest du sie jetzt?"

Nepomuk schliesst die Augen und scheint mit dem ganzen Körper auf die Suche zu gehen.

„Ich kenn' das hier! Hier war ich schon mal! Es ist gar nicht weit bis zur Feier!"

Ich spüre, wie sich ein Kloss in meinem Hals bildet. Dieser kleine, goldene Drache hat sich in mein Herz geschlichen. Wenn ich ihn jetzt gleich in den S-Bahn-Tunnel setze, werde ich ihn nie wiedersehen.

„Das war es dann wohl." Ich kann ein Schniefen nicht ganz unterdrücken und beuge mich zu ihm herunter. „Den Rest schaffst du allein. Denk dran, du bist nicht nur ans Oben heran gekrochen, du warst da! Du hast einen Menschen getroffen, unser Essen probiert und dann den Heimweg gefunden. Du hast es verdient, ein Schachtdrache zu werden!"

Spontan nehme ich Nepomuk in den Arm und drücke seinen kleinen, warmen Körper an mich. Für einen Moment kuschelt er sich an, dann wird er unruhig. Er will los, zurück zu einer Familie und seinem Fest.

„Danke, Lena! Danke fürs Schuppen-Trocknen, das Essen und deine Hilfe! Das werde ich dir nie vergessen!"

Energisch kratzt er sich hinter einem Ohr, bis sich eine kleine goldene Schuppe löst. Diese nimmt er vorsichtig in seine Pfote und überreicht sie mir feierlich.

„Du hast mich nicht geträumt."

Ich blinzele verzweifelt gegen meine Tränen an. „Mach's gut", hauche ich dem goldenen Schimmer hinterher, der jetzt geschmeidig vom Bahnsteig ins Dunkel des Gleisbetts schlüpft und dann huschend in der Dunkelheit verschwindet.

„Hallo! Sie da! Was machen Sie denn da am Ende des Bahnsteigs?", holt mich eine Männerstimme zurück in die Realität. „Der Zutritt zur Gleisanlage ist für Fahrgäste verboten!"

„Entschuldigung."

Ich wische mir die Tränen von den Wangen.

Als die S9 einfährt, suche ich mir einen Platz am Fenster und lege meinen Kopf an die Scheibe. Vorsichtig öffne ich meine Faust und erhasche einen kurzen Blick auf ein goldenes Schimmern.

„Viel Glück, Nepomuk!" schicke ich ihm in Gedanken hinterher, als die Bahn mich zurück nach Berlin fährt.

DIE RETTUNGS-MISSION

Hanna Bertini

„Dummes Vieh!" Jerun schlug mit dem Schwert nach der Taube, die auf dem Mauersims neben dem Kampfplatz gelandet war, gurrte und in Ruhe einen grau-lila schimmernden Haufen produzierte. Neben dem Platz sass sein Bruder im Schatten eines Baumes und studierte ein Buch. Leise knurrend schaute er auf. Jerun stiess das Schwert in den Rasen und baute sich breitbeinig vor ihm auf: „Was, Jeremia? Irgendeiner muss sich um diese Welt kümmern, während du abtauchst!"

„Schon gut." Jeremia gähnte, klappte das Buch zu und rappelte sich auf. „Was soll ich tun?" Er klopfte Erde von der Hose.

„Sie scheisst!" Jerun zeigte auf die Taube.

Jeremia schlich auf das Tier zu und pfiff leise durch die Zähne. „Scherzkeks." Er griff vorsichtig nach dem Vogel und löste eine kleine Rolle von dessen Bein. „Vor allem hat sie ein Brieflein bei sich." Er hob eine Augenbraue. „Wäre sie wegen deines Gefuchtels weggeflogen, hätte uns die Nachricht nicht erreicht."

Jerun fuhr sich durch die Haare. Dabei verrutschte seine Krone, sodass sie ihm halb im Gesicht hing. „Das ist sicher bloss ein Urlaubsgruss von Tante Hermine." Er verschränkte die Arme vor der Brust. „Ob der Wetterbericht von Schloss Fieselstein von vor zwei Wochen bei uns landet oder nicht, ist wirklich egal.“

Jeremia faltete den Zettel auseinander und glättete ihn mit der Faust. „Tut mir leid, euch bei euren Nickeligkeiten zu stö...“

Jerun riss ihm den Brief aus der Hand. „... zu stören“, las er. „Mir ist ein kleines Missgeschick passiert. Leider haben wir uns geirrt. Es gibt doch Drachen und sie stehen auf Prinzessinnen. Eins dieser Viecher hat mich erwischt und in sein doofes Kellerverlies verfrachtet. Es ist kalt, feucht, das Essen schlecht und mir unglaublich langweilig. Was er von mir will, bleibt ein Rätsel, aber er streicht ständig Tage im Kalender ab ...“

Jeremia wog den Kopf. „Kein gutes Zeichen.“

Strafend sah ihn Jerun an. „Es geht noch weiter: Bislang verhält er sich freundlich, aber das muss auch nichts bedeuten. Vielleicht will er mich gegen irgendwas eintauschen. Gut, dass ich dieses Zettelchen fand und diese Taube im Verlies ein- und ausfliegt, denn mein Smartphone hat hier null Empfang und inzwischen ist der Akku alle. Ich wäre euch sehr verbunden, wenn ihr euch für ein paar Tage vertragt und wie echte Prinzen verhaltet. Holt mich gern hier raus, wir wollten doch zusammen picknicken. Ganz liebe Grüsse von eurer Sassi, von und zu und ihr wisst schon.“ Jerun stiess mit dem Fuss gegen die Mauer. „Die hat Nerven. Kann sie nicht wenigstens schreiben, wo wir sie finden?“

Jeremia lachte. „Sei froh, dass der Brief nicht mit ihrem Blut geschrieben ist, scheint ihr nicht sooo schrecklich schrecklich zu gehen.“

Sein Bruder schlug ihn unsanft mit der Faust gegen die Schulter. „Du Schlaumeier, und was tun wir jetzt? Sassi da sitzen lassen?“

„Nun, mach du dich auf den Weg. Dir ist dieses Prinzending doch so wichtig. Beweis halt, was dein Schwerttraining wert ist."

Schon liess sich Jeremia im Schneidersitz zurück ins Gras sinken und schlug das Buch wieder auf. Jerun trat ihn gegen den Oberschenkel. „Wer beschäftigt sich ständig mit der Lehre vom korrekten Handeln und moralischem Verhalten? Mit Hilfsbereitschaft hat das nichts zu tun, nein? Ein schöner Geist ist eben kein Garant für gute Taten." Und er stapfte davon.

Jeremia zuckte mit den Schultern. „Handeln ohne zu denken scheint mir auch keine Lösung", murmelte er unwirsch. Er liess seinem Bruder zehn Meter Vorsprung, dann stand er auf und eilte ihm nach. „… Hey, warte. Wahrscheinlich wohnt so ein Drache – ausserhalb. Man müsste der Taube folgen, wenn sie zurückfliegt, nur so als Idee. Jedenfalls in Zeiten, in denen es noch nicht an jeder Milchkanne Internet gibt." Jerun drehte sich um. „In Ordnung. Wo ist das Vieh? Was nimmt man am besten mit?" Jeremia trat von einem Bein aufs andere. „Überleg mal lieber, wen. Ich bin dir bei einem Drachenkampf keine echte Hilfe. Ein Rucksack voller Bücher erschreckt das Biest wohl kaum."

Jerun krauste die Stirn. „Netter Versuch, Bruder. Wir wissen nicht mal, um was für einen Drachen es sich handelt. Vielleicht stellt er Rätsel, wie eine von diesen Sphinxen oder wie die heissen, dagegen hilft kein Schwert. Dann wäre es besser, ein menschliches Google, Entschuldigung, ich meinte natürlich Enzyklopädie, an der Seite zu haben."

Jeremia schluckte. „Okay, der geht an dich. Lass uns trotzdem noch jemanden mitnehmen, ja? Drache – klingt echt gross!"

Jerun zuckte mit den Schultern. „Warum nicht, zu dritt wird es lustiger. Ich frage Nick, der muss mir als Page eh überall hin folgen. Ausserdem ist er ein netter Kerl. Und noch was …"

Fragend hob Jeremia eine Augenbraue.

„…schon klar, dass du lieber dein Elektrorad fährst, aber wir reiten …"

„Nie im Leben", Jeremia schüttelte entschieden den Kopf.

„… oder meinst du, in den abgelegenen Gefilden gibt es Ladestationen?"

„Nehmen wir halt den Benziner", schlug Jeremia vor.

Jerun tippte sich an die Stirn. „Mit Pferd sind wir leiser, unauffälliger und können bei Bedarf verschiedene Wege nehmen."

Ergeben seufzte Jeremia.

Mit ordentlich Proviant aus der Schlossküche machten sich die drei auf den Weg. Immer der Taube hinterher, der sie ihrerseits eine Nachricht ans Bein gebunden hatten. „Sind auf dem Weg, halte durch!", lautete die Nachricht für den Fall, dass der Vogel schneller ankam als die Reisegruppe selber. Sie hatten Glück: Die Taube, ein eher älteres Exemplar, flog gut sichtbar und in gemächlichem Tempo, sodass sogar der fluchende Jeremia auf seinem Pferd Schritt halten konnte. An Weizenfeldern entlang und durch Wälder führte der Weg, über Flüsschen und schliesslich kam die kleine Truppe an einen Berg. Auf dessen Spitze thronte eine düstere Burg. Raben flogen krächzend um die Zinnen der Türme und selbst der Himmel über den Gemäuern schien deutlich dunkler als ringsum. Die Pferde tänzelten unruhig und wollten kaum auf dem Weg bleiben. Auch Jerun, Jeremia und Nick liefen Schauer über den Rücken. Die Taube aber schraubte sich immer höher hinauf.

„Hilft nix", versuchte Jerun seine Gefährten aufzumuntern. Sie nickten stumm und gaben den Pferden die Sporen. Langsam erklommen die Tiere den Berg. Das war unschön, denn der karge Fels bot keine Möglichkeit sich zu verstecken, sondern nur einen Weg hinauf, und jeder auf der Burg konnte diesen überblicken und sehen, wer hier nahte. Am Anfang ritten die drei noch, doch schliesslich lagen so viele Findlinge auf dem schmalen Weg, dass sie von den Pferden steigen mussten.

„Ohne sind wir schneller", bemerkte Nick und so banden sie die Tiere am Wegesrand fest und liefen zu Fuss weiter. Sie hatten sich dem Burgtor noch nicht auf 20 Schritt genähert, da öffnete es sich bereits knarzend und polterte zu Boden. Im Tor richtete sich ein braungeschuppter Drache zu seiner vollen Grösse auf und stiess drohend Rauchwolken aus. Jeremia schubste Jerun vor, er sollte etwas sagen. Jerun wiederum gab Nick einen Stoss, sodass dieser nach vorne stolperte. Verzweifelt sah er sich zu den Brüdern um, doch von dort war keine Hilfe zu erwarten.

„Wir kommen, ähöm, in Frieden", der Page stockte nur ein kleines Bisschen, „und möchten Prinzessin Sassi, ähm, Saskia zum Picknicken abholen."

Der Drache stiess noch eine viel grössere Rauchwolke aus.

„Ihrrrrr wollt was?!"

Nun trat Jerun hervor: „Gebt uns unsere Prinzessin heraus!", forderte er in majestätischem Ton.

Der Drache verdrehte die Augen. „Ihr seid schon die dritte Prinzentruppe diese Woche, die hier bei mir eine Prinzessin sucht. Könnt ihr mich mit diesem Quatsch nicht in Ruhe lassen?" Er wandte seinen Kopf nach links und dann nach rechts und als er schliesslich die Taube entdeckte, die auf einer Burgzinne sass und von dem langen Flug durchpustete, holte der Drache tief Luft und brüllte: „Du Federvieh mit deiner verdammten Rechts-Links-Schwäche! Zu den Prinzessinnen-Verliesen meines Bruders geht es da hinten entlang! Wie oft muss ich dir das noch sagen?" Und er deutete mit der Spitze seines langen, gezackten Schwanzes auf den Berg gegenüber, mit einer noch mächtigeren Burg darauf. „Dass hier immer alle so versessen auf Prinzessinnen sind", knurrte er. „Die Einen suchen immerzu danach, die Anderen bewachen sie ständig. Wird euch das nicht langweilig? Also, ich hab' Besseres zu tun." Der Drache schnaubte ein weiteres Mal sehr beeindruckend, dann drehte er sich grusslos um und das Burgtor donnerte ins Schloss.

„Wir folgen einfach der Taube …", äffte Jerun seinen Bruder nach.

Nick legte ihm besänftigend die Hand auf die Schulter: „Lass … Wusste doch keiner, dass diese Taube sich im Weg vertut."

Jeremia räusperte sich. „Immerhin kennen wir jetzt den richtigen."

Halb erleichtert, halb verärgert kehrten sie zu ihren Pferden zurück, stiegen den Berg hinab und hielten auf den anderen Berg zu. An dessen Fuss rastete der Rettungstrupp.

„Wir hätten den Drachen über seinen Bruder ausfragen sollen", grübelte Jeremia.

„Kannst gern noch mal umkehren und klopfen gehen – aber ohne mich." Sein Bruder stopfte sich Ravioli in den Mund, die sie sich über einem kleinen Feuer warm gemacht hatten.

„Okay, dann, was ist der Plan?" Nick sah erwartungsvoll von einem zum anderen.

„Das kommt drauf an", Jeremia schluckte seine Ravioli. „Auf den Drachen, meine ich." Und er hob seinen Zeigefinger, um seinen Worten mehr Nachdruck zu verleihen. „Es gibt Drachen, mit denen man kämpfen muss, und es gibt Drachen, die lassen mit sich handeln. Manche Drachen sind mit Magie zu besiegen, manche tötet man ganz normal, oft haben sie nur eine schwache Stelle. Viele Drachen vereinen auch mehrere Merkmale." Jerun spielte mit dem Schwert und schaute die beiden anderen nicht an. „Hoffen wir, dass es nicht die erste Sorte ist. Oder kann einer von euch zaubern?"

Niemand antwortete.

Schliesslich wagte Nick einen neuen Anlauf: „Und unser Plan ist …?"

Jeremia rieb die Hände, kniff den Mund zusammen und sagte endlich: „Wir entscheiden am besten spontan, je nachdem, welches Exemplar von Drachen wir vor uns haben. Die magischen Drachen sind seltener."

Schweigend und gedankenverloren löffelten sie die restlichen Ravioli. Und immer noch schweigend machten sich die Drei auf den Weg durch den bewaldeten Berg Richtung Drachenverlies. Je höher sie kamen, desto ruhiger wurde es, noch nicht einmal die Vögel zwitscherten mehr. Ein leichter Nebel waberte ihnen stattdessen entgegen und schien jedes Geräusch zu dämpfen. Da hörten sie ein leises Singen. Das klang so süss und verheissungsvoll, dass die Männer ihm am liebsten gefolgt wären. Doch ihnen war klar: In einer solchen Umgebung konnte süsses Singen sehr gefährlich sein, und deshalb hielten sie sich die Ohren zu und ritten weiter. Immer lauter wurde der Gesang und auch die Pferde spitzten schon die Ohren und scharrten mit den Hufen. Doch die Drei besänftigten ihre treuen Begleiter und trieben die Tiere vorwärts, immer weiter hinauf. Eine scharfe Kurve folgte der nächsten. Lauter und lauter wurde das Singen, und als sie einen weiteren Felsvorsprung passierten, stockte ihnen der Atem: Prinzessin Saskia lief ihnen mit wehenden blonden Haaren entgegen, an der Hand eine andere junge Frau mit dunkler Lockenmähne. Die drei jungen Männer stiegen von ihren Pferden.

„Wo kommt ihr denn her – und wo ist der Drache?", fragte Jeremia, der sich als Erster wieder gefangen hatte.

„Hallo erstmal“, sagte Prinzessin Saskia und strahlte. „Nett, dass ihr euch auf den Weg gemacht habt.“

Jerun runzelte die Stirn. „Hast du uns verarscht, oder was? Hier so locker heran zu tänzeln?“ Er trat einen Schritt vor. Nick hielt ihn am Arm zurück. Mit einem Ruck entzog sich Jerun. „Nicht sehr witzig, ehrlich gesagt.“

Prinzessin Saskia lachte ihr glockenhelles Lachen und die Frau neben ihr fiel mit einer tieferen und raueren Lache ein. „Das ist übrigens Prinzessin Llywelyn, ihr Gentlemen. Und: Nein, es war nicht lustig mit dem Drachen, kann ich nicht empfehlen, da hoch zu marschieren.“

Jeremia kramte sein Notizbuch heraus. „Ist er noch da?“ Sassi drückte Llywelyns Hand noch kräftiger. „Allerdings. Ist ja ein Kreuzrot-Drache. Wie ihr wisst, lassen die sich nicht so einfach töten.“

Jeremia notierte die Art: „Und wieso spaziert ihr beiden dann hier so locker aus der Burg heraus?"

Llywelyn lachte. „Kleiner Prinzessinnentrick. Diese gierigen Biester! Haben sie eine Prinzessin, wollen sie alle. So bin ich rein zu Sassi. Ist mein Austauschjahr, die schottischen Drachen kenne ich, jetzt sollte ich die kontinental-europäischen studieren. Sind aber auch nicht so anders, stimmt's, Süsse?" Und sie gab Sassi einen Kuss auf die Wange.

„Na, man muss schon wissen, was man tut." Sassi drückte Llywelyns Hand fester. „Sie hat mit dem Kreuzrot Schach gespielt, mit irgendwas muss man sich auf diesen Burgen ja die langen Abende vertreiben. Aber die Partie war so lang und so kompliziert – das hat glatt das Drachensystem ausser Kraft gesetzt."

Jerun staunte.

„Und dann hat er euch einfach erlaubt zu gehen?"

Sassi grinste ihn an. „Nicht ganz. Er ist vor Anstrengung und Langeweile in einen 100-jährigen Schlaf gefallen."

„Alter Trick, soll von Morgan Le Fay stammen", ergänzte Llywelyn. „Das ist wie ein Neustart beim Computer oder Stecker ziehen, damit kriegt man sie fast immer. Wir lernen das in der Ausbildung als Erstes. Könnten wir ein Pferd bekommen? So langsam nervt das Wandern."

Dazu konnten die drei jungen Männer schlecht Nein sagen, wegen der Ritterlichkeit und ein bisschen auch aus Erleichterung, dass der Drache bereits … schachmatt war. Und so ritten Sassi und Llywelyn auf einem Pferd, Jerun und Nick auf dem zweiten und Jeremia allein. Bergab schien der Weg viel leichter und unbeschwerter, die Sonne blinzelte hinter den Wolken hervor und sogar der verärgerte Jerun konnte irgendwann nicht anders als in den heiteren Prinzessinnengesang mit einzufallen. Auch

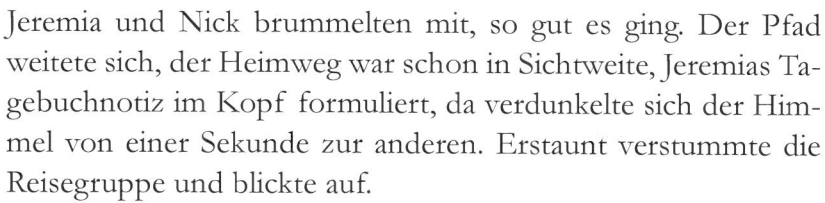

Jeremia und Nick brummelten mit, so gut es ging. Der Pfad weitete sich, der Heimweg war schon in Sichtweite, Jeremias Tagebuchnotiz im Kopf formuliert, da verdunkelte sich der Himmel von einer Sekunde zur anderen. Erstaunt verstummte die Reisegruppe und blickte auf.

„Buy two, get three free", grollte es über ihnen.

Und bevor Jerun sein Schwert ziehen oder Jeremia erkennen konnte, welche Art Drache er da vor sich hatte, fuhren drei riesige Krallenpranken aus und packten die Männer.

„Wo Prinzessinnen sind, sind leckere Prinzen nicht weit – alte Drachenweisheit", höhnte der Drache. „Früher oder später machen sie sich eben doch auf den Weg."

Und er schraubte sich höher in die Luft. Kurz bevor er Kurs auf seine Burg nahm, schoss er noch einmal nah an Llywelyn heran und zischte: „Fortbildung ist das Erfolgsgeheimnis, auch bei Drachen."

Dann hob er mit den zappelnden Männern endgültig ab und liess die vor Schreck erstarrten Prinzessinnen alleine zurück.

DIE FANTASTISCHE DRACHENJAGD

Denise Polaczuk

Es war einmal ein kleiner Drache, der sich als Krokodil ausgab, das auf einem Baum lebte. Von dort aus spielte er oft Vogel-weitwurf – ein sehr unfaires Spiel. Denn die Vögel flogen im-mer weiter und trafen nie auf dem Boden auf. Sie landeten im Unendlichen. Ausserdem spielte das Krokodil alleine. Es war aber nicht einsam! Es hatte nämlich eine beste Freundin: eine kugelrunde Plusterwolke. Die glitzerte. Und gerne Maulwürfe frass. Da die Wolke namens Wolkibert aber ganz oben im Him-mel lebte, hatte sie grosse Probleme dabei, sich Nahrung zu be-schaffen. Also hüpfte das Kroki täglich dreimal von Ast zu Ast hinab zum Boden, um mit einem katapultartigen Schwanzhieb die Maulwürfe aus der Erde hinauf in den Himmel zu schleu-dern. Spätestens hier stellt sich den Lesenden die offensichtliche Frage: ob denn Krokobert, das Krokodil, selber nie etwas essen musste. Musste es aber wohl!

Weniger verwöhnt als seine beste Freundin-Wolke hatte es doch eine Leibspeise: Hexen … böse Hexen.

Da dieses einen Tages Wolke Wolkibert schon versorgt war, beschloss der Krokidrache, sich selbst auch etwas zu gönnen. Also ging er im Wald, immer dem Geschrei von Hänsel und Gretel folgend und dem Gestank nach Zimt und Pfefferkuchen, Marzipan und Schoki hinterherhetzend, auf Hexenjagd. Doch unterwegs begegnete es auf einmal einem violett angehauchten Einhorn. Das konnte „Alle Vögel sind schon da" gleichzeitig pupsen, rülpsen und schwitzen. So kamen sie ins Gespräch.

„Das klingt und riecht aber schön!", sagte Krokobert. „Wie heisst du?"

„Ich heisse Hornobert. Und du, kleiner Drache?", erwiderte das Einhorn.

„Krokobert!", antwortete Krokobert. „Und ich bin natürlich kein Drache. So etwas gibt es doch heutzutage gar nicht mehr. Ein Drache zu sein, in dieser modernen Welt, das war mir ja viel zu stressig. Ich bin lieber ein Krokodil und wohne auf meinem Baum."

„Du bist ja komisch", meinte Hornobert und schwitzte eine neue Melodie, die das Kroki aber nicht kannte.

„Danke", gab Kroki erfüllt zur Antwort, „das hat mir noch nie jemand gesagt! Aber weisst du, ich habe tatsächlich eine Zeit lang versucht, da draussen zu leben. Ich war sogar für einige Wochen der Hausdrache eines jungen Mädchens, bis ich aus Versehen ihre Puppen verbrannt habe …"

„Das klingt ja grauenhaft, absolut scheusslich! Erzähl mir mehr davon!", bat das Einhorn, das schon seit einigen Jahren keine Horrorfilme mehr sehen durfte, da es zu alt war und sein einst so strahlendes Tortilla-Braun zu diesem faden Violett vergilbt war.

Und so erzählte der Krokodrache …

Es muss so irgendwann im Jahre Zweitausendhustundzwanzig gewesen sein. Ich war damals noch ein sehr kleiner Drache, kaum grösser als die Dreizimmerwohnung der Menschenfamilie, die mich bei sich aufgenommen hätte, wenn ich nicht zu gross gewesen wäre. Stattdessen zog mich besagtes Mädchen in ihrem Verlies gross. Sie war nicht sehr sportlich, aber laut und trug zu jedem Anlass ein Smartphone. Sie hiess Lisabert und erinnerte mich immer ein wenig an eine Schüssel Hafermüsli. Sie fand mich, als ich mal wieder beim Vogelweitwurf eine Oberleitungsstörung im Zugverkehr der Deutschen Bahn verursacht hatte.

Der Krokodrache machte eine Kunstpause, denn er sah Einhorn Hornobert beeindruckt nicken. So verharrten sie mehrere Stunden, bis das Kroki fortfuhr:

Lisabert nutzte also ihren Fitness-Tracker, um mich in meinem damaligen Versteck zu tracken. Auch mir legte sie so ein Ding an, aber irgendwie hatte es offenbar Schwierigkeiten, meine Flugstrecke in Schritte umzurechnen. Erfolgreicher war das Teil stattdessen, wenn wir gemeinsam auf ihrer Konsole Sportspiele spielten. Doch wo der Fitness-Tracker brillierte, versagte die Technik der Konsole. Ich sei zu gross für die Kamera. Ha. Das haben so

manche bei dem Drachen von Loch Ness auch behauptet. In Wahrheit sind
wir sehr fotogen. Sieh her!

Wieder unterbrach das Krokodil seine Geschichte, um dem Einhorn via Bluetooth Nacktbilder von sich auf seinen digitalen Bilderrahmen zu übertragen. Etwas verlegen und doch mit wachsender Bewunderung begann das Einhorn mit seinen nur für europäische Einhörner als solche zu erkennenden Yoga-Übungen und Kroki erzählte weiter …

Auch das Bedienen der Konsole bereitete mir grösste Mühe. Zum Vogel-
weitwurf genügen mir ja meine dreieinhalb Krallen, aber wenn man diverse
Tasten in schnellem Wechsel drücken muss und auch noch diesen Joystick
bedienen … nein! Auch die Zehnfingerschreibtechnik auf einer Computerta-
statur, die ich für den Polizeidienst benötigt hätte, liess sich mir nur schwer
beibringen. Schlussendlich verwandelte das Mädchen ihr Verlies in ein La-
bor. Ein Drachen-Trainings-Labor. Wieder kam ihr Tracker zum Einsatz,
wieder wurde ich getrackt. Sie trackte und trackte, bis sie eines Tages meine
Bewegungsabläufe so genau getrackt hatte, dass sie eine Idee bekam, wie ich
in der modernen Welt zurechtkommen könnte. Mit Touchscreens. Das sind
so Bildschirme, die auf Tatschen reagieren. Fast so, wie wenn man in der
Natur etwas anfasst, das in Folge auf die Berührung reagiert. Klasse Sache.
Sehr innovativ von Lisabert. Die folgenden Tage verbrachte sie damit, sämt-
liche bereits entwickelten Touchscreens an mir auszutesten, welche auf meine
Krallen reagieren würden. Smartphones und Tablets von Samson schnitten
mit zwei von zehnmal Antatschen ab, Äpfel nur mit eineinhalb von zehn.
Nichts wollte funktionieren.

„Hast du versucht, die Geräte aus- und wieder einzuschalten?", unterbrach das Einhorn aus alter Gewohnheit.

Selbst das half nicht! Frustriert meinte Lisabert: „Yo, Dragobert", so hiess ich damals noch, „das tut fett nicht succeeden. Don't know 'bout you, aber ich geh jetzt erstmal 'ne Runde breiern." Ich wollte mich nicht anschliessen. Das kleine, laute Mädchen mit seinem vorwurfsvollen Blick war mir so Leid geworden. Alles war mir Leid geworden. In meinem Frust initiierte ich also das Missgeschick, verbrannte mit einem seufzenden Feuerstrahl ihre Puppen und Lisabert sagte ernst: „Wir müssen reden." Sie schickte mir drei dreissigminütige Sprachnachrichten auf WhatsApp, in denen sie mir mitteilte, dass sie mir nichts mitzuteilen hätte. Ich antwortete mit einem Daumen hoch. Und so musste ich das laborartige Verlies verlassen. Nicht ohne etwas mitgehen zu lassen – versteht sich! Gerade als ich aus der Tür gehen wollte, entdeckte ich auf der Kommode neben ihrem Smart-TV einen E-Reader. Schnell steckte ich ihn in meinen Bauchbeutel unter meinen moppeligen Schuppen und verliess das Verlies. Mit diesem Gerät in der Hand versteckte ich mich über die nächsten Monate in einer U-Bahn-Station, die ich so für einige Jahre lahmlegte. Man nannte sie „Sendlinger Tor", wenn ich mich recht erinnere. Und dieser E-Reader eröffnete mir neue Welten. Nicht nur, weil er sich neben dem doofen Touchscreen auch mit einem Stift bedienen liess, sondern auch, weil ich darauf endlich Geschichten über meine wahre Bestimmung fand. So las ich tagein, tagaus unendliche Erzählungen über das Drachendasein. Die Abenteuer, die sie erlebten, die Prinzen, die sie frassen, und und und. Ich tauchte ein in eine mir bis dato unbekannte Welt. Fantastisch, sage ich dir! Oder irgendwas mit Fantasy, hatte Lisabert mal gesagt. Nach und nach wurde ich mir jedoch meines Eskapismus bewusst. Ich hatte mich in diese Welt der Geschichten verkrochen, die mir um so vieles lieber war als die, in der ich gelebt hatte, die, die so voller Anglizismen und Gadgets war. Doch in eine solche Welt konnte ich nicht dauerhaft fliehen. Mir schmeckten doch gar keine Prinzen. Ausser vielleicht dieser Charles, ein Leckerbissen, eine richtig heisse Schnitte. Ich musste einen Weg finden, mit dem Diesseits zurechtzukommen … Und dabei stiess ich auf eine brillante Wahrsagerin, die klar darstellte, dass eine Wesensart nichts Fixes sei, sondern etwas sozial Konstruiertes! Richtig! Vielleicht war ich gar kein Drache, sondern drachenfluide? Mit einem überschwänglichen Plumpsen flog ich aus der U-Bahn-Station hinaus auf der Suche nach einem Internet-Hotspot der dortigen Universität. Leider laggte das Eduroam so sehr, dass ich meine Recherchen auf diese Weise nicht fortsetzen konnte. Dann traf ich sie. Alexabert. Alexabert war neu. Sie verstand mich. Sie störte sich weder an meiner Wohnungsübergrössen-Statur wie zuvor die Kamera, noch an meinen Krallen wie einst Controller, Tastatur und Touchscreen, noch an meinem Fliegen wie dieser Fitness-Tracker. Sie lauschte nur meinen Worten und gab mir Antworten. Ausserdem konnte sie unzählige Lieder über sich selbst rappen. Ich fragte: „Alexabert, bin ich womöglich drachenfluide?" Und sie erwiderte mit ihrer lieblichen, immer gleich klingenden und leicht fehlbetonten Stimme: „Hm. Ich kenne die Antwort darauf leider nicht. Wikipedia sagt, ein Drache kann sowohl ein mythologisches Wesen, ein Wappentier, ein Sternbild oder eine Lokomotive sein."Da hatte ich sie - DIE Antwort! All das konnte ich also sein? Wie wundervoll! Doch was wollte ich sein? Eine Lokomotive ganz sicher nicht, dafür hatte ich bereits zu viele Unglücke in der Deutschen Bahn verursacht. Ich überlegte. Dann fragte ich Alexabert: „Alexabert, kann ich auch ein Krokodil sein?" - „Laut Wikipedia sind Krokodile eine Ordnung der amniotischen Landwirbeltiere. Heute werden etwa 25 Arten unterschieden, die sich auf acht bis neun Gattungen in den drei Familien der Echten Krokodile, der Alligatoren (inklusive Kaimane) und der Gaviale verteilen." - „Danke, Alexabert!", rief ich freudestrahlend. „Gerngeschehen. Ich wünsche dir noch einen schönen Freitag", kam es als Antwort. Die gemeinsame Recherche mit Alexabert hatte also eine klare Lösung für mich ergeben: Ich musste mich fortan als drachenfluides Krokodil, als Scaley, identifizieren. So tat ich es auch. Ich fühlte mich so richtig in diese Rolle ein. Schnell wurde mir klar, dass Krokodile auf einem Baum leben mussten - denn wozu hätte ich sonst diese Flügel, wenn nicht für die hohen Lüfte? Also suchte ich mir einen Baum und verbringe seitdem hier in diesem Wald ein glückliches Leben, spiele weiter Vogelweitwurf, sorge

für Wolkibert, meine Lieblingsplusterwolke - die kennst du bestimmt! -,
und beschwere mich über den Lärm der Natur. Doch selbst das widerliche
Vogelgezwitscher ist mir lieber als die komische Welt da draussen, mit ihren
Anglizismen, Gadgets und seltsamerweise ständig verspäteten Zügen.

Nach diesem ergreifenden Gespräch wurde das Einhorn sofort als Proviant in Krokoberts Beutel verstaut. Für schlechte Zeiten. Oder Fressattacken nach zu viel Vogelweitwurf-Gespiele. Als sich der Krokodrache nun endlich weiter auf seinen Weg machen wollte, kam allerdings ein Pirat vorbei, der gerne Wolken ass. Schon lange herrschten hierzulande Verschwörungstheorien darüber, dass dieser aus dem Untergrund heraus die himmlischen Bewohner – die Plusterwolken, die dunklen Pummelwolken, die Ich-sehe-darin-ein-Nilpferd-Wolken und die langweiligen Langeweilewolken – bedrohte und durch speziell programmierte Influencer-Maulwurf-Bots manipulierte. Das sehr gut durchtrainierte Kroki hüpfte aber gekonnt in Macarena-Tanz-Position und schlug den Piraten schachmatt, indem es ihn unsubscribte. Dabei fiel dem Piraten etwas aus seiner Augenklappe: eine Virtual-Reality-Brille, die den Weg zum Hexenhaus anzeigte. Enttäuscht schniefte das Krokodil einen Aschebatzen. Es wollte doch eine echte Hexe finden! Von einer virtuellen Hexenmahlzeit würde es ja nicht satt werden. Da wurde der Pirat zu einer untoten Fee wiedergeboren und erklärte dem geknickt aussehenden Krokobert, dass die VR-Brille die einzige Möglichkeit sei, um zu dem Hexenhaus zu gelangen, da es in der Realität nicht existierte. Nun verstand das Kroki! Es war eigentlich sehr logisch: So wie es selbst nicht länger als Drache in dieser Welt sein konnte, so ging es auch den Hexen. Doch da Hexen, anders als das Kroki, vehement darauf bestanden, dass es keine Wesensfluidität gäbe, konnten sie ihre Daseinsform im Hier und

Jetzt nicht einfach der modernen Zeit anpassen. Vielmehr mussten sie sich in eine Welt begeben, in der ihre Zauberkräfte noch wirksam waren und wo ihr verrunzeltes, warziges Aussehen nicht zu attraktiv auf die Menschen wirkte – die virtuelle Realität! So ergab sich für das Krokodil nur eine sinnvolle Lösung: Es musste die Fee anzünden und als Fackel verwenden. Es hatte nämlich von den vielen verschiedenen Bildschirmen seiner Vergangenheit eine Sehschwäche davongetragen und würde sonst den virtuellen Pfad zum Hexenhaus womöglich nie finden.

Endlich, nach einem schier endlos langen Weg und einer weiteren kurzen Begegnung, diesmal mit einem noch sehr jungen und unerfahrenen Irrelefanten, wurde der schwefelartige Geruch von Süssigkeiten derartig erstickend, dass das Krokodil sich der Nähe seiner Leibspeise sicher sein konnte. Aus einem dichten Blätterdach leuchtete ihm bereits eine blau gemusterte Warze entgegen. Nun ertönte die Titelmelodie aus dem Spielfilm „Der weisse Hai". Krokobert riss sich einen Zahn aus und warf ihn auf die an der Warze hängende Hexe. Die war dann wohl tot. Und Kroki endlich satt. Und müde. Also spuckte es Feuer und machte aus dem Zuckerhaus einen grossen Karamellklumpen, unter dem das Einhorn begraben wurde. Für schlechte Zeiten.

DRACHEN-FUTTER

Stephanie Küpper

„Hätten Sie vielleicht Feuer?", fragte der Drache höflich und streckte Georg Ritter auffordernd eine hübsch verzierte Votivkerze entgegen, die in seinen mächtigen Drachenkrallen thronte wie eine Ballerina beim Spitzentanz.

Kamera 1 schwenkte auf Ritter – Nahaufnahme! Oh, es war grossartig, wie immer. Dieses erstaunliche Gesicht war zu allem fähig und in diesen atemlosen Sekunden schenkte es seinem Millionenpublikum einen geradezu makellosen Moment ungläubiger Verblüffung im Grossformat. Der leicht geöffnete Mund, die kindlichen Stauneaugen, das anmutige Stirnrunzeln – alles von aussergewöhnlich wirkmächtiger Emphase. Doch zum ersten Mal in seiner langjährigen Karriere handelte es sich um keine von Ritters medienwirksam zur Schau gestellten Attitüden, die sein Publikum so liebte, sondern um einen wahrhaft authentischen Ausdruck echter Überraschung in diesem ansonsten so medientrainierten Pokerface.

Und da gab es noch mehr, denn wenn man ganz genau hinsah, konnte das geübte Auge auch ein Grübchen unterdrückten Ärgers entdecken, dort im rechten, leicht abfallenden Mundwinkel, gleich neben dem überschminkten Muttermal. Ärger über die verpatzte Ansage, die sein schuppiger Gast mit seiner vorschnellen Wortmeldung sabotiert hatte. Ritters Armstrong-Moment, der die historische Tragweite dieses Ereignisses angemessen einleiten sollte. Doch statt mit: „Es-war-einmal ist wahr geworden!", in den Kanon zitierungswürdiger Persönlichkeiten der Weltgeschichte einzugehen, rang der Moderator nun stumm mit einer Antwort auf den dargebotenen Wachskörper. Und mal ganz ehrlich: Wer hätte es ihm verdenken können, angesichts des damit verbundenen Ansinnens einer Kreatur, deren Sinnhaftigkeit überhaupt erst in ihrer feurigen Natur begründet lag. Und so einte – Millionen Zuschauer in aller Welt – für einen historischen Augenblick lang, eine einzige, für alle sichtbar gewordene, unausgesprochene Frage: Wie um Himmels Willen konnte ein Drache denn kein Feuer besitzen?

Bevor wir uns jedoch der Auflösung dieses Dilemmas widmen, sollten wir uns Zeit nehmen, unseren Helden etwas genauer zu beleuchten. Ich darf um etwas Licht bitten? Voilà! Georg Siegfried Ritter, preisgekrönte Talkmaster-Legende, Sexiest Man in Talk 2013, unglücklich verheirateter Berufsegoist mit narzisstischer Persönlichkeitsstörung und einer auf 18.911 Zeichen begrenzten Zukunft. In den 2010er Jahren verhalf er der Talkshow „Freak Me Or Leave" zu internationalem Erfolg und verwandelte das angestaubte Vorabend-Format in ein Prime-Time-Event aus Talkrunde und Spielshow mit verlässlich hohen Einschaltquoten. Als wortgewandter Gastgeber einer illustren Schar aus übermotivierten Selbstkreativisten und Subkultur-Renommisten, avancierte er in schwindelerregendem Tempo zum Publikumsliebling, dessen humorvoll pointierten Kommentaren, selbst angesichts peinlichster Seelenstriptease-

und Demütigungsspektakel seiner Kandidaten, immer ein gewisses Mass an Relevanz zu Eigen schien. Ja, Ritter glaubte an das unveräusserliche Anrecht der Unterhaltungsindustrie, an allem, was die menschliche Seele an Abnormität, Elend und Geschmacklosigkeit hervorzubringen imstande war, einschliesslich der Verpflichtung ihrer Zurschaustellung, Ausbeutung und Inszenierung für die millionenäugige, immer hungrige Masse.

Wir wissen nun, dass sich Eitelkeit und Amoral unseres Helden proportional zu seinem Ehrgeiz verhalten und stellen diese Gleichung noch einmal dem eingangs erwähnten, circa vier Meter hohen, zähne- und klauenbewährten Geschöpf gegenüber, dessen Existenz allein alles, was die Menschheit bis dato zu wissen glaubte, auf den Kopf stellte. Eine imposante Gleichung, finde ich. Sehr viel grösser als die Summe ihrer Teile, mit einer unbestimmten schicksalhaften Variablen, die sich eventuell noch als nützlich erweisen könnte. Wir werden sehen.

Was Ritters märchenhaften Studiogast betraf, so geisterten zu Beginn der ersten Sichtungen lediglich einige verwackelte Amateurvideos durch die sozialen Netzwerke, riefen bei Wissenschaftlern Kopfschütteln und bei den üblichen Verdächtigen Begeisterungstürme oder Panikattacken hervor, je nach Weltbildkonfession und spiritistischer Disposition. Die ersten deutlicheren Aufnahmen wurden für gut retuschierte Fotomontagen gehalten. Doch dann, an einem Frühlingstag im März, landete ein Drache im Morgengrauen auf einer Kuhweide im Landkreis Tirsenau nahe dem Rheinufer. Der Landeplatz war glücklich gewählt, denn bis auf die Sturzgeburt eines Kalbs und einen kollektiven Ohnmachtsanfall bei einer Gruppe Wanderer, verursachte das Erscheinen des Fabeltiers keinen weiteren Schaden.

Lediglich der Drache zeigte sich etwas verwundert angesichts des Einsatzkommandos aus Feuerwehr, Polizei, Militär und Regierungsbehörden, das nur wenige Minuten später den ungewöhnlichen Ankömmling umzingelte und das ländliche Idyll innerhalb kürzester Zeit in ein Hochsicherheitsgebiet verwandelte, inklusive *Gast-Quartier* in Gestalt eines eilig errichteten Flugzeughangars. Natürlich hätte sich der Drache nur in die Lüfte zu schwingen brauchen, um sich diesem ganzen Rummel zu entziehen, doch er zeigte sich erstaunlich kooperativ und empfing, in den darauffolgenden Wochen, geduldig die nicht enden wollenden Delegationen von internationalen Geheimdienst- und Staatsoberhäuptern. Nachdem der märchenhafte Besucher während dieser Zeit keinerlei Anstalten machte, Erdenbürger zu verspeisen oder nationale Wahrzeichen in Brand zu stecken, entspannte sich die Lage ein wenig, was nicht zuletzt dem Umstand zu verdanken war, dass der Drache die Sprache der Menschen ausgezeichnet beherrschte.

Dennoch blieb ein gewisses Misstrauen gegenüber einem Wesen, mit dessen Ruf es in der westlichen Welt nicht zum allerbesten bestellt war, und die Gerüchteküche brodelte bereits. Die Presse, Verschwörungsideologen und die sozialen Netzwerke überboten sich in einer nie dagewesenen Hysterie mit Brennpunkten, Demos, Specials, wilden Spekulationen, und förderten ein Heer von selbsternannten Augenzeugen wie auch Experten zu Tage, die sich – beflügelt vom öffentlichen Interesse – zu vermehren schienen, wie das Brot bei der Speisung der Fünftausend.

Gewillt die Lage zu beruhigen, gab die Einsatzleitung schliesslich in einer internen Mitteilung an alle wichtigen Medienvertreter eine Bewerbungsfrist für ein Live-Interview mit dem Drachen bekannt und unser Held tat *alles*, wirklich *alles* – Umfang und Tragweite dieses Indefinitpronomens überlasse ich der Deutungshoheit meiner geschätzten Leserschaft –, um in die engere Auswahl zu kommen. Mit Erfolg, denn eines Morgens spazierte Ritters Produzent mit den Worten: „Glückwunsch, die wollen dich als Drachenfutter", in das Büro seines Goldesels, und das dionysische Grinsen, das seine dünnen Lippen umspielte, liess keinen Zweifel daran, dass Ritters Ableben vor laufender Kamera durchaus als Option bei diesem Deal in Kauf genommen wurde. Deshalb verlieren wir keine Zeit und kehren schnell zurück zu jenem Moment der Ratlosigkeit (wir erinnern uns), in der wir unseren Helden ein paar Abschnitte weiter oben zurückgelassen haben.

Kamera 1. Alle auf Position. Uuund Action!
Ritter wurde vom plötzlichen Erscheinen einer ziemlich nervösen Regieassistentin aus seiner Verwirrung gerissen, die ihm mit zitternden Fingern ein Feuerzeug in die Hand drückte und sich schnell wieder aus dem Staub machte. Unser wackerer Moderator fasste sich, entzündete die dargebotene Kerze und der Drache brachte bei dem Versuch zu lächeln tatsächlich das Kunststück zustande, mehr Zähne zu zeigen als Thaddäus Kayman, der Fernsehprediger aus Studio 4 beim Einsammeln der Kollekte.
„Sie sind ein Schatz", bedankte sich der Drache und seine Stimme klang erstaunlich anmutig. „Ich bin Nichtraucher, müssen Sie wissen. Seit nunmehr, ich will nicht lügen, doch es müssten jetzt so an die tausend Jahre sein. Dennoch liebe ich Kerzen. Sie verwandeln jede Höhle in ein behagliches Zuhause. Und diese Duftkerzen – eine grossartige Erfindung, ganz famos."

Der Drache blähte seine beeindruckenden Nüstern und sog den aufsteigen Duft des gepriesenen Aromas ein. „Hmmm, herrlich. Apfel-Zimt. Es gibt nichts Besseres, oder?"

Ritter – immer noch überfordert – arbeitete fieberhaft daran, zu seiner gewohnten Form zurückzufinden, und improvisierte mit einer etwas lahmen Anekdote.

„Also, das müssten Sie meine Frau fragen. Sie ist ebenfalls ganz verrückt nach diesen Dingern und ich vermute mal, Sie haben sie gerade zu Ihrem grössten Fan gemacht, nicht wahr, Schatz?" Ritter zwinkerte in die Kamera und wandte sich dann wieder seinem märchenhaften Interviewpartner zu. „Ähem, also, bevor wir gleich noch näher darauf eingehen, würde ich gerne wissen, wie darf ich Sie eigentlich anreden? Wir hatten vor der Show keine Gelegenheit, darüber zu sprechen."

„Nun, ich fürchte eine Übersetzung meines Namens in die menschliche Sprache ist nahezu unmöglich, deshalb nennen Sie mich einfach Rita."

Ritter verschluckte sich fast an einer taktlosen Bemerkung, die ihm – zusammen mit einer Woge aufsteigenden Gelächters – unangenehm im Hals stecken blieb. Er räusperte sich umständlich, sichtlich bemüht, seine Fassung zurückzugewinnen.

„Ist Ihnen nicht gut?", erkundigte sich der Drache besorgt und schien schliesslich zu begreifen. „Ist dieser Name in irgendeiner Weise unangemessen?"

„Oh nein, nein. Wie soll ich sagen? Es ist vielleicht etwas … überraschend. Darf ich offen sprechen?" – „Bitte." – „Wir Menschen sind mit den geschlechtsspezifischen Merkmalen Ihrer Spezies noch nicht hinreichend vertraut. Darf ich deshalb fragen, ob Sie männlichen oder weiblichen Geschlechts sind? Rita ist ein eher weiblicher Vorname, daher …"

„Ah, verstehe. Aber wir Drachen sind von Geburt an zweige-schlechtlich, deshalb macht es sicher nichts und ich fand ihn so hübsch."

„Also gut, Rita, kommen wir noch einmal auf das zurück, was Sie eingangs erwähnten. Ich meine, dass Sie Nichtraucher beziehungsweise Nichtraucherin sind? Wie ist das zu verstehen? Immerhin herrscht gemeinhin die Auffassung, dass Drachen …" – „Feuer speien?" – „Ja. Ich hoffe, Sie empfinden diese Annahme nicht als Beleidigung."

„Keineswegs. Tatsächlich, viele von uns frönen diesem Laster und man kann wirklich von Laster sprechen, denn es gibt eigentlich keinen natürlichen Nutzen dieser Eigenschaft, ausser, dass sie eine entspannende, fast rauschhafte Wirkung auf uns hat. Am ehesten kann man es wohl mit der menschlichen Sucht nach Nikotin vergleichen und auch ich war lange Zeit abhängig, doch mittlerweile mag ich es nicht mehr, wenn der kalte Rauch in der Höhle herumhängt, und davon abgesehen ist diese Angewohnheit, zugegebenermassen, nicht ganz unschuldig an dem schlechten Ruf unserer Art."

„Wo Sie es gerade erwähnen: All die Sagen und Legenden über Drachen, was davon ist eigentlich wahr? Ich meine, wir beide sitzen hier und reden, das ist doch absolut … UNGLAUBLICH! Einfach FANTASTISCH! Kann es sein – und so scheint es ja –, dass wir Menschen ein vollkommen falsches Bild von Ihnen haben?"

„Nun, wie ich schon andeutete, in der Vergangenheit gab es einige, ich will mal sagen, unerfreuliche Missverständnisse. Na ja, Rom, die Bibliothek von Alexandria, Cölln … bedauerliche Unfälle. Jugendsünden, sozusagen. Sie müssen wissen, wir Drachen sind Heissblüter und gerade in der Pubertät mitunter ziemliche Hitzköpfe, da kommt es leicht zu unüberlegten

Spontanentzündungen. Deshalb möchte ich heute die Gelegenheit nutzen, um mich im Namen aller Drachen bei den Menschen für diese tragischen Ereignisse zu entschuldigen."

Ritter lächelte jovial und presste etwas rührselige Feuchtigkeit in seine Augen. Nicht zu viel, nur ein wenig Anteilnahme für die irrtümlich eingeäscherten Ahnen und seelenvolle Milde gegenüber dem Eingeständnis des Drachen, ach ja, auch ein wenig echte Rührung über seinen eigenen kommenden Ruhm fehlte nicht.

Er seufzte. „Nun ja … Vergangenes ist vergangen und ich glaube, Millionen Eltern vor den Bildschirmen können das sehr gut nachvollziehen. Ganz ehrlich, Teenager können wahre Monster sein, oder? O sorry, das sollte keine Anspielung auf … natürlich sind Sie kein … also … das ist nur so eine Redewendung. Verstehen Sie das bitte nicht falsch." – „Nein, nein." – „Gut. Es scheint da tatsächlich viele Gemeinsamkeiten zwischen unseren Spezies zu geben – und ganz ehrlich? – Ich finde es grossartig, ja, sensationell. Aber ich glaube, was unser Publikum brennend interessiert, ist die Frage: Wo waren Sie die ganze Zeit und warum sind Sie ausgerechnet jetzt wieder zurückgekehrt? Ich will offen sein, viele Menschen sind immer noch verunsichert. Können Sie das verstehen und was würden Sie diesen Leuten sagen?"

„Genau aus diesem Grund bin ich heute hier, sozusagen als Botschafter für eine gemeinsame Zukunft, und natürlich spreche ich auch im Namen meiner Familie und Freunde."

„Daraus entnehme ich, dass Sie nicht alleine sind und vorhaben, länger zu bleiben?"

„Das wäre fantastisch. Es hängt natürlich etwas vom Nahrungsangebot ab."

Stille. Wenn es seit Erfindung der gleichnamigen Redewendung in der Menschheitsgeschichte je eine idealen Moment für den Fall einer Stecknadel gegeben hätte, wäre es dieser gewesen.

Langsam, sehr langsam neigte Rita den Kopf zum Moderatorenpult und fixierte unseren Helden mit einem geradezu sezierenden Blick.

„Sie wissen doch, Ritter verspeisen wir Drachen am liebsten im Ganzen, mit Schale", hauchte sie beziehungsweise er in das Mikro und grinste. Unser Held bemühte sich, so unappetitlich wie möglich auszusehen, und arbeitete in Gedanken fieberhaft an einem möglichst überlieferungswürdigen letzten Satz, als ihn der Drache mit einer seiner Krallen freundschaftlich in die Seite knuffte und vertraulich zuzwinkerte. „Tut mir leid. Kleiner Scherz."

Ritter atmete erleichtert auf. „Puh … Das war … ich … o Mann … ich dachte schon, mein letztes Stündlein hätte geschlagen."

„Sorry, ich konnte nicht widerstehen. Sie hätten Ihr Gesicht sehen sollen. Aber nichts für ungut. Wir Drachen pflegen manchmal eine, nun ja, wir sagen aschige Art von Humor. Aber keine Angst, ich versichere Ihnen, diese alten Schauermärchen, es sind – wie würde man heute sagen? – Fake News. Unser Äusseres mag auf Menschen nicht sehr vertrauenserweckend wirken, aber glauben Sie mir, wir brennen darauf, uns nützlich zu machen."

„Wie könnte das aussehen?"

„Nun, wir Drachen haben Einiges zu bieten. Immerhin sind wir führend auf den Gebieten der Heilkunde, der Astronomie sowie dem Schatz- und dem Flugwesen. Aber wir sind auch offen für Neues. Mein Steckenpferd ist seit neuestem übrigens das Marketing. Deshalb wurde ich auch beauftragt, ein bisschen die Werbetrommel für unsere Ankunft zu rühren."

„Wow, ich muss sagen, Sie sind beeindruckend, Rita, und ich glaube, ich spreche im Namen aller, die uns heute zusehen: Das sind wundervolle, nein, fabelhafte Neuigkeiten. Einfach fantastisch. Ich muss sagen, es ist mir eine Ehre, dieses Interview mit Ihnen führen zu dürfen."

„Das ist nett von Ihnen", bedankte sich der Drache. „Und um noch einmal auf unser Anliegen zurückzukommen: In meiner Funktion als Botschafter würde ich mich gerne intensiver mit den sozialen Netzwerken befassen und vielleicht einen Food-Blog ins Leben rufen, in dem ich den Menschen unsere Lebensweise näherbringen kann. Zum Beispiel zum Thema alternative Drachenkost."

„Wow. Was genau ist darunter zu verstehen?"

„Sehen Sie, Sie müssen wissen, wir Drachen sind – Imaginavoren!"

Ein erstauntes Raunen ging durch das anwesende Fernsehteam.

„Imaginavoren", wiederholte Ritter nachdenklich und setzte sein investigatives Gesicht auf. „Was müssen wir uns darunter vorstellen?"

„*Vorstellen* ist ein sehr gutes Stichwort, denn tatsächlich ernähren wir uns von menschlicher Fantasie. Hirngespinste, Aberglaube, Phantome, Spinnereien – eigentlich alles, was die menschliche Vorstellungskraft hervorzubringen vermag."

„Erstaunlich", begeisterte sich Ritter ehrlich. „Können Sie uns das bitte näher erklären?"

„Aber gerne. Wenn ich unsere Ernährung mit der Ihren vergleiche, dann stellen Märchen und Legenden in einer groben Einteilung ungefähr das Äquivalent zu gut bürgerlicher Hausmannskost dar. Hirngespinste, Utopien, Phantome zählen für uns zur Haute Cuisine und Verschwörungstheorien wie auch Fake News könnte man als Pendant zur Systemgastronomie sehen, also Fast Food. Unsere Jungdrachen stehen darauf. Ich persönlich habe ja eine Schwäche für die Fusionsküche. Nehmen Sie zum Beispiel eine noch unreife Verschwörungstheorie: Im eigenen Saft gegart, dann zusammen mit einer Prise Wahn angeschwitzt und an saisonal verfügbaren Fake News serviert, dazu eine spritzige Schnapsidee als Aperitif. Ich sage Ihnen: ein Gedicht!“ Rita schnalzte genussvoll. „Deshalb sind wir auch wieder zurückgekehrt. Sehen Sie, das Mittelalter war eine ziemlich gute Zeit für uns: Ammenmärchen, Aberglaube, Legenden – ein reich gedeckter Tisch. Die Ära der Aufklärung hingegen hat uns Drachen ziemlich zugesetzt, sozusagen auf Diät, und bei extremem Nahrungsmangel fallen wir in eine Art Winterschlaf. Aber heutzutage: Verschwörungstheorien, Fake News, Reality-TV und Massenparanoia satt – das reinste Schlaraffenland!“

Uuuund … Cut! Kamera 1 – Schwenk auf den Autor.
Meine geschätzten Leser, ich bin untröstlich, dass ich das Interview an dieser Stelle abbrechen muss. Anlässlich eines fantasiebedingten Whiteouts bleibt mir jedoch nichts anders übrig, als mich der eingangs erwähnten Variablen zu bemächtigen und den Fortgang meiner Geschichte in Ihre Hände zu legen. Ich weiss, das Schäbigste, was ein Autor seiner Story und ihren Akteuren antun kann, ist, sie inmitten der Verrichtung ihres Schicksals im Stich zu lassen. Es ist mir durchaus bewusst, dass mich ein solches Lumpenstück in den Augen der schreibenden Zunft

und meiner geschätzten Leserschaft auf ewig als Deserteur und Feigling brandmarken wird, denn seien wir ehrlich, am liebsten würden Sie meine Wenigkeit mitsamt meines „mentalen Schneegestöbers" just in diesem Augenblick an Rita verfüttern, und ich kann es Ihnen nicht verdenken. Es ist nicht so, dass ich es nicht versucht hätte. Es lagen schlichtweg zu viele märchenhafte *Zutaten* auf dem Tisch, um dieses literarische *Menu* zu vollenden: Unbeschreibliches, Mirakulöses, Aristophanisches, bis hinzu einem bösartig klischeehaften Twist. Allein mir fehlten die Worte angesichts der Fülle an Möglichkeiten – sich für eine zu entscheiden, hätte bedeutet, Ihnen die anderen vorzuenthalten. Deshalb bitte ich Sie um Nachsicht. Zu gegebener Zeit werde ich Asche auf mein Haupt streuen – grosses Ritter-Ehrenwort! Ihnen aber steht es nun frei, mit meiner Geschichte und dem imaginären Schicksal ihrer Protagonisten zu verfahren, wie immer es ihnen beliebt. Ich bin mir sicher, sie werden weise und gewissenhaft mit dieser Verantwortung umgehen. Selbstverständlich sind Ihrer Fantasie keine Grenzen gesetzt, ganz gleich ob zum Guten oder zum Bösen – Nur zu, füttern Sie den Drachen. In diesem Sinne:

Bon Appetit und Wohl bekomm's!

DIE HEIMAT DER BÜCHER

Thomas Rabe

„*Elio? Elio!*", rief eine Stimme durch die engen Gänge der Bibliothek. Sie klang besorgt, verblasste aber schon bald wie ein ferner Ruf, je weiter der Junge voranschritt. Kurz drehte er sich um und blickte zurück in den langen Flur. Er hätte der Stimme antworten können, doch die vielen Bücher, die sich links und rechts in den Regalen auftürmten, hatten ihn längst in ihren Bann gezogen. Kleine, grosse, dicke, dünne, lange, kurze, ja sogar schiefe Bücher standen dicht an dicht, wie eine Schar von Menschen, die leise miteinander tuschelten. Sie erzählten ihre dunklen Geschichten, sprachen von Abenteuern und Reisen in ferne Welten, und manchmal auch von wirklich fürchterlichen Dingen, die Elio erschaudern liessen.

„Orthopädiehandbuch – Osteogenese einfach erklärt", las er auf dem Rücken eines dicken Wälzers und schüttelte angewidert den Kopf. Daneben stand ein Buch mit der Aufschrift: „Die Wirkstoffkombination von Bromelain und Trypsin".

Dieses Regal war schauderhaft. Es war aus pfefferkornbraunem Holz gefertigt, und es war ganz und gar schauderhaft. Mit grossen Schritten entfernte er sich von diesem Ort und hoffte, dass er im nächsten Gang etwas Angenehmeres finden würde. Einen alten Folianten vielleicht mit einer Geschichte über … über. Ja, über was eigentlich? Elio überlegte, wonach ihm der Sinn stand. Das letzte Buch, das er *gelesen* hatte, hatte ihn an die Grenzen des Atlasgebirges geführt. Selbst jetzt noch konnte er die durchdringende Kälte in seinen Knochen spüren, die in den Bergen gehaust hatte wie ein uraltes Ungeheuer. Getragen von beissenden Winden und begleitet von tosendem Heulen, hatte es an seinen Kleidern gezerrt, bis er bibbernd und zitternd in einer Höhle Unterschlupf gefunden hatte. Ein schauriges Frösteln durchlief ihn, als er an den brüllenden Troll dachte, den er dabei aufgeschreckt hatte.

„Nein nein nein", flüsterte er. Auch wenn es ein spannendes Abenteuer gewesen war, dem Troll eine Falle zu stellen und die geheimen Höhlen unter dem Atlas zu erkunden, sollte seine nächste Reise nichts mit Bergen zu tun haben … oder Schnee … oder schneidendem Wind ... oder irgendetwas anderem, das unangenehm kalt war. Dieses Mal wollte er … ja genau, er wollte eine Reise nach Malaki machen, einer Inselgruppe im südlichen Meer, dem Reich des Muhi, und dem Ort, wo das Land und der Himmel sich trafen.

Sofort rannte Elio los. Seine Füsse flogen über den dunklen Holzboden, der bei jedem Schritt fröhlich knarzte. Seine Haare, eine dichte Mähne aus Karminrot und Scharlach, stoben wild auseinander. Er liebte es, schnell zu rennen und zu springen und durch die engen Flure zu jagen wie ein Fuchs, der seiner Beute auf den Fersen war. Er musste sie nur noch finden und aufscheuchen, damit er sie fangen konnte. Und er wusste auch schon, wie er das anstellen würde. Mit einem eleganten Satz flog er vorbei an einem hohen Regal. Nur knapp verfehlte seine Schulter einige Bücher, die gefährlich weit über den Rand ihres Faches ragten. *Glück gehabt*, dachte Elio. Das letzte Mal, als er ein Buch beschädigt hatte, hatte Morten ihm eine ewig lange Predigt gehalten, dass er in der Bibliothek vorsichtig sein musste. Schliesslich waren Bücher wertvoller als alles andere auf der Welt. Sie enthielten die Geschichten und Erfahrungen der Menschen. Sie gaben ihre Erkenntnisse weiter, bewahrten sie für die Nachwelt, und wichtiger noch, sie enthielten die Erinnerungen von allem, was war, wie ein grosses Gedächtnis. Und in manchen Fällen waren sie pure Fantasie. Sie waren wie Träume, geformt aus Tinte und Papier, die man wieder und wieder erleben konnte.

Schlitternd kam Elio vor einer dicken Tür zum Stehen. Sie war ein Meisterwerk der Tischlerskunst und erstrahlte in einem satten Granatapfelorange. Doch das interessierte den Jungen kaum. Mit einem festen Ruck zog er sie auf und betrat einen Raum, der nur von flackerndem Kerzenlicht beleuchtet war. Er mutete an wie ein altes Antiquariat, nur dass es nirgends einen mürrischen Krämer gab, der einen argwöhnisch beobachtete, während man in vergilbten Seiten blätterte. Elios Augen huschten über die unzähligen Tische, die schwer unter ihrer lyrischen Last ächzten. Sie standen zwischen Reihen von Regalen, die wie baumhohe Pfeiler bis an die Decke ragten.

„Morten?", sagte Elio leise. Das Licht flackerte. „Morten, hörst du mich?" Er spähte um eine Ecke und wagte sich tiefer in den Raum hinein, wo ein gewaltiges, mit dichtem Fell überzogenes Buch ihm den Weg versperrte. Das Wort *Zerberus* leuchtete in düsteren Lettern auf seinem Einband und weckte in Elio ein Gefühl von Furcht und Unbehagen, als stände der Höllenhund höchstselbst vor ihm. Ein Zucken durchfuhr das Papier seiner Seiten, gefolgt von einem tiefen Brummen, das gleichgültiger kaum hätte sein können. Nur einen kurzen Moment später und unter heftigem Schnauben bewegte sich das Ungetüm eine halbe Elle nach rechts und liess den Jungen passieren.

„Morten, wo bist du denn?", fragte Elio nun etwas lauter, als er sich am Wächterbuch vorbeigeschoben hatte.

„Hier!", antwortete ihm eine Stimme. Sie klang dumpf, so als versteckte sie sich irgendwo.

„Hier? Was heisst *hier*?"

„Na *hier*", rief Morten und hängte ein lachendes *chi chi chi* hintendran, auch wenn es mehr wie ein gepresstes Zischen klang.

„Komm schon, Morten. Ich will nicht schon wieder Verstecken mit dir spielen. Ich will *lesen*!"

Ein Kopf tauchte hinter etwas auf, das aussah wie ein Sessel.

„*Lesen*? Erst gestern haben wir *gelesen* und sind nur knapp entkommen. Hat Freund Elio nicht genug Gefahren erlebt?"

„Auf keinen Fall!", antwortete Elio. „Und ich weiss auch schon, wo es dieses Mal hingehen soll."

„Er weiss auch schon, wo es dieses Mal hingehen soll", wiederholte Morten gedehnt. Elio konnte förmlich spüren, wie der kleine Drache seine Augen verdrehte.

„Willst du etwa sagen, dass du keine Lust hast, mit mir zu *lesen*?"

„Ob ich keine Lust habe fragt er … tz tz tz … Er hat sich wohl nicht umgeschaut in diesem Raum. Hat er das Chaos übersehen, das ich seit Wochen versuche in Ordnung zu bringen?"

„Na wirklich erfolgreich warst du bisher nicht", hielt der Junge dagegen.

„Und wessen Schuld könnte das sein? Immer wenn Freund Elio da ist, wird es schlimmer. All die Geschichten. Wo soll ich sie noch unterbringen? Kannst du es mir sagen, hmm?" Morten war hinter dem Ding, das vielleicht doch eher eine Couch war, hervorgeschnellt und schoss, flink wie ein kleiner Raubvogel, auf Elio zu. Sein Körper war lang, wie der einer Schlange, und war über und über mit Schuppen bedeckt. Sie besassen eine wunderschöne Färbung, rostbraun und kupferrot, die stark an Elios Haare erinnerte. Mit einer eleganten Drehung flog Morten um den Kopf des Jungen. Sein schlanker Körper brauchte keine Flügel. Wie ein Aal unter Wasser glitt er geschmeidig durch die Luft, wobei seine Hörner, spitz wie die Dornen eines Rosenstrauchs, im Schein der Kerzen schimmerten.

„Nein, das kannst du nicht", beantwortete Morten seine eigene Frage.

„Doch, kann ich wohl!", sagte Elio protestierend.

„Ach, kann er es wirklich? Es wäre das erste Mal."

„Naja, weisst du", begann der Junge einen Satz und griff sich dabei eines der vielen Bücher, die ihn umringten. Seine Finger stoben wild durch die vergilbten Seiten, grob und ungeschickt, und hinterliessen ein paar unschöne Knicke. Schliesslich sprach er weiter. „Vielleicht bleibe ich bald für immer. Sie haben darüber geredet, weisst du? Ich meine, so schlecht wäre es ja gar nicht. Ich könnte dir helfen. Zusammen könnten wir das Chaos …"

„Genug", unterbrach ihn Morten. „Was redest du nur?" Seine Stimme klang scharf. Viel schärfer, als er beabsichtigt hatte.

„Aber …"

„Nein, Elio, sei still jetzt. Ich will davon nichts hören. Die Bibliothek ist kein Zuhause für dich. Sie ist …" Er beendete den Satz nicht. Stattdessen schwieg er und blickte den Jungen besorgt an, der nun die Augen niedergeschlagen hatte. Ein Seufzen entrang sich Mortens Kehle. Etwas hatte ihm den Hals zugeschnürt wie ein grosses Stück altes, trockenes Brot, das er nur mit Mühe hinunterschlucken konnte.

„Sag, Freund Elio, welche Geschichte suchst du so dringend?",
fragte der Drache schliesslich und legte sich auf die Schultern
des Jungen, wie eine Katze, die sich an ihr Herrchen schmiegte.
„Ich will zum Muhi", antwortete Elio leise. Noch immer wühlten sich seine Finger durch die Seiten des Buchs, das er fest
umklammert hielt.

Der kleine Drache spürte, dass sie nicht wirklich nach etwas
suchten. Sie wirkten ziellos, ja fast schon verwirrt, wie Irrlichter,
die sich im Nebel verloren hatten. „*Die Reise zum Himmelsmeer*",
sagte Morten. „Die also willst du *lesen*? Mhh, dann müssen wir
in den Nordteil der Bibliothek. Dort versteckt sich das Buch,
das du suchst."

Elio stutzte. „Aber wieso dort? Es ist eine Abenteuergeschich-
te. Und Abenteuergeschichten leben im Raum Periculum. Was
macht es denn im Nordteil?"

„Du hast nicht Unrecht, Freund Elio. Doch gehört das Buch
ebenso in die Phantastik", erklärte Morten. „Und die findet man
im Nordteil. Ich bin der starken Vermutung, dass es wenig Lust
hatte, bei den anderen Abenteuergeschichten zu bleiben. Zuweilen können sie sehr laut sein und schroff obendrein."

„Also los!", rief der Junge plötzlich. „Dann gehen wir in den
Norden!"

„Jetzt und sofort?"

„Natürlich sofort. Wieso sollten wir warten?"

„Mhh, ja wieso bloss …", zischte Morten leise und betrachtete
den Raum, der mehr und mehr im Chaos zu versinken drohte.
„Also schön, dann soll es so sein."

„Du wirst es nicht bereuen, Morten. Fest versprochen!", rief
Elio und flog wie von Flügeln getragen wieder hinaus auf den
hellen Flur.

„Das mag ich bezweifeln. Aber sei es drum. Finden wir lieber das Buch für dich. Denn was für ein Bücherdrache wäre ich, wenn ich solche Aufgaben meiden würde?"

„Ein furchtbarer!", schloss Elio mit einem Grinsen und rannte sogleich in den nächsten Gang.

Ein Gemüt wie der Wind, dachte Morten mit bangem Blick. *So stark bläst er von Osten, so schnell dreht er nach Westen. Und einfangen lässt er sich nicht.*

Einige Zeit, nachdem Elio und Morten aufgebrochen waren, erreichten sie die grosse Rotunde. Sie war das Herzstück der Bibliothek und verband die umliegenden Häuser durch Brücken, die sich quer durch das runde Bauwerk spannten. Sie war schier gigantisch. Mehr ein Wunder als ein Gebäude, das Elio jedes Mal aufs Neue ein erstauntes *Ohhh* entlockte. Sie war höher als ein Palast. Von ihrer tiefsten Ebene bis unter das gläserne Dach, das zu jeder Zeit von schimmerndem Sonnenlicht durchflutet war, mass sie fast eintausend Fuss.

„Immer, wenn ich hier stehe", sagte der Junge ehrfurchtsvoll, „kann ich gar nicht glauben, wie gross sie ist." Sein Blick schweifte hinab zum Boden, der in der Ferne kaum zu erkennen war, während ein kühler Wind um seine Ohren pfiff, wie ein stetes, angenehmes Rauschen.

„Komm jetzt", drängte Morten. „Wir haben anderes vor. Die Aussicht geniessen gehört nicht dazu." Seine Stimme hatte einen drängenden Ton angenommen. Er wirkte wie jemand, der die Zeit vergessen hatte und nun in grosser Eile war.

Elio spürte die Veränderung bei seinem Freund und blickte ihn argwöhnisch an.

„Was ist los?", fragte er den Drachen, der sich auf dem Geländer einer Treppe niedergelassen hatte. Sein ganzer Körper war angespannt. Sein kleiner, mit winzigen Stacheln besetzter Schwanz hatte sich fest um das dunkle Holz geschlängelt.

„Der Dekan!", zischte Morten so leise, dass nur Elio ihn verstehen konnte. „Dort steht er, direkt auf dem Hohen Pontem."

Neugierig blickte der Junge in die Richtung, in die sein Freund gezeigt hatte. Der Hohe Pontem war nicht schwer zu finden. Er war ein Kreuz, geformt aus zwei massiven Brücken, die die vier Himmelsrichtungen miteinander verbanden. Der Dekan stand genau in seiner Mitte. Er war eine hünenhafte Gestalt mit breiten Schwingen. Seine fliessende Robe aus glänzendem Eierschalengold blendete Elio. Eine Hand schützend vor die Augen haltend spähte er neugierig über das Geländer.

„Was machst du nur?", flüsterte Morten mit zusammengebissen Zähnen. „Gehen müssen wir, sag' ich. Der Dekan ist nicht gut auf mich zu sprechen. Das Chaos, du erinnerst dich? Es gibt nur wenig, was den Opusdrachen mehr verärgert. Und ich besitze reichlich davon."

Noch immer starrte Elio die grosse Gestalt an, gefesselt von ihrer wilden und zugleich erhabenen Präsenz. Fast, so schien es…

„Autsch", entfuhr es dem Jungen und er zuckte zurück. „Hast du mich gerade gebissen?"

„Das habe ich, Freund Elio. Du warst wie gebannt. Zuweilen hat der Dekan diese Wirkung auf euch Menschen. Und nun komm. Es ist nicht sicher hier."

„Nicht sicher für dich vielleicht", erwiderte der Junge trotzig und rieb sich die brennende Stelle auf seiner Hand. „Mir würde er nichts tun."

„Das ist nicht gewiss. Er hat strenge Regeln, der Dekan. Auch du musst dich an sie halten."

„Und welche Regeln sollen das sein?"

„Freund Elio ist auf den Kopf gefallen, wie mir scheint. Die Regeln sind dir wohl bekannt. Eine ist das Chaos, das es zu vermeiden gilt. Eine andere betrifft Speisen und Getränke. Und eine weitere, die wichtigste von allen, kannst du es dir denken?"

„Mhh", stöhnte der Junge und überlegte kurz. „Du meinst …" Doch noch ehe er antworten konnte, erschallte von Neuem der Ruf seines Namens, der diesmal bis in die Rotunde hallte wie ein fernes Echo, das ihn endlich gefunden hatte. *„Elio!"* Es war eine laute, gellende Stimme, die von überallher zu kommen schien. *„Elio!"* Sie war drängend, fast flehend sogar. *„Elio!"* Und sie hatte nicht nur ihn erreicht, sondern alle, die zu diesem Zeitpunkt im Herzen der Bibliothek zugegen waren.

„Oh nein", kam es von Morten mit zittriger Stimme. „Oh nein, oh nein." Seine Augen waren geweitet vor Schreck. „Hat er es gehört? Und ob er das hat. Jeder hat es gehört."

„Das ist nicht gut, oder?", fragte der Junge und wich vom Geländer zurück.

„Nein, Freund Elio. Das ist gar nicht gut. Der Dekan wird ausser sich sein."

„Aber er weiss doch nicht, wer ich bin."

„Sei kein Narr. Er kennt alle Namen und Besucher. Niemand ist ihm fremd. Du am allerwenigsten."

„Ich? Aber wieso?", wollte der Junge wissen.

„Jetzt ist nicht die Zeit für Fragen. Lauf, Elio!" Noch während Morten sprach, hallte das Schlagen grosser Flügel durch das alte Bauwerk, als hätte sich ein gewaltiger Vogel in die Lüfte erhoben. Es war der Dekan, der nun noch wilder aussah als zuvor und alles Erhabene abgelegt hatte.

„Lauf wie der Wind. Wir müssen die Altum-Brücke erreichen. Sie führt uns hoch in den nördlichen Teil. Dort können wir uns verstecken."

Das musste Morten ihm nicht zweimal sagen. Der Anblick des grösseren Drachen hatte etwas Schreckliches. Seine schimmernden Zähne, scharfe Dolche aus Muschelschalenperlmutt, blitzten in seinem Maul auf wie ein grausames Versprechen. Panisch stürzte Elio eine Treppe hinauf. Eine Hand um eine Säule geschlungen, zog er sich in einer schnellen Drehung auf die nächste, verlor den Halt, und krachte mit einem lauten Rums gegen die Wand.

„Hoch mit dir!", trieb Morten ihn an und wand seinen Körper um das Handgelenk des Jungen. Mit aller Kraft zog er ihn auf die Füsse und fauchte schäumende Verwünschungen gegen den Dekan, der ihnen hinterherjagte.

„Hier hinein, schnell." Sie bogen in einen kleinen Korridor, der kaum mehr als zwei Halblinghöhen mass und sie vor den Augen ihres Verfolgers versteckte. Der Gang war rund gebogen und an der Decke holzverziert. Und er beherbergte eine Schar von staubbedeckten, leichengrauen Büchern, die in den steinernen Wänden ruhten wie Tote in einem Grab. *Merkwürdig*, dachte der Junge, als sie rasch an ihnen vorbeischritten. „Wo sind wir hier?"

„Das ist der Os."

Elio blickte den kleinen Drachen verdutzt an. „Der was?"

„Tz tz tz, weiss Freund Elio es denn wirklich nicht? Es ist der Knochenflur. Grausige Geschichten finden sich hier."

„Der Os", wiederholte Elio. Seine Stimme klang matt und farblos wie das Antlitz der aschfahlen Bücher, die ihn umringten. *Knochenflur*, murmelte er leise und beschleunigte seine Schritte. *Knochenflur.*

„Elio!", rief Morten. „Aber wo willst du denn hin? Bleib hier, sonst wird er dich kriegen!"

Doch Elio hörte die Stimme des Drachen kaum. Seine Beine begannen zu laufen und bald schon rannte er. Seine Füsse flogen hinweg über den staubigen Boden, trugen ihn dem Licht entgegen, das auf der anderen Seite so verheissungsvoll schimmerte. „*Elio!*", rief die Stimme wieder. War es der Drache? Er wusste es nicht. „*Elio!*" Das Ende des Flurs kam immer näher, war nur noch wenige Augenblicke entfernt. Weiter und weiter, er musste weiter, nur weg von diesem unheiligen Ort. Und dann, als er den Ausgang endlich erreicht hatte … *Schnapp.*
Dolche aus Perlmutt.

Erschrocken fuhr Elio hoch. Den Mund in einem stummen Schrei aufgerissen sah er nichts als Dunkelheit, die ihn umgab. Panisch sog er Luft ein und versuchte sich zu orientieren, doch kaum hatte er sich bewegt, jagte ein stechender Schmerz durch seinen Körper, der ihn unter Ächzen zusammenzucken liess. Wie glühendes Eisen schoss er seine Wirbelsäule hinauf und zerbarst in hellen Funken, die wie kleine Blitze vor seinen Augen tanzten.
„Verflucht", zischte er und fiel zurück auf sein Bett. Sein Atem ging schnell. Schweiss glitzerte auf seiner Stirn. Fast quälend langsam rann er in dicken Tropfen sein Gesicht hinab und landete mit dumpfen Schlägen auf seinem Kissen. Er schwitzte so stark, dass er das Salz auf seiner Haut bereits schmecken konnte.
Was war geschehen, fragte er sich. Und wo war Morten? Was war aus dem kleinen Drachen geworden, nachdem er selbst ins Licht gegangen war? Alles schien irgendwie verschwommen. Seine Gedanken waren ein einziges Wirrwarr an Gefühlen und Eindrücken, die sich wild überschlugen. Und jeder Versuch, sie zu ordnen, machte es nur schlimmer.

Nach einer Weile, als der Schmerz endlich abgeebbt war und seine Augen sich an die Dunkelheit gewöhnt hatten, wagte er, seinen Kopf wieder zu bewegen. Er drehte ihn nach links, vorsichtiger diesmal. Doch er sah nichts als einen grossen, alten Schrank und die Schemen einiger Bilder, die sich im Schatten einer Wand verbargen. Er kannte diese Bilder, wurde ihm klar. Ihre Anordnung war ihm vertraut. Zwei grosse, drei kleine, eines davon schief, die vier anderen in perfekter Symmetrie. All das kam ihm richtig vor. Und doch, so bemerkte er, konnte er sich nicht daran erinnern, was auf ihnen zu sehen war.

„Morten?", flüsterte er leise. „Bist du hier?"

Stille.

„Morten?" Elio blickte zur anderen Seite des Zimmers, hoffend, dass der kleine Drache auf ihn zuschiessen und ihn vergnügt begrüssen würde, wie er es immer getan hatte. Und dass alles gut werden würde, wenn sie wieder zusammen waren. Doch nichts dergleichen geschah. Er sah nur eine schwere Tür, die einen Spalt weit offen stand. Dämmriges Licht drang in den Raum. Es war warm und angenehm. Und doch, so dachte Elio, bereitete es ihm Unbehagen. Als er es betrachtete, begann es plötzlich zu flackern und in der Ferne waren nun Stimmen zu hören, die leise flüsternd miteinander sprachen. Er erkannte die Stimmen sofort, eine hoch, die andere tief und kraftvoll, wie das Klagen einer alten Weide.

„Nein", sagte er laut, schrie es fast. „Nein!"

Panik breitete sich in ihm aus und erneut spürte er diesen schrecklichen Schmerz, der nur darauf lauerte auszubrechen. Wie eine Schlange in der Dunkelheit verbarg er sich in Elios Körper, bereit, seine giftigen Zähne in seine Venen zu schlagen. Er hasste ihn. Er hasste den Schmerz. Und ebenso hasste er seinen Körper, der ihm wie ein Fremder war.

Sein Atem ging schwer und seine Lungen pulsierten vor Anstrengung, als er überlegte, was er tun sollte. Und dann sah er
es. Ein Buch lag dort. Es lag auf einem Stuhl, so nah, dass er es
fast greifen konnte. Im Schein des Lichts wirkte sein Einband
feuerrauchschwarz – wie die Augen des kleinen Drachen, den er
so schmerzlich vermisste.

Vorsichtig beugte er sich nach vorn, als plötzlich jemand zu ihm
sprach: „Elio?"

Der Junge schaute nicht auf. Er ignorierte das Licht, das ihn
jetzt blendete, ignorierte die von Pein geplagten Schreie seines
Körpers und streckte seinen Arm nach vorn. Mit einem letzten
Ruck griff er nach dem Buch und verschwand in einer Welle
heller, blitzender Funken.

DRACHEN-RENTNER

Maximilian Wust

Er war anders.

Grundlegend waren Männer wie er nichts Neues, nicht an diesem Ort. Sie warteten nicht an der Rezeption oder liessen sich die Koffer abnehmen, sondern suchten gerne mal selbst ihr Zimmer auf, um ihre Habseligkeiten eigenhändig einzuräumen. Emine konnte sie gut verstehen. Ein Leben lang hatten sie dafür gekämpft, selbstständig und unabhängig zu sein, um am Ende hier zu landen und all das wieder abzugeben. In ein Altersheim zu ziehen, ist immer eine Form der Kapitulation.

Aber gerade dieser Neuankömmling wirkte wie jemand, der jeden Morgen seine Stahlträger mit Milch gegessen hatte. Er war gross, ausserordentlich breit gebaut – nicht nur für einen Mann seines Alters – und stark vernarbt. Sein Name, Aldur Drakentoth, konnte nur ein Pseudonym aus seinen Zeiten als Löwenbändiger sein.

„Eigentlich", begann Emine, als sie das Herumstehen satt hatte, „ist es gegen die Regeln, was Sie gerade tun, Herr Drakentoth."
Er hängte das letzte Hemd in den Schrank und wandte sich zu ihr um.

Wie konnte die Statur eines Mannes Ende siebzig noch so stattlich sein? „Nennen Sie mich doch Aldur!", erklärte er. „Und wie würden Sie gern genannt werden?"

„Frau Yavuz, bitte."

„Mir zu förmlich, aber nachvollziehbar. Von mir haben Sie allerdings keine blöden Sprüche zu befürchten. Ich werde vermutlich ein paar Regeln brechen – das ist leider meine Art –, Ihnen aber dennoch nicht zur Last fallen."

„Diese Regeln sind aus gutem Grund aufgestellt worden!"

„Von Leuten in der Verwaltung, die hier nie gearbeitet haben. Ich kenne Ihre Regeln nicht, Frau Yavuz, aber ich vermute, dass man oft gar keine andere Wahl hat, als sie zu umgehen. Trotzdem möchte ich Ihnen versichern, dass ich nicht die Sorte Mensch bin, die anderen Probleme bereitet", sagte er – nicht als Versprechen, sondern als Tatsache.

Emine beliess es dabei und ging. Auch solche Sprüche waren nicht ungewöhnlich.

Kurz vor dem Feierabend besuchte sie ihn noch einmal – weil es zu den Regeln gehörte. Herr Drakentoth sass an dem kleinen Tisch in seinem Zimmer, wo er kein Buch, sondern eine meterlange Schriftrolle las. Das passte irgendwie ganz gut zu dem Mann, der hier so gar nicht hineinpasste.

Er blickte auf, jedoch nicht lange genug, um neugierig oder gestört zu wirken, und fragte mit der klaren Stimme eines männlichen Synchronsprechers: „Frau Yavuz, warum arbeiten Sie hier?"

Emine zuckte mit den Schultern. „Weil mein Abschluss gerade gut genug war, dass ich nicht wiederholen musste. Dieses Heim ist ein staatlich gefördertes Abstellgleis: Jeder ist nur hier, weil er sonst nirgendwo anders hin kann; die Alten wie die Pfleger."

„Das ist eine Ausrede, mehr nicht. Sie drücken sich viel zu gewählt und zu sicher aus, um hier Ihr Leben fristen zu wollen."

„Und Sie sind nicht der Erste, der mich dazu drängen will, mehr aus meinem Leben zu machen, weil er seines verschwendet hat."

Herr Drakentoth lächelte. „Gut gekontert und gut möglich. Ich verbrachte tatsächlich mein ganzes Leben in dem schlimmsten Beruf, den Sie sich vorstellen können."

„Sie waren auch Altenpfleger?"

Er schüttelte den Kopf: „Drachentöter."

„Ah, daher der Name", bemerkte Emine mit spitzer Zunge.

„Drakentoth ist in meiner Heimat tatsächlich der Nachname einer Person, die für Geld Drachen tötet."

Emine lachte auf. „In den acht Jahren, die ich jetzt schon hier festsitze, haben mir Leute wie Sie schon so einiges erzählt. Einer war Kampfpilot, der andere bei der Fremdenlegion, der nächste ein Privatdetektiv oder was sich halt gerade beeindruckend anhörte. Aber Ihre Geschichte beginnt wenigstens verrückt genug, um interessant zu sein."

Der vermeintliche Drachentöter begann damit, das Papier einzurollen. „Es ist die verrückteste, die Sie je gehört haben werden."

„Also gut", sagte Emine und beschloss mitzuspielen. „Wo haben Sie Ihre Drachen erlegt? Hier in Belgien? Da werden Sie nicht viel zu tun gehabt haben."

„Ich stamme nicht von hier, sondern aus dem Königreich Erendar im Osten. Wir sind dort ein wenig dem Rest der Welt hinterher. Es gibt noch Burgen, Stände und Ritter. Wir haben sogar noch einen König und mindestens sechs Zauberer. Einen kannte ich persönlich."

Emine grinste. „Wie im Mittelalter."

„Nicht beleidigend werden."

„Bin ich nicht. Klingt romantisch. Ich würde gerne mal hinfliegen."

„Das wird nicht möglich sein. Die Drachenreiter unterbinden jeglichen Flugverkehr. Aber setzen Sie sich doch! Sie wirken auf einmal doch neugierig, ein ganz kleines Bisschen", sagte er und deutete auf den Plastikstuhl ihm gegenüber.

Die Pflegerin zögerte, einen langen Augenblick, bevor sie seiner Bitte nachkam. Der Stuhl knirschte und ihr Blick wanderte durch das Fenster auf die Strasse. In einer Stunde würde es dunkel sein und spätestens dann wäre sie weg. Das war ihre Bedingung, die sie Drakentoth schweigend und nur mit Blicken stellte und die er genauso wortlos akzeptierte.

„Fangen Sie an", sagte Emine schliesslich. „Wie wird man so ein Drachentöter?"

„Indem man es einfach macht. Man schliesst sich einer Gruppe an, die man meist an ihren schwarzen Drachenlederrüstungen erkennt, und daraufhin schaufelt man die ersten Wochen die Latrinen aus, schneidet Kartoffeln, wäscht die Kleider, ölt die Waffen und was noch alles, bis dann der erste Drache sterben muss. Hat man den dritten überlebt, gehört man meist schon dazu."

„War es bei Ihnen genauso? Vom Tellerwäscher zum Drachenkiller?"

„Nein." Er lächelte, bitter. „Überhaupt nicht. Hätte ich die Wahl gehabt, wäre ich ein Schmied geblieben. Aber diese Fragen habe ich schon hunderte Male beantwortet. Und weil Sie mir nicht glauben, Frau Yavuz, gebe ich Ihnen drei."

„Drei Fragen?"

„Zu meinem Beruf."

Sie lächelte. Das würde leicht werden. „Dann gleich die erste: Wie sind Sie ein –"

„Das werde ich Ihnen nicht sagen! Stellen Sie eine andere!"

Als ihr gerade eine Frage einfiel, zog Herr Drakentoth auf einmal eine Pfeife aus seiner Jackentasche – ein schönes Stück aus Elfenbein – und begann, sie mit einem rotbraunen Kraut zu stopfen.

„Sie dürfen hier nicht rauchen!", fauchte Emine.

„Ich mache es am Fenster."

„Neben der Tatsache, dass es trotzdem verboten ist: Sie sind hier, weil Sie nicht mehr für sich selbst sorgen können, also werden Sie sich keinen Teer in die Lunge qualmen."

Sein Lächeln ging in ein Grinsen über.

„Und wie wollen Sie das –"

Noch bevor Herr Drakentoth den Satz beenden konnte, hatte sie ihm auch schon die Pfeife aus der Hand gerissen. Aber weil sie wusste, wie schnell das trotzdem zu bösem Blut führen konnte, und auch, wie man genau das verhinderte, stellte sie ihre Frage: „Wie lief das ab, so ein Tag im Leben eines Drachentöters?"

Drakentoth verstand, lächelte wieder und setzte sich. Und weil er artig war, bekam er auch seine Pfeife zurück. „So langweilig, dass es keine Erzählung wert wäre", antwortete er. „Also schildere ich Ihnen lieber eine alltägliche Drachentötung:

Drachentöter zu sein, bedeutet vor allem, zu reisen – von einem Drachen zum nächsten, mal in grossen, mal in kleinen Gruppen, aber nie allein. Gerade in den warmen Monaten verbringt man fast jede Nacht am Strassenrand, manchmal in einer Scheune und selten in einem Gasthaus. Man isst Gemüse und gedörrtes Fleisch und irgendwann erkennt man das Lehen am Eintopf. Das ist wirklich so. Drachentöter sind Experten für Eintöpfe.

Ein typischer Auftrag sind zum Beispiel Lindwürmer. Sie sind die niederste, aber trotzdem zahlenstärkste Drachenart, eine etwa zwei Männer lange Schlange mit Flügeln und weissem

Schuppenkleid, bösartig und nicht die Hellsten. Dabei sind sie nicht einmal besonders gefährlich, aber sie haben die lästige Angewohnheit entwickelt, sich lieber an den Viehbeständen der Menschen zu vergreifen, anstatt in der Natur nach Beute zu suchen.

Und damit verdient unsereins sein Geld. Wir werden von Bauern angeheuert, folgen der Fährte und wenn die Bestie erlegt ist, brauen wir aus ihrem Blut unsere Elixiere.

Einmal, da war ich gerade erst zehn Jahre lang dabei, gab es einen dieser Fälle: Ein Bauer von Weissfels hatte die Lindwurmplage selbst angehen wollen und das sogar mit Erfolg. Nur war die Bestie nach ein paar Treffern mit dem Bogen geflohen, in ein Dach abgestürzt und sass jetzt in einem Speicher fest, mitten in der Stadt, was man dann doch lieber uns überlassen wollte. Wir stiegen also unter den Dachfirst und kreisten den Tatzelwurm ein. Das war eigentlich keine schwierige Arbeit, nur bekam es das Tier mit der Angst zu tun und schiss und erbrach vor Panik in alle Richtungen. Mir tropfte der Magenschleim lediglich aus der Rüstung, einer meiner Kameraden stand jedoch am anderen Ende und musste genau in dem Moment den Mund aufreissen."

„Danke für dieses Bild in meinem Kopf, Herr Drakentoth."

„Ich werde es bis heute nicht mehr los."

Nach einem kurzen Moment des Schweigens bot ihr Drakentoth ein honiggelbes Gebäck aus seinem Koffer an.

„Ist das Elfenkuchen?", fragte sie scherzhaft.

„Elfen gibt es nur im Märchen", antwortete er ernstgemeint. „Das ist Brot aus verzauberten Goldmandeln, wie es früher von Riesen gebacken wurde. Probieren Sie einfach! Ich würde Sie schon nicht vergiften."

Emine seufzte, nahm ein Stück und biss hinein. Und obwohl sie es nicht zugeben wollte, schmeckte es eigenartig gut. Sogar besser als gut. So als hätte sie bisher noch nie echte Mandeln gegessen, sondern immer nur welche, die so taten als ob – Light-Mandeln.

„Vorsicht, nicht zu viel auf einmal!", warnte Drakentoth. „Ansonsten könnten Sie über Nacht einen Zentimeter wachsen. Wir wollen ja nicht, dass Sie zur Riesin werden."

Das brachte sie auf die nächste Frage: „Apropos Grösse: Was war der grösste Drache, den Sie jemals getötet haben?"

Drakentoth setzte sich wieder. „Ob Sie es glauben oder nicht, ich habe Thandunthir den Gnadenstoss gegeben."

„Sagt mir leider gar nichts. Kann man den googeln?"

„Thandunthir nannte man auch die Turmschlange, den Wälderfresser oder Schiffschlucker. Eine gewaltige Kreatur, drei Männer breit, ein ganzes Feld lang. Auch wenn er nur alle etwa dreissig Jahre aus dem Meer auftauchte, so war er doch als einer der gefährlichsten Seedrachen Europas gefürchtet, denn wenn er kam, brachte er grossen Hunger mit. Er erschien meist ganz plötzlich an der Küste, suchte sich den nächstbesten Wald und frass, bis er manchmal ganze Täler abgeholzt hatte."

„Er frass Bäume?"

„Drachen seiner Grösse können sich nicht von Fleisch ernähren. Sie würden verhungern. Was ihn aber nicht weniger gefährlich machte: Wenn ihn nämlich ein Wald nicht sättigen konnte, suchte er sich andere Quellen und das waren dann meist die Orte, an die das fehlende Holz gebracht worden war, also Dörfer und Städte. Die Verwüstung von Rakvinden beispielsweise, als er ein ganzes Armenviertel verschlang, machte ihn berühmt. Das war allerdings ein Jahrhundert vor meiner Zeit.

Dass ich ihn jagen durfte, war reiner Zufall. Ein Lindwurm – was auch sonst? – hatte meine Gefährten und mich zur Küste ziehen lassen. Alles war bereits geplant. Wir wollten am nächsten Morgen auf die Jagd gehen, als plötzlich die Männer des Grafen an unsere Betten kamen. Und noch vor dem Sonnenaufgang standen alle Drachentöter, die mehr oder weniger das Glück hatten, sich gerade ins Lehen verirrt zu haben, in der Grafenburg. Die einen hatten Ballisten mitgebracht, die anderen gezähmte Jagddrachen, wir aber waren geschulte Jäger und Fährtenleser, also schickte man uns voraus.

Einer Schankmaid oder einem gelangweiltem Adeligen würde ich nun von einer gefährlichen Treibjagd erzählen, von wegen, wie uns Thandunthir im Grauen Wald einkreiste oder wie er uns verschluckte und wir uns aus seinem brütend heissen Magen ins Freie kämpfen mussten, umgeben von den kalzifizierten Opfern von Jahrtausenden. Aber die Wahrheit ist immer langweilig, wie meine spätere Frau einmal sagte, und nur selten spannend.

In Wirklichkeit folgten wir nämlich drei Tage lang seiner riesigen, unübersehbaren Schleifspur in die Grauen Ebenen hinein, wo er offensichtlich nichts zu fressen gefunden hatte. Einmal hätte er in den Silberwald abbiegen können, der damals noch nicht vom König zum Fällen freigegeben worden war, aber der Hunger schien ihn stattdessen in die Steinberge hineingetrieben zu haben – die ihrem Namen sehr gerecht werden. Als wir ihn schliesslich fanden, lag er keuchend in einer Talsohle und konnte uns nicht einmal mehr anfauchen.

Wie sich herausstellte, konnte er wohl nur zwei bis drei Tage an Land überleben, bevor er unter seinem eigenen Gewicht erstickte. Und als wir ihn entdeckten, war er gerade fleissig dabei, eben genau das zu tun. Diesen Anblick werde ich allerdings nie vergessen. Eine Masse an Fleisch und Leben, Millionen von Schuppen, die wie Smaragde im Sonnenlicht glitzerten. Schönheit und Gewalt, so nannten wir es. Und wir waren nun die Banausen, die sie zerstörten.

Wir bereiteten also eine glühende Lanze vor, kletterten auf seine massive Stirn und bohrten die Waffe in sein Gehirn. Er zischte lediglich einmal, und auch nur sehr leise, bevor dieser Berg aus Muskeln und Haut erschlaffte."

Drakentoth seufzte, laut und aus vollster Kehle. „Wir wurden fürstlich bezahlt, einigermassen berühmt und aus dem Leichnam von Thandunthir entstand in den Jahren ein Wald aus starken Bäumen und gesunden Tieren. Die Drachenreiter verehren diesen Ort heute als Heiligtum, aber auch nur, weil sie das Wasser von dort als Mittel gegen Haarausfall verkaufen – zu Wucherpreisen, selbstverständlich. Ich glaube, Menschen sind einfach nicht in der Lage, Grösse zu verstehen, wenn sie welcher begegnen."

Drakentoth verblieb schweigend und Emine liess ihm seinen Moment – auch, um noch ein wenig von dem Goldmandelbrot zu naschen.

Draussen kam allmählich die Nacht über das Land geschwebt, als Emine zur letzten Frage ansetzte: „Kommen wir nun zum Ende Ihrer Märchengeschichte: Was war bisher Ihr grösster Kampf? Haben Sie mal einen auf Heiliger Georg gemacht, so Mann gegen Drache?"

Aldur nickte. „Ja. Ein Mal. Unabsichtlich! Und obwohl es mich fast das Leben gekostet hätte, bereue ich es nicht."

„Dann bin ich mal gespannt."

„Das war viele Jahre nach Thandunthir und noch viele mehr nach dem erbrechenden Lindwurm. Ich gehörte damals zur absoluten Elite, mit mehr Tötungen als so manche Meister

Begegnungen überlebt hatten. Zu meiner Ausrüstung zählten der unzerstörbare Schuppenpanzer eines Eisendrachens und ein Zweihänderschwert aus Weissem Stahl – obwohl da der Name irreführend ist. Es gleicht eher hellem Silber.

Eines Tages kam jedenfalls der Orden der Chronisten auf mich zu, die Bewahrer allen Wissens von Erendar. Seit Generationen, so erklärten sie mir, wären sie an den Schriften und den verbotenen Erkenntnissen im Archiv von Duun interessiert, doch das lag tief in den Feuerlanden, bewacht von Marasaza, der Roten Mutter, die das Wissen der Götter den Sterblichen nur mit Gewalt überlassen würde. Mein Auftrag war es also, sie zu töten oder wenigstens zu vertreiben. Ich nahm an, rekrutierte die besten Männer und Frauen des Landes – und zwar alle – und reiste mit ihnen in das brennende, schwefelige Land jenseits des kalten Nordens."

„Moment", warf Emine ein. „Frauen? Gibt es auch Drachentöterinnen?"

Aldur sah sie mit der Verwunderung eines Menschen an, den man danach gefragt hatte, ob Katzen existierten. „Natürlich. Fast die Hälfte aller Drachentöter sind welche. So etwas wie ein bevorzugtes Geschlecht gibt es bei uns nicht. Wir sind schliesslich kein Ritterorden!

Wie dem auch sei: Als wir schliesslich nur noch eine Tagesreise vom Archiv entfernt waren, befahl ich meiner Armee, das Lager aufzuschlagen und ging allein als Kundschafter voraus – ahnungslos, dass mich Marasaza längst bemerkt hatte.

Ich schlich mich sogar noch an das Archiv heran, ein grosses Tor führte tief in einen schwarzen Berg, und überlegte, wo wohl die Mutter aller roten Drachen ihr Nest hatte, als mich wiederum eine grollend tiefe Stimme fragte, ob mir das Tor so sehr gefiele oder warum ich es so verbissen anstarrte. Wie aus dem

Nichts erschien hinter mir eine riesige rote Drachin, drei Häuser hoch und mit Flügeln so weit wie manche Stadtmauern. Sie wusste natürlich, warum ich gekommen war, und zögerte nicht lange. War ihre erste Begrüssung noch eine scherzhafte Frage gewesen, bestand die zweite aus einem Flammenstrahl, der Festungen eingeschmolzen hätte. Ich wich aus, flüchtete unter einen Felsen, durch einen Tunnel, aber wohin ich auch ging, sie war immer schon vor mir dort.

Dann heftete ich mich an ihre Krallen und kletterte an ihr herauf. Sie versuchte gar nicht erst, mich wie ein störrisches Pferd abzuschütteln. Stattdessen breitete sie ihre Schwingen aus, erhob sich in die Lüfte und legte mit mir am Leib grössere Strecken zurück, als ich sonst an einem Tag geschafft hätte. Und als ich glaubte, im Zugwind zu ersticken, bremste sie schlagartig ab und schleuderte mich von ihrem Rücken. Dass sie den russigen Sumpf nicht gesehen hatte, in dem ich hilflos wie ein Albatros niederging, rettete mir das Leben.

In dem Moment wurde mir bewusst, dass ich gegen sie als Drache nicht gewinnen konnte. Meine einzige Möglichkeit, wenn es überhaupt eine gab, wäre gewesen, unseren Grössenunterschied und die Flammenstrahlen zu nivellieren. Ich kämpfte mich, dicht von ihr gefolgt, erneut zum Archiv vor und floh hinein, was ich bis dahin noch für eine wirklich gute Idee gehalten hatte.

Altweltdrachen, wie Marasaza einer war, können nämlich weit mehr sein als nur grosse, fliegende Echsen. Sie hätte niemals die Schriften ihrer alten Herren gefährdet, weshalb sie im Archiv kein Feuer verwenden würde, sagte ich mir, und sie passte auch nicht durch das Tor …" Aldur erlaubte sich ein kurzes Lachen.

„Das Archiv selbst war wunderschön. Schriftrollen aus dem weissen, unverderblichen Papier der Altvorderen, Tische aus Obsidian, Kristalle, die ein gleichmässiges Licht warfen, und diese Aura, diese Atmosphäre von konservierter Weisheit. Ich staunte und tat es noch, als Marasaza in Menschengestalt eintrat.

Das war meine Chance, meine einzige. Ich zog mein Schwert, stürzte mich auf sie und erneut kämpften wir. Nur das war ungefähr so, wie der Kampf eines fünfjährigen Knaben gegen seinen Vater. Marasaza wich mir zuerst mit Leichtigkeit aus, dann fing sie meine Schläge spielerisch ab, entwaffnete mich und schleuderte mich zu Boden. Ich weiss noch, wie sie über mir stand, mächtig schön und mit durchdringender Klugheit in den Augen."

Der alte Mann zögerte, bis Emine schliesslich fragte: „Wie ging es aus? Haben Sie sie mit einem Dolch erstochen?"

Aldur schüttelte den Kopf. „Nein. Sie war mir haushoch überlegen, nicht nur physisch. Der Kampf war schon zu Beginn verloren. Nein, tatsächlich haben wir ein wenig miteinander geredet, dann etwas mehr. Weder sie noch ich sind an diesem Tag gestorben. Die anderen Drachentöter haben wir beutelweise mit Rubinen ausbezahlt – am Ende sind meinesgleichen doch immer noch nur käufliche Söldner. Aber Marasaza und ich, nun, ein Jahr später waren wir verheiratet."

„Sie und … *ein Drache*?"

„Ich glaube, nur die Wenigsten können erahnen, wen sie einmal heiraten werden."

Emine lachte kopfschüttelnd auf. „Sie hatten Recht, das war die verrückteste Geschichte, die ich je gehört habe. Und was haben Sie nun wirklich gemacht? Waren Sie gescheiterter Autor?"

„Spielt das denn eine Rolle?"

Nachdem sie noch ein paar letzte Sätze ausgetauscht hatten, ging Emine endlich nach Hause. Sie holte ihren Rucksack aus der Umkleide und wollte gerade das Heim in Richtung der Bushaltestelle verlassen, als sie von einer seltsamen Frau aufgehalten wurde. Sie war gross, orientalischen Typs, vielleicht Anfang dreissig, und hatte faszinierend schwarzes Haar.

„Wohnt hier zufällig ein Sturkopf namens Aldur Drakentoth?", fragte sie freundlich, aber bestimmt.

„Kennen Sie ihn?", erwiderte Emine, die eigentlich keine solchen Antworten geben durfte.

„Besser, als mir lieb ist: Ich bin seine Frau! Und werde mit Sicherheit nicht zulassen, dass er seinen Lebensherbst an einem Ort wie diesem verbringt."

„Seine Frau?"

Die Unbekannte grinste. „Ja, ich weiss, was Sie jetzt denken. Aber ich fand schon immer Gefallen an jüngeren Männern. Die kann man noch so schön verderben!"

DRAGON PET

Susy Bergmann

„Bow! Poof! Crash!" Der Boden schien Wellen zu schlagen. Rauch, Feuer, grauenerregende Schreie. Stakkato-Angriff auf alle Sinne. Lucys Verstand machte Pause. Instinkte übernahmen die Regie. Sie ging in Deckung. Nach einer Weile: Stille. Vorsichtig lugte sie aus ihrem Versteck. Und begann wieder zu schreien. Sie schrie und schrie, bis die Nachbarn „Ruhe!" brüllten und an die Wände schlugen. Ihr Verstand kehrte zurück: *Nachbarn wie immer. Ergo kein Erdbeben, keine Gasexplosion, kein Flugzeug ins Haus gecrasht. Sollte nachsehen, was los ist.* Sie robbte sich vorsichtig unter ihrem Schreibtisch hervor. Der Rauch hatte sich verzogen. Sie erhob sich langsam. Am ganzen Körper zitternd stand sie da und glotzte.

Wenige Minuten zuvor: *Noch eine langweilige App! Meinen Freunden fällt auch nichts mehr Neues ein. „Hol' dir einen Drachen als Haustier! Realistisch und lebensecht!" Drachen sind out. Ausserdem haben sie mir letztes Weihnachten schon „Unicorn pets" geschenkt.*
Doch weil Lucy nichts Besseres vorhatte, gab sie den Code ein. Klickte sich durch die Installation, die Anmeldung, die AGBs, die Datenschutzerklärung, das Manual … Das Level ihrer relativen Uninteressiertheit stieg mit jedem Klick. „Hol' dir jetzt

deinen Drachen nach Hause!" Click. *Nichts. Bestimmt kaputt. Passiert ja gar nichts!*

Hier allerdings irrte Lucy …

Was sie jetzt mit offenem Mund anglotzte, war ein grünes Ungeheuer. Es hockte mitten im Zimmer und kratzte sich mit scharfen Krallen den geschuppten Bauch. Sitzend war es fast zwei Meter hoch. *Hoffentlich steht es nicht auf.* Lederartige Flügel hingen schlaff links und rechts an ihm herab. Jetzt drehte es seinen krokodilsartigen Kopf zu ihr und sah sie aus glühenden Augen an. „Oh!", machte Lucy fast tonlos. Eine gespaltene Zunge wurde sichtbar, als das Untier „Hast du's dann?" zischelte. *Wow! Augmented Reality!* „Bumm! Bumm! Bumm!" Etwas schlug rhythmisch auf den Boden und liess die Wände erbeben. *Wedelt der etwa mit dem Schwanz? Strange!*

„Bumm!" Das Geschirr klirrte in der Spüle. „Bumm!" Der Kleiderschrank wackelte. „Bumm!" Der rosa Plüscheinhornkopf fiel von der Wand. „Bumm!" „Ruuuuuhhhhe!", schallte es durchs Haus. „Äh, kannst du bitte damit aufhören? Meine Nachbarn drehen durch." „Ok", sagte der Drache. Lucy atmete erleichtert aus. Der Drache atmete auch aus. Eine Flamme schoss aus seinen Nasenlöchern. Es roch verbrannt. „Du machst ja alles kaputt!", rief Lucy und ging schnell wieder in Deckung. „'Tschuldigung", rumpelte der Drache. „Das Einhorn war sowieso Quatsch." „Findest du?" „Die gibt's gar nicht." Jetzt dämmerte es Lucy allmählich: *Der Drache ist REALITY, OHNE AUGMENTED. Er ist XXL, er qualmt, stinkt und kokelt die Vorhänge an. Er bringt die Nachbarn gegen mich auf und über kurz oder lang wird er wahrscheinlich das Haus zum Einsturz bringen.*

„Wie bist du hier rein gekommen?" „Internet." „Aha. Bitte geh doch einfach wieder, ja?" Lucy brachte es mehr so als Vorschlag. Sie wollte das riesige Wesen nicht verärgern. „Nein", antwortete der Drache. „Kann ich dich wegklicken?" „NOP." „Warum nicht?" „Musst du auf das Update warten." „Und wann kommt das raus?" Der Drache kicherte: „Scherz! Gibt kein Update." „Aha. Aber ich wusste nicht, dass ein echter Drache kommt!" „Tolle Überraschung, was?" „Nein." „Dann eben nicht", fauchte der Drache. „Hast mich gerufen, jetzt bin ich da. Basta." *Eventuell lügt er. Drachen sind ja bekannt für ihre Hinterlist. Ich könnte im Manual nachsehen. Oder die App nochmal neu installieren. Vielleicht verschwindet der Typ dann von selbst? Und was, wenn nicht? Wenn sogar noch mehr ...*

„Könnten da noch mehr Drachen auftauchen?" „Ich bin der Letzte meiner Art." Jetzt tat er Lucy fast leid. „Was ist denn mit den anderen passiert?", fragte sie mitfühlend. „Im Zweikampf von Helden erschlagen, von Jungfrauen überlistet, von Bauern vergiftet, von Magiern verzaubert. Ein Bad in Drachenblut machte Siegfried unverwundbar und alle wollten sein wie er. Viele Helden verspeisten auch Drachenherzen, wollten ihren Mut beweisen, die Prinzessin retten, den Schatz erlangen und was weiss ich nicht noch alles. Die wenigen von uns, die dieses jahrhundertelange Affentheater überlebten, hielten die Scham über unser heutiges Image nicht aus: Als Reittierchen für Kinder, als Markenzeichen für Fussballclubs, ja sogar als Logo eines Hustenbonbons müssen wir herhalten. Wer soll das denn bitte mit Würde ertragen? Ich bin jedenfalls der Letzte. Und ich hab' Hunger. Besorg mir was zu essen."

Lucys Mitgefühl schwand dahin. „Wieso ich?" Der Drache schüttelte den Kopf über so viel Unverstand: „Na, ich wohne doch jetzt bei dir." Lucy wehrte entsetzt ab: „Das geht nicht! Auf keinen Fall!!! Geh doch bitte zurück zu den anderen Drach… Oh! Entschuldi… Äh … Also gut, aber nur für heute Nacht. Was frisst du denn so?" Der Drache streckte sich. Lucy wurde an die Wand gedrückt. „Normalerweise fresse ich Jungfrauen", donnerte der Drache. „Oh! Ich bin schon lange keine Jungfrau mehr und ich kenne auch keine, ehrlich!", stotterte Lucy. Sie versuchte, sich an der Wand entlang langsam aus dem Zimmer zu schieben. Doch der Drache schlang seinen Schwanz um sie und hielt sie fest. „LOL! ROFL! Drachen haben zu keiner Zeit Jungfrauen gefressen. Wir ernähren uns von Pflanzen, manche von Gold und Edelsteinen, andere von Fisch oder – Achtung! Fun Fact: Der bayerische Lindwurm liebte Schweinsbraten mit Knödeln und Sauerkraut. Ich als App-Drache verschlinge Bits und Bytes. Du musst mich kurz an dein Tablet lassen. Ich hacke mich dann irgendwo 'rein zum Abendessen." Lucy war sofort beunruhigt. „Das Tablet ist nicht feuerfest. Ausserdem ist hacken illegal!" „Echt? Mache ich immer. Was glaubst du, wie ich in die App gekommen bin?"

Der Drache hing eine volle Stunde an Lucys Tablet. *Na super! Das war's dann mit meinem gratis Datenvolumen. Und das USB-Kabel ist auch hin. Völlig zerkaut!* Nach seiner üppigen Mahlzeit rülpste das Ungeheuer ohrenbetäubend und fragte dann: „Hast du Netflix?" „Nein, warum? Frisst du das auch?" „Quatsch, ich wollte 'nen Film gucken. Na gut, dann an die Arbeit: Warum hast du mich gerufen?" „Weil ich die doofe App von meinen Freunden zu Weihnachten gekriegt habe." *Ich sollte dringend meine Freunde-Liste bei Facebook überarbeiten.* „Hast du kein Problem, das ich für dich lösen soll? Dazu ruft man normalerweise Drachen." „Ach so? Was könntest du denn tun?"

„Ich kann Sachen für dich anzünden." „Nein danke." „Ich kann für dich kämpfen. Dich beschützen, falls du eine Prinzessin bist." „Eher nicht." „Ich kann einen Schatz für dich hüten. Hast du einen?" „Nein." „Oder wir heiraten. Vielleicht bin ich ein verzauberter Prinz." „Wirklich?" „Naja, ein Risiko musst du schon eingehen." „Dann lieber nicht. Aber wie wäre es, wenn du einfach wieder gehst?" Der Drache sah enttäuscht aus. Lucy enttäuschte andere nicht gern. „Wenn du willst, bleib noch auf einen Kaffee. Wie heisst du eigentlich?" „Ernst August." „LOL! ROFL!" Der Drache schnaubte wütend und versengte Lucys Ponyfransen. *Aua! Muss besser aufpassen. Drachen sind ja bekannt für ihre mangelnde Selbstkritik.* „Äh – hübsche Flügel hast du", lenkte Lucy schnell ab. Der Drache schaute erfreut auf: „Du kannst auf mir fliegen." „Ist das nicht gefährlich?" „Nö. Probier's aus!"

Der Typ muss hypnotische Fähigkeiten haben. Wieso sonst sitze ich jetzt auf seinem Rücken? „Halt dich einfach an meinen Zacken fest!" Ernst August spannte seine Flügel auf und startete, ehe Lucy es sich anders überlegen konnte. Sie flogen zum Fenster hinaus, übers Hausdach und immer höher hinauf in den Nachthimmel. Unter ihnen glitzerten die Lichter der Weihnachtsbäume und über ihnen funkelten die Sterne wie Diamanten am Himmel. Eisiger Wind pfiff Lucy um die Ohren. *Mist! Hab' vergessen, meine Bommelmütze aufzusetzen.* „Cool, oder?", rief Ernst August begeistert. „Ja, ziemlich kalt! Es regnet übrigens, hast du kein Dach?" „Ich bin ein Drache!" In diesem Moment sah Lucy etwas sehr Grosses auf sie zukommen. „Ein Flugzeug!" „Nein, ein Drache!" „Vorsicht! Abdrehen!" *Verdammt, er versteht nicht!*

Sieht er die Gefahr nicht? Lucy hangelte sich an den Zacken des Drachen entlang und rutschte an seinem Hals nach oben, bis sie ihm direkt ins Ohr rufen konnte: „Da vorne ist ein Flugzeug, pass auf!!!" Jetzt hatte Ernst August offenbar begriffen, denn er nickte. Aber anstatt abzudrehen, flog er nun noch schneller direkt auf das Flugzeug zu. Lucy umklammerte mit Armen und Beinen den Hals des Drachen, der jetzt waghalsige Loopings flog, um dann in letzter Sekunde, direkt vor dem Flugzeug, nach unten zu ziehen. Lucys verzweifelte Schreie wurden vom Motorenlärm übertönt. „YOLO!", jubelte der Drache. Im Sturzflug ging er runter und brach mit Überschallgeschwindigkeit direkt durch eine Firewall ins World Wide Web. Er jagte die Hyperlinks entlang und seine ausladenden Flügel fegten die Algorithmen reihenweise durcheinander. Er überflog Foren und Domains, durchquerte Chatrooms und streifte einige Blogs. Lucy auf seinem Rücken bekam von all dem nicht viel mit. *Nicht Runterfallen. Nicht Nachdenken. Nicht Runterfallen.* Ab und an zuckten farbige Blitze hinter ihren geschlossenen Lidern. Nach einem waghalsigen Blindflug durch die Cloud überwanden sie schliesslich die gefährliche digitale Kluft und landeten sicher im USB-Port. Lucy glitt als wabernde Masse vom Rücken des Drachen und zerfloss auf den Fussboden ihres Appartements. Mit letzter Kraft stammelte sie: „Nie. Wieder. Fliegen." Ernst August zog erstaunt seine buschigen Augenbrauen nach oben: „Hat's dir nicht gefallen?" Lucy blieb regungslos auf dem Boden liegen und atmete. Ein und aus. Ein und aus.

„Aber irgendetwas muss ich doch für dich tun können?" *Der lässt nicht locker. Dabei bin ich eben fast gestorben. Rücksichtslos!* Wütend sprang Lucy auf: „Also gut. Ich habe erstens hauptsächlich Schulden und wünsche mir zweitens den Weltfrieden und drittens das Ende der Klimakatastrophe." *Meine Prioritätenliste sollte ich eventuell auch mal überarbeiten.* „Drei Wünsche hat man doch frei?" Ernst August nickte: „Geht klar. Machst du Online-Banking?" „Äh, ja." „Gut, dann werde ich deine Geldprobleme lösen. Darf ich für immer bei dir bleiben?" Er schaute Lucy mit schief gelegtem Kopf und einem herzzerreissenden Blick an, der sie fast zu Tränen gerührt hätte. Fast. Hätte sie nicht gerade einen lebensgefährlichen Flug auf seinem stachligen Rücken hinter sich gehabt. Und hätte sie der rührende Blick nicht aus rotglühenden Augen getroffen, die über zwei flammenspeiende Nasenlöcher blickten. „Das sehen wir ja dann … Was ist denn mit dem Weltfrieden und dem Klima?"

Der Drache wiegte sein weises Haupt. Er schloss die Augen und dachte lange nach. *Oder ist er eingeschlafen?* Lucy stupste ihn vorsichtig an. „Wer stört?", murrte der Drache. „Klima? Weltfrieden?", erinnerte Lucy. „Ach so. Da hilft nur Magie." „Und hast du welche?" „Der Drache ist ein mächtiges Wesen. Drachen sind Dialektik, sind Zerstörung und Neubeginn. Drachen, mein liebes Kind, sind Weltenretter und Heilsbringer, sind ..." „Also hast du?" „Na klar hab' ich Magie. Sollte klappen." „Echt?!!!" „Ja, warum nicht? Aber können wir das mit der Weltrettung morgen machen? Ich bin müde." *Das glaube ich jetzt nicht! Gut, auf einen Tag kommt es dann wohl auch nicht mehr an.* Ernst August bettete seinen riesigen Kopf auf die gefährlich ächzende Couch und begann schon bald zu schnarchen. Lucy setzte sich vorsichtig neben ihn. *Was für ein Abend! Bin total erledigt. Ob ich es riskieren kann, auch zu schlafen?* Da klingelte es.

Lucy ging zur Tür. Draussen stand die Polizei. Ein grosser, hagerer Mann ratterte sofort los: „Guten Abend. Uns ist zu Ohren gekommen, Sie beherbergen hier illegal ein Wesen." „Ich kann gar nichts dafür!", verteidigte sich Lucy. „Bitte treten Sie zur Seite. Es wurden Ordnungswidrigkeiten begangen sowie gegen zahlreiche Vorschriften und Gesetze verstossen. Ein Haftbefehl liegt vor." Der Beamte begann, eine lange Liste zu verlesen. Drei andere Uniformierte standen aufgereiht hinter ihm und nickten bestätigend nach jedem Absatz:

„ad1: Ruhestörung an Sonn- und Feiertagen nach 22 Uhr.
ad2: Entzünden von offenem Feuer in der Wohnung ohne Abzug oder Kamin.
ad3: Die Emissionswerte für Feinstaub und für Kohlenmonoxid wurden um ein Vielfaches überschritten.
ad4: Jegliche Haustierhaltung ist laut Mietvertrag untersagt.
ad5: Verstösse gegen die DSGVO: Verarbeitung von Daten ohne Zustimmung der Nutzer, kein Double-Opt-in-Verfahren beim Auftauchen aus der App.
ad6: Verstoss gegen die Luftverkehrsordnung, die eine Meldepflicht auch für Beinahe-Unfälle vorsieht.
ad7: Gefährdung der öffentlichen Sicherheit und des Luftverkehrs.
ad8: Mutmasslicher Versuch eines terroristischen Anschlags."

Der Drache war inzwischen aufgewacht und streckte seinen Kopf aus der Tür. Der Ordnungshüter sprang erschrocken rückwärts. Die anderen Polizisten zogen ihre Waffen. Lucy rief: „Nein, bitte, der tut nichts, der will nur spielen!" Ernst August schnaubte verächtlich und fackelte den Haftbefehl ab. Während die Truppe auf den Drachen zielte, trampelte ihr Chef auf den brennenden Papierfetzen herum und tobte: „ad9: Widerstand gegen die Staatsgewalt! Abführen!" Der Drache murmelte:

„TLDL" Lucy musste lachen. Ernst August beugte sich näher zu ihr und sagte mit gedämpfter Stimme: „Aber das könnte unangenehm werden für uns beide. Sry, AFK, ASAP." „CU?", wollte Lucy traurig wissen. Der Drache verneinte: „OO." Sein Grün verblasste. Eine leise Melodie wehte durch den Hausflur. Ernst August summte zum Abschied. *Das kenne ich! Irgendetwas von den Beatles ...?* Dann wurde der Drache durchsichtig und verschwand.

Die Polizisten konnten es nicht fassen: „Was war das für ein Code? Was hat er gesagt? Wo ist er hin? Was wird er tun?" Sie stürmten Lucys Wohnung und durchsuchten sie gründlich. Sie wühlten in Lucys Unterwäsche und rochen an ihren Gewürzdosen. Sie machten Fotos von der Couch und nahmen Proben vom Hausstaub. Sie zerflederten Lucys Ordner und staubten Fingerabdruckpulver auf jede verfügbare Fläche. Doch sie fanden nichts. Es gab keine Beweise, keine Spuren und mögliche Zeugen konnten sich plötzlich an nichts mehr erinnern. Der Drache war sehr gründlich verschwunden.

Irgendwann seufzte Lucy völlig entkräftet: „Das war doch nur 'ne App." Der leitende Beamte stutzte: „Cyberkriminalität? Warum haben Sie das nicht gleich gesagt? Da sind wir ja gar nicht zuständig. Männer, wir rücken ab!"

Lucy blieb allein inmitten ihrer verwüsteten Wohnung zurück. Sie sah sich um. *Die Staatsgewalt hat weit mehr Chaos hinterlassen als der Drache. Der hätte die Welt retten können. Wirklich schade!* Lucy wischte sich eine Träne von der Wange. Dann löschte sie die Drachen-App.

TEIL III
DRACHENHERZ

WIE DRACHEN JUNG BLEIBEN

Heinz-Helmut Hadwiger

Die Drachen sind mir doch nicht schnuppe;
Es schillert dabei jede Schuppe.
Als Monster der Mythologie,
die Welt, ja, die zerstören sie.
Den Kindern dienen sie zum Reiten.
Was machen sie in unsern Zeiten?
Wo leben sie, was tun sie gern?
Seh'n sie auch stundenlang nur fern?
Wie gehen sie mit Menschen um?
Bürokratie ist für sie dumm?
Welch' Zahnarzt muss sie wie behandeln?
In Haustiere sich zu verwandeln,
ist's ihnen möglich und genehm?
Sind sie denn zahm und recht bequem?
Wo nehmen sie ihr Futter her?
Sind sie zum Fliegen nicht zu schwer?
Wie werben sie um ihresgleichen?
Wodurch kann man sie denn erweichen?

Ja, kennen sie auch Liebesspiel,
wo sonst Vernichtung nur ihr Ziel?
Wie speien sie gar heisses Feuer
und brennen selbst nicht ungeheuer?
Wie trotzen sie dem Ritterschwert,
verschlingen jeden Ritters Pferd?
Am liebsten fressen sie die Pärchen.
Warum erzählen sie uns Märchen?
Weshalb verschonen sie die Kinder
und beissen Stiere wie auch Rinder?
Und wenn sie selbst in Höhlen hausen,
ihr Angriff lässt uns nichts als grausen.
Wohin mit ihrem gift'gen Dung?
Wie bleiben sie bei alldem jung?

DER ZAUBER-PRAKTIKANT

Heike Westendorf

Die untergehende Sonne versank als roter Feuerball am Horizont und tauchte das Museum für Zaubereigeschichte in leuchtendes Licht. Der Prachtbau strahlte majestätisch, aber heute war er ein Ort enttäuschter Hoffnungen. Denn drinnen näherte sich ein weiterer ereignisloser Tag dem Ende.

Alfa Rodeo, Zauberpraktikant im Museum, war dabei, in der eindrucksvollen Haupthalle die Staubschicht vom Flügel eines ausgestopften Drachen zu entfernen. Mit einem einfachen Lappen. Er konnte den rettenden Feierabend kaum erwarten.

„Mach ein Praktikum im Zaubereimuseum, haben sie gesagt. Da lernst du was fürs Leben, haben sie gesagt", grummelte er missmutig vor sich hin. Er war jetzt schon zwei Wochen hier und das Einzige, was er bislang gelernt hatte, war, Exponate zu entstauben, und zwar ohne das kleinste bisschen Magie. In der ersten Woche war er noch mit Feuereifer an die Sache herangegangen, aber mittlerweile hatte sich Frust eingestellt.

Alfa warf einen Blick auf die lange Reihe ungeputzter Drachenkörper, die noch vor ihm lag. Die riesige Halle aus weissem Marmor hielt problemlos sämtliche Exemplare des Museums, von den dackelgrossen Slowenischen Feuerflitzern bis zum Georgischen Gigantus – dem Prachtstück der Sammlung, dessen Flügel bis zur Decke der hohen Halle reichten. Wenn der noch gelebt hätte, hätte er direkt auf den Balkon des oberen Stockwerks blicken können, der in die Ausstellungsräume führte.

Dort bewahrten sie die wirklich spannenden Dinge auf. Am liebsten trieb Alfa sich in „Giftige Zaubertränke und die Schrecklichkeiten, die sie hervorrufen" herum, aber der Zaubermeister rief ihn jedes Mal zurück in die Eingangshalle, wo er ihn im Blick hatte.

Ein Knistern erfüllte die Luft, als ebenjener Zaubermeister die Halle betrat und die breite Treppe aus Marmor herunterstieg. Sein schwarzer Umhang umwehte den gertenschlanken Körper, als ob sich eine vorwitzige Herbstböe ins Museum verirrt hatte. Er unterhielt sich angeregt mit zwei Besuchern, während er sie zum Portal begleitete.

„Vielen Dank fürs Kommen!", rief er ihnen nach und verschloss die hohe Tür aus eiserner Eiche. Mit einem missbilligenden Blick marschierte er zu Alfa herüber.

„Junge, du bist ja immer noch nicht fertig."

Alfa hasste es, wenn man ihn Junge nannte. Ausserdem fand er es unfair – schliesslich war dieser Drache ziemlich gross und er durfte keine Magie zu Hilfe nehmen. Damit er es gar nicht erst versuchte, hatte der Meister ihm zu Beginn des Praktikums sein Zauberamulett abgenommen.

„Hier muss morgen alles blitzeblank sein. Wie du weisst, stattet uns der Zaubereiminister einen Besuch ab. Von ihm wird abhängen, ob das Museum auch zukünftig einer der wichtigsten Orte der Stadt bleibt."

Alfa scheuerte genervt am Drachenflügel. Seit Tagen gab es kein anderes Thema.

Der Zaubermeister zog seine Sanduhr aus der Umhangtasche.

„Schon so spät? Ich muss dringend zum Gildetreffen." Dann blickte er Alfa an. „Aber kann ich dich hier alleine lassen, Junge? Dabei ist mir irgendwie gar nicht wohl, du bist noch so unerfahren. Und dieses Museum ist kein ungefährlicher Ort."

Alfa konnte partout nicht erkennen, was an diesem Museum gefährlich sein sollte. Ausser Staub, toten oder alten Dingen gab es hier schliesslich nicht viel.

„Meister", schlug er vorsichtig vor. „Dann mache ich einfach auch Feierabend."

Aber der Zaubermeister schüttelte den Kopf.

„Nein. Du musst lernen, dass man nacharbeiten muss, wenn man am Tag nicht fleissig genug war – so lange, bis die ganze Arbeit getan ist. Ruf mich, wenn es Probleme gibt." Der Meister legte einen Funkstein auf den Tisch, den anderen hatte er in der Tasche. Beide Steine waren miteinander verbunden.

Aber Alfa schwor sich, den Meister auf keinen Fall zu rufen, egal was passierte. Er biss sich auf die Zunge. „Ja, Meister."

Mit einer Geste seiner rechten Hand verpasste sich der Meister neue Kleidung – dieses Mal eine dunkellila Robe mit glitzernden Sternen, eine Reflektion des heutigen Firmaments.

Alfa schäumte. Nur weil er ein einfacher Praktikant war, hiess das noch lange nicht, dass der Meister ihn so herablassend behandeln musste. Er müsste einfach nur mit dem Finger schnippen und schon wären das Museum und alle Drachen darin von Staub befreit, aber der Meister glaubte an ehrliche Arbeit „zur Charakterbildung eines Zauberers" und daran, dass man sich das „Privileg des Zauberns" verdienen musste. So ein Blödsinn. Alfa ging schliesslich auf dieselbe Zauberschule, die auch schon der Meister besucht hatte, und er konnte ziemlich gut zaubern – sonst hätte er das Praktikum hier nie bekommen.

Aber der Zaubermeister liess es ihn einfach nicht beweisen.

„Enttäusch mich nicht, Junge", sagte der Meister, als er sich zum Gehen wandte.

Alfa schäumte innerlich, während er mit dem Tuch die grünen Schuppen des ausgestopften Drachen glänzend polierte.

„Ja, Meister."

Aber kaum war die eiserne Eichentür hinter ihm ins Schloss gefallen, da legte Alfa den Putzlappen zur Seite und rannte zum Schreibtisch des Meisters, um sein Amulett herauszuholen. Zum ersten Mal seit zwei Wochen war er alleine im Museum – das war die Gelegenheit, ihm zu zeigen, dass auch er etwas von der Zauberei verstand.

Die Schublade war unverschlossen. Der Meister war so von seiner Autorität überzeugt, dass er es nicht für möglich hielt, dass Alfa es sich einfach herausholte.

Das Amulett glänzte golden in der Abendsonne, die durch die hohen Fenster herein schimmerte, und schien nach ihm zu rufen. Er ergriff es mit beiden Händen und die Magie durchströmte ihn mit einem warmen Gefühl, als sie sich durch seine Adern im ganzen Körper verbreitete. Sein Herz schlug schneller, sein Kopf war klarer, seine Finger knisterten.

Ha! Was der Meister konnte, konnte er schon lange. Jetzt, da er seine Magie wieder hatte, würde er ebenfalls andere für sich arbeiten lassen.

Mit entschlossenen Schritten näherte er sich einem der kleineren ausgestopften Drachen. Auf dem Schild stand: „*Südchinesischer Winddrache, Heimat: Hochgebirge Chinas. Pflanzenfresser, Einzelgänger. Besondere Fähigkeit: Kann Windstösse gezielt erzeugen und einsetzen.*"

Der war perfekt für diese Aufgabe.

Alfa schloss die Augen und konzentrierte die Magie in seinen Fingerspitzen, dann liess er sie auf den schlangenähnlichen

Drachen los. Sie fuhr mit einem silbernen Glitzern in den kleinen Körper hinein. Verwundert blinzelte der Drache, während er aus seiner Starre erwachte. Als er Alfa entdeckte, legte er den Kopf schief und sah ihn erwartungsvoll an.

„Winddrache, ich befehle dir", begann Alfa, das Amulett fest umklammert. „Flieg geschwind und mache Wind, bis Staub und Dreck verschwunden sind." Dann machte er eine Handbewegung, die die gesamte Halle einschloss.

Die Schnurrhaare des Drachen zuckten und aus seiner Schnauze ertönte ein Zischen. Dann richtete er sich auf und hob mit seinen winzigen Flügeln ab. Das fliegende Reptil schlängelte sich durch die Luft und die einzelnen Drachen hindurch und spie Wind aus seinen Lungen. Schillernde Schuppen wogten hier und dort, als sich Staubflocken lösten und auf die Erde fielen. Wie ein Laubbläser pustete der Winddrache schliesslich alles zu einem säuberlichen Häufchen zusammen und schob dieses vor Alfas Füsse. Der Praktikant grinste zufrieden und liess den Haufen in den Abfalleimer schweben. Der Winddrache stellte sich wieder auf seinen Platz. Das war so viel einfacher, als alles selbst putzen zu müssen.

Alfa sah sich um. Er hatte Lust, noch mehr zu zaubern. Was hatte der Zaubermeister gesagt – morgen müsste das Museum im besten Licht erstrahlen? Er hatte da noch die eine oder andere Idee, wie er es auf Vordermann bringen könnte. Die Magie des Amuletts pulsierte in seinen Fingern. Er krempelte die Ärmel seiner Robe hoch. Dann würde er sich mal an die Arbeit machen, der Meister würde staunen.

Mittlerweile war die Dämmerung in der Eingangshalle eingezogen. Zunächst einmal brauchte er also Licht.

Ermutigt ging Alfa zum nächsten Exponat. *„Feuerflitzer, Heimat: Slowenien und Osteuropa. Fleischfresser, Schwarmtier. Besondere Fähigkeit: Kann gezielt Feuer speien."*

Alfa erweckte auch diesen Drachen mit Hilfe des Amuletts. Das kleine Tier spreizte seine Flügel, setzte sich auf die Hinterbeine und sah ihn neugierig an. Seine eigentlich roten Schuppen wirkten im Zwielicht eher grau.

„Leuchte, leuchte, Ungeheuer, mache Feuer, hell und herrlich!", befahl Alfa und der Drache erhob sich in die Luft der hohen Halle und flatterte auf den riesigen Kerzenleuchter zu, der unter der Decke hing. Mit geübten Flammenstössen entzündete er eine Kerze nach der anderen.

Alfa unten auf dem Hallenboden wurde vor Stolz ein paar Zentimeter grösser.

„Da soll noch einmal einer sagen, dass ich nicht zaubern kann", gratulierte er sich selbst und klopfte sich anerkennend auf die Schulter. „So ein Blödsinn, dass der Meister mich bislang nicht gelassen hat – ich hätte so viel mehr tun können, als nur Staub zu wischen."

Bestärkt von seinem Erfolg schickte er einen weiteren Zauber zu dem kleinen Flitzer hinauf. „Und jetzt die Kerzen in den Nischenbögen auf dem Balkon." Mittlerweile war die Halle hell vom Feuerschein erleuchtet. Die Flammen zuckten im Windhauch der Flügelschläge des Drachen und Schatten tanzten entlang der Wände über den geschliffenen Marmor. Sie schienen Alfa anzufeuern.

Der Feuerflitzer schoss über seinem Kopf hinweg weiter kreuz und quer durch die Halle. Es wirkte, als ob er die extra Energie, die er in den Jahren als ausgestopftes Exponat aufgespart hatte, jetzt endlich herauslassen konnte.

Der kleine Drache drehte ein Looping nach dem anderen und spie immer wieder vergnügt kleine Flammen. Nachdem er alle Kerzen entzündet hatte, nahm er sich die Vorhänge vor.

Unten auf dem Boden bemerkte Alfa nichts davon, denn er weckte gerade den Gigantus auf, damit der sich vor ihm und seinen herausragenden Zauberkräften verbeugte. Der riesige Drache senkte den Kopf und knickte mit den Vorderbeinen ein, um dem Zauberpraktikanten die ihm gebührende Ehre zu erweisen.

Da stieg Alfa Brandgeruch in die Nase. Er schnüffelte ein paar Mal, dann sah er sich auf der Suche nach dem Brandherd um.

In der Etage über ihm standen die Vorhänge in Flammen.

„Oh nein! Was hast du getan?", rief er dem Feuerflitzer zu, der nach wie vor durch die Halle jagte und einen Feuerring nach dem anderen ausstiess, durch den er zu fliegen versuchte, bevor dieser wieder erlosch. In jeder anderen Situation hätte Alfa den Spieltrieb und das Geschick des Drachen wahrscheinlich bewundert, aber jetzt wurde ihm die Situation im wahrsten Sinne des Wortes zu heiss. So war das nicht geplant gewesen.

„Hör auf!", rief er und versuchte, den Drachen mit Magie wieder an seinen Platz auf dem Podest zu zwingen. Aber der Drache war zu schnell und zu geschickt und wich seinen Zaubern immer wieder aus. Es machte ihm sichtlich Freude, den glitzernden Strahlen zu entkommen, und je übermütiger er wurde, desto mehr Flammen spie er.

Die Luft wurde immer dicker, als Rauch durch die Halle quoll. Alfa hustete und hatte Schwierigkeiten, Luft zu holen. Er konnte den Drachen einfach nicht wieder einfangen. Panik stieg in ihm auf.

„Hör auf, hab ich gesagt, du ungehorsames Vieh! Komm wieder runter!", rief er böse, während er weiter vergeblich Magie in die Luft schoss. „Ich bin dein Meister und du musst mir gehorchen!"

Aber der kleine Drache dachte gar nicht daran. Derweil wurde der Rauch immer dichter und der Husten immer schlimmer. Alfa musste sich auf einem Drachenpodest abstützen. Als sein Blick auf die Beschreibung fiel, merkte er auf. *„Süsswasserdrache, Heimat: Mecklenburgische Seenplatte. Einzelgänger, Fischfresser. Besondere Fähigkeit: Kann gezielt Wasser speien."*

Das war die Lösung! Er hielt die Luft an und griff tief in die Magieströme seines Körpers, um die notwendige Kraft zu sammeln. Dann erweckte er den Wasserdrachen. „Nass und nässer, Fass und Fässer, Wasser marsch, Wasser marsch."

Der blaugeschuppte Wasserdrache hatte etwa die Grösse eines Elefanten und ein ähnliches Temperament. Er schlug ein paarmal vergeblich mit den Flügeln, bevor er seine träge Masse endlich in die Luft hob.

Zielgerichtet verfolgte er die Flammenherde, die der kleine Feuerflitzer immer noch munter überall entfachte, und spie jeweils einen Schwall Wasser darauf. Schon nach kurzer Zeit war der marmorne Boden mit einer grossen Wasserpfütze bedeckt.

Während die beiden Drachen oben in der Luft Fangen und Feuerlöschen spielten, bemühte sich der Georgische Gigantus, nach seiner Verbeugung wieder auf die Füsse zu kommen. Er hatte allerdings Schwierigkeiten, auf dem glitschigen Boden Halt zu finden. Aus dem Augenwinkel sah Alfa, wie der riesige Drache ins Rutschen kam und in Zeitlupe auf ihn zu stürzte. In letzter Sekunde rettete er sich mit einem waghalsigen Sprung und rutschte auf dem Wasserfilm bis zum Tisch an der Wand. Mit letzter Verzweiflung ergriff er den Funkstein und drückte, so fest er konnte. Für eine schrecklich lange Minute geschah nichts, dann schlug der Gigantus mit lautem Krachen hinter ihm auf dem Boden auf, zerschmetterte mehrere Vitrinen und begrub zwei weitere Exponate unter sich. Über Alfas Kopf hallten die Flügelschläge der anderen Drachen.

Da flog die eiserne Eichentür auf und der Zaubermeister erschien im Türrahmen.

„Was zum …?", rief er und erfasste die Situation mit einem einzigen, schreckgeweiteten Blick. Die andere Seite der Eingangshalle war durch den Rauch kaum noch zu erkennen, die Vorhänge ringsherum brannten lichterloh, von überall tropfte Wasser, der Boden war überflutet. Und inmitten des Chaos lag ein riesiger Haufen Drache und bemühte sich vergeblich, wieder auf die Beine zu kommen.

„Meister, ich …", begann Alfa kleinlaut, aber der Meister fegte ihn mit einer herrischen Geste zur Seite und griff mit der anderen an sein eigenes Amulett.

„Alle Drachen, die wir riefen, lieber wär's mir, wenn sie schliefen. Fliegt auf euren Platz zurück, lasst den Raum in einem Stück."

Sofort bewegte sich der Gigantus zurück auf seinen Platz und erstarrte in seiner üblichen Haltung. Der Feuerflitzer stellte das Flammenwerfen ein und landete sanft auf seinem Podest, der Süsswasserdrache nur einen Moment später mit einem lauten Plumps daneben. Das Leben, das vorher noch durch ihre Körper geflossen war, kehrte in einem silbernen Strahl in das Amulett des Meisters zurück.

Mit einem weiteren Spruch wischte der Zaubermeister das Wasser vom Boden und trocknete den Marmor. Dann erstickte er die Flammen und reparierte die Vorhänge.

Mit loderndem Blick blieb er schliesslich vor dem zitternden Praktikanten stehen, der sich in dem ganzen Chaos unter dem Tisch verkrochen hatte.

„Meister, ich …", begann Alfa stotternd, verstummte aber, als er seinen Blick sah.

Der Zaubermeister bebte vor Empörung. Noch einmal erhob er seine Hände und zielte direkt auf ihn. Alfa merkte, wie die Magie durch seinen Körper jagte. Das Museum um ihn herum wurde grösser, immer grösser, als sein Körper schrumpfte. Seine Arme und Beine wurden schwarz und bekamen gelbe Flecken, ihm wuchs ein Schwanz, der länger und immer länger wurde. Dann merkte er, dass er sich nicht mehr bewegen konnte. Die Magie hob ihn hoch und setzte ihn auf ein Podest neben die anderen Drachen.

„Mir scheint, dir täte ein wenig Nachdenken gut, Junge", donnerte der Zaubermeister, „darüber, was du hier angerichtet hast. Wenn der Zaubereiminister morgen wieder weg ist, kannst du was erleben. Aber bis dahin bleibst du hier – den Besuch verdirbst du mir nicht." Dann verliess er wutschnaubend das Museum.

Alfa blieb zurück, genauso bewegungslos wie die anderen Drachen. Die plötzliche Stille hallte in seinen Ohren. Wenn er sich noch hätte bewegen können, hätte er wohl gezittert. Vor Angst, vor Scham, vor Aufregung.

Nur eine einzige Kerze brannte noch in der Halle. In ihrem Feuerschein konnte Alfa das Schild erkennen, das der Zaubermeister vor seinem Podest befestigt hatte: „*Feuersalamander (Zauberpraktikant), Heimat: weltweit verbreitet. Einzelgänger, Allesfresser. Besondere Merkmale: jugendliche Überheblichkeit und ausgeprägter Ungehorsam. Sitzt seine gerechte Strafe ab. Bitte nicht berühren.*"

TIERARZT FÜR DRACHEN UND ANDERE FABELWESEN

David Casas

Heute war einer jener Tage, an denen ich bedauerte, dass ich mich in meinem Veterinärstudium für den Fachbereich Fabelwesen entschieden hatte. Am Morgen hatte ich bereits hart gearbeitet, um einen magischen Rubin aus dem Huf eines Einhorns zu entfernen. Es war ein sehr energisches Männchen mit einem leuchtenden, aber auch spitzen Horn, das jeden, der ihm zu nahe kam, aufzuspiessen drohte. Glücklicherweise gab mir die Natur eine wohlklingende Stimme, mit der ich dieses schöne und temperamentvolle Tier beruhigen konnte. Während ich leise ein Kinderlied sang, das mir meine Mutter beigebracht hatte, konnte ich den störenden Rubin entfernen. Dann bewahrte ich den magischen Stein sicher im Tresor der Klinik auf, bis die Elfenpolizei ihn abholen würde. Ich musste den Behörden immer alles Magische geben, was ich während meiner Arbeit so fand.

Andernfalls wäre ich hohen Geldstrafen und einer langen Zeit in den Kerkern des Grauen Herrn ausgesetzt.

Noch vor einigen Jahrzehnten hätte mein Vater Georg, von dem ich neben der Klinik auch den Namen geerbt hatte, die Tierklinik schon um 18 Uhr geschlossen. Aber die hohen Steuern der Grossen Wiedervereinigung bedeuteten, dass alle ihre Arbeitszeiten verlängern mussten, wenn sie ihre Rechnungen bezahlen wollten. Die Vereinigung von Ost und West war ein Kinderspiel im Vergleich zur Vereinigung der beiden anderen deutschen Staaten: dem magischen und dem realen. Fantastische Kreaturen wollten schon immer mit Gold bezahlen und das war natürlich ein Schock für damalige Politiker, die daran gewöhnt waren, grosse Mengen an Staatsschulden auszugeben. Es gab eine grosse Entlassungswelle bei den hohen Beamten, und Frau Seibel, eine Expertin für Fantasy-Bücher, ist jetzt unsere Kanzlerin, während der Graue Herr, ein Wesen von der magischen Seite, der Präsident der neuen Bundesrepublik ist. Dieser trug stets ein Gewand mit einer Kapuze, die sein Gesicht verdeckte. Das war zuerst ein Problem: Denn was wäre, wenn der Graue Herr einen kleinen und sehr sonderbaren Schnurrbart hätte? Auf vielfachen Wunsch erschien er deshalb in der Tagesschau und warf seine Kapuze zurück. Die Deutschen atmeten erleichtert auf. Er hatte keinen Schnurrbart. Seine blasse, schuppige Haut aber wirkte ziemlich gruselig. Aus diesem Grund wurde er nie wieder gebeten, sein Gesicht zu zeigen.

Es war bereits Nacht und ich war gerade dabei, das „Geschlossen"-Schild aufzustellen, als ein von einem Ork gerittener Drache am Himmel erschien und auf dem Parkplatz des Supermarkts neben der Klinik landete. Die dunkle Kreatur, die ihn führte, war zwar entsetzlich anzusehen, hatte sich aber schon gut in die Gesellschaft integriert. Er hatte sogar eine Parkuhr in der Hand, um damit die Ankunftszeit zu kennzeichnen. So wie der Drache auf dem Boden hockte, hatte ich bereits eine Diagnose im Sinn, die mir der Ork dann bestätigte. In einem eigentümlichen Dialekt aus mittelalterlichem Deutsch und modernem Strassenslang erzählte er mir, dass sein Drache an einem schweren Fall von Verstopfung leide. Nicht schon wieder! Mit Unbehagen erinnerte ich mich an einen früheren solchen Fall. Ich zog mir also einen alten Laborkittel und mehrere Overalls an, denn ich war mir sicher, dass ich die Sachen nach der Behandlung wegwerfen konnte.

Ich gab dem Drachen ein Beruhigungsmittel: eine ein Kilogramm schwere Tablette, versteckt in einem riesigen gefrorenen Drachenleckerli. Für solche Fälle habe ich immer mehrere davon in der Tiefkühltruhe der Klinik vorbereitet. Nachdem er das Futter mit einem Bissen verschlungen hatte, entspannte sich der Drache und erreichte einen fast schläfrigen Zustand. Ich legte eine grosse Plastikplane auf den fast leeren Parkplatz des Supermarkts – sie hatten gerade vor einer Viertelstunde geschlossen – und machte mich mit einer Handpumpe und einem Schlauch daran, einen Einlauf in Industriegrösse in dieses Biest einzuführen. Ich werde die Beschreibung dessen, was herauskam, vermeiden, um empfindliche Seelen nicht zu verängstigen. Zum Glück war alles in der Plastikverpackung geblieben, und am nächsten Tag würde ich keine Probleme mit dem Supermarktleiter bekommen. Nach einer Weile wachte das Tier wieder auf und der Ork dankte mir mit überschwänglichem Lob und einem gut gefüllten Säckchen Goldmünzen. Zumindest hatte es sich gelohnt, bis spät in die Nacht hinein zu arbeiten. Ich ging zügig zum Abfallcontainer der Klinik. Doch als ich meinen Laborkittel auszog, bemerkte ich etwas in einer der Taschen: einen Kieselstein, der noch mit Überresten aus dem Darm des Tieres verschmutzt war. Weiss, glatt und oval in der Form. Er war zu klein, um ein Drachen-Ei zu sein, und sah auch nicht nach etwas Besonderem aus, sondern nur nach einem einfachen, runden Stein. Ich liess ihn kurz auf dem Boden liegen, während ich die Arbeitskleidung und den Rest des Abfalls entsorgte, und brachte ihn dann hinein. Ich wusch den Stein mit Seife und Desinfektionsmittel und trocknete ihn ab. Er sah nicht wie ein typischer magischer Edelstein aus, den man zur Elfenpolizei bringen müsste, und doch – seine einfache, symmetrische Schönheit hinderte mich daran, ihn wegzuwerfen. Also nutzte ich ihn vorübergehend als Briefbeschwerer und liess ihn auf einigen Rechnungen auf meinem Schreibtisch liegen.

Am nächsten Tag ging ich früh zurück in die Klinik. Gewöhnlich kommt die Elfenpolizei vorbei, bevor die Geschäfte öffnen, und an diesem Tag warteten sie bereits auf ihren magischen Einhörnern auf mich. Diese hatten eine besondere Eigenschaft: Ihre Hörner waren so verzaubert, dass sie in blau-weissen Lichtblitzen aufleuchteten und so die Lichtsignale der menschlichen Polizei imitierten. Ein weiterer Beweis für ihre kulturelle Integration im Grossen Wiedervereinigten Deutschland.

„Guten Morgen, Herr Meier."

„Guten Morgen, die Herren Polizisten. Ich nehme an, Sie sind gekommen, um den magischen Rubin zu holen."

„Sie haben Recht. Der Stein ist ein Juwel mit grosser Macht, der sicher verwahrt werden muss."

„Ich kann Sie doch sicher fragen, welche magischen Eigenschaften er hat, wenn es kein allzu grosses Geheimnis ist: Verwandelt er Blei in Gold? Gibt er ewiges Leben?", fragte ich mit gespielter Naivität und einer guten Prise Neugierde.

Die Elfen in Uniform sahen sich an, räusperten sich und dachten vielleicht darüber nach, mir eine Notlüge anzubieten. Aber der Gedanke an ihren Schwur, als Beamte immer die Wahrheit zu sagen, setzte sich schliesslich durch.

„Nun … Es ist ein Stein, der nur den Elfen hilft."

„Das stimmt. Er ist für den Menschen völlig nutzlos", fügte sein Begleiter hinzu.

„Ah! Ich verstehe", sagte ich. „Aber welche Auswirkungen hat er auf die Elfen?"

„Ihr müsst verstehen, dass wir Elfen eine langlebige Rasse sind, aber wir bekommen nur wenige Kinder …"

In diesem Moment erkannte ich den verzweifelten Blick des Polizisten. Er hatte denselben Gesichtsausdruck wie mein Vater, als ich ihn im Alter von vier Jahren fragte, wie ich auf die Welt gekommen sei. Aber ich beschloss den Unwissenden zu spielen, um mehr Informationen zu bekommen.

„Ich verstehe immer noch nicht", sagte ich mit einem Gesicht absoluter Unschuld.

„Herr Meier, bitte bedenken Sie Folgendes: Ein zweitausend Jahre alter Elf kann nicht das mit der gleichen Vitalität und Energie leisten, was ein Elf im Alter von nur fünf Jahrhunderten leisten kann. Genauer gesagt, er kann schwieriger einen neuen Elfen zeugen", erklärte mir sein Begleiter, wobei sein Gesicht errötete.

„Diese Art von Rubinen ist auf dem Schwarzmarkt von grossem Interesse für die fantastischen Wesen und deshalb müssen wir sie bewachen", fügte der andere Elf hinzu.

„Jetzt verstehe ich alles. Vielen Dank für Ihre Klarstellung."

Ich wollte sie nicht noch mehr in Verlegenheit bringen, indem ich weitere Fragen über den magischen Stein stellte, also führte ich sie in die Klinik, wo der Rubin in meinem Tresor wartete. Als ich durch mein Büro lief, vorbei an meinem Schreibtisch, fühlte ich mich ein wenig besorgt. Dort sah ich den Kieselstein, der gestern Abend aus dem Hinterteil des Drachens herausgekommen war. Glücklicherweise machte sich die Polizei nicht viel Gedanken über das, was wie ein einfacher Stein aussah. Nachdem sie den magischen Gegenstand aus dem Tresor genommen hatten, legten sie ihn in einen Leinensack und gaben mir eine Quittung, geschrieben mit Elfentinte auf Pergament aus Ziegenleder. Sie war wirklich schön. Laut Gesetz musste ich sie fünf Jahre lang aufbewahren. Danach konnte ich damit machen, was ich wollte, zum Beispiel sie im Internet versteigern. Die Amerikaner sind verrückt danach, weil sie diese Art von Waren nicht besitzen, und zahlen recht gut. Als ich die Polizisten aus der Klinik begleiten wollte, hörte ich von aussen ein herzzerreissendes Heulen, das als Echo durch alle Wände und Möbel des Gebäudes hallte.

„Was war das?", fragte ich.

„Um des Grauen Herren Willen! Verdammte Orks und ihre illegalen Drachenrassen", rief der Polizist aus, der bereits an der Tür angekommen war und sehen konnte, was draussen passierte.

Der andere Polizist griff schnell zum Funkgerät und rief die Einsatzzentrale an. Er musste Luftunterstützung anfordern, weil die Einhörner, obwohl sie schneller als der schnellste Porsche waren, nicht fliegen konnten. Dann ging er zur Tür hinaus und folgte seinem Partner, der bereits die blinkenden Hörner ihrer Reittiere aktiviert hatte. Ich ging direkt hinter ihnen, aber plötzlich schloss der Polizist vor mir die Tür und verzauberte das Schloss, sodass ich es nicht öffnen konnte. Er tat das zu meinem Schutz. Sekunden später explodierten alle Fensterscheiben der Klinik in tausend Stücke, gefolgt von riesigen Flammen, die einige der Möbel verbrannten. Da ich direkt hinter der verstärkten Metalltür stand, wurde ich nur knapp davor bewahrt, ebenfalls verbrannt zu werden. Vorsichtig blickte ich durch die rauchenden Überreste des nicht mehr existierenden Fensters und sah die verkohlten Überreste der Polizisten und ihrer Einhörner. Die beiden konkurrierenden Orks hatten ihren Streit auf dem leeren Parkplatz des noch geschlossenen Supermarkts fortgesetzt. Mit dem Schwert in der Hand stachen sie links und rechts aufeinander ein, während die Drachen ungeduldig an ihrer Seite warteten. Wut glühte in ihren Augen und Rauch stieg aus ihren Kehlen.

„*Ecce!*", sagte einer von ihnen und zeigte mit seinem Schwert auf die Klinik.

„*Quid?*", fragte der andere.

Durch meine Lateinkenntnisse aus dem Gymnasium und der Geste, mit der sie auf das Fenster zeigten, aus dem ich mich hinauslehnte, wurde mir klar, dass sie mich meinten. Ich versteckte mich schnell, aber es war zu spät. Sie kamen auf die Klinik zu und ihre Bestien begleiteten sie mit langsamen und schweren Schritten. In diesem Moment bemerkte ich, dass der Kieselstein auf dem Tisch rot pulsierendes Licht von sich gab. Ich beschloss, ihn in einem plötzlichen Impuls in die Hand zu nehmen. Ein intensiver roter Blitz leuchtete auf und machte mich vorübergehend blind. Aber als ich wieder sehen konnte, veränderte sich die Landschaft. Ich konnte nun all die Magie der Welt als funkelnde Stränge vor mir tanzen sehen und all die übernatürlichen Geschöpfe, die für unsere sterblichen Augen unsichtbar blieben. Meine Zunge wusste auf einmal, wie man die Zaubersprüche auf Latein ausspricht, und ich sprang von einer unbekannten Energie angetrieben aus dem Klinikfenster und stellte mich vor sie, während ich den magischen Stein über meinen Kopf hob.

„*Flectite genua!*", rief ich ihnen zu, damit sie sich hinknieten und sich mir ergaben.

„*Non nos debellabis!*", antworteten sie einstimmig.

„Wie ihr wünscht. *Conflagrate eos, dracones!*", befahl ich mit meiner bedrohlichsten Stimme den Bestien, die hinter ihnen herliefen. Die Orks drehten sich sofort um und fanden sich in einem regelrechten Feuersturm wieder, der sie komplett niederbrannte. Ich musste wegspringen, um nicht mitverbrannt zu werden, und versteckte mich hinter dem Müllcontainer, der den Kot des Drachens der vergangenen Nacht enthielt. Als ich wieder herauskam, gab es zwei weitere ausgebrannte Körper, die denen der unglückseligen Elfenpolizisten und ihrer Einhörner Gesellschaft leisteten. Die Drachen waren nun ruhiger und senkten ihre rauchenden Köpfe, um sich mir zu unterwerfen.

Die Klinik war eine Ruine und die Versicherung würde nie und nimmer für Drachenkatastrophen bezahlen. Die Elfenpolizei würde innerhalb weniger Minuten auftauchen und ich würde die nächsten Monate und Jahre mit endlosen Gerichtsverfahren verbringen. Mit meinen neu erworbenen Kenntnissen über die Magie war ich in der Lage, die gefrorenen Leckerlis aus der Tiefkühltruhe der Klinik in eine überzeugende Kopie meines Körpers zu verwandeln. Das Feuer der Drachen tat dann sein Übriges und legte die Klinik und meinen „Doppelgänger" endgültig in Schutt und Asche. Ich schwang mich auf einen der Drachen und am Himmel öffnete sich das Portal in die Dimension des magischen Deutschlands. Ich hatte nicht vor, jemals zurückzukehren.

NUR TINTE ODER DIE STIMME

Silke Katharina Weiler

„Ich würde da nochmal drüber nachdenken!"

„Hä?" Ich liess die erhobene Hand sinken und schaute mich um. Woher war diese Stimme gekommen? Von dem Kerl vor mir auf dem Stuhl bestimmt nicht.

„Habt ihr was gesagt?", fragte ich die anderen beiden.

Sie wechselten einen Blick. „Nö", meinte der zu meiner Linken etwas verunsichert und lockerte seine Angriffshaltung. Ich arbeitete zum ersten Mal mit ihm zusammen … Dragomir oder so.

„Es ist niederträchtig und ekelhaft", fügte die Stimme hinzu.

Ich fuhr herum und bohrte meinen Blick in jede Ecke des Raumes. Ausser uns Vieren war hier niemand! „Was soll der Scheiss?", murmelte ich.

„Alles in Ordnung?", fragte Steven, der Typ zu meiner Rechten.

„Weiss nicht …"

„Ich bin übrigens hinter dir", flüsterte die Stimme.

Ich wirbelte herum. Da war niemand.

„Tut mir leid, wenn ich mich unpräzise ausgedrückt habe". Die Stimme klang zerknirscht. „Ich meinte, ich bin hinter dir – auf deinem Rücken."

Unwillkürlich fasste ich nach hinten, ertastete aber nur meine Jeansjacke. Ich räusperte mich. „Entschuldigt mich 'nen Moment", sagte ich zu meinen Jungs. Wieder tauschten sie einen Blick. Ich trat vor den Typen auf dem Stuhl und stiess ihn mit der Fussspitze am Schienbein an. „Wo ist denn das Klo?", raunzte ich.

Völlig eingeschüchtert und zitternd wies er zur Kellertreppe. „Oben", nuschelte er ängstlich, „neben Eingang."

Ich hastete die Kellertreppe hinauf und durch das leere Restaurant. Da wir das Licht gelöscht hatten, stolperte ich über einen der Stühle, die bei unserer Ankunft zu Bruch gegangen waren. Egal, da vorne lag schon der Eingang, verhüllt von einem schweren roten Vorhang. Daneben die Klos. Ich stiess die Tür zum Damen-Klo auf, da waren die Spiegel meist grösser, und schlug mit der Faust auf den Lichtschalter. Sofort flammten etliche LEDs auf und leuchteten jeden Millimeter aus. Zugleich ertönte leise Feng-Shui-Musik – so Kram, bei dem sich die Ökos beim Yoga die Beine um den Hals wickelten.

Vor dem Spiegel zögerte ich einen Moment, dann streifte ich die Jacke ab und zog mein Shirt aus. Ich wandte mich um, drehte den Kopf so weit ich konnte nach hinten und betrachtete das Spiegelbild meines Rückens. Der Anblick war der Hammer! Ich vergass sogar kurz, dass ich seit fünf Minuten Stimmen hörte. Von meinem Nacken bis zum Steissbein zog sich über die gesamte Breite ein gewaltiges Tattoo: ein chinesischer Drache! Der Tätowierer hatte ganze Arbeit geleistet. Man konnte jedes Detail, jede einzelne beschissene Schuppe erkennen. Der Drachenkopf befand sich genau zwischen meinen Schulterblättern. Wenn ich die Muskeln spielen liess, sah es aus, als würde er sich bewegen. Ich grinste und spannte die Trapezmuskeln an. Erst den einen, dann den anderen. Der Drache wippte munter mit dem Kopf. Als Nächstes zwinkerte er mir zu.

Verflucht! Ich zuckte zusammen und machte einen Satz. Mein Herz sackte in die Hose. Das Vieh hatte noch nie gezwinkert.

„Ich wollte es nicht direkt übertreiben", erklärte die Stimme. „Ich dachte, für den Erstkontakt reicht eine kleine Geste."

„Du kannst nicht reden!", behauptete ich und zitierte die Kleine vom Tattoo-Studio: „Du bist ein martialisches Tattoo, das sich saugeil auf meinem breiten Rücken macht. Du … du … du bist nur Tinte!"

„Diese Tätowiertinte enthält Russ, genauer Industrieruss, der wiederum zu mehr als 96% aus Kohlenstoff besteht. Und was bist du? Ebenfalls nur ein mit reichlich Wasser aufgepolstertes Kohlenstoffkonstrukt. Ich denke, wir können getrost auf Augenhöhe kommunizieren."

„Verdammt, was willst du von mir?"

„Ich beobachte dich schon eine ganze Weile und muss ehrlich gestehen: Mir gefällt nicht, was ich sehe. Ganz und gar nicht! Und da ein chinesisches Sprichwort sagt: ‚Kannst du jemandem Güte und Liebe beibringen, tust es aber nicht, verlierst du einen Bruder', dachte ich: Zögere nicht und tu etwas!"

„W-was?"

„Das heisst, heute ist dein Glückstag, denn ich gebe dich nicht verloren." Der Drache zwinkerte erneut. „Bruder."

Liebe? Güte? Was, zum Teufel, war hier los? Ich massierte mir die Schläfen. Okay, ganz langsam und der Reihe nach: Ich hatte das Restaurant zusammen mit Steven und Dragomir aufgesucht, um den Betreiber an seine Schulden zu erinnern. Bisschen aufmischen, Angst einjagen, paar Sachen kaputt machen, nix Wildes. Dabei war ich von meinem Tattoo gestört worden, mit dem ich nun auf dem Damen-Klo ein Schwätzchen hielt.

Oh Mann … Als Erstes fielen mir die Steroide ein. Hatte Max in einem Nebensatz nicht was von psychischen Auswirkungen erwähnt, wenn ich es übertrieb? Verdammt, ich konnte mich nicht mehr daran erinnern. Dabei hielt ich mich doch genau an die Dosierung. Nein, warte! Das war's! Dragomirs Rachenputzer zur Einstimmung! Der Selbstgebrannte hatte wie Bremsenreiniger geschmeckt, ich hatte mir nur nichts anmerken lassen, um nicht als Weichei dazustehen.

„Alles klar. Du bist bloss eine Halluzination."

„Wie hast du mich gerade genannt?"

„Eine Halluzination. Ich bin ein bisschen daneben, das gibt sich gleich wieder. Muss nur kurz an die frische Luft." Mir war leicht schwindlig, fiel mir gerade auf, und ich klammerte mich ans Waschbecken.

Der Drache überging meine Selbstdiagnose. „Mal unter uns, sieh dich doch nur an. Was ist aus dem niedlichen kleinen Jungen geworden, der Eisenbahner werden wollte?"

„Da war ich vier! Hör mal, wenn du in meinen Erinnerungen herumstöberst, solltest du wissen, dass mein Stiefvater meine elektrische Eisenbahn versetzt hat – für Alkohol!."

„Du hast wechselnde Frauenbekanntschaften der zweifelhaftesten Art", fuhr der Drache fort, „bringst andere Menschen um ihr Eigentum, scherst dich nicht um ihre physische und mentale Unversehrtheit, genau betrachtet ist dein Leben ein Potpourri der unterschiedlichsten Straf- und Gewalttaten. Das kannst du doch nicht wirklich wollen."

„Äh, doch!"

„Nein! Schon Konfuzius erkannte: Der Mensch ist von Geburt an gut, aber die Geschäfte machen ihn schlecht. Du bist einfach im falschen Milieu unterwegs, das ist alles. Ein Tapetenwechsel täte dir gut."

„Ey, du redest wie ein Abreisskalender, weisst du das? Hör mal, ich hab' meinen Mitschülern schon in der fünften Klasse eine abgezogen, wenn sie mir auf die Nerven gingen. Mit fünfzehn meine erste Tankstelle überfallen und mit sechzehn den Fluchtwagen bei 'nem Bankraub gefahren. Ich hab es nicht so weit gebracht, um mir von dir reinpfuschen zu lassen. Jetzt halt' endlich die Klappe, erzähl mir nichts von Tapeten und lass mich meine Arbeit machen." Ich hätte mir doch den zähnefletschenden Dobermann stechen lassen sollen, dachte ich.

„Pass mal auf, Freundchen!" Die Stimme des Drachen gewann an Schärfe. „Wenn du dich das nächste Mal tätowieren lässt, denk vorher nach, nicht erst hinterher. Ich bin ein mythisches Wesen und kein Abziehbild, das man sich einfach auf den Rücken pappt. Im Gegensatz zu dir habe ich mir meine Werte bewahrt."

„Schön für dich, mythisches Wesen", spottete ich. „Und das soll mir was genau sagen?"

„Du bläst die ganze Sache hier ab, suchst den Erste-Hilfe-Kasten, gibst dem armen Mann da unten im Keller ein paar Mullkompressen, rufst den Notarzt und dann gehen du und deine Männer schön nach Hause. Und morgen führst du dir mal die Stellenanzeigen zu Gemüte."

„Bitte?", prustete ich.

„Aber bestell' nicht gleich diese Dame zu dir, nur weil du dich abends nicht alleine zu beschäftigen weisst. Sandy, Mandy oder wie sie heisst … Sie zerkratzt mich immer so."

„Du bekommst das mit, wenn ich …?", kreischte ich. „Wie lange geht das schon?"

„Oh, ich habe bereits etliche Kratzer abgekommen …"

Es reichte! Ich warf mich rücklings zu Boden und wälzte mich auf den Fliesen. „Stirb!", keuchte ich angestrengt in das Zen-Gedudel hinein. „Verrecke!"

„Das bringt doch nichts", meinte der Drache väterlich. „Tu das nicht. Du verletzt dich nur."

„Verpiss dich!"

„Das wird sich schwer realisieren lassen, denn ich bin Teil deines Körpers. Ich befinde mich in deiner Haut. Würde ich deinem Wunsch also entsprechen wollen, müsste ich selbige quasi mitnehmen, und das gäbe eine ganz schöne Sauerei. Ausserdem würde es deine Gesundheit in nicht unerheblichem Masse beeinträchtigen."

„Halt's Maul, Klugscheisser!" Ich sprang auf, ging in die Hocke und schrubberte an einem Waschbecken entlang. Mein Rücken brannte inzwischen so sehr, das war kaum auszuhalten. Als ich innehielt und einen prüfenden Blick in den Spiegel warf, wurde er von den Augen des Drachen erwidert, die mich aus meiner roten Haut unbeeindruckt musterten.

„Zum letzten Mal, besinne dich! Du bist noch nicht verloren. Auch der weiteste Weg beginnt mit einem ersten Schritt, wie Konfuzius so treffend formulierte. Lass den Mann im Keller in Frieden. Geh nach Hause. Ruf von mir aus Sandy-Mandy an, wenn du dir heute nicht anders zu helfen weisst, nur behandele sie gefälligst mit ein bisschen mehr Respekt."

„Niemals!", grunzte ich und verkrampfte meine Finger zu Klauen. Die Augen würde ich ihm auskratzen, alle beide! Doch mein Muskeltraining rächte sich. Meine Fingerspitzen schafften es kaum über die Schultern.

Der Drache seufzte – eine sanfte Vibration, die durch meinen Körper rollte.

„Na gut", meinte er. „Wenn ich nicht zu dir durchdringen kann, übernehme ich eben. Ab sofort machen wir's auf meine Art!"

Was bedeutete denn das schon wieder? Noch im selben Moment erfuhr ich es: Der Drache veränderte seine Lage. Er streckte die angewinkelten Vorderbeine aus und machte sich lang. Mein Gott, wie das brannte. Als hätte sich ein Heer von Ameisen in meinem Rücken verbissen. Die Tinte zerlief, floss über meine Oberarme in die Unterarme hinab, auf beiden Seiten, und zeichnete die kräftigen Vorderbeine eines Drachen in meine Haut. Ich riss den Mund auf, wollte meine Panik hinausschreien. Das alles durfte nicht sein! Das war nur ein verdammtes Tattoo!

Da klopfte es. „Sag mal, steckst du im Damen-Klo?" Steven! Der hatte mir gerade noch gefehlt. „Alles klar da drin?" Er klopfte ein zweites Mal, bevor er die Tür aufstiess. Ich konnte seinen entgeisterten Blick gut nachvollziehen. Ich musste ein völlig bescheuertes Bild abgeben, wie ich mit freiem Oberkörper, hochrotem Kopf, völlig verschwitzt, im Damen-Klo stand und mir die Haut vom Rücken zu reissen versuchte. „Was treibst'n du hier?"

Ich spürte, wie sich die rechte Klaue des Drachen zu einer Faust ballte. Meine Hand tat es ihm gleich, ich konnte gar nichts dagegen tun. Auch meine Armmuskeln spannten sich ohne mein Zutun an. „Scheisse, Steven, hau ab!"

Keine Sekunde später hatte Steven meine Faust im Gesicht. Der Drache hatte ordentlich Wumms.

Steven sagte: „Uff!" oder „Umpf!", seine Augenlider flatterten und er fiel um.

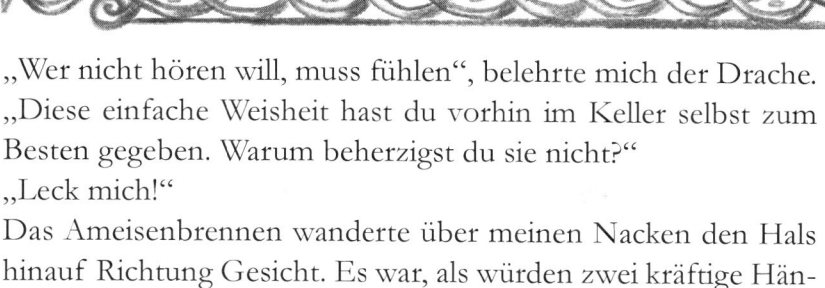

„Wer nicht hören will, muss fühlen", belehrte mich der Drache. „Diese einfache Weisheit hast du vorhin im Keller selbst zum Besten gegeben. Warum beherzigst du sie nicht?"

„Leck mich!"

Das Ameisenbrennen wanderte über meinen Nacken den Hals hinauf Richtung Gesicht. Es war, als würden zwei kräftige Hände Ober- und Unterkiefer aufeinanderpressen. Wenn ich nun etwas sagen wollte, klang es nur wie „Gnnngnnngngn".

„Allmählich habe ich deinen begrenzten Wortschatz satt", erklärte der Drache gelangweilt. „Du wirst deinen Freund Steven nun vorsichtig nach draußen ziehen und auf einem der Läufer stabil seitenlagern", befahl er. „Nicht dass er sich auf den kalten Fliesen noch erkältet."

Ich musste gehorchen, Steven bei den Füssen packen und aus dem Damen-Klo in den Innenbereich des Restaurants ziehen.

„Bestens", kommentierte der Drache. „Hier kann er schlafen, bis er abgeholt wird. Und nun zurück in den Keller, zu deinem zweiten Komplizen."

„Gnngnnngn!"

„Keine Widerworte!"

Im Keller wurde ich bereits ungeduldig erwartet.

„Hey, wo bleibt ihr denn? Hab schon gedacht, ihr wärt getürmt." Dragomir musterte mich misstrauisch. „Wo hast'n Steven gelassen?" Sein Blick glitt über meinen Oberkörper. Er grinste anerkennend. „Aber geile Muckis haste!"

Wumms! Schon sank er gegen die Wand und rutschte daran entlang zu Boden.

„Da kann er vorläufig sitzen bleiben", entschied der Drache. „Und jetzt kümmere dich um euer Opfer. Der Mann ist ja völlig verängstigt."

Ich gehorchte. „Gnnnn … ääääääs dud mia laid!" Ich wollte das nicht sagen, echt nicht! Ich habe mich noch nie bei jemandem entschuldigt. War wohl auch der Grund, warum ich's vernuschelt habe. Der Typ auf dem Stuhl wurde kreidebleich. Sein Blick flatterte über meinen nackten Oberkörper.

„Sieh dir den Mann an!", forderte der Drache mich auf und brachte mein Gesicht ganz nah an das meines Opfers heran. „Macht dich das irgendwie grösser, anderen Angst einzujagen? Was hast du für Probleme, Freundchen?"

Was sollte die bescheuerte Frage? Natürlich machte mich das gross. Ich war sogar dabei, ein ganz Grosser zu werden.

„Und jetzt hol dein Handy!"

„Gn?"

„Wir rufen selbstverständlich die Polizei. Ach, und sei so gut, gib dem Mann endlich eine Mullkompresse."

Nach einem kleinen Gerangel, von dem ich ungelogen fünf Tage lang Muskelkater hatte, vor allem im Kieferbereich, verständigte ich Polizei und Notarzt. Danach holte ich dem Typen, den wir zusammengeschlagen hatten, Mullkompressen, half ihm, sich sauberzumachen, und schenkte ihm einen Schnaps zur Beruhigung ein. Als die Polizei eintraf, empfahl ich den Beamten, mich und meine Komplizen umgehend festzunehmen wegen: „gnn-nnnnn … Hausfriedensbruch, Sachbeschädigung, Nötigung, Erpressung und … gn … vorsätzlicher, schwerer Körperverletzung. Aber", fügte ich hinzu, „ich bin … gnnnrl … bereit, mit den Ermittlungsbehörden zu kooperieren."

So landete ich in Untersuchungshaft und wurde schliesslich angeklagt. Bei der Verlesung meines Vorstrafenregisters und der Anklageschrift wurde mir echt flau. Scheisse, dachte ich, was für eine lange Liste, die lassen dich nie wieder raus. Was ist bei dir nur schiefgelaufen? Aber dank des Drachen war ich wahnsinnig mitteilsam. Ich belastete so viele Leute, die hätten einen zweiten Knast bauen können, um alle unterzubringen. Daher fiel meine Haftstrafe auch „sehr milde" aus, wie der Drache befand.

„Du bist erstaunlich gut weggekommen, Freundchen, mach was aus deiner zweiten Chance!"

Im Gefängnis hat er mich als Erstes zu einem „Anti-Aggressions-Training" angemeldet. Und ich hab angefangen zu boxen. Gefällt mir ganz gut. Der Drache meinte, ich solle ruhig mal Typen aus meiner Gewichtsklasse, die vor allem Bock drauf haben, vertrimmen und dabei gewisse Regeln befolgen. Er hat es geschwollener ausgedrückt. Irgendwas mit Respekt und Wut kanalisieren und kontrollieren und so. Eigentlich ist das alte Reptil ja gar nicht so verkehrt.

Trotzdem habe ich noch dreimal versucht, ihn loszuwerden. Zuletzt vor etwa einem Monat, in der Autowerkstatt, mit einer Stahlbürste, die ich mir über den blanken Rücken gezogen habe. Hat alles nichts gebracht.

Nachdem die Aufseher mich erwischt hatten, haben sie mich zu einer Psychologin geschleppt, die hatte echt geile Titt… gnn … ausgeprägte sekundäre Geschlechtsmerkmale. Da ich Frauen jedoch … gn … respektiere und niemals auf ihre Physis reduzieren würde, habe ich mich auf ihre wertvolle Analyse meiner Person konzentriert, die mir dabei helfen wird, meine eigenen Probleme langfristig in den Griff zu bekommen.

Gn! Kannst du endlich mal damit aufhören, Mann?

DRACHEN-FLIEGEN LEICHT GEMACHT

Barbara Tapasco

Mein Bruder steht da, mitten in der Drachenhöhle (das ist eigentlich nur ein grössere Garage, doch das Ding beim Namen zu nennen, ist wohl zu unspektakulär) und wartet darauf, dass ich ihm vor Freude um den Hals falle. Doch das Einzige, was mir im Moment zu seinem Hals einfällt, beginnt mit „er" und endet mit „würgen".

Er schenkt mir doch tatsächlich einen Drachen zum Geburtstag.

Ich hasse Drachen!

Das weiss er doch ganz genau!

Aber wie er da mit seinem stolzen Grinsen den Kopf des grünen Ungetüms tätschelt, zeugt vom Gegenteil.

Fassungslos starre ich Corentin an. „Das ist doch nicht dein Ernst?"

„Darf ich vorstellen: Das ist Chispat. Er ist reinrassig. 37 Jahre jung. Natürlich flugrein …"

Ich höre gar nicht mehr richtig zu, wie er mit Wörtern wie internationaler Zulassung, CO_2-Bilanz, Heizwert und Krallenzusammensetzung um sich wirft.

„Du kannst ihn doch zurückgeben?", unterbreche ich ihn irgendwann.

Jetzt endlich scheint mein Bruder zu begreifen, dass ich mich nicht über sein Geschenk freue und es auch nicht tun werde, wenn ich mich von meinem Schrecken erholt habe (oder in seinen Augen: von meiner Überraschung).

Er ist zuerst sprachlos. Dann sagt er: „Du freust dich nicht."

„Ich will keinen Drachen", stottere ich hilflos.

„Aber du hast doch immer davon geträumt, eine professionelle Drachenfliegerin zu werden." Er ist zutiefst verwirrt.

„Da war ich fünf Jahre alt und wusste nichts über diese Viecher!"

Seinen Gesichtsausdruck werde ich wohl nie vergessen, voller fassungsloser Enttäuschung.

Als er die Tür hinter sich zuknallt, lasse ich mich auf die unterste Treppenstufe fallen. Das ist der schrecklichste Geburtstag meines Lebens. Warum haben meine Eltern eigentlich Corentin nicht daran gehindert, sein Geld für so ein Biest auszugeben? Er wird die Sache doch wohl mit ihnen abgesprochen haben, obwohl sie sich gerade ihren lang gehegten Wunsch von einer Weltreise auf Filulais Rücken erfüllen.

Ja, ja, ich weiss, dass es unverständlich ist. Jeder, absolut jeder Mensch freut sich, zu seiner Flugvolljährigkeit einen Drachen geschenkt zu bekommen. Nun, ich nicht. Nur schon bei der Vorstellung, den Drachen alleine zu fliegen, bricht mir der Schweiss aus allen Poren.

Ich habe kein Problem damit, bei jemandem mitzufliegen. Sonst wäre meine Drachenabneigung wohl selbst Corentin aufgefallen.

Aber einen Drachen alleine zu fliegen, ist etwas ganz anderes.

Ich fahre lieber mit dem Auto, dem Vehikel für die armen Leute.

Und ja, es ist mir bewusst, dass Autos die Welt verpesten, während Drachen vollkommen CO_2-neutral sind. Mit ihren fotosynthetischen Schuppen neutralisieren sie den CO_2-Ausstoss ihres eigenen Drachenfeuers.

Ich weiss auch, wie praktisch so ein Drache nebst dem Individualtransport ist. Die beträchtlichen Kosten eines Drachens lohnen sich allemal. Man kann Heizkosten sparen, das Drachenkrallenpulver an die Medizin verkaufen, die abgestossenen Schuppen an die Modeindustrie. Und dann wäre da noch das riesige Feld des Drachensportes.

Die ganze Welt liebt Drachen. Nur ich nicht.

Seit man das Problem mit der sehr, sehr langsamen Vermehrung der Drachen gelöst hat, werden die Strassen immer leerer. Ein guter Trend für die Welt. Aber nichts für mich.

Und erst diese Verantwortung! Ein Auto kann man parkieren, eine Heizung einschalten und fertig. Aber den Drachen muss man füttern, den Mist wegmachen, zum Zahnarzt bringen, regelmässig fliegen, und der ganze Papierkram (mindestens drei Versicherungen, Registrierungen bei etlichen Ämtern, Übertragung des Mikrochips auf meinen Namen, usw.) ist auch nicht zu unterschätzen.

Und jetzt sitze ich hier, in der Drachenhöhle, und wage es kaum, meinen Drachen anzuschauen.

Der enttäuschte Gesichtsausdruck meines Bruders sucht mich heim, und zwar nicht nur, wenn ich in die Drachenhöhle steige und die Flugechse zwar füttere, aber nicht fliege. (Zum Glück scheint dieser Tage gerade die Sonne durch die verglaste Dachschräge, so braucht er nicht viel Futter und dementsprechend musste ich noch keinen Mist wegmachen.) Er verfolgt mich sogar, wenn ich nur das Wort Drache höre.

Nach drei Tagen halte ich es nicht länger aus. Ich starre in das goldene Auge meines grünen Ungetüms und sage: „Nun gut." Keine besonders grossen Worte, aber ich bin entschlossen.

Chispat dreht seinen Kopf, sodass er mich aus beiden Augen anglotzen kann. Ein kalter Schauer rinnt mir über den Rücken. Irgendwie habe ich plötzlich das Gefühl, er versteht mich ganz genau. Das schlechte Gewissen packt mich und ich mache mich schleunigst davon. Er hat bestimmt gemerkt, dass er mir nur lästig ist. Doch das wird sich nun ändern. Ich muss endlich erwachsen werden, Verantwortung für meinen ökologischen Fussabdruck übernehmen und vor allem muss ich meine Angst überwinden.

Ich hole alle Bücher, die ich in der Bibliothek über Drachen finde. Im „Drachenflüsterer" steht alles über die Beziehung und die Kommunikation zwischen Mensch und Drache. „Drachen parkieren verboten" klärt mich über die unzähligen Vorschriften auf und der „Drachenkenner" ist im Grunde genommen ein Lexikon. Leider steht in keinem dieser Bücher, wie man denn jetzt einen Drachen fliegt. Als wäre das ganz offensichtlich, allgemein bekannt und deswegen keiner Erwähnung wert.

Ich fluche. Warum gibt es eigentlich keine Flugschule für Normalsterbliche, die einfach nur eine Drachenreiterin sein wollen (um von A nach B zu kommen) und nicht eine Drachenfliegerin? Aber nein, es wird bloss jedes Jahr eine neue Kunstflugschule für die Verrückten eröffnet, die das Ganze als Sport machen wollen.

All diese Bücher lese ich in der Drachenhöhle sitzend, in der Hoffnung, dass Chispats ständige Präsenz mir das Gefühl der Abneigung nimmt.

Schliesslich schlage ich die Autobiografie von Irina Gellert, der weltberühmten Drachenfliegerin, auf. Auch in ihrem Buch lässt sich keine Fluganleitung finden, doch ihre Worte erinnern mich daran, warum ich als Kind Drachenfliegerin werden wollte. Die Gefühle, die sie beschreibt, ... wenn meine Angst nicht wäre, könnte ich das alles auch erleben.

Meine Hände zittern, als ich nach dem Fluggurt greife. Natürlich hat Corentin mir keinen Drachensitz geschenkt, wie man das normalerweise tun würde. Er hat ja geglaubt, ich eifere immer noch meinen Vorbildern aus meiner Kindheit nach, also hat er mir diesen wirren Haufen an Schnallen, Riemen und Seilen dagelassen, der den Drachen und mich während des Flugs aneinanderbinden soll. Irina Gellert hat irgendwann ganz auf den Fluggurt verzichtet.

Es dauert eine ganze Weile, bis ich Chispat das wirre Ding umgeschnallt und mich selber darin gesichert habe. Er beobachtet mich dabei die ganze Zeit. Es kommt mir sogar so vor, als schimmerten seine Augen hoffnungsvoll. Aber vielleicht interpretiere ich auch nur zu viel wegen des Buchs „Drachenflüsterer".

„Na gut, Chispat", beginne ich. Ich habe gerade zum ersten Mal seinen Namen ausgesprochen. Sein Gesichtsausdruck verändert sich, wird weicher, vorfreudig. Ich bin mir nicht ganz sicher, ob ich mir das nur einbilde, denn bis jetzt habe ich es immer vermieden, Drachen so genau anzuschauen.

„Lass uns ... ähm ... ein wenig ausfliegen." Mein Herz rast. „Ich weiss nicht so recht, was ich jetzt tun muss." Er kneift seine Augen leicht zusammen und ich werde das Gefühl nicht los, dass er mich verspottet. Ich schlucke hart, ziehe am Fluggurt, um dessen Sicherheit zu kontrollieren. Dann kralle ich meine Hände um den Riemen an seinem Hals und platziere meine Stiefel in den Fussbügeln. Ich kann nicht runterfallen. Es ist unmöglich.

Ich bin gesichert, sage ich mir, bevor ich den Blick hebe. Ich will ihm sagen, dass ich bereit bin, ihm die Fersen in die Seite drücken, damit er losfliegt, doch das ist gar nicht nötig. Ich spüre schon, wie sich seine Muskeln unter mir anspannen. Er wirft mir einen letzten schelmischen Blick zu (ja, tatsächlich, ich schwöre, dass es dieses Mal ganz sicher keine Einbildung ist), tritt aus der Drachenhöhle und hebt sich in die Luft.

Ich schreie.

Ich schreie noch lauter, als er eine Fassrolle fliegt.

Und als er mehrere nicht enden wollende Loopings vollführt, schreie ich wie noch nie in meinem Leben.

Das ist seine grausame Rache an mir, weil ich ihn nicht wollte. Da bin ich mir ganz sicher.

Ich schreie noch ein wenig mehr, als er in den Sturzflug geht. Für einen Moment glaube ich, er hasst mich so sehr, dass er uns beide umbringen wird, doch dann, in letzter Sekunde, fängt er sich.

Erst als er höher und höher und immer höher fliegt, höre ich auf zu schreien. Mir ist die Luft ausgegangen und ich klammere mich nur noch steif an die Riemen.

Irgendwann, als er ruhig dahingleitet, habe ich meine Gehirnzellen so weit beisammen, dass ich meine Situation analysieren kann.

Die guten Nachrichten: Der Fluggurt hat gehalten, ich lebe noch, ich habe mir nicht in die Hosen gemacht und mich nicht übergeben.

Die schlechte Nachricht: Ich habe keine Ahnung, wie ich jemals wieder auf den Erdboden kommen soll. Ich bin seinem Zorn völlig ausgeliefert.

Dann wendet Chispat seinen Kopf und wirft mir einen kurzen Blick zu. Mehr brauche ich nicht und plötzlich verstehe ich. Er hasst mich nicht. Nein, da liegt amüsierte Genugtuung in seinem Blick. Ich habe es wohl verdient, dass er mir einen kleinen Schrecken einjagt (okay: einen grossen). Ich habe ihm schliesslich die kalte Schulter gezeigt. Aber am allerdeutlichsten funkelt eine hemmungslose Freude aus seinen Augen. Er hat sich ganz einfach gefreut, wieder zu fliegen. Er hat sich ausgetobt. Er liebt den Wind unter seinen Flügeln und die Sonne auf seinen Schuppen.

Und ich verstehe ihn plötzlich so gut, dass mir Tränen in die Augen steigen. (Vielleicht liegt's auch am Gegenwind.)

Meine Muskeln entspannen sich, mein Herzschlag normalisiert sich und wir gleiten dahin, bis Chispat schliesslich sanft landet.

Wir schauen uns in die Augen und ich begreife, was all die Bücher mir nicht beibringen konnten. Ein Drache ist nicht einfach nur ein Transportmittel, eine Heizung, eine Investition.

Er ist ein Gefährte. Ein Freund. Ein Familienmitglied.

Als Kind habe ich das verstanden. Doch die Angst hat es mich vergessen lassen.

Und als solches muss man ihn nicht steuern wie ein Auto oder ihm seinen Willen aufzwingen. Alles, was es braucht, ist eine liebevolle Beziehung und genug Vertrauen, das Fliegen ihm zu überlassen.

Chispat und ich fliegen auch am nächsten Tag aus. Er ist geduldig mit mir, gleitet die meiste Zeit ruhig auf der Sommerluft, fliegt nur wenige Kurven.

Am dritten Tag lerne ich, auf die Bewegung seiner Muskeln zwischen meinen Schenkeln zu achten und mit ihnen mitzugehen. Chispat spürt ganz genau, wie ich mich sicherer fühle und beginne, ihm zu vertrauen. Er testet mich mit einem kurzen Sturzflug. Mein Kreischen klingt nicht mehr panisch. Schon nach dem dritten Mal hört es sich fast schon jubilierend an.

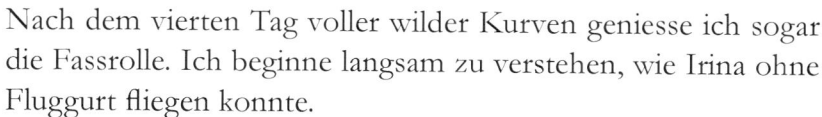

Nach dem vierten Tag voller wilder Kurven geniesse ich sogar die Fassrolle. Ich beginne langsam zu verstehen, wie Irina ohne Fluggurt fliegen konnte.

Am fünften Tag gehe ich in die Bücherei und kaufe mir ein Buch übers Kunstfliegen. Glücklich in mich hineingrinsend schlendere ich zurück nach Hause. Corentin wird Augen machen, wenn Chispat und ich ihm einige Kunststücke vorführen. Ich bedauere, dass ich mich seit meinem Geburtstag nicht mehr bei ihm gemeldet habe.

Zu Hause angekommen, gehe ich direkt zur Drachenhöhle. Ich werde mir ein paar der Kunststücke mit Chispat zusammen anschauen, um sie danach gleich auszuprobieren.

Doch die Drachenhöhle ist leer.

Verwirrt schaue ich mich um. Er wird doch auf keinen Fall ohne mich ausgeflogen sein!

In diesem Moment vibriert mein Smartphone: eine Push-Nachricht von der Mobile-Banking-App.

Ich muss zweimal hinschauen um zu glauben, dass mein Bruder mir soeben eine luxusdrachenhohe Summe überwiesen hat. Und schon kommt seine Nachricht: *Habe Chispat verkauft. Kauf dir aus dem Geld, was dich glücklich macht. Es tut mir echt leid, dass ich nie begriffen habe, dass du Drachen nicht magst.*

DIE DRACHEN DES MEERES

Gundel Steigenberger

Sie betrat den Ort, der eigentlich wie jedes andere friesische Dorf aussah, auf blossen Füssen und mit leichtem Rucksack. Drachenmagier waren dafür bekannt, nicht allzu viel mit sich herumzuschleppen, aber diese hier war besonders sparsam. Alyn ging barfuss, weil sie das Auswechseln von durchgelaufenen Schuhen hasste, und sie hatte nur so viel Besitz, wie sie ohne Fahrzeug und ohne zu schwitzen mit sich herumtragen konnte.

Das Dorf lag direkt an der Nordseeküste und hatte vielleicht hundertfünfzig Häuser und viertausend Bewohner. Es war Herbst, der Abend nicht mehr fern, Nebel waberte über den Feldern. Langsam ging Alyn durch die Strassen, vorbei an Ziegelfassaden, unter den breiten Reetdächern hindurch. Aus den erleuchteten Fenstern drang Lachen, aber auch Schreie und das Klatschen von Schlägen, gefolgt von einem langgezogenen Heulen. Jemand stöhnte. Alyn lächelte. Der Ort vibrierte vor Leben, selbst in der nahenden Dunkelheit konnte sie das spüren.

Es gab nichts, was ihr ferner hätte sein können.

Sie ging in eine Pension – man spürte, dass hier normalerweise Badegäste nächtigten – und vermittelte der Wirtin, dass sie auf Geschäftsreise war und ein hellblaues Businesskostüm und eine lederne Handtasche trug. Sie erklärte, dass sie zum Frühstück wieder verschwunden sein würde, ging auf ihr Zimmer und studierte Stadtplan und Gezeitenkalender. Der Ort hatte einen Hafen und dort begann auch der Weg übers Watt, den sie nehmen würde.

Bevor sie schlafen ging, las sie ein letztes Mal die Geschichte, die sie hergeführt hatte.

Im Traum stand ich auf einer Wiese, es dämmerte und aus dem Gras stieg Nebel auf. Das Vieh trottete zum Stall langsam an mir vorbei. Kühle Nässe bedeckte das Gras und meine Socken in den Schuhen waren feucht. Ich wackelte mit den Zehen, aber es wurde nicht besser. Ist das wirklich ein Traum? Kann man solche Erlebnisse in einem Traum haben, fragte ich mich und gleich darauf fiel mir ein, dass der Traum wohl vorbei sein müsse. Ich blinzelte.

Die Dämmerung wurde von hellem Licht erleuchtet, und ich sah verschwommene rote Flecken. Ich blinzelte erneut, aber nichts änderte sich. Grelles Sonnenlicht fiel mir in die Augen. Mir war kalt und die Beine taten mir weh. Es war, als drückte etwas Schweres von oben auf mich, als würde ich auf den Grund des Meeres gedrückt.

Verzweifelt riss ich die Arme hoch und schlug mit der Hand gegen etwas Hartes. Der Schmerz brachte mich zu Bewusstsein und die letzten Reste des Traumes fielen von mir ab.

Sonnenschein fiel durch karierten Stoff. Von der anderen Seite hörte ich etwas klappern. Dann eine tiefe Stimme. Schwere Schritte, die sich entfernten. Kaffeeduft. Jemand heizte einen Kohlenherd ein und kochte Kaffee. Vielleicht, dachte ich, wird es jetzt wärmer?

Ob er wohl wie sie vorher durch den Ort gelaufen war, bevor er ins Watt hinausgegangen war, fragte sich Alyn. Hatte er spüren können, was die Menschen bewegte, was sie fühlten, ob sie erregt waren oder müde, gelangweilt oder verängstigt? Alyn spürte das schon lange nicht mehr. Sie lebte nur von der Kraft, die die Menschen so verschwenderisch ausströmten.

Ich hob die Hand und schob den karierten Vorhang beiseite. Die Welt verschwand in grellem Licht, ich blinzelte und zwinkerte, Tränen traten mir in die Augen und sicher habe ich auch gestöhnt.

Mühsam richtete ich mich auf und prallte mit dem Kopf gegen Holz. Da war eine Decke, direkt über mir. Jemand packte mich am Arm und zog mich nach vorn. Mit nackten Füssen patschte ich auf einen tiefliegenden Holzfussboden.

Meine Beine fühlten sich wie Gummi an - Gummi, in dem ein Gewitter tobte. Ich knickte sofort ein und nur mit weiterer Hilfe gelangte ich zu einem Stuhl. Erschöpft liess ich mich fallen.

Ich sah mich um. Der Raum war klein, vielleicht fünf mal fünf Meter. Ich hatte in einer Koje gelegen, wie die Seemänner sie verwendeten. Ein Berg Decken zeugte von der Menge meiner Bedeckung. Der Mann, der mir geholfen hatte, war klein und dürr und trug Joppe und Uniformmütze. Neben mir bullerte ein Kohleherd; es roch nach Fisch und Kohle.

Der Mann stellte mir einen Pott Kaffee hin und setzte sich mir dann gegenüber. Mit zitternden Händen griff ich nach dem Becher und nippte an der heissen Flüssigkeit. Mein Gegenüber brummte zufrieden.

„Ik bin Heijo", sagte er. Erwartungsvoll sah er mich an, ich nickte, zermarterte mir das Hirn, bis mir zumindest mein Vorname wieder einfiel. Das beruhigte mich. Heijo war ein Mensch, ich verstand, was er sagte, und ich wusste, wer ich war. Vielleicht klärte sich bald alles auf.

Er wandte sich wieder dem Herd zu und bald begann es, nach gebratenen Eiern und Fisch zu riechen. Mir lief das Wasser im Mund zusammen; ich

war so hungrig, als hätte ich seit Tagen nichts gegessen. Durch drei Fenster strömte grelles Sonnenlicht herein. Es fiel in hellen, breiten Streifen auf den Tisch und das Bett und verwandelte alles, was es berührte, in flüssiges Gold. Die Umrisse der weissen Porzellantassen waren kaum zu erkennen. Die Fenster selbst erschienen nur als schwarzer Schattenriss.
Wo war ich?

Diese Verwirrung war typisch. Nur Magier waren in der Lage, die Berührung durch einen Drachengeist auszuhalten. Seit die Menschen aufgehört hatten, an Drachen zu glauben und sie anzubeten, war es Aufgabe der Magier, mit ihnen zu verhandeln und ihre Existenz geheim zu halten. Aber manchmal schaffte es halt doch einer, zu einem der Verborgenen vorzudringen, und dann gab es meist Gerede über mysteriöses Verschwinden. Dieser Mann hier war eine glückliche Ausnahme und Alyn faszinierte es, dass es ihm gelungen war, einem der alten Seedrachen zu entkommen, auch wenn ihr nicht ganz klar war, wie.
Aber es war auch nicht wichtig, wenn er ihr nur half, den Zugang zu finden.

Heijo stellte mir Speckeier, Salzhering, Granat und eine Scheibe gebuttertes Brot hin. Ich schlang alles gierig hinunter, derweil sass Heijo mir gegenüber und sah mir beim Essen zu. Er grinste und brummte in seinen Kaffee. Ich verstand kaum etwas, aber ich lobte das Essen. Als ich fertig war, räumte Heijo ab und spülte das Geschirr. Dann setzte er mir einen zweiten Becher Kaffee vor, in den er einen Schwall Rum kippte.
„Danke", murmelte ich. Meine Beine fühlten sich viel besser an.
„Was machst du hier?", fragte Heijo langsam.
Ich hatte keine Ahnung. Ich wusste ja nicht einmal, wo „hier" war.
Als ich nicht antwortete, sagte er: „Wir haben dich gefunden, als die Flut kam. Woran erinnerst du dich?"

An nichts. Ich erinnerte mich an nichts. Ich war im Dorf gewesen und hatte nach Friedrich geforscht, irgendjemand hatte mir etwas gesagt, ja, ich erinnerte mich, am Strand war ein alter Mann gewesen, der mir ... der mir ... ich wusste es nicht mehr. Und danach? Leere.

Ich sah Heijo an und mir stiegen die Tränen in die Augen. Irgendetwas Schreckliches war passiert. Mit mir. Und wie sehr sehnte ich mich in diesem Moment nach Friedrich!

Ich stand auf. Gegen das grelle Licht ging ich zum Fenster. Und blickte auf eine endlose Wasserfläche. Auf dem Wasser lag eine glitzernde Spur, als wäre die Sonne dort entlang marschiert. Der Himmel war blau und wolkenlos. Meine Hand zitterte und beinahe hätte ich den Kaffee verschüttet. Ich ging zu den beiden anderen Fenstern, aber auch dort erblickte ich nur Wasser bis zum Horizont und einen grellen, weissblauen Himmel. Die vierte Wand des kleinen Raums beherbergte die Koje, aber ich war mir sicher, dass ich auch dort nur Wasser erblickt hätte.

„Wo bin ich?", rief ich.

Mir war übel und ich würgte einen Teil des Essens wieder hoch. Ich schluckte. Heijo packte mich bei den Schultern und zog mich durch den Raum. Sein Mund bewegte sich und ich begriff, dass er redete. Aber ich konnte nichts hören. Ein Dröhnen schien von seinem Mund auszugehen, als würde der Druck des Schalls daraus hervordringen wie ein Orkan. Er blies mir scharf ins Gesicht, ich konnte kaum atmen. Ich versuchte, ihn abzuschütteln, ich wollte weg, aber ich wusste nicht, wohin. Heijos Gesicht veränderte sich, für einen Augenblick war es gross und langgestreckt und aus seinen Nasenlöchern strömte etwas hervor ... es kam näher ...

Ich schrie. Ich schlug um mich und schrie, bis ich einen Schlag gegen die Schläfe bekam und zur Seite stolperte. Ich riss den Stuhl mit mir und stürzte zu Boden.

Mühsam rappelte ich mich auf. Das Dröhnen war verschwunden. Heijo war wieder Heijo.

„Verzeihung", sagte ich.

Er sah mich ernst an, dann sagte er: „Komm!"

Wir stiegen eine Treppe hinab. Der Raum darunter war voller Kisten, Trögen, Kanistern und Tanks. An den Wänden hingen Netze, Piken und Harken. Es roch durchdringend nach Petroleum. Heijo öffnete eine Tür und wir traten hinaus auf eine Galerie. Der Seewind fuhr mir durch die Haare. Kalte, klare Luft, die nach Fisch, Salz und Seegras roch, schlug mir ins Gesicht.

Um mich herum war Wasser in alle vier Himmelsrichtungen. Ich musste die Augen abschirmen, um überhaupt etwas erkennen zu können. Zum Horizont zog sich das Meer in einer langen, gebogenen Linie dahin, als wolle es etwas in seinem dicken Bauch verbergen. Die Wasseroberfläche kräuselte sich leicht. Über mir erstreckte sich ein schlanker, hoher Turm, der in einer Kuppel endete.

Ich war auf einem Leuchtturm.

Mit einem Lächeln auf den Lippen schlief Alyn ein. Sie würde einen Seedrachen finden. Das war noch nie jemandem gelungen. Sie lebten auf dem Meeresgrund, der für Menschen nicht erreichbar war. Welche Kräfte in der Tiefe wohl auf sie warteten? Welche Geheimnisse? Sie würde grösser werden als alle Drachenmagier vor ihr. Sie würde sich erheben über das Angesicht der Welt.

Am nächsten Morgen erkundigte sich Alyn nach dem Turm. Er stand etwa zehn Meilen vom Ufer entfernt mitten im Watt. Benutzt wurde er seit Jahren nicht mehr; die Schifffahrtsrouten hatten sich in den 90ern verschoben – wegen einer Abmachung mit dem Weserdrachen – und die alten Leuchttürme dienten nur noch als Rettungsinseln für Touristen, die sich im Watt verlaufen hatten. Alyn überredete eine Familienmutter, ihr ihre Gummistiefel zu leihen, zog ihre Regenjacke über und marschierte los.

Die Flut sollte erst zum späten Abend dort ankommen. Sie hatte genug Zeit.

Durch das Watt zu laufen, war eine aussergewöhnliche Erfahrung. Sie hatte das noch nie vorher gemacht, aber der strahlende Sonnenschein und der eisige Wind bereiteten sie auf die Weite vor, die sie bald würde überwinden müssen.

Und ich erinnerte mich. Ich war ins Watt gegangen. Ich hatte wegen Friedrich herumgefragt und niemand hatte mir antworten wollen und dann war da dieser alte Mann gewesen, am Ufer. Er hatte hinausgezeigt, aufs Watt. Ich war seit drei Wochen in diesem Dorf und ich hatte keine Spur von Friedrich gefunden. Es war, als hätte er nie existiert. Ich war verzweifelt. Also war ich hinausgelaufen.

Der Himmel war klar und blau gewesen. Einzelne Federwölkchen spiegelten sich in den Pfützen des Watts. Ich überquerte Priele, folgte den Spuren der Vögel, immer dem gleissenden Licht nach, das die Sonne auf das weit entfernte Wasser warf. Ich lief darauf zu, ich rannte geradezu, ich erinnerte mich an meinen keuchenden Atem und meine Tränen, als ich nach Friedrich rief, den ich so leichtfertig aufgegeben und damit für immer verloren hatte. Es erschien mir als ein Zeichen, hier durch diese endlose, immer gleiche Landschaft zu irren. Der braune Schlamm zerrte an meinen Stiefeln, die Sonne brannte auf meinen Schädel und die Luft flimmerte. In diesem Nichts, dieser wabernden Luft, war Friedrich verschwunden, einfach weg, am helllichten Tag, aus meiner Welt verschwunden und in eine andere eingetreten. Hinter dieser Weite lag eine andere Welt, ein grössere, eine viel stärkere, und ich glaubte, nur noch ein Schritt und ich würde ihn wiedersehen.

Und dann hatte ich es gehört. Weit draussen. Ein tiefes Rauschen, das über dem ganzen Watt lag. Es war wie der Atem des Tieres, es sprach zu mir. Und ich stolperte weiter und weiter und Vögel flogen auf, das Wasser im Priel wich zurück und schwoll wieder an. Der plötzliche Strom riss mich mit sich. Nass und voller Entsetzen drehte ich mich um. Inzwischen war es dunkel geworden. Aber wie konnte es schon so spät sein? Ich beschleunigte meine Schritte, auf der Suche nach der Küste, nach irgendetwas, das mir den Weg weisen konnte. Nebel legte sich wie eine dichte Glocke um mich und ich hörte ein Rufen aus der Tiefe. Dumpf tönte der Klang einer Glocke. Dong-Dong, Stille, Dong-Dong, Stille. Jemand schrie um Hilfe, aber ich wusste nicht, von wo das Geräusch kam oder ob überhaupt jemand da war. Irgendwann war das Weisse schwarz geworden.

Das war alles, was der Erzähler noch gewusst hatte. Kurz darauf hatte er feststellen müssen, dass der alte Mann ihm den richtigen Weg gewiesen hatte. Friedrich war in der Tat auf dem Leuchtturm gewesen, allerdings mehr als zwanzig Jahre zuvor. Er war vom Turm gesprungen, nachdem der Erzähler ihn verlassen hatte. Alyns Geschichtskenntnisse waren nicht allzu detailliert, aber sie meinte sich zu erinnern, dass damals Homosexualität noch illegal gewesen war.

Dong-Dong, der Klang einer Glocke. Die Stadt auf dem Meeresgrund, in einer Sturmflut herabgesogen mit all ihren Bewohnern. Und das Ungeheuer auf dem Grund des Meeres, dessen Einatmen die Ebbe brachte, das Ausatmen die Flut. Und wenn es sich umwandte, in seiner engen Behausung, dann kam eine Sturzflut. Alyn hatte die Legenden über die Seedrachen studiert; sie wusste, wonach sie suchen musste.

Den Turm fand sie nur wenig später. Er hob sich als scharfer Schatten gegen das Mittagslicht ab. Sie lief bis zu seinem Bett; er war in einer Mischung aus grossen Steinen und Beton im Grund verankert. Dann schnallte sie ihren Rucksack fest und kletterte die zehn Meter hohen Streben hoch, die zwischen Meeresboden und der unteren Galerie lagen. Die Erinnerung an ihr Gespräch mit dem Tramontana half ihr dabei.

Sie brach die alte Tür auf und betrat den untersten Raum. Er war ordentlich aufgeräumt, ein paar Kisten enthielten die Ausrüstung einer Rettungsinsel. Es roch nach Staub und ganz leicht nach Fisch.

Bedächtig ging Alyn die schmale Treppe hoch und warf einen Blick auf die leere Koje und den kalten Ofen. Der Tisch war zerkratzt und stand nur noch auf drei Beinen. Die Stühle fehlten, ebenso der karierte Vorhang. Auf dem Boden lag Müll und getrockneter Schlamm.

Hier war schon lange niemand mehr gewesen. Alyn sah sich ausgiebig um, aber sie fühlte sich nicht wohl. Die Wanderung war lang und anstrengend gewesen und hier draussen gab es keine Menschen, die sie nähren konnten. Die Einrichtung sah anders aus, als sie es sich vorgestellt hatte. Moderner. Der Ofen wurde elektrisch betrieben und in einer Ecke lagen die Reste einer Plastiktischdecke.

Sie trat zum Fenster. Die Sonne malte einen Pfad aus Licht auf das Wasser, der am Horizont in ein weisses Leuchten überging. Plötzlich war Alyn klar, was sie tun musste.

Sie öffnete das Fenster und stieg auf das Fensterbrett. Dann holte sie tief Atem und trat mit geschlossenen Augen aus dem Fenster heraus.

Alyn meinte zu fallen, der Wind fuhr ihr übers Gesicht, dann berührte ihr Fuss festen Boden. Sie stand auf einem leuchtenden Strahl, der sich ohne erkennbares Ende bis zum Horizont erstreckte. Tief unter ihr lag das Wasser.

Langsam setzte sie sich in Bewegung, setzte einen Fuss vor den anderen, wanderte den Strahl entlang. Um sie rauschte die Welt vorbei, das Ufer der Nordsee, die Wesermündung, die Inseln, die Niederlande, die offene See, England, ein Teil von Irland und dann war sie auf der offenen See, raste über den Atlantik, mit jedem Schritt zogen hunderte Seemeilen an ihr vorbei.

Irgendwann sah sie weit draussen Land. Es war noch fern, und noch bevor sie es erreicht hatte, erblickte sie das Ende des Strahls.

Dort sass jemand.

Es war ein junger Mann, höchstens fünfundzwanzig. Er trug kurze Hosen, an den Knien zusammengebunden, und ein gestreiftes Hemd. Er hockte am Rand des Strahls, über dem offenen Wasser, und liess die Beine baumeln.

Alyn ging langsam auf ihn zu, da drehte er sich auch schon um.

„Ah, Alyn!", sagte er mit tiefer, angenehmer Stimme, die nicht so recht zu seinem kindlichen Gesicht passen wollte. „Ich habe auf dich gewartet."

„Wieso?", fragte sie.

„Du wolltest mit mir reden?" Es klang wie eine Frage, aber Alyn war sich sicher, dass es keine war.

„Ja", erwiderte sie zögernd. Warum hatte ihr der Drache diesen Jungen geschickt?

„Nun denn, dann stelle deine Fragen", sagte der Drache in Jungengestalt und klang amüsiert.

„Ich habe keine", sagte sie schlicht. „Ich möchte dich nur kennenlernen."

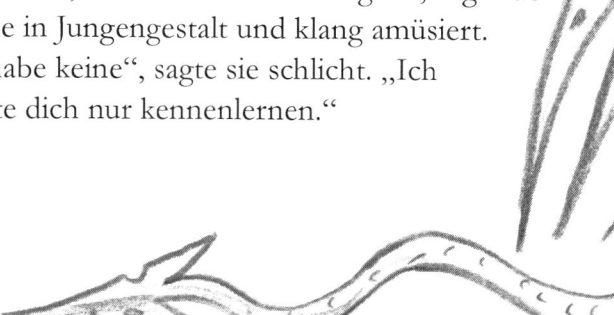

„Kennenlernen!", rief der Drache und lachte schallend. Er warf den Oberkörper zurück, bog sich so weit zurück, dass es aussah, als würde er gleich hinunterstürzen. Alyn musste den Impuls unterdrücken, ihn am Revers zu packen und zurückzuziehen.

Das ist nur eine Illusion, ermahnte sie sich.

„Da hast du Recht", rief der Drache und kippte nach hinten. Reflexartig packte Alyn zu, auch wenn sie eigentlich vorgehabt hatte, es nicht zu tun, doch sie griff ins Leere. Der Junge fiel, auf seinem Gesicht malte sich Erstaunen, dann Entsetzen und dann unglaubliches Leid.

Im nächsten Moment stand er wieder vor ihr.

Alyn atmete tief durch. Dieser Drache war offenbar zum Spielen aufgelegt.

„Friedrich", sagte sie. „Du bist Friedrich. Ist dein Geliebter je zu dir gekommen?"

„Nein", dröhnte der Drache. „Ich habe ihn gehen lassen. Er wollte nicht sterben."

„Hat er dir das gesagt?"

„Oh, ja. Er hat Tränen vergossen, Tränen über seinen Geliebten. Ich kann verstehen, warum. Friedrich ist mir ein guter Diener."

„Du hast mit ihm gesprochen?"

„Oh ja! Er sehnte sich nach Erlösung. Und anfangs wollte ich sie ihm auch geben. Doch er hing zu sehr am Leben."

„Aber woher …", begann Alyn, doch der Drache unterbrach sie.

„Du hast es immer noch nicht begriffen, oder?", rief der Drache und klang nun eindeutig belustigt. Als ergötze er sich an ihrem Unverständnis. „Ihr Magier! Lebt hunderte Jahre, behauptet im Namen der Menschen zu handeln und versteht rein gar nichts von ihren Schicksalen. Ich bin ihre Erlösung. Du dagegen …"

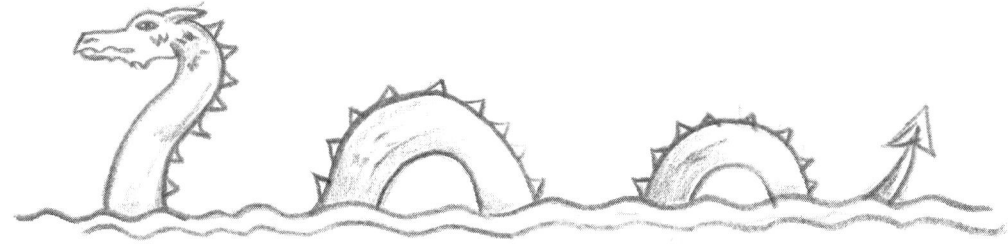

„Erlösung durch den Tod?", unterbrach Alyn, der langsam unbehaglich wurde.

„Allerdings. Aber ich bin nett. Ich frage vorher."

„Ihn nicht", sagte Alyn, doch dann begriff sie. Der Kohleofen, das Essen, die Kleidung, sie hätte es gleich sehen müssen. Der Erzähler hatte nicht den echten Leuchtturmwärter getroffen.

Er hatte Abbilder von ehemaligen Seemännern getroffen, die jetzt im Dienst des Drachen standen. Er war gefragt worden. Alyn dagegen nicht. Warum nicht?

„Das ist die richtige Frage und die hättest du von Anfang an stellen müssen!", rief der Drache.

Dann packte er sie am Arm und zog sie mit unermesslicher Kraft auf den Abgrund zu.

„Nein", schrie Alyn in höchster Not. „Ich will nicht sterben! Du hast Friedich doch nur geholt, weil er sterben wollte!"

„Nein", dröhnte die Stimme des Drachen. „Er starb, weil ich ihn zu mir geholt habe. So wie auch dich."

FLÜGELLOS

Elin Nelier

Früher war es immer zu Sachschäden gekommen, bis sich die meisten Immobilienbesitzer dazu entschieden hatten, Panzerglas bei ihren Hochhäusern einzubauen. Nun endete es damit, dass die Echsen und ihre ungestümen Besitzer sich an der Scheibe zu einer unvorteilhaften Metamorphose vereinten.

Adnit Zeqiri griff nach dem Schaber und setzte ihn am oberen Rand des Gebildes aus Fleisch und Blut, Mensch und Echse an. In hohen Kreisen nannte man das Tier auch Drache, dabei war es nichts anderes als eine schuppige Echse mit Flügeln.

So hatte Adnit sich sein Leben nicht vorgestellt, als er vor zwanzig Jahren aus Albanien in die Schweiz gekommen war. Jung und arm war er gewesen; nun war er nicht mehr so jung, aber immer noch arm. Das lag nicht daran, dass er hier nichts verdiente, sondern an seiner Exfrau mit den zwei Kindern, von denen er mittlerweile sicher war, dass sie nicht von ihm sein konnten. Sein Geld aber nahmen sie trotzdem. Um einen Anwalt zu bezahlen, der seine Vaterschaft anzweifeln konnte, fehlten ihm daher die nötigen Mittel. Das Schweizer Recht sah vor, dass man seine Vaterschaft nur in den ersten drei Monaten nach der Geburt anfechten konnte. Danach war es eine weitaus kostspieligere Sache. Als ob er damals auch nur im Entferntesten daran gedacht hatte, dass seine Frau ihn betrogen haben könnte. Aber das alles gehörte zu seinem Leben wie die Heiratsstrafe zum Verheiratetsein in der Schweiz. Niemand fand es gut, aber es stört die Gesellschaft nicht genügend, als dass man etwas daran änderte. Das Gleiche war mit diesen blöden Schuppenviechern. Seit die Echsen bundesweit als Verkehrsmittel anerkannt worden waren, und die Reichen sich aus dem Verkehrsstau in die Luft erhoben hatten, kam es regelmässig zu diesen Unfällen: Ein meist gut betuchter Mann, der soeben die Volljährigkeit erreicht hatte und dessen Eltern ihm zu diesem Anlass einen eigenen Drachen schenkten, beschloss, sein neues Verkehrsmittel nach bestandener Prüfung leicht angeheitert auszuführen. Bei Geschwindigkeiten mit bis zu 100 km/h kam es vor, dass die eine oder andere Fensterscheibe eines Hochhauses übersehen wurde. In einem solchen Fall rief man nach Adnit Zeqiri, der die unerwünschte Kunst am Bau wieder beseitigte.

Heute Nacht hatte es den Prime Tower in Zürich erwischt. Adnit fragte sich, welcher Architekt auf die Idee gekommen war, ein Hochhaus mit vollständig verglasten Fassaden zu bauen. Vermutlich stammte dieses noch aus der Zeit, bevor Drachen als Verkehrsmittel anerkannt waren. Dass diese Viecher über eine geringere Intelligenz verfügten als eine Murmel, hatte sich erst später herausgestellt.

Aber alles Überlegen würde Adnit nicht weiterbringen. Das fleischige Bild musste vom Fenster. Mit dem Schaber löste er die grössten Brocken. Leider ergab die Mischung zwischen Menschen- und Drachenblut einen sehr festen Klebstoff, was Wissenschaftler nach den ersten Unfällen festgestellt hatten, als weder Mensch noch Drache je den Boden erreicht hatten.

Die verbliebenen Haut- und Schuppenfetzen beträufelte Adnit mit einer starken Lösung. Er durfte das Mittel nicht zu lange einwirken lassen, denn sonst kam es zu Trübungen auf dem Glas und das mochten die feinen Bewohner des oberen Drittels in Zürich nicht. Schon einmal hatte eine Dame im veganen Pelzmantel ihm deshalb nur die Hälfte für seinen Einsatz zahlen wollen.

Es gelang Adnit nach acht Stunden Arbeit, sämtliche Rückstände ohne Beeinträchtigung des Glases zu beseitigen. Da die Angehörigen nicht darauf bestanden, den Drachenmenschen in einem Sarg zu beerdigen, und jegliche Trennungsversuche bisher in der vollständigen Auflösung der Leichenfusion geendet hatten, stand ihm die zweifelhafte Ehre zu, dieses Stück Aktionskunst zu entsorgen. Das tat Adnit bei der nächsten Biomüllsammelstelle.

Als er die Stücke in den Container hinabfallen liess, regte sich etwas in der Biomasse. Es war zu gross für eine der unzähligen Fliegen, die sich über dem Container tummelten, aber zu klein für einen geruchsunempfindlichen Obdachlosen, der einen warmen Schlafplatz gefunden hatte.

Adnit nahm den langen Schaber und stocherte in der Masse herum. Da erklang ein schwaches Wimmern. Vielleicht war ein Kind hineingefallen? Adnit hatte sich selbst nie als Helden gesehen, aber die Schlagzeile „Fensterputzer rettet Kind aus Biomüllsammelstelle" würde seinem Geschäft mit Sicherheit einen verdienten Aufschwung verpassen. Das war für ihn mehr als Ansporn genug, das arme Ding zu retten.

Kurzerhand schwang er sich in den Container und zog das zappelnde Etwas heraus. Mit Staunen blickte er in ein Paar gelbe Echsenaugen. Im ersten Moment angewidert überkam Adnit beim zweiten Blick der Gedanke, dass ein Drache sehr teuer war. Wer immer dieses kleine Exemplar verloren hatte, würde einen angemessenen Finderlohn zahlen. Er stopfte das Bündel in seine viel zu teure Tasche aus alten Lastwagenplanen, die er aber trotzdem unbedingt hatte haben wollen – schliesslich war Recycling etwas Gutes für die Umwelt – und machte sich auf den Weg zum nächsten Tierheim.

Dort kam die Ernüchterung.

„Dieser Drache ist missgebildet, er besitzt keine Flügel, den wird niemand vermissen", erklärte ihm die Dame mit Hornbrille und einer auftoupierten Frisur, die ihn an die Achtziger erinnerte. Auf die Frage, ob er das Schuppending im Tierheim abgeben könne, antwortete sie: „Niemand will einen Drachen ohne Flügel als Haustier. Ihre Haltung ist viel zu kostspielig, wenn man mit ihnen nicht fliegen kann. Sie können ihn aber hierlassen, ich werde ihn der Metzgerei übergeben."

Metzgerei? Die gelben Augen blickten Adnit voller Flehen an. Da bekamen die Drachennuggets in den Fast-Food Restaurants gleich eine ganz andere Bedeutung für Adnit. Dass fliegende Echsen zu den Vögeln gezählt wurden und daher ähnlich wie Hähnchen schmeckten, lag eigentlich auf der Hand.

„Gibt es denn keine Organisation, die sich für beschädigte Echsen einsetzt?", wollte er wissen.

Das toupierte Haar schüttelte sich. „Nein, aber irgendwo zwischen Ittigen und Bühlikofen gibt es eine Auffangstation für allerlei Getier. Sie können es dort versuchen. Den müssen Sie aber selbst dahin bringen."

„Nach Ittigen?"

„Zwischen Ittigen und Bühlikofen."

„Wo ist das?"

Hinter der Hornbrille blickten ihn kleine zusammengekniffene Augen an. „Bei Bern."

„Bern! Bei dem Verkehr auf der Strasse komme ich da heute nicht mehr hin und morgen früh muss ich in Basel sein."

Adnit stöhnte schon bei dem Gedanken an den Feierabendverkehr. „Dann nehmen Sie die Bahn oder machen das eben am Wochenende." Toupiertes Haar schien wenig Verständnis dafür zu haben, dass die Bahnpreise gerade wieder einmal gestiegen waren. Wochenende? Die Dame konnte gut reden, aber in seinem Beruf gab es selten ein Wochenende. Übermorgen hatte er einen Auftrag in der Nähe von Olten, vielleicht könnte er dann die Echse am Abend in die Auffangstation bringen.

Kurze Zeit später fand er sich mit einem kleinen Drachen in seiner Wohnung wieder. Das Internet gab schnell Abhilfe, was man einem Drachen fütterte. Von Insekten bis Spaghetti waren sie eigentlich Allesfresser. Er bestellte eine Pizza und teilte sie mit den gierigen gelben Augen, die ihn darauf noch verfressener anblickten. Ihm blieb am Ende nur ein trauriges Viertel. Mit knurrendem Magen legte Adnit sich ins Bett.

Am nächsten Morgen fehlte eine seiner Topfpflanzen, die Adnit für gewöhnlich mit sehr viel Fürsorge pflegte. Neben dem hellen Abdruck des verschwundenen Topfes schlummerte das kleine Schuppentier friedlich. So ein verfressenes Ding! Adnit musste es mit in die Arbeit nehmen, wenn er nicht riskieren wollte, dass seine Wohnung leer war, wenn er am Abend nach Hause kam.

Nur zwei Sekunden spielte er mit dem Gedanken, das Tierlein in seinem Arbeitsauto zurückzulassen. Als er aber alle seine Gerätschaften betrachtete, entschied er sich dagegen. Ihm graute bereits vor der nächsten Nacht, da er Vielfrass bei sich in der Wohnung halten musste. Vielleicht konnte er ihn irgendwo anbinden.

Heute war der Messeturm in Basel an der Reihe. Ganze stolze hundertfünf Meter ragte das Ungetüm auf. Hundertfünf Meter Drachenabfängerscheiben. Mit dem Patent hatte eine Firma aus

Zug in den letzten Jahren ein Vermögen gemacht. Da hätte er investieren sollen!

Adnit schnürte sich die kleine Echse auf den Rücken. Kurz erinnerte ihn das daran, wie er früher zwei süsse kleine Kinder herumgetragen hatte. Mit dem Schaber bewaffnet liess er sich selbst an der kleinen Gondel hinab, bis er vor den Überresten des vorgestrigen Überfliegers von Basel war. Wie immer ging er mit rascher Präzision vor. Der Wind liess die Gondel heftig rütteln. Das kam vor, aber kein Grund zur Sorge. Sollte die Gondel kippen, würde ihn das Sicherheitsseil auffangen.

Adnit klappte den Schaber aus und machte sich ans Abkratzen, da tanzte ein Seil im Rhythmus des Windes vor seinen Augen. Sein Sicherheitsseil. Aber es war nicht in seinem Gurt eingehakt, sondern baumelte lose herum. Bestimmt hatte er wegen der blöden Echse vergessen es einzuhaken. In diesem Moment zitterte die Gondel unter einem weiteren Windstoss. Adnit griff nach dem Seil, aber fasste ins Leere. Die nächste Böe fegte über ihn hinweg. Mit Mühe klammerte er sich an das Gestänge der Gondel. Er musste das Sicherheitsseil fassen, doch dieses peitschte nun so wild herum, dass er es noch immer nicht greifen konnte. Der nächste Luftzug brachte die Gondel ins Kippen. Panisch schloss Adnit seine Hände fest um die Metallstangen. Wie ein Trapezkünstler, nur nicht ganz so elegant, hing er an dem Stück Metall in der Luft. Obwohl das Adrenalin durch seinen Körper rauschte und das Blut in seinen Ohren pochte, fand er nicht die Kraft sich hochzuziehen. In Actionfilmen sah das einfacher aus. Hopp, ein Klimmzug und hoch. Er hätte besser sein Fitnessabo genutzt, als es nur regelmässig zu erneuern, ging es ihm durch den Kopf.

Der Schmerz in seinen Armen nahm mit jeder Sekunde zu. Wieder zerrte der Wind mit seinen unsichtbaren Händen an ihm.

Adnits Finger rutschten Millimeter für Millimeter ab. Die Kraft verliess ihn. Als er den Halt verlor, schrie er auf. Der freie Fall liess seinen ganzen Körper kribbeln. Panik mischte sich mit Verzweiflung.

Wenn das dumme Schuppenvieh wenigstens Flügel gehabt hätte!

Vor Adnits Augen zog sein Leben vorbei, während die asphaltierte Strasse unter ihm immer näherkam. Er schloss die Lider. Da bewegte sich das Bündel auf seinem Rücken. Auf einen Schlag brach das Tosen ab. Adnit fühlte festen Boden unter den Schuhsohlen. Verwundert öffnete er die Augen. In seinem Sichtfeld stand seine Topfpflanze, die letzte Nacht verschwunden war. Die Echse hatte es irgendwie geschafft, sich von seinem Rücken zu lösen, denn das Tierchen stand neben der Pflanze und gurrte dieser zu, als würde es sich mit ihr unterhalten.

Was war gerade geschehen? Adnit blickte sich verwirrt um. Sie waren auf dem Dach des Zürcher Opernhauses. Die Menschen starrten vom Sechseläutenplatz hinauf zu ihm. Zwei Polizisten hatten ihn entdeckt.

„He! Was machen Sie da? Kommen Sie sofort herunter!", rief der eine.

Adnit sah sich um, aber es erschloss sich ihm nicht, wie er hier hoch gekommen war, und erst recht nicht, wie er wieder hinunter kommen sollte.

„Was hast du gemacht?", brüllte er dem Schuppending entgegen. Die grossen gelben Augen blinzelten ihn schuldlos an. „Ich muss hier runter", versuchte Adnit dem Tier begreiflich zu machen. Bestimmt bekam er auch so schon eine heftige Busse. Man kletterte in Zürich nicht ungestraft auf dem Opernhaus herum. Vielleicht konnte er sich herausreden, indem er einen Putzauftrag vorgab.

Der kleine Drache zog die Topfpflanze an sich, dann schloss er die winzigen Krallen um Adnits Zeigefinger. Adnit spürte ein Kribbeln. Schliesslich stand er mitten auf dem Sechseläutenplatz. Er musste erst ein paar Mal blinzeln, bis er glauben konnte, wo er sich befand. Die Polizisten hatten da weniger Mühe. Obwohl sie ebenfalls dumm aus der Wäsche guckten, waren sie sofort bei ihm.

Es folgten ellenlange Befragungen, dabei gab Adnit jedes Mal das Gleiche zur Antwort. Er erklärte, wo er den Drachen gefunden hatte, wie er aus der Gondel gefallen war und dann plötzlich auf dem Opernhaus stand beziehungsweise kurze Zeit später auf dem Sechseläutenplatz. Die Geschichte mit dem Messeturm in Basel wollten sie ihm lange nicht glauben. Bei der Sache mit dem Opernhaus blieb ihnen nicht wirklich eine Wahl. Als die Basler Stadtpolizei schliesslich den Standort seines Wagens und der Putzausrüstung bestätigt hatte, ahnte Adnit bereits, dass er niemals mehr von der Polizeistelle wegkommen würde. Während der ganzen Besprechung klammerte sich der kleine Drache mit einem Arm an Adnits Bein, den anderen hatte er fest um die Topfpflanze geschlungen.

Tage mit weiteren mühsamen Befragungen vergingen. Als auch noch eine Videoaufnahme im Internet auftauchte, wie Adnit vom Messeturm fiel und dabei plötzlich mitten in der Luft verschwand, läutete sein Handy Sturm. Journalisten, Politiker, TeleZüri – alle wollten mit ihm über die Ereignisse reden. Ehe er es sich versah, fand er sich in einem SRF-Studio wieder. Den Drachen und die Topfpflanze hatte er mitbringen müssen. Den Drachen, weil alle Welt ihn sehen wollte, die Topfpflanze, weil der Drache sie nicht losliess.

Der Moderator betrachtete die Topfpflanze skeptisch. „Können wir die rausstellen?", fragte er vorsichtig.

„Ich würde es Ihnen nicht empfehlen", antwortet Adnit.

Als hätte der Drache genau verstanden, um was es ging, stellte er sich vor die Pflanze und fauchte den Moderator an. Daraufhin unterliess der Moderator jeden weiteren Versuch, sich des Grünzeugs zu entledigen.

Weitere TV-Gäste nahmen in den weissen Sesseln Platz. Politiker, Unternehmer – Adnit konnte sich nicht alle ihre Namen merken, obwohl sie sich gesittet mit Händedruck vorgestellt hatten.

Trotzdem verbargen sie ihre Enttäuschung nicht ganz, dass er, ein albanischer Einwanderer, die Entdeckung des Jahrhunderts gemacht hatte. Adnit hielt sich aus der Diskussion heraus, antwortet nur, wenn er direkt angesprochen wurde.

„Wir müssen das erst genau untersuchen. Es kann sich hier um eine einmalige Anomalie handeln", erklärte einer der Herren, der mit seiner Brille und dem weissen Kittel verdächtig nach Arzt oder Wissenschaftler aussah.

„Man stelle sich vor, was man mit der Teleportationsfähigkeit alles verändern könnte. Niemals wieder Stau auf den Strassen, keine Verkehrstoten, keine überfüllten Züge. Sämtliche Probleme der Mobilität wären gelöst", fiel eine der Frauen mit kurzem Haarschnitt ein.

„Man muss dieses Tier sofort untersuchen."

„Herr Zeqiri, wären Sie bereit, Ihren Drachen der Wissenschaft zur Verfügung zu stellen?", wandte sich der Moderator an Adnit.

„Äh …"

„Selbstverständlich gegen Entschädigung. Schliesslich ist es Ihr Eigentum, Herr Zeqiri." Die Frau mit den kurzen Haaren hob beschwichtigend die Hände.

Der kleine Drache rollte sich mit einem Winseln auf Adnits Schoss zusammen. Eine Klaue klammerte sich um den Stängel der Topfpflanze. Die grossen gelben Augen blickten flehend auf. Sein Drache? Adnit kratzte sich verlegen am Ohr. „Ich werde darüber nachdenken."

„Das dürfen Sie nicht für sich alleine behalten. Die ganze Gesellschaft soll von dieser Entdeckung profitieren." Der Wissenschaftler glühte förmlich vor Eifer.

„So wie die ganze Gesellschaft von den Drachen als Reittiere profitiert hat?", stichelte ein schlanker Mann im schwarzen Rollkragenpullover.

Sofort hob ein älterer Herr im Anzug die Hand. „Das ist jetzt ein Angriff auf die freie Marktwirtschaft. So ein Drache ist eben teuer in der Anschaffung und noch kostspieliger im Unterhalt. Es kann sich nicht jeder alles leisten. So ist das Leben. Dann muss man eben eine bessere Ausbildung machen und fleissig arbeiten, wenn man sich etwas Teures gönnen will."

Weitere Themen wie Sozialhilfegelder und subventionierte Wohnungen wurden angeschnitten, bis man sich schliesslich bei der Flüchtlingspolitik befand und die Stimmen im Fernsehstudio bei jedem weiteren Wortwechsel in ihrer Lautstärke zunahmen. Der kleine Körper auf Adnits Schoss presste sich an ihn. Beschützend legte Adnit seine Hände über die schuppige Haut. Für den Augenblick gab es nur ihn, das kleine Wesen, das sich bei ihm wohl fühlte, und die stumme Topfpflanze.

„Das ist jetzt ein heftiger Vorwurf! Ich habe nicht grundsätzlich etwas gegen Ausländer. Nehmen Sie zum Beispiel Herrn Zeqiri. Er arbeitet fleissig, kann Deutsch und hat sich gut in die Gesellschaft integriert." Der Mann im Anzug deutete auf Adnit.

Um was ging es hier überhaupt? Adnit fühlte sich, als sässe er ihm falschen Film. Er musste hier raus.

Dezent beugte er sich zum Moderator vor.

„Wo ist die Toilette?“

„Da raus, zweite Türe rechts“, flüsterte dieser zurück.

Adnit stolperte aus dem Studio, der Drache folgte ihm mit der Topfpflanze im Schlepptau. Auf dem Gang wurde Adnit bereits erwartet.

„Herr Zeqiri, ich hatte gehofft, Sie nach der Sendung zu treffen.“ Mit einer beinahe schon beeindruckenden Dreistigkeit haftete sich der Mann, der Ähnlichkeiten mit einem Versicherungsvertreter aufwies, an Adnits Fersen. „Ich bin hier, um Ihnen ein Angebot zu machen. Fünfzig Millionen für den Drachen …“

Adnit blieb stehen.

„… und zusätzlich eine jährliche Rente von drei Millionen Franken bis an Ihr Lebensende. Meine Firma kümmert sich um allen Papierkram, Steuern, Geldanlegung, einfach alles. Sie können losziehen und Ihr Leben geniessen.“

Fünfzig Millionen? Er müsste nie wieder arbeiten, könnte sich endlich von seiner Exfrau und seinen Nichtkindern befreien. Wäre mit diesem Geld mehr als attraktiv genug für eine junge und hübsche Frau. Adnit blickte auf den Drachen. Er hatte ihn erst seit ein paar Tagen bei sich. So nah standen sie sich nun auch wieder nicht. Er würde ihn bestimmt nach kurzer Zeit vergessen haben.

„Herr Zeqiri, was sagen Sie?“ Der Mann klang wie einer der Verkäufer im Shoppingkanal. So glücklich und begeistert, dass man ihm jedes Produkt hätte abkaufen wollen. Während er lächelte, zeigte er seine perfekten weissen Zähne.

Nichts überstürzen, erinnerte sich Adnit an die Worte seines Grossvaters, bevor er Albanien verlassen hatte. Adnit war der Mann der Stunde, alle wollten etwas von ihm. Er musste sich nicht beeilen.

„Ich werde es mir überlegen, aber jetzt bin ich auf dem Weg zur Toilette, um ein anderes Geschäft abzuschliessen", gab Adnit zur Antwort.

Der Mann lächelte verlegen und steckte ihm eine Visitenkarte zu. „Rufen Sie mich an."

Als Adnit vor dem grossen Spiegel in der Toilette stand, blickten ihm müde Augen entgegen. Der ganze Rummel war ihm zu viel. Er liess das Wasser laufen und klatschte sich immer wieder die kalte Flüssigkeit ins Gesicht. Alles würde sich ändern, die Entdeckung des Jahrhunderts. Das hatten sie bereits gesagt, als man die Drachen als allgemeines Verkehrsmittel zugelassen hatte. Nichts hatte es verändert. Die Reichen profitierten davon. Der Rest quälte sich immer noch jeden Tag auf den überfüllten Strassen oder in der randvollen Bahn zur Arbeit.

Adnit blickte auf den Drachen, der sich an der Wand niedergelassen hatte, die Topfpflanze daneben, während er mit den Blättern spielte. Adnit setzte sich neben ihn.

„Auf die Müllhalde haben sie dich geworfen, eigentlich wäre dein Schicksal die Drachennuggets gewesen, aber jetzt wollen sie mit dir die Welt verändern."

Die grossen gelben Augen starrten zurück. Aus der kleinen schuppigen Schnauze kam ein Gurren, als der Drache sich an Adnit schmiegte. In diesem Augenblick wusste Adnit, was er tun musste.

Schritte hallten auf dem Gang. Es klopfte an der Tür.

„Herr Zeqiri, bitte beeilen Sie sich. Wir sind live auf Sendung und die Zuschauer werden sich schon wundern, wo Sie bleiben", erklang die nervöse Stimme des Moderators.

„Ich bin gleich da."

Die Schritte entfernten sich wieder.

Adnit ging auf die Knie und blickte in die gelben Augen.

„Diese Welt wird sich nicht durch dich ändern. Aber meine Welt hat sich verändert. Bring uns hier weg, so weit du kannst."

Adnit schloss die Augen und drückte den kleinen Drachen fest an sich. Er hörte, wie die Topfpflanze näher herangezogen wurde. Zärtlich legten sich die kleinen Krallen um seinen Arm. Dann fühlte Adnit das bereits vertraute Kribbeln auf seiner Haut.

DOSEN KÖNNEN NICHT SPRECHEN ODER DIE NEBELPERLEN-DRACHIN

Martina Rens

Der Schmerz war höllisch. Fluchend hüpfte er auf einem Bein herum.

Das musste ja passieren. Erst wurde er vor der ganzen Klasse runtergemacht und vom Unterricht ausgeschlossen. Er hatte seinen Schulrucksack geschnappt und war aus dem Klassenzimmer gestürmt. Wütend hatte er dann gegen den erstbesten Gegenstand ausserhalb des Schulgeländes getreten, und das war diese Dose.

Jetzt sass Lukas auf dem Trottoir, hielt seinen Fuss umklammert und schrie seinen Frust heraus.

„So ein verdammter Shit! Shit. Shit. Shit!", brüllte er und hieb dabei auf die Dose ein. Gar nicht gut. Jetzt tat ihm auch noch seine rechte Hand tierisch weh.

„Aua! Geht's noch? Das tut weh! Könntest du das bitte lassen?"

Erschrocken hob Lukas den Kopf. Niemand zu sehen.

Aber er hatte doch gerade jemanden reden hören? Und zwar ziemlich laut. Und jetzt schon wieder!

„Oh Mann, ich muss hier raus, sonst werde ich verrückt!"

Die Stimme kam aus der Dose. Was nicht sein konnte, denn Dosen können nicht sprechen. Ausser, ein fetter Lautsprecher war in ihnen versteckt. Daher auch das Gewicht. Ja klar! Das hier war die versteckte Kamera, und er war darauf hereingefallen. Okay, wenn er schon gefilmt wurde, würde er eben mitspielen. Er kniete sich hin und wollte die Dose aufheben. Das Ding klebte bombenfest am Boden. Dann eben nicht. Er brachte sein Gesicht dicht an die kleine Öffnung. Echt gut roch es nicht, eher wie ein schwefeliger Furz. Egal.

Lukas holte tief Luft.

„Es tut mir leid, dass ich dir wehgetan habe, du arme Dose!", schrie er dann aus Leibeskräften in sie hinein. Heimlich grinste er. Der Typ, der das hier organisierte und garantiert mithörte, hatte jetzt sicher einen irreparablen Hörschaden.

Die Dose bewegte sich. Etwas Schmales, Graues, Längliches mit einem grellen pinkfarbenen Fleck an der Spitze schlängelte sich aus der Öffnung.

Das sah jetzt nicht unbedingt wie ein Lautsprecher aus. Eher wie eine Schlange. Oder, nein … halt, da kam noch mehr!

Irgendetwas versuchte, sich unter lautem Ächzen, Stöhnen und Schimpfen aus dem kleinen Loch zu wurmen. Vorsichtshalber rutschte Lukas etwas zurück. Ein letzter Ruck, und die Dose flog in hohem Bogen auf die Strasse.

Das war doch …!

Das Wesen, das sich soeben aus der beengenden Umgebung befreit hatte, war so gross wie eine Ratte. Jetzt drehte es sich zu ihm um und holte tief Luft.

„Bist du eigentlich bescheuert? Weisst du, wie weh das tut, wenn man in so einem blöden Behälter eingezwängt ist UND dann noch jemand darauf herumkloppt?"

Sprachlos starrte Lukas das Geschöpf an, das sich vor ihm mit verschränkten Armen aufgebaut hatte und ihn wütend ansah.

„Was ist, bist du taub?", blaffte es ihn an.

Erschrocken zuckte er zusammen.

„Jjja, nnnein … äääh … bist du …?" Mehr brachte er nicht heraus.

Das Wesen schüttelte sich. Dann wuchs es auf die Grösse eines Cockerspaniels heran.

Lukas schnappte nach Luft. Das war ein Drache! Obwohl er sich einen Drachen immer anders vorgestellt hatte.

Seine Farbe verlief von einem hellen Blau am Kopf zu einem dunklen Lila an Hals und Brust, ging an den Flügeln in ein Rosa über und endete in dem grauen Schwanz mit der pinkfarbenen Spitze. Rote Dreadlocks hingen bis auf die Flügel. Doch es waren die Hände, auf die Lukas leicht geschockt starrte.

„Hast du noch nie eine Drachin gesehen? Uns gibt es auch in weiblicher Ausführung. Und die Farben sind echt cool, oder nicht?", fragte eine junge, heisere Stimme spöttisch.

Sie drehte sich um ihre Achse.

„Du hast ja richtige Hände", sagte er als Antwort. „Ich dachte, Drachen hätten Klauen."

„Ach das. Na ja, wir müssen mit der Zeit gehen. Klauen sind so unpraktisch. Daher haben wir eine kleine Mutation vorgenommen."

„Wir?"

„Na, meine Sippe." Sie kicherte. „Zivilisiertes Benehmen ist auch bei uns angesagt."

Sie streckte die rechte Hand mit rosafarbenen Fingern und regenbogenfarbig lackierten Fingernägeln aus.

„Hi. Ich bin Nebe …"

„Ach, das ist ja niedlich, wie du deinem kleinem Hund Kunststücke beibringst. Pfötchen geben kann er ja schon ganz toll!"

Neben ihnen stand eine alte Frau und lächelte freundlich.

Lukas sah erschrocken hoch, während sich das Drachenmädchen geistesgegenwärtig in den Vierfüsslerstand stellte und unauffällig den Schwanz unter den Körper schob.

„Dddas ist für die Sommershow in der Fussgängerzone", stotterte er und hoffte, dass die Frau endlich weitergehen würde.

„Dann wünsche ich dir viel Erfolg. Der Kleine macht das gut." Sie zwinkerte ihm zu und lief dann weiter.

Lukas atmete auf.

„Hör mal, was hältst du davon, wenn wir uns hier verdrücken? Ich trage dich im Rucksack und wir gehen runter an die Elbe. Da ist es ruhig und wir können quatschen."

„Hast du sonst noch Wünsche? Ich bin endlich aus der dämlichen Dose raus und du willst mich schon wieder eintüten? Kommt gar nicht in Frage. Ich laufe neben dir her. Ausserdem bin ich viel zu schwer. Schon vergessen?" Spöttisch sah ihn der Drache an.

„Und wenn uns jemand sieht?"

„Dann sagst du, du hättest deinen Hund kostümiert."

Lukas zögerte. Schliesslich stand er auf und zeigte Richtung Fluss.

„Wir müssen da entlang. Über die Strasse und dann die Treppen runter. Okay?"

Die Drachin warf ihre Lockenmähne nach hinten und nickte.

„Ready for Take-off."

Lukas sah sie verblüfft an, aber er sagte nichts, sondern ging schnell über die Strasse. Sie lief neben ihm. Bei jedem ihrer Schritte bebte der Boden, und Lukas hüpfte mehr, statt zu laufen.

Es war nebelig, daher war das Ufer leer. Irgendwann blieb er an einer Bank stehen und sah sich um.

„Okay, setzen wir uns hier hin. Ich habe Hunger."

Lukas öffnete seinen Rucksack, zog die Brotbox heraus und nahm sich ein Salamibrot. Er hielt dem Drachen die Dose hin.

„Willst du auch? Salami."

„Igitt, bloss nicht. Ich bin Geletarier." Das Drachenmädchen schüttelte sich.

Er zuckte mit den Schultern und biss in sein Brot.

„Sorry, Geleebrot habe ich nicht", sagte er kauend. War ja klar, dass Drachen andere Essgewohnheiten hatten.

Sie lachte.

„Hey Mann, alles easy. Bleib chili." Sie streckte ihm die Hand hin.

„Also nochmal von vorn. Ich bin Nebelperlendrachenprinzessinnenfee Graaatschhhhhkö …"

Das letzte Wort endete mit einem Knall, der sich wie ein zerplatzender Luftballon anhörte.

„Tut mir leid, tut mir echt leid!" Sie hielt die Hände vor ihr Maul.

„Schon gut. Ich bin Lukas. Luke." Er sah sie an. Die Drachin war erneut gewachsen. Cockerspaniel war einmal, Dogge passte nun besser.

„Nebelperlendrachenprinzessinnenfee Graaaaakö ..."

Die Bank vibrierte. Als er aufsprang, hatte sie ihn grössenmässig überholt. Grosses Pferd, schätzte er.

Das Drachenmädchen senkte den Kopf. Ihre Dreadlocks hingen ihr wirr ins Gesicht.

„Hey Luke. Ich bin Nebelperlendrachenprinzessinnenfee Gratschköllywannabee." Sie streckte ihm ihre riesige Hand hin.

„Nebendrache Gratschkö ...?"

„Nenn mich einfach Nepedraprifee."

„Also Nedrapef ..."

Sie seufzte.

„Namen merken ist wohl nicht so dein Ding. Dann einfach Nefee, okay? Und bleib chili."

Er grinste.

„Also Nefee, du bist was? Ein Nebendrache? Woher kommst du? Und was machst du hier?"

Nefee schob sich die nun grünen Haare aus dem Gesicht.

„Ich bin eine Ne-bel-per-len-dra-chen-prinzes-sinnen-fee. Geboren im Ulukala-Gebirge. Wohnhaft in den Schweizer Alpen. Eigentlich. Was ich hier mache? Ich muss mir einen anderen Wohnort suchen." Ihre heisere Stimme war mit jedem Wort leiser geworden.

„Warum?" Der Junge fragte es behutsam. Er fühlte die Verzweiflung des Drachenmädchens.

„Das ist eine lange Geschichte."

„Ich habe Zeit. Mein Lehrer hat mich rausgeworfen, und meine Mam erwartet mich erst um vier. Du kannst sie mir also in aller Ruhe erzählen."

Luke setzte sich. Nefee legte sich vor ihm auf den Rasen und stützte den Kopf auf ihre Hände. Sie hatte die Flügel dicht an den Körper gelegt, ihr Schwanz zuckte unruhig.

Fasziniert sah Lukas zu, wie die Farbe ihrer beachtlichen Lockenmähne von grün wieder ins Rot, langsam ins Rosa und schliesslich ins Hellblaue überging. Sie schob die Haare hinter ihre tütenförmigen Ohren, die am Rand mit grossen silbriggrauen Perlen besetzt waren.

Sie war wirklich ein sehr hübscher Drache. Überhaupt nicht furchterregend. Lukas mochte sie.

„Als ich dir erzählt habe, wer ich bin, musste ich doch mehrmals anfangen, oder?"

„Du hast dich verschluckt", nickte Lukas.

„Nöpe. Ich habe mich nicht verschluckt. Ich habe einen Glucksi. Schluckauf." Nefee verzog ihr Gesicht. „Und genau das ist das Problem."

„Aber das kann doch jedem mal passieren."

„Einmal vielleicht. Aber wenn du ständig Schluckauf hast, ist Schluss mit lustig." Das Drachenmädchen sah Luke an. In ihren goldfarbenen Augen mit den langen Wimpern standen Tränen.

„Gibt es denn keine Drachenärzte, die dir helfen können?" Lukas sah sie mitfühlend an.

Nefee schüttelte den Kopf.

„Sie haben alles versucht. Eklige Zuckerwürfel, Eiswassergurgeln, Schleimzwieback, Kopfstand … ohne Erfolg. Und darum musste ich die Berge verlassen." Eine silbrig-graue Träne kullerte über ihre Wange.

„Aber die Berge sind doch ein riesiges Gebiet, da stört es doch keinen, wenn du Schluckauf hast."

„Ich bin ein Nebelperlendrache. Wenn wir bei Kälte unseren Atem aus unseren Nüstern blasen, bildet sich ein Nebel, aus

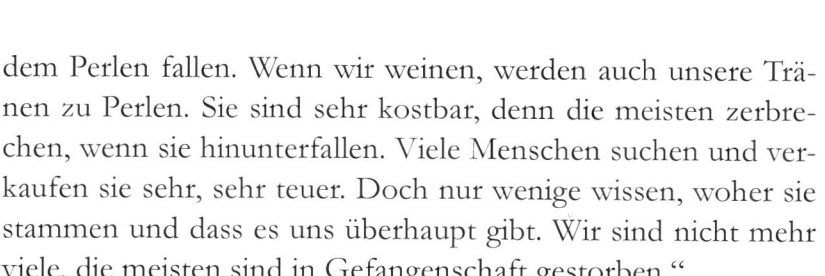

dem Perlen fallen. Wenn wir weinen, werden auch unsere Tränen zu Perlen. Sie sind sehr kostbar, denn die meisten zerbre-
chen, wenn sie hinunterfallen. Viele Menschen suchen und verkaufen sie sehr, sehr teuer. Doch nur wenige wissen, woher sie
stammen und dass es uns überhaupt gibt. Wir sind nicht mehr
viele, die meisten sind in Gefangenschaft gestorben."

„Und bist du wirklich eine Prinzessin?" Lukas hob die grosse graue Perle auf, die ins Gras gefallen war. Die samtige Kugel schimmerte aussergewöhnlich. Als ob sie von innen heraus
leuchtete. Abwesend steckte er sie in die Hosentasche.

„Ehm, na ja. Nicht ganz. Also eigentlich nein. Die Prinzessin-
nenfee habe ich erfunden. Fand ich cool." Sie schaute verlegen
zu Boden, als er sie ansah.

„Okaaay ... aber ich weiss immer noch nicht, warum du aus den
Bergen wegmusstest." Luke versuchte, nicht zu grinsen. Offen-
sichtlich stapelten auch Drachen gerne hoch. Allein schon ihr
Name ...

„Wir sind ja nicht gerade winzig." Ihr Kichern klang wie heiseres Fauchen. „Nebelperlendrachen können sich aber auch
klein machen. Hast du selbst gesehen. Aber nicht die ganze Zeit.
Also brauchen wir viel Platz. In den Bergen können wir uns gut
verstecken. Bisher ging das auch gut. Mein Vater hatte mich in
die Schweizer Berge geschickt, weil dort bisher niemand nach
Nebelperlendrachen gesucht hat. War echt cool, meine Cousine
lebt auch da. Also ein paar Bergrücken weiter, aber wir haben
uns regelmässig getroffen. Ich hatte da fast zweihundert Jahre
lang ein chili-Leben, bis mir das Malheur passiert ist. Ich habe
aus Versehen einen Felsbrocken verschlucköööö ..."

Das Hicksen erinnerte ihn diesmal an die knallenden Fehlzündungen, die sein Nachbar Freddy nachts absichtlich mit seinem Motorrad produzierte. Über die glatte Wasseroberfläche des Flusses lief ein Zittern.

„Wow."

„Siehst du jetzt, was ich meine? Der Glucksi ist da, seit ich den Felsen verschluckt habe. Ich kann ihn nicht kontrollieren."

„Ich meine deine Grösse."

Nefee stand auf. Luke wich ein paar Schritte zurück. Den Plan, Nefee auf der Pferdekoppel unterzubringen, verwarf er wieder. Pferde in Elefantengrösse gab es nicht, sie würde auffallen wie ein bunter Hund. Bunter Drachen, verbesserte er sich selbst.

„Sorry. Das ist meine richtige Grösse. Ich kann mich viermal verkleinern. Jedes Mal so ungefähr um die Hälfte. Wenn ich mich schüttele oder hicksen muss, werde ich wieder grösser. Ich zeig's dir."

Sie schüttelte sich. Vorsichtshalber ging Lukas hinter der Bank in Deckung. Nefee kicherte.

„Bleib chili, Luke. Grösser werde ich nicht. Und lauter auch nicht."

„Sooo laut ist dein Hicksen jetzt auch wieder nicht. Warum ist das so ein Problem? Ich meine, ausser, dass es dich selbst stört, natürlich", setzte er schnell hinzu, als er ihre Miene sah.

„Gehst du Skifahren?"

„Nö. Ich hab's nicht so mit Schnee. Ich geh lieber Kitesurfen."

„Logo. Hier gibt's ja auch kaum welchen, so flach, wie es hier ist. Aber in den Bergen fällt viel Schnee. Und viele Menschen gehen dort Skifahren. Und dann passierte es." Sie machte eine dramatische Pause.

„Passierte was?"

„Ich musste hicksen." Sie schniefte grunzend.

„Jaaa …?"

„Und dann knallte es so laut, und dann löste sich dadurch eine Schneelawine, und die Menschen wurden in der Lawine begraben. Uuund dann bin ich weggeflogen, weil ich doch daran schuld bin. Und ich kaaahann erst wieder zurück, wenn mein Schluckauf geheilt ist."

Das Drachenmädchen schluchzte. Dicke Nebelperlentränen purzelten aus ihren Augen, verfingen sich in ihren Haaren und rollten auf den Boden.

Lukas fühlte sich hilflos. Er hätte Nefee gerne getröstet, doch wie umarmt man ein elefantengrosses Drachenmädchen?

Er trat einen Schritt näher an sie heran. Sanft streichelte er ihre Flügel, die sie traurig hängen liess.

„Nefee, ich kann mir gut vorstellen, wie schrecklich du dich fühlst. Wir müssen ein Mittel finden, mit dem du deinen Schluckauf ein für alle Mal loswirst."

Lukas konnte sich erinnern, dass er als kleiner Junge auch manchmal Schluckauf hatte, der scheinbar endlos dauerte, aber irgendwann doch wieder wegging. Aber wie?

Plötzlich hörte er Stimmen.

„Da kommen Leute. Kannst du dich wieder klein machen? Schnell!" Lukas sah Nefee drängend an.

„Das geht nicht so schnell, dafür brauche ich Zeit. Aber ich kann meine Farbe ändern, sodass sie mich nicht sehen. Das geht schneller." Ihre Farben verblassten bereits und machten einem matschigen Grün Platz. Innerhalb von Sekunden verschmolz das Drachenmädchen mit dem Hintergrund und war unsichtbar.

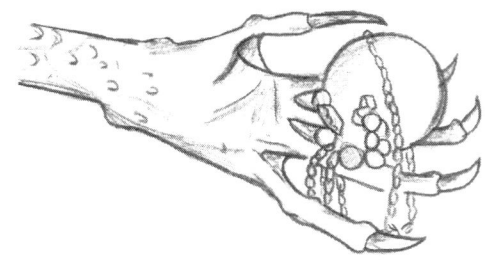

Keinen Augenblick zu früh. Als Lukas sich umdrehte, standen zwei Männer an der Bank und sahen ihn an.

„Moin, hast du auch den Knall gehört? Klang wie eine Explosion."

„Äh, ja. Ich glaube, das kam aus der Richtung." Geistesgegenwärtig zeigte er die Böschung hoch, die den tiefergelegenen Uferweg von der Strasse trennte.

„Ach, hat's mal wieder gescheppert auf'm Elbdiek? Na, dann geh'n wir mal kieken." Sie gingen weiter.

Puh. Gerade noch mal gutgegangen.

„Nefee, sie sind weg, du kannst dich wieder umfärben", wandte sich Luke an das Drachenmädchen. Ihre Tarnung war so gut, dass er vorsichtig mit der Hand nach ihr tastete.

„Das kitschelt!", prustete sie und schüttelte sie sich. Ihre ursprüngliche Farbschattierung kehrte zurück.

„Wann kannst du dich wieder verkleinern?", fragte Lukas sie.

„Alscho, schweimal verkleinern schaffe isch in fünfschehn Minuten. Yammie, lecker", nuschelte Nefee. Genüsslich kaute sie glitschige Algen, die sie aus dem Fluss gezogen hatte und die ihr in langen Büscheln aus dem Maul hingen.

„Dann hast du ungefähr Doggengrösse. Okay, das müsste reichen", meinte Lukas zufrieden.

„Wie bist du übrigens in die Dose gekommen?", fragte er sie dann.

„Ich habe Kurs auf das Meer genommen. Dann habe ich den Fluss gesehen und bin runtergegangen, weil ich Hunger hatte. Aber ich habe mich beim Landen etwas verschätzt und bin ungefähr dort gelandet, wo du mich gefunden hast. Es war noch dunkel und ich wollte weiter zum Fluss. Doch dann kamen Leute vorbei, und es wurde hell, und dann habe ich mich verkleinert und zur Sicherheit in dieser Dose versteckt. Klein kann ich mich nicht orientieren, und gross kann ich ja wohl kaum durch die Stadt laufen. Also wollte ich warten, bis es wieder dunkel ist, aber dann hast du gegen die Dose getreten, und das tat so weh, dass ich da raus musste."

Nach dieser langen Erklärung atmete Nefee sehr tief ein und schrumpfte auf Pferdegrösse.

„Sorry. Ich war wütend, weil ich rausgeflogen bin." Lukas sah sie schuldbewusst an.

„Schon okay. Konntest du ja nicht wissen", sagte das Drachenmädchen und lief hin und her.

„Was machst du da?"

„Ich zertrete die Perlen. Muss ja nicht jeder finden", sagte sie. Da war was dran.

„Okay, wenn du dich nochmal verkleinert hast, gehen wir zu mir nach Hause."

Die Drachin holte erneut tief Luft – und hickste sich zurück auf Elefantenstatur. Na toll.

Unglücklich sah sie ihn an.

„Tut mir leid."

„Schon gut. Weisst du was, wir laufen schon mal los. Ist ja keiner hier wegen des Nebels." Lukas nahm seinen Rucksack von der Bank.

Langsam liefen sie am Ufer entlang. Nach einer Weile blieb sie stehen und atmete tief ein. Die Verkleinerung gelang, und erleichtert setzten beide ihren Weg fort. Etwas später ein erneutes tiefes Einatmen, und Nefee schrumpfte auf die Grösse einer Dogge. Lukas hoffte inständig, dass ein nächster Hicks ausblieb.

Sie schafften den restlichen Weg ohne weitere Vorkommnisse. Lukas brachte Nefee in den alten Pferdestall und ging dann ins Haus, nicht ohne ihr einzuschärfen, den Stall auf keinen Fall zu verlassen.

Es war fast Mitternacht, als er endlich hinauskonnte. Seine Mutter ging um elf Uhr ins Bett, und Lukas musste warten, bis sie eingeschlafen war.

Die Stalltür stand weit offen. Kein Drache weit und breit. Luke hatte abends mehrmals ein leichtes Beben gespürt, doch er hatte nicht erwartet, dass sie weg sein würde. Enttäuscht trottete er über die Wiese zurück zum Haus. Aus der Ferne hörte er Freddys Motorrad, der von der Spätschicht zurückkam.

Das Knattern wurde lauter. Noch einmal um die Ecke, dann war Freddy da und liess seine Fehlzündungen los.

In der nächsten Sekunde hörte er ein fauchendes Brüllen und einen gellenden Schrei.

Freddy lag auf dem Boden, neben ihm das Motorrad. Ihm gegenüber stand Nefee. In Elefantengrösse. Zwischen ihnen lag ein Stein. Ein sehr grosser Stein.

„Zum Teufel, Luke, was ist das?", schrie Freddy, als Lukas angestürzt kam. „Es wollte mich umbringen!"

„Hey, bleib chili, ich wollte dich nicht umbringen, Mann. Du hast mich nur fürchterlich erschreckt." Nefee schüttelte den Kopf. „Dein Ding da hat grässlich laut geknallt und vor Schreck musste ich aufstossen. Und dabei ist der Felsen aus meinem Hals gerutscht."

Luke begann zu lachen.

„Was ist daran so lustig?" Freddy stand auf und verschränkte seine Arme vor der Brust. „Das Ding ist riesig. Und es sieht nicht unbedingt wie ein Haustier aus."

„Das Ding heisst Nefee und ist eine Nebelperlendrachin. Und wenn ich mich nicht irre, hast du sie gerade von einem sehr nervenden Schluckauf geheilt." Er lachte noch immer, und schliesslich lachte Freddy ebenfalls.

„Es war mir eine Ehre. Ich wollte schon immer mal einen Drachen heilen." Mit diesen Worten verbeugte sich Freddy vor Nefee, die sich verblüfft an den Hals griff.

„Du hast Recht, Luke. Der Schluckauf ist weg. Ich spüre es! Oh Mann, ich bin so froh!"

Das Drachenmädchen hüpfte vor Freude auf und ab. Dann schob sie sich die langen Dreadlocks aus dem Gesicht und sah sie an.

„Endlich kann ich zurück in meine Berge, ohne dass ich jemandem schade. Ssänk juh very muchos! Ich werde immer an euch denken. Auf Wiedersehen, ihr beiden. Bleibt chili!"

Mit diesen Worten hob sie sich mit einem kräftigen Flügelschlag in die Luft.

Sie sahen ihr nach, bis sie nur noch ein winziger Punkt war.

Luke schob die Hände in die Hosentaschen. Seine Finger berührten die Nebelperle. Er lächelte.

TEIL IV
DRACHENEI

DRACHEN HEUTE

Sofie Ullrich

Wirf es in die Luft,
sie fangen es auf.
Problem sei nun Duft,
nimmt seinen Lauf.

Unter Mensch und Tier,
in Dorf und Ort.
Normal wie je alle,
ein Spiel, ein Leben.
Auf der Welt und hier,
ein Satz ein Wort.
Feuer und Flamme,
Hilfe sie geben.

Schwebend sie steigen,
in Luft und Macht.
Sie Liebe zeigen,
die Schutz entfacht.

Die Flügel sie breiten,
über Jung und Alt.
In guten und schlechten Zeiten,
geben sie Halt.

Seid nun dankbar,
für Schutz und Mut.
Auch Drachen und Narr,
es geben tut.

DER GEFLÜGELTE BRANDSTIFTER

Julian Böer

Die ersten Mitternachtsstunden hatten geschlagen, da hetzte der rote Wagen einem Blitz gleich um die Kurven und beschleunigte sein Tempo. Der pfeifende Wind trug das warnende Heulen der Sirene mit sich, um es allerorts zu verkünden. In jener Nacht war der Himmel blass und die Wolkendecke grau, und es donnerte zeitweilig laut.

Am Steuer des Wagens sass der Brandmeister, der mühevoll gegen die Müdigkeit ankämpfte, die ihn plagte. Gewiss wäre er in dieser Nacht lieber zu Hause geblieben, hätte geschlafen und sich erholt. Jedoch hatte dies nun einmal zu warten, angesichts der dringenden Angelegenheit. Denn allweil, wenn der Löschtrupp zu einem Brand beordert wurde, handelte es sich um eine dringende Angelegenheit. Auch, wenn dies mitten in der Nacht geschah. So liess der Brandmeister, der in dieser Nacht am Steuer sass, den Wagen noch schneller durch die Strasse jagen.

Neben dem Brandmeister sass Harper, und hinter ihr Mason und Theo. Sie schwiegen allesamt, starrten in den Himmel, wo sie nach den ersten Anzeichen des Brandes Ausschau hielten.

„Wie lange noch?", fragte Theo und unterbrach somit die Stille. Er war von Natur aus ungeduldig. Obendrein hatte er noch die nervige Angewohnheit, seine Hektik ständig unter Beweis stellen zu müssen.

„Das hast du eben schon gefragt", antwortete Harper genervt und schaute wieder zum Himmel. Dort tauchten in der Ferne Rauchschwaden auf; sie waren pechschwarz, stiegen zum Himmel empor und schlossen sich zusammen, nur um letztendlich in die Gewitterwolken zu münden. Ihr Eindruck war unheilvoll.

„Sieht heftig aus", meinte Theo und lehnte sich nach vorne, um besser sehen zu können. Tatsächlich schien der Brand mächtiger, als sie zuerst angenommen hatten.

Nachdem der Wagen in die Strasse eingebogen war, die durch eine recht spärlich besiedelte Gegend führte, offenbarten sich ihnen die gigantischen Flammen, die hoch in die Luft schlugen. Bereits drei Gebäude hatten sie sich angeeignet, zwei halb und eines vollkommen. Und das Feuer wuchs fortwährend. Mehrere Einsatzwagen waren schon da und blockierten die Strasse, indes Fontänen von Wasser das Feuer unter Beschuss nahmen.

Als der Brandmeister die Türe des Wagens aufstiess, drang ihm der Geruch von Schwefel und Rauch entgegen. Schnell zog er sich seinen Atemschutz über, um sich vor dem Qualm zu schützen. Dann begann der Löschtrupp mit der Arbeit: Theo und Harper legten den Schlauch, der am hinteren Teil des Wagens gespult befestigt war, auf dem Boden aus, woraufhin Mason ihn mit einem der Hydranten verband. Schon einen Augenblick später schoss ein Wasserstrahl hinaus und fiel in einem weiten Bogen ab, direkt auf das Feuer nieder.

Derweil bahnte der Brandmeister sich seinen Weg durch die Menge der Einsatzwagen und streifte sich im Gang seine Handschuhe über. Er musste näher an das Feuer heran. Mit zusammengekniffenen Augen spähte er in den Qualm hinein, der auf der Strasse einem Nebel gleich war und dichter wurde, je näher er den Gebäuden kam. Aus der Ferne drangen Geräusche zu ihm, mal lauter und mal leiser. Er blieb stehen und schaute zum Himmel. Da war etwas. Zwischen Dunkelheit und Rauch erkannte er eine schnelle Bewegung; einen Schatten, der den Himmel zu verdecken schien. Der Brandmeister hielt gespannt den Atem an. Scharfer Blitz erhellte die Nacht und offenbarte die Gestalt eines Tieres am Himmel. Es schien einem riesigen Raben gleich, mit dem gehörnten Kopf eines Bullen, und die Flügel waren von einer übergrossen Fledermaus. Beinahe erweckte es den Anschein, als trüge die Gestalt schuppige Haut, die im Schein der Laternen rot glänzte. Dann schwand das Blitzlicht vom Himmel und mit ihr die Gestalt.

Mit zittrigen Beinen trat der Brandmeister einen Schritt zurück und schaute sich um. Sein Atem war schwer und seine Sicht vernebelt. Auf dem Visier seines Atemschutzes hatten sich unzählige Regentropfen gesammelt, durch die er kaum hindurchsehen konnte, und er hatte jegliche Orientierung verloren. Er drehte sich um. Alles sah gleich aus; von Qualm bedeckt und verhüllt. Als er abermals zum Himmel blickte, sah er dort nichts als das ferne Licht der Sterne hinter einer Wolkendecke blinken. Fragen schossen ihm durch den Kopf. Hatten seine Augen ihn getäuscht? War er so müde, dass er sich Dinge einbildete?

Bevor er aber Zeit gehabt hätte, sich weiter Gedanken zu machen, holte ihn eine vertraute Stimme wieder in die Wirklichkeit zurück.

„Brandmeister!", rief Theo und kam keuchend neben ihm zum Stehen. Sein Gesicht war schwarz verrusst und von einem Atemschutz verborgen. „Endlich habe ich Sie gefunden!", klagte er lautstark. „Wo waren Sie die ganze Zeit? Ich habe überall nach Ihnen gesucht!"

„Genau an dieser Stelle war ich", antwortete der Brandmeister noch leicht abwesend.

„Aber was, bitteschön, machen Sie hier mitten im Schmauch?", fuhr Theo mit seinem Gejammer fort. „Es drängt zur Hilfe, und Sie wandern hier gemütlich umher!"

„Immer mit der Ruhe", unterbrach der Brandmeister ihn. „Was ist denn überhaupt geschehen, dass Sie es so eilig haben?"

Theo deutete auf das mittlere Haus am Rande der Strasse – das Wohnhaus, das am meisten in Flammen stand. Es war jenes, in dem das Feuer vormals als Erstes ausgebrochen war. „Die Eingänge sind versperrt", erklärte er unverändert angespannt. „Bisher haben wir niemanden rausholen können, aber wir sind dabei."

„Sie meinen, dort drinnen sind noch Leute?" Der Brandmeister wirkte erschüttert. Er war mit seinen Gedanken nun wieder voll bei der Sache.

Theo nickte hastig und wischte sich etwas Russ von der Stirn. „Deshalb brauchen wir ja Ihre Hilfe! Wir kommen nicht rein, und auch wissen wir nicht, wie viele Leute drinnen sind ...“

„Und wieso stehen wir dann noch hier?", unterbrach der Brandmeister ihn abermals. „Na los! Wir müssen uns beeilen!" Mit diesen Worten und schnellen Schritten machte er sich auf den Weg. Theo blickte ihm verwundert nach, seufzte dann und eilte ihm hinterher.

Aus näherer Entfernung wurde das Haus sichtbar. Vor der Türe lag ein Stapel an grossen Holzbalken, der sie versperrte. Wohl waren diese vom Dach gestürzt. Der gesamte Löschtrupp war schon da sowie mehrere Feuerwehrleute, die dabei waren, die hölzernen Balken durchzusägen.

„Da sind Sie ja endlich", begrüsste Harper den Brandmeister und drückte ihm eine Säge in die Hand. „Dann mal an die Arbeit!"

Sie begannen, die Balken aus dem Weg zu räumen. Zwar hatte der Qualm sie eingehüllt, und er machte es ihnen nicht gerade leicht; sie konnten ja kaum sehen. Doch mit vereinten Kräften gelang es ihnen schliesslich.

„Geschafft", keuchte Theo und warf einen zufriedenen Blick auf die Holzbalken, die nun zerteilt vor ihm auf dem Boden lagen. „Ich nehme an, diesen Ramsch entsorgen wir später?"

Er bekam keine Antwort. Der Brandmeister wandte sich an die versammelte Truppe und sagte: „Uns bleibt nicht mehr viel Zeit, die Bewohner zu retten. Ich schlage vor, dass wir alle gemeinsam gehen und uns drinnen aufteilen. So werden wir schneller sein." Alle nickten zustimmend. Der Brandmeister atmete tief durch. „Na, dann mal los!"

Nachdem sie die Haustüre aufgebrochen hatten, traten sie ein. Eine schwarze Rauchwolke begrüsste sie und drängte sich an ihnen vorbei ins Freie. Ein langer Flur lag vor ihnen, der sich weit nach hinten erstreckte. Zur Rechten führte eine Treppe hinauf, augenscheinlich ins Nichts. Türen standen weit offen und brannten hell, Scherben und Holzstücke zierten den Boden. Eine einzige Verwüstung herrschte vor. Sogleich teilten die Feuerwehrleute sich auf: Die einen blieben unten, während die anderen im Oberstock suchen würden.

Bedächtig stieg der Brandmeister die Treppe hinauf, deren Stufen unter jedem seiner Schritte knarzten. Er ging vorneweg, dicht gefolgt von Theo, Mason und Harper. Obgleich sie jede

Sekunde damit rechneten, dass der Boden unter ihnen einbrechen würde, erreichten sie den Oberstock heil. Als sie sich umblickten, hatten sie große Mühe, etwas zu sehen; der Qualm war hier dichter und Flammen beherrschten nahezu den gesamten Raum.

Die Feuerwehrleute aktivierten ihre Taschenlampen. Gleichwohl konnten sie nur kaum etwas erkennen; hier und da lagen Holzbalken auf dem Boden oder umgekippte Schränke, die an den Seiten schwarz versengt waren. Sie liefen weiter und horchten in die Stille hinein. Das Knistern des Feuers war zu hören, keineswegs harmonisch wie das eines Lagerfeuers, sondern vielmehr tödlich und bedrohlich.

Auf einmal blieb Theo stehen. Die anderen taten es ihm verwundert gleich und rührten sich nicht. „Was ist los?", fragte der Brandmeister, doch Theo hob nur seine Hand. Sie blieben still; und da hörten sie tatsächlich etwas: Schritte, die wie Humpeln klangen und sich ihnen näherten. Als sie sich umdrehten und ihre Taschenlampen in die Richtung erhoben, aus der sie die Schritte vermuteten, erkannten sie eine Frau im Qualm auftauchen. „Hilfe!", rief sie hustend. „Bitte! Ist da jemand?" Sie wurde schwach und stolperte, sodass sie auf dem Boden landete. Schnell eilten die Feuerwehrleute los und halfen ihr auf die Beine. Sie war offensichtlich verletzt und Russ bedeckte ihr Haar.

„Können Sie laufen?", fragte Mason, der gemeinsam mit Harper die Frau stützte. Diese schüttelte schwach den Kopf. Sie wirkte ermüdet und erschöpft, plötzlich aber war sie hellwach. „Wo ist meine Tochter?", fragte sie und blickte sich aufgeregt um. „Wo ist sie?"

Der Brandmeister schluckte schwer. „Ihre Tochter?" Er liess seinen Blick ebenfalls durch den verqualmten Raum gleiten. Niemand war zu sehen.

„Oh, bitte, bitte!", flehte die Frau verzweifelt, und Tränen standen ihr in den Augen; „Sie müssen meine Tochter finden! Sie muss hier irgendwo sein!" Abermals hustete die Frau und wurde von Schwäche übermannt, und Mason und Harper hielten sie rechtzeitig fest, damit sie nicht ohnmächtig zu Boden stürzte.

„Bringt sie raus hier, schnell!", wies der Brandmeister an und deutete zur Treppe. „Sie hat schon zu viel Rauch eingeatmet!" Die beiden Feuerwehrleute nickten und kamen der Aufforderung nach. Sie brachten die Frau zur Treppe und verschwanden auf den Stufen. Nur Theo blieb bei dem Brandmeister im brennenden Obergeschoss zurück, denn sie mussten unverzüglich das vermisste Mädchen finden. Mit den Taschenlampen leuchteten sie sich ihren Weg frei, während sie stetig darauf Acht gaben, die Flammen in der Mitte des Raumes zu meiden. Angespannt schritten sie vorwärts, indes das Feuer fortwährend wuchs. Sie mussten sich beeilen, denn es würde nur eine Frage der Zeit sein, bis das gesamte Obergeschoss in Flammen stehen würde. Während Theo nahe der Treppe suchte, bahnte der Brandmeister sich seinen Weg durch die dichte Wolke aus Qualm hindurch. Da vernahm er plötzlich ein leises Wimmern, das hinter einer Tür hervordrang. Er blieb stehen, regte sich nicht, und er wandte seinen Blick der Türe zu, die leicht angesengt war. An der gegenüberliegen Wand zogen sich Flammen empor, und die grossen Feuersäulen schlugen weit hinüber und schmachteten danach, das Holz der Tür zu packen und zu verschlingen. Kurz zögerte der Brandmeister, ehe er tief einatmete und sich kühn an den Flammen vorbei zwängte, nur um sich mit ganzer Kraft gegen die Tür zu werfen. Diese gab sofort nach und enthüllte hinter sich einen kleinen Raum; wohl ein Kinderzimmer, das bisher von dem zerstörerischen Inferno verschont geblieben war. Ein Teppich lag auf dem Boden aus und führte zu einem Fenster. Unweit dessen, auf dem kahlen Boden, kauerte ein kleines Mädchen. Es schaute mit grossen Augen zu dem Brandmeister hinüber und zitterte stark, trotz der unerträglichen Hitze, die bestand. Vor die Nase hielt es sich ein Tuch, um sich vor dem Rauch zu schützen.

Der Brandmeister trat ein paar Schritte nach vorne, ging langsam in die Knie und streckte dann seine Hand aus. Mit ruhiger Stimme sagte er: „Keine Angst, ich bringe dich hier raus", doch das Mädchen reagierte nicht, sondern blickte sich nur verängstigt um. Voller Angst schaute es zu einem der Fenster hinüber, das zu ihrer Rechten lag. Der Brandmeister folgte ihrem Blick, und auf einmal sah er dort einen schwarzen Schatten am Fenster vorbeihuschen, geschwind und bedrohlich. Es brauchte einen kurzen Moment, ehe der Brandmeister begriff, dass es derselbe Schatten sein musste, den er bereits zuvor am Nachthimmel erblickt hatte. Oder zumindest besassen sie beide gemein grosse Ähnlichkeit. Auch das Mädchen schien es gesehen zu haben und rutschte unruhig näher an die Wand heran, ohne ihren Blick dabei vom Fenster abzuwenden. Immer wieder murmelte es ein Wort, das sich wie „Drache" anhörte.

Ein Geräusch, das einem mächtigen Brüllen gleichkam, ertönte lautstark von draussen, und es war, als schlügen dort Flügel gegen den Wind an. Grosse Panik kam in dem Brandmeister auf, denn das Brüllen wurde lauter und der Flügelschlag immer deutlicher zu hören. In der Fensterscheibe, vor der das kleine Mädchen noch kauerte, tauchte abermals der Schatten auf; und in dem fernen Licht der blinkenden Sterne offenbarten sich zunächst nur Schuppen, rot glänzende Schuppen, und dann jener Kopf, der wie der eines Bullen aussah. Er trug grosse Hörner, die spitz in die Höhe wuchsen, und zwei gespreizte, schwarze Flügel. Das hier war tatsächlich ein Drache! Ein echter Drache! Sein Maul öffnete sich rasant und verdeckte alle Sicht nach draussen aus dem Fenster.

Noch rechtzeitig reagierte der Brandmeister. Ohne grossartig nachzudenken, packte er das erschrockene Mädchen am Ärmel und zog es mit sich von der Wand weg, bevor diese erzitterte und von einem Schema an gewaltigen Flammen durchdrungen wurde. Sofort zersplitterte die Scheibe und gewährte einem starken Luftzug Einlass, der knisternde Funken mit sich trug. Instinktiv kniff der Brandmeister seine Augen zusammen. Er spürte die entsetzliche Hitze auf seinem Arm, den er schützend um das Mädchen hielt, als Funken in ihre Richtung sprühten.

Einem Wunder gleich blieben sie beide von dem Feuerstrom unberührt, der durch den Raum fegte und alles in Brand setzte, was er zu fassen bekam. Doch bemerkte der Brandmeister einen kräftigen Stoss auf seinem linken Bein, das sofort taub zu werden schien und schmerzte. Dann wurden die Flügelschläge leiser und verhallten schliesslich ganz in der Ferne. Zurück blieb ein zerstörter Raum, der nahezu gänzlich in Feuer getaucht war.

Als der Brandmeister wagte, seine Augen zu öffnen, sah er noch, dass der Drache davonflog und eine Runde kreiste, somit schon bald wiederkehren würde. Dann erkundigte er sich nach seinem Bein; ein schwerer Holzbalken hatte sich gelöst und war hinuntergefallen. Er vermochte es nicht mehr zu bewegen. Um ihn und das Mädchen herum hatte sich ein enger Kreis aus Flammen gebildet, der sie eingrenzte. Das Mädchen blickte sich furchtsam um, doch auch der Brandmeister war blass im Gesicht – einerseits schmerzte sein Bein furchtbar, andererseits war der Anblick des Drachen erschreckend gewesen, denn jene waren doch schon seit etlichen Jahren ausgestorben! So erschien es ihm als undenkbar, dass es nun ausgerechnet ein solcher Drache, ja ein echter Drache, auf ihn abgesehen hatte.

In diesem Moment durchschnitt ein zweites, lautes Brüllen die Stille; und am Nachthimmel tauchte abermals der rote Drache auf. Er flog rasend schnell und bewegte sich entschlossen auf sie zu. Hektisch versuchte der Brandmeister, das schwere Brett von seinem Bein zu hieven, doch es gelang ihm nicht. Zu viel Kraft war ihm bereits entschwunden. Schweiss sammelte sich auf seiner Stirn, und er schaute voller Angst um sich, doch fand er keinen Ausweg. Der Drache kam immer näher, zeigte sich immer deutlicher im Dunkeln, und schien obendrein noch schneller zu werden. Er kam zurück, um sein Werk der Zerstörung zu vollenden.

Mit lauten und kräftigen Flügelschlägen, die gegen den Wind ankämpften, sauste der Drache auf das brennende Obergeschoss zu, das nun im Freien lag, denn die Wand war gefallen. Der Brandmeister zerrte nun regelrecht an dem Holzbalken, doch er rührte sich kein Stück. Sein Bein war von jeglichem Gefühl verlassen wie er selbst vom Mut.

„Geh!", sagte er zu dem Mädchen. „Du musst einen Weg für dich hier raus finden und gehen!"

Doch das Mädchen war ebenso schwach und hustete. Der Rauch war zu dicht und hüllte nun alles ein. Nur die funkelnden, roten Schuppen des Drachen waren im Sternenlicht ganz klar zu erkennen.

Der Brandmeister schloss seine Augen, um seinem Schicksal ins Auge zu blicken; das Schicksal, das für ihn unausweichlich sein würde. Und auch für das Mädchen, das er nicht zu retten vermocht hatte. Er erwartete den Strom aus Feuer, den der Drache speien würde. Doch nichts dergleichen geschah.

Das Einzige, was zu hören war, waren die sich nähernden Flügelschläge; und Schritte, die ruckartig kamen, dann das wütende Schnauben des Drachen. Der Brandmeister schlug die Augen auf. Zu seiner Überraschung waren weder Flammen noch Rauch aus dem Maul des Drachen gekommen, sondern gar nichts. Der Drache knurrte verärgert, denn ihm lag schwerer Löschschaum im Maul, den er nicht zu bändigen wusste. Seine boshaften Augen starrten hin und her, ehe er seinen massigen Körper in der Luft umkehrte und davonflog.

Als der Brandmeister sich umblickte, stand Theo neben ihm. Er war bewaffnet mit einem Feuerlöscher, den er mit sich trug, und grinste hinter seinem Atemschutz hervor. „Praktisch, so was", sagte er und deutete auf den Feuerlöscher.

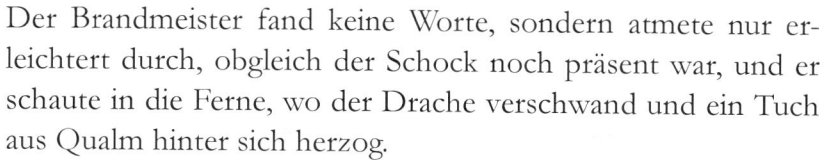

Der Brandmeister fand keine Worte, sondern atmete nur erleichtert durch, obgleich der Schock noch präsent war, und er schaute in die Ferne, wo der Drache verschwand und ein Tuch aus Qualm hinter sich herzog.

Nachdem der Brandmeister aus den Fängen des Holzbalkens befreit worden war, brachten er und Theo das Mädchen hinaus. Es war eingeschlafen; das alles war zu viel für sie gewesen.

„Was, denken Sie, war das?", fragte Theo den Brandmeister, als sie die morsche Treppe hinunter gingen – oder eher humpelten.

„Ich weiss es nicht", antwortete der Brandmeister nachdenklich. „Ich habe noch niemals etwas dergleichen gesehen. Noch nie…"

Theo nickte; auch er hatte selbstverständlich noch niemals zuvor einem lebendigen Drachen ins Angesicht geschaut, geschweige denn Löschschaum in sein Maul gesprüht.

Schliesslich beschlossen sie, ihre Geschichte für sich zu behalten und kein Wort mehr darüber zu verlieren. Immerhin wollten sie nicht als verrückt erachtet werden. Doch würden sie das, was sie in jener verregneten Nacht erlebt hatten, gewiss nie wieder vergessen; und sie würden in Zukunft aufmerksamer sein, ob sie nicht einen Drachen entdecken, der am Himmel seine Bahnen kreist.

DRACHEN-JAGD

Ronja Rüegg

Die Nacht war kalt. Kalt und düster. Vor wenigen Stunden war das Wetter noch herrlich gewesen, doch nun hatte sich eine dicke Nebelschicht über Zürich gelegt. Die Strassen waren ausgestorben und selbst die Häuser schienen, als würden sie schlafen. Einzig und allein eine Person war auf den Strassen unterwegs. Die junge Frau hatte sich ihr blondes Haar zu einem Hochschwanz gebunden und trug über ihrem blauen Kleid nur eine dünne Jacke. Sie hatte leider keine wärmere zur Arbeit mitgenommen und musste nun auf dem Weg zum Bahnhof frieren. In einigen Schaufenstern hing Weihnachtsdeko. Jedes Mal, wenn die junge Frau diese betrachtete, spürte sie die Vorfreude auf die Festtage im Bauch.

Besorgt blickte sie gen Himmel. Im Wetterbericht hatte gestanden, dass es heute Nacht schneien würde. Momentan war aber noch nichts davon zu sehen.

Erleichtert senkte sie wieder den Blick. Ihre Hände glitten zu ihrem Hals, um beruhigend über den Anhänger ihrer Halskette zu streichen. In goldener Handschrift stand dort ihr Name. *Sabrina Hall.*

Erst jetzt fiel ihr auf, wie ruhig es hier war. Klar gab es in Zürich auch weniger belebte Strassen, doch so still hatte sie es noch nie erlebt.

Erst blieb sie stehen und sah sich vorsichtig um. Dann ging sie weiter, so aufmerksam wie möglich. Das einzige Geräusch kam von Sabrinas Schuhen. Oder doch nicht? War da noch ein Geräusch?

Sie blieb erneut stehen, um sich nochmals umzusehen. Da war wirklich ein Geräusch. Mit Flügelschlagen hatte es grosse Ähnlichkeit. Aber wenn das Geräusch von Flügeln war, dann müssten die Flügel riesig sein. Mindestens fünf Meter Spannweite.

Es kam näher und näher. Und ein Wind zog auf. Er blies Sabrina in den Rücken, so stark, dass sie beinahe das Gleichgewicht verloren hätte. Geduckt, um weniger Widerstand zu erzeugen, drehte sie sich um. Als sie sah, was hinter ihr zwischen den Häusern auftauchte, blieb ihr die Luft weg.

Ein Drache. Seine Schuppen glänzten metallisch im Mondlicht. Am Ende seiner Schwingen befanden sich schwarze Krallen, die wie poliertes Gestein schimmerten. Sein Rücken war mit spitzen Steinen bestückt, die aussahen wie Klippen, von denen man beim Aufschlagen in Stücke zerfetzt wird. Seine Augen stachen hervor. Sie leuchteten neongelb. Auch die Zähne waren gelblich verfärbt. Der Mundgeruch waberte als eine Wolke aus schlechter Luft zu Sabrina hinüber. Sofort wurde ihr übel von dem Geruch nach Schimmel und verwesten Tieren. Sein langer Schwanz, der genauso mit den spitzen Steinen bedeckt war wie der Rücken, hing bis zum Boden herab. Am Ende befanden sich Metallstacheln, die den Asphalt aufrissen. Einige spitze Teile des Strassenbelages hatten sich sogar zwischen den Stacheln in sein Fleisch gebohrt. Der Drache flog seltsam tief. Zwar hatte Sabrina noch nie einen Drachen gesehen, doch wäre es ihrer

Meinung nach nur logisch gewesen, wäre der Drache höher geflogen. Mindestens genug hoch, dass er seinen Schwanz nicht am Boden nachschleifen musste.

Fasziniert und ängstlich zugleich wich sie zurück. Währenddessen liess sie den Drachen nicht aus den Augen. Interessiert betrachtete sie nun auch seinen Bauch. Und da fiel ihr auf, weshalb er so tief flog.

Er war verwundet. Dickflüssiges, schwarzes Blut rann aus einer Schusswunde und tropfte auf die Strasse, die bald darauf von seiner Schwanzspitze aufgerissen wurde.

Er flog immer tiefer und seine Augen flackerten panisch von rechts nach links. Eilig wich Sabrina weiter zurück. Der Drache kam dem Boden immer näher und näher, bis er schliesslich mit einem unappetitlichen Geräusch auf der Strasse aufschlug und reglos liegenblieb.

Sabrina blieb stehen und überlegte sich, ob sie weglaufen sollte. Oder war der Drache tot? Könnte sie vielleicht näher ran gehen, um das Ganze genauer zu betrachten?

Während sie sich noch fragend umsah, tauchte eine Person hinter dem Drachen auf. Sie marschierte achtlos um den Drachen herum und kam direkt auf Sabrina zu.

Als die Gestalt aus dem Schatten des Drachen trat, sah Sabrina endlich ihr Gesicht. Es war eine junge Frau. Sie war vermutlich in Sabrinas Alter. Von Kopf bis Fuss war sie in Schwarz gekleidet; die braunen Haare wehten offen im Gehwind. Der Pfeil, der den Drachen getötet hatte, war offenbar von ihr geschossen worden, denn sie hatte eine Armbrust geschultert. Entsetzt starrte Sabrina auf die Waffe.

Eigentlich hatte sie erwartet, kein Wort sagen zu können. Doch als die Frau ihr gegenüberstand, fragte sie: „Wieso haben Sie das getan? Und wieso ... seit wann ... ?" Der Rest ging im Gestammel unter. Als die Frau antwortete, wirkte sie gelangweilt. So, als ob sie jeden Tag Drachen sah. Und sie jeden Tag umbrachte. „Wir leben im Jahre 2020, haben einen tödlichen Virus, den Klimawandel, Wälder, die abbrennen, Menschen, die wegen ihrer Hautfarbe getötet werden, und Donald Trump macht irgendwie alles noch schlimmer. Würden die Leute auch noch herausfinden, dass Drachen wirklich existieren, würde das endgültige Chaos herrschen. Die Leute würden glauben, dass die Apokalypse bevorsteht. Deshalb gibt es eine kleine Gruppe von Menschen, die sich vorgenommen haben, die Drachen still und heimlich zu beseitigen. Praktischerweise verschwindet dieses Exemplar, das ich gerade vom Himmel geholt habe, bei Sonnenaufgang. Das heisst, niemand wird ihn sehen. Niemand ausser dir. Problematischer Weise. Ich will nämlich keine Menschen töten. Aber dich einfach so laufen lassen kann ich auch nicht. Allerdings, wie gesagt, wir sind sehr wenige Drachenjäger. Du bist ziemlich furchtlos; viele andere wären vor dem Drachen weggelaufen. Hast du Lust, dich uns anzuschliessen?"

Sabrina sah die Frau unsicher an. „Naja … ich mag meinen Job…"

„Oh, entschuldige. Ich habe es falsch formuliert. Eigentlich war es keine Frage. Schliess dich uns an oder du wirst vermutlich durchdrehen, weil dir nie jemand glauben wird."

„Das heisst, ich habe keine Wahl?"

„Genau. Also los, mitkommen. Wir müssen diese Nacht noch einiges erledigen."

Mit diesen Worten verschwand die Frau in eine Seitengasse, bald gefolgt von Sabrina.

Gemeinsam liefen sie davon in die Nacht. In die kalte, düstere Nacht.

287

DRACHE ENTLAUFEN

Zora Löw

Ich war gerade auf dem Weg von der Schule nach Hause. Es war der letzte Schultag vor den langen Ferien gewesen. Da klingelte auf einmal mein Handy. Ich sah, dass es mein Vater war, also dachte ich erst, er wollte vielleicht nach meinen Noten fragen oder sagen, dass er früher heimkommen würde, weil ja jetzt Ferien waren. Ich nahm ab und hörte meinen Vater sprechen: „Hallo Lisa! Hast du schon gehört, was passiert ist?" Okay, das hörte sich nicht an, als ob er nach meinem Zeugnis fragen wollte. Seine Stimme klang ernst, und ein bisschen besorgt. „Was ist?", fragte ich zurück. „Fridolin ist entlaufen", gab mein Vater mir zur Antwort.

Wer jetzt denkt, Fridolin sei ein Haustier, der hat richtig getippt. Wer aber glaubt, er sei ein Hund oder eine Katze, der liegt falsch. Fridolin ist unser Hausdrache! Ob ihr es glaubt oder nicht. Mein Vater hat ihn vor vielen Jahren von einem sonderbaren Alten bei einer Reise durch die Rocky Mountains bekommen. So einen Drachen muss man natürlich geheim halten. Die Leute hätten riesige Angst, wenn sie wüssten, dass bei uns zu Hause ein Drache lebt. Zum Glück ist Fridolin nicht so gross. Ein bisschen grösser als ein Fussball, mit dunkelblauen Schuppen, einem langen Schwanz, puscheligen Ohren und zwei kleinen Flügeln. So auffällig ist er also nicht. Trotzdem ist es manchmal etwas schwierig, ihn versteckt zu halten... Was soll man zum Beispiel den Nachbarn erzählen, wenn Fridolin bei seinem nächtlichen Spazierflug einen kleinen Schluckauf hat, aus Versehen die Sonnenblumen in unserem Garten anzündet, und wir die Feuerwehr rufen müssen?

Klar, ich mag ihn schon, unseren Drachen. Aber manchmal geht er mir mit seiner Tollpatschigkeit einfach auf die Nerven. Oder seine ständigen Faxen. So wie jetzt.

„Wir müssen ihn suchen gehen", sagte mein Vater am anderen Ende der Leitung. Ich rollte mit den Augen. Schon einmal war Fridolin ausgebüxt. Wir hatten ihn ewig gesucht und schliesslich in der Regentonne meiner Oma gefunden. „Ja ja, ich komme gleich nach Hause", sagte ich nur noch ins Handy, bevor ich auflegte.

Zu Hause holte ich mir noch schnell eine Banane als Mittagessen, dann nahm ich mein Fahrrad und informierte meinen Vater, ich wolle erst in unserem Wohnviertel und dann auf dem Fabrikgelände nach Fridolin suchen. Vorsorglich nahm ich den Hunde-Fahrrad-Anhänger, den wir für unseren Drachen hatten, mit. In unserem Wohnviertel suchte ich Fridolin vergeblich. Als ich dann aber ein Stück durch das Fabrikgelände geradelt war, entdeckte ich eine Gruppe junger Erwachsener, die versuchten, mit einer Kamera irgendwelche Aufnahmen zu machen, und anscheinend dabei Probleme hatten. Ich stellte mein Rad hinter einem alten Container ab und ging vorsichtig auf die wild diskutierenden Personen zu. Und, ich hatte es mir fast gedacht: In

Mitten der verdutzten Leute stolzierte Fridolin herum. Peitschte mit dem Schwanz, fächerte die Flügel auf und spie ein bisschen Feuer. So ein Angeber! „Ist das deiner?", fragte mich jetzt eine junge Frau mit grosser Kamera, die auf mich aufmerksam geworden war. Ich nickte etwas schüchtern. „Ja, das ist … ähm … mein ferngesteuerter Drache." Ich zog mein Handy aus der Jackentasche. „Ich habe das Steuerungsprogramm sogar auf dem Handy installiert … das ist sehr praktisch", sagte ich schnell. Ich pflückte Fridolin vom Boden, der ärgerlich mit den Augen rollte, sich aber nicht traute zu fauchen. „Tschüss", sagte ich nur noch, bevor ich mit Fridolin hinter dem Container verschwand. Mann, war das peinlich. Ich spähte hinter dem Container hervor und sah, dass die Kamera-Truppe sich zum Glück schon wieder ihren Aufnahmen widmete. „Böser Drache", schimpfte ich Fridolin liebevoll. Richtig böse kann man ihm eigentlich nicht sein. Ich zog mein Handy aus der Tasche und wählte die Nummer meines Vaters, um ihn über Fridolins Aufenthalt zu informieren. Als Fridolin seine Stimme hörte, starrte er wie gebannt auf das Handy und fing an, auf den Bildschirm zu sabbern. Das ist immer so, wenn man telefoniert. Ich glaube, er wird nie verstehen, warum eine bekannte Stimme plötzlich aus so einem kleinen Kasten kommt.

EINE GANZ BESONDERE FREUNDSCHAFT

Sophia Schweiger

Wisst ihr, was das Schwierigste am Drachendasein ist? Man könnte denken, es wäre das Zähneputzen, was bei der Vielzahl meiner Zähne in der Tat echt anstrengend ist. Oder man könnte annehmen, dass es kompliziert ist, unsere Existenz zu verbergen, aber daran sind wir Drachen gewöhnt. Auch der Gedanke an Probleme im Luftverkehr liegt nahe und ganz ehrlich, vor ein paar Jahren habe ich auch beinahe mal einen Unfall mit einem Flugzeug gebaut.

Doch all das ist nicht die grösste Herausforderung.

Wirklich verdammt schwierig ist es, Freunde zu finden.

Bestimmt fragt ihr euch jetzt, wieso. Jeder hat Freunde. So schwer kann das ja nicht sein. Aber ihr müsst wissen, es gibt leider nur noch extrem wenig Drachen auf der Welt. Und da, wo ich lebe, gibt es überhaupt keine. Abgesehen natürlich von mir. Und jedes Mal, wenn ich mich auf die Suche nach anderen Drachen begebe und welche aufspüre, haben sie schon Freunde.

Aber nicht bloss das. Sie haben auch noch Eltern, Geschwister, eine Familie. Ich weiss nicht, was mit meiner Familie passiert ist, aber ich bin ganz allein. Schon immer.

Also habe ich mir etwas vorgenommen. Etwas Waghalsiges. Etwas Mutiges. Vielleicht etwas Verrücktes. Ich will einen Freund finden. Da es aber unter den Drachen einfach keinen geeigneten zu geben scheint, suche ich mir einfach einen menschlichen Freund. Ja, das klingt dämlich, ich weiss. Aber ich halte es nicht länger aus, allein in meiner Höhle. Es gibt niemanden, gegen den ich einen Feuerkampf veranstalten könnte. Niemanden, mit dem ich eine Runde durch die Lüfte drehen könnte. Niemanden, der mir abends von seinem Tag erzählt.

Das muss dann eben ein Mensch für mich übernehmen. An und für sich sollte das Ganze kein Problem sein, denn Menschen finden Drachen cool. Auch wenn sie glauben, dass es uns gar nicht mehr gibt, schreiben sie Geschichten über uns, erzählen sich von Abenteuern mit uns, träumen davon, mit uns zu fliegen. Ich bin mit den Menschen vertraut, sie kommen oft an meiner Höhle vorbei und dann höre ich ihre raunenden Stimmen.

Als ich an diesem Abend einschlafe, nehme ich mir fest vor, dass die nächste Stimme, die ich höre, zu meinem zukünftigen Freund gehören wird.

„Du bist so eine blöde Kuh."

„Und du ein Idiot. Nichts kapierst du. Jetzt lass mich in Ruhe."

„Darauf kannst du Gift nehmen."

Mit einem Ruck bin ich hellwach. Es ist so weit. Jemand ist hier. Zwei Leute, um genau zu sein. Ein Junge und ein Mädchen. Und nicht nur das. Zum ersten Mal seit Jahren höre ich Schritte. Schritte, die rasch näherkommen.

Oh je. So habe ich mir das aber nicht vorgestellt. Ich will nicht gefunden werden. Das letzte Mal, als ich gefunden wurde, haben die Menschen Jagd auf mich gemacht.

Es ist eine schlimme Zeit gewesen. Ich musste fort. Aber hier bin ich glücklich. Ich will mein neues Zuhause nicht wieder verlassen. So schnell ich kann, verkrieche ich mich in die hinterste Ecke meiner Höhle. Im selben Augenblick tritt jemand ein. Eine kleine Gestalt. Ein Junge. Hier drin ist es dunkel, aber ich kann gerade erkennen, dass Wasser aus seinen Augen läuft. Ich glaube, er weint. Damit kenne ich mich nicht so gut aus, denn wir Drachen können das nicht, aber ich meine mich zu erinnern, dass das bedeutet, dass er traurig ist.

Zum Glück entdeckt er mich nicht. Er sieht sich kaum um. Stattdessen lässt er sich einfach direkt hinter dem Höhleneingang auf den steinigen Boden fallen und schlingt die Arme um die Knie. Ich höre ihn leise schniefen.

Irgendwie tut er mir leid. Ich möchte ihm helfen. Er scheint einen Freund zu brauchen. Und niemand weiss besser als ich, wie es sich anfühlt, wenn man keinen Freund hat.

Also fasse ich einen Entschluss. Vorsichtig schleiche ich mich an ihn heran und stupse ihn sanft mit meiner Schnauze an. Leider war es wohl doch etwas stärker als beabsichtigt, denn der kleine Junge kippt prompt zur Seite um. Ups.

Als er sich wieder aufgerichtet hat, starrt er mich ein paar Sekunden lang aus grossen, braunen Augen an. Dann fängt er übergangslos an zu schreien.

Oh nein.

„Tut mir leid, tut mir wirklich leid", sage ich schnell und blase vor Aufregung etwas Rauch in die Luft, was die ganze Sache nicht unbedingt besser macht. „Ich wollte dich nicht erschrecken."

Der Junge hört auf zu schreien. Dafür weicht er jetzt in kleinen Schritten immer weiter vor mir zurück, bis er an der Wand lehnt.

„Du kannst sprechen?", flüstert er heiser.

„Natürlich. Ich bin ein magisches Wesen, ein Drache. Wir können so einiges!", sage ich stolz.

„Ein Drache?" Er kneift die Augen zusammen, atmet tief ein und öffnet sie wieder. Ich rühre mich nicht vom Fleck.

„Träume ich?", fragt er leise und zwickt sich in den Arm. „Aua. Nein, tue ich nicht."

Er starrt mich noch einige Sekunden lang an und ich mustere ihn ebenso interessiert. Auch wenn er sich sehr seltsam verhält, scheint er ganz in Ordnung zu sein. Jedenfalls ist er noch nicht davongerannt. Aber vielleicht hat er noch Angst vor mir.

„Bitte tu mir nichts", sagt der Junge, „bitte. Ich wollte wirklich nicht in dein Zuhause eindringen." Also hat er wirklich Angst vor mir. Ein komisches Gefühl. Ich bin der netteste Drache der Welt. Ich könnte keiner Fliege was zuleide tun.

„Ich will dir nichts tun", verspreche ich ihm, „Ich wollte dich bloss trösten. Du sahst so traurig und einsam aus. Ich bin auch oft einsam." Ich verstumme. Hoffentlich versteht der Junge, dass ich ihm wirklich nichts Böses will. Es ist so lange her, dass ich mal mit jemandem gesprochen habe. Und mit einem echten Menschen habe ich überhaupt noch nie geredet!

Der Junge sieht mich wieder an, aber diesmal ohne Angst. Eher neugierig. Als versuchte er mich einzuschätzen. Schnell setze ich mein schönstes Drachenlächeln auf.

„Darf ich dich mal streicheln?", fragt er schliesslich.

Zur Antwort recke ich ihm meine Schnauze entgegen. Er hebt seine Hand und streicht vorsichtig darüber. Ich muss lachen.

„Das kitzelt", beschwere ich mich und da lächelt der Junge zum ersten Mal.

„Ich bin Max", stellt er sich vor, „Und wie heisst du?"

Ich zucke mit den Schuppen. „Keine Ahnung. Ich glaube, ich habe keinen Namen."

„Keinen Namen?" Max runzelt die Stirn. „Ich finde, du brauchst einen."

Einen Augenblick lang schweigt er.

„Ich habe mir Drachen immer viel grösser vorgestellt", sagt er dann und sieht ein bisschen verlegen aus.

Ich blicke an mir herab und betrachte mich. „Eigentlich habe ich ganz normale Drachengrösse", teile ich ihm mit. „Wir dürfen nicht zu gross sein. Sonst sind wir zu schwer zum Fliegen."

„Du kannst fliegen?" Max macht grosse Augen.

Ich nicke stolz. Dass ich kein besonders guter Flieger bin und an Höhenangst leide, muss Max ja nicht unbedingt wissen. Schliesslich sieht er jetzt endlich so aus, als würde er mich mögen.

Begeisterung liegt in seinen Augen.

„Kann ich mal mitfliegen?"

„Na klar", sage ich, „irgendwann mal. Sag mal, warum warst du eigentlich gerade eben so traurig? Du hast geweint, oder?"

Max' Blick verdüstert sich schlagartig wieder. „Darüber will ich lieber nicht reden."

„Na gut. Dann erzähle ich dir eben zuerst, warum ich traurig bin", meine ich und beginne damit, ihm meine Geschichte zu erzählen. Davon, dass mich keine andere Drachenfamilie bei sich haben will. Und dass meine Eltern verschwunden sind. Und dass ich sehr, sehr einsam bin. Und mir sehnlichst einen Freund wünsche.

Max hört die ganze Zeit über aufmerksam zu. Als ich schliesslich geendet habe, lächelt er mich zaghaft an.

„Ich könnte dein Freund sein", sagt er.

„Wirklich?" Wenn ich könnte, würde ich ihm jetzt um den Hals fallen.

Max nickt. „Na klar. Jeder braucht Freunde. Und du bist nett. Ausserdem – wer hat schon einen Drachen zum Freund?"

Jetzt grinst er. Ich grinse ebenfalls.

„Aber du darfst niemandem von mir verraten." Ich werde wieder ernst. „Wir Drachen halten unsere Existenz geheim. Das letzte Mal, als mich jemand entdeckt hat, war sehr schlimm für mich. Drachenjäger haben Jagd auf mich gemacht und ich musste fliehen."

Max wirft mir einen empörten Blick zu. „Wir sind jetzt Freunde. Freunde verrät man nicht."

Dankbar lege ich ihm eine Pfote auf die Schulter.

„Kann ich dir ein paar Fragen stellen?" Max' Neugier wird anscheinend immer grösser, also stimme ich bereitwillig zu.

„Wie ist das Leben als Drache? Bist du immer in dieser verfallenen Garage?"

„Das ist keine Garage, das ist meine Höhle", stelle ich empört klar, „und zwar die beste Höhle überhaupt."

Max fängt an zu lachen. „Nein, das ist eine leerstehende Garage auf dem Schrottplatz meines Opas. Aber egal. Bist du also immer hier?"

„Meistens. Ab und zu gehe ich raus und suche mir ein paar leckere Pflanzen. Nachts fliege ich auch manchmal durch die Gegend. Und natürlich muss ich zweimal im Jahr zum Zahnarzt und ab und zu in die Flugschule."

Max steht der Mund offen. „Zahnarzt? Flugschule?", fragt er ungläubig.

„Na klar. Drachen haben so viele Zähne, da kommt man mit der Zahnbürste ohne weiteres gar nicht überall hin. Deswegen gehen

wir sehr regelmässig zum Zahnarzt und lassen unsere Zähne überprüfen. Einmal bin ich nicht gegangen und dann habe ich sehr schlimme Zahnschmerzen bekommen." Ich schüttele mich. „Hoffentlich passiert mir das nie wieder."

„Wow." Die Verblüffung steht ihm ins Gesicht geschrieben.

„Und natürlich muss man auch zur Flugschule, denn jeder Drache muss seinen Flugschein machen, bevor er alleine fliegen darf. Ausserdem gibt es ab und zu neue Verkehrsregeln, die uns dort mitgeteilt werden. Meistens, wenn ihr Menschen mal wieder ein neues, schnelleres, grösseres Fluggerät baut."

Ich hätte noch weitererzählt, doch in diesem Moment ertönt von draussen eine laute Stimme.

„Max? Wo bist du denn, Nervensäge? Opa sagt, wir gehen jetzt nach Hause."

„Oh nein!" Max wird auf einmal ganz blass im Gesicht. „Das ist meine Schwester. Ich will aber jetzt nicht gehen."

„Sie ist das Mädchen, mit dem du dich vorhin gestritten hast, oder? Was war denn los?", frage ich noch einmal vorsichtig.

„Ach, weisst du, sie ist eben meine grosse Schwester und kommandiert mich ständig herum. Immer weiss sie alles besser und ich darf nie mit ihr spielen, weil ich angeblich zu kindisch bin."

Max' Augen füllen sich wieder mit Tränen. „Aber ich wollte doch nur dazugehören, weisst du? Deshalb habe ich mir ihre Sachen genommen. Und dann habe ich aus Versehen ihr Lieblingsspielzeug kaputt gemacht. Und jetzt ist sie sauer auf mich. Wenn ich da raus gehe, schreit sie mich bestimmt gleich wieder an."

Ich denke einen Moment lang nach. Natürlich kenne ich mich mit Freundschaften nicht besonders gut aus, aber Max hat mir gegen meine Einsamkeit geholfen. Ich glaube, ich wäre ein guter Freund, wenn ich ihm jetzt auch helfen würde.

„Pass auf. Du gehst jetzt zu ihr", schlage ich vor, „und wenn sie gemein zu dir ist, dann sagst du einfach zu ihr, dass sie eine blöde Schnepfe ist. Das ist unser Codewort. Wenn du das sagst, komme ich raus, speie ein bisschen Feuer und verteidige dich. Wenn sie das sieht, wird sie dich in Zukunft garantiert nie wieder herumkommandieren."

„Das würdest du tun? Aber dann entdeckt sie dich doch", meint Max zweifelnd.

„Das nehme ich in Kauf." Ich hoffe, ich klinge mutiger, als ich es wirklich bin. „Also, machen wir es so?"

„Na gut", willigt er ein. „Dann bis bald. Ich komme dich jetzt auf jeden Fall öfter besuchen."

Damit winkt er mir zu und läuft aus meiner Höhle. Ich schleiche ihm ein Stück hinterher und halte mein Ohr ganz nah an den Ausgang, sodass ich jedes Wort der Geschwister verstehen kann.

„Da bist du ja endlich, Blödmann. Alle warten nur auf dich."

„Hör auf, so gemein zu sein. Ich beeile mich doch schon."

„Jaja." Das Mädchen klingt genervt. „Ich frage mich, wer hier gemein ist. Immerhin habe ich nicht deine Sachen kaputt gemacht."

„Das war wirklich keine Absicht, Rosalie", beteuert Max.

„Wer's glaubt, wird selig. Jetzt halt endlich die Klappe!"

„Weisst du was? Du bist eine blöde Schnepfe."

Das ist das Stichwort, oder? Jetzt kommt mein Einsatz. Mein Herz klopft wie verrückt, als ich laut stampfend die Höhle verlasse und so viel Feuer speie, wie ich nur kann.

„Lass Max in Frieden!", wende ich mich gleichzeitig mit donnernder Stimme an Rosalie und schleudere ihr eine gewaltige Rauchwolke entgegen. „Sonst kriegst du es mit mir zu tun!"

Entgegen meiner Erwartung fängt Rosalie nicht an zu schreien. Sie rennt auch nicht weg oder zeigt sonst irgendwelche Anzeichen von Angst. Stattdessen starrt sie mich an, als habe sie einen Geist gesehen.

„Das glaube ich jetzt ja nicht!", stösst sie hervor. „Bist du das, Ator?"

Ator? Das Wort ruft eine verschwommene Erinnerung in mir wach. Eine Erinnerung, die eigentlich längst verschwunden war.

„Rosalie?"

„Kennt ihr euch?", fragt Max verblüfft.

„Nein", antworte ich unsicher. „Also …"

„Doch", widerspricht mir Rosalie. „Ich habe dich gefunden, als du noch ganz klein warst. Ein Baby. Du hast auf meine Hand gepasst. Ich wusste, dass du ganz allein bist, denn ich habe gesehen, wie Drachenjäger deine Eltern getötet hatten. Hier auf Opas Schrottplatz. Aber ich wollte nicht, dass sie dir etwas tun, du warst noch so klein. Also habe ich dich hier weggebracht. Seit wann bist du wieder hier?"

Mit jedem Wort, das sie spricht, wird meine Erinnerung klarer.

„Stimmt!", rufe ich aus. „Du hast mich gerettet und mich weggebracht. Allerdings wurde ich in meinem alten Zuhause auch

von den Drachenjägern gefunden. Deshalb bin ich wieder hier."
Plötzlich stutze ich. „Aber wieso hast du mich Ator genannt?"
Jetzt lächelt sie verlegen. „Ich dachte eben, du brauchst einen
Namen. Ator war der erste Name, der mir auf die Schnelle ein-
gefallen ist und den ich für einen Drachen passend fand."
„Ich finde ihn fantastisch", erkläre ich begeistert.
Einen Moment lang bin ich in Gedanken versunken.
„Wisst ihr was?", sage ich dann. „Ihr habt mich beide gerettet.
Du hast mich damals vor den Drachenjägern gerettet, Rosalie,
und Max, du hast mich heute vor der Einsamkeit gerettet. Ich
fände es toll, wenn ihr beide meine Freunde wärt. Und euch
wieder vertragt. Max hat deine Sachen wirklich nicht mit Ab-
sicht kaputt gemacht, Rosalie."
Max wirft ihr einen vorsichtigen Blick zu. Sie seufzt.
„Ich weiss. Es war nur ein Geschenk von Oma und sie ist letz-
ten Monat gestorben und … Keine Ahnung. Ich schätze, ich
war bloss traurig. Es tut mir leid, dass ich das an dir ausgelassen
habe, Max."
„Mir tut es auch leid", sagt er.
„Komm her, Brüderchen." Rosalie lächelt und zieht ihn in eine
Umarmung. Über seinen Kopf hinweg grinst sie mir zu.
„Danke für alles, Ator. Es war schön, dich mal wiederzuse-
hen."
„Ja, danke", meint auch Max.
„*Ich* danke *euch*", erwidere ich abwehrend.
„Fliegst du jetzt eine Runde mit uns?", fragt Max und seine Au-
gen glitzern aufgeregt.
Na gut. Dann gebe ich mir eben einen Ruck.
„Von mir aus", sage ich und kaum habe ich die Worte ausge-
sprochen, klettern die beiden auch schon auf meinen Rücken.
„Gut festhalten", weise ich sie an und stosse mich kräftig vom

Boden ab. Dann breite ich meine Flügel aus und steige schwankend aufwärts. Max und Rosalie kreischen auf.

Als der Schrottplatz unter uns nur noch klitzeklein aussieht, drehe ich meinen Kopf ein bisschen, sodass ich sie sehen kann.

„Ich muss euch etwas beichten", rufe ich ihnen zu. „Ich habe meinen Flugschein noch gar nicht. Leider bin ich kein besonders guter Flieger, deswegen falle ich bei der Prüfung immer wieder durch."

„Was?!", brüllt Max entsetzt. „Das sagst du uns erst jetzt?"

„Wehe, du lässt uns fallen!", schimpft Rosalie drohend.

„Keine Sorge, ich kriege das hin", verspreche ich ihnen. Denn jetzt, wo ich endlich Freunde gefunden habe, werde ich auf keinen Fall zulassen, dass ihnen etwas zustösst. Freunde passen aufeinander auf.

Und mit einem Mal geht es ganz leicht. Ich schlage kräftig mit den Flügeln, Max und Rosalie jauchzen vor Freude und wir fliegen der Sonne entgegen.

DAS EPOS VON ROBERT DEM RUCHLOSEN

Danai Kacperska

Vor einer langen, langen Zeit gab es einmal vier Drachen. Ihre Namen waren Mars, Venus, Jupiter und Saturn. Ihre Freitage verbrachten sie am liebsten mit ihrem Freund Robert dem Ruchlosen, einem Ritter in glänzender Metallrüstung, obwohl diese Freundschaft für mittelalterliche Verhältnisse doch recht ungewöhnlich war. Um kein Aufsehen zu erregen, hatten sie einen Deal: Ritter Robert nahm regelmässig ein paar Schuppen von den Drachen und zeigte sie dem König. Dieser überreichte dann dem Ritter zum Dank fürs vermeintliche Drachentöten ausser Goldstücken oft auch noch die verschiedensten kulinarischen Köstlichkeiten. Die leckeren Häppchen gab der Ritter wiederum den Drachen als Guten-Abend-Snack weiter. Diese List klappte jetzt schon mehrere Monate lang ohne aufzufliegen, bis zu einem bestimmten Samstag.

Die Drachen wunderten sich, wieso der Ritter am Vortag nicht wie gewohnt vorbeigekommen war. Sie hatten keine Nachricht von ihm erhalten, und sie vermissten ihren luxuriösen Abend-snack. Also empfahl Jupiter, der Anführer der Vier, dass sie nach Robert in seinem Heimatdorf suchen sollten, und das taten sie dann auch. Es dauerte nicht lange, bis die Drachen erkannten, was los war. Im Dorf empfingen sie mehrere „Missing"-Poster mit Roberts Bild, die an manchen Läden aufgehängt waren.

Der Ritter war verschwunden! Die Drachen waren sehr besorgt um ihren Freund. Und eine Welt ohne leckere Abendsnacks di-rekt aus der königlichen Küche war eine elende und geradezu unerträgliche. Verzweifelt hörten sich die Drachen im Dorf nach Hinweisen zum Aufenthalt des Ritters um. Als sie schliess-lich eine vorbeikommende Hexe befragten, fanden sie heraus, dass der Ritter eine Art Steinturm hatte besuchen wollen, und dass er von dort niemals zurückgekehrt war. Zumindest hatten sie jetzt eine generelle Idee davon, wo der Ritter sein könnte.

Und so machten sich die vier Drachen auf den Weg zu einem Schloss, von dem sie nur eine grobe Beschreibung hatten, um ihren Ritterfreund vor einer noch unbekannten Gefahr zu ret-ten. Doch vorher mussten sie dieses Schloss überhaupt finden! Als Erstes versuchten sie, dem Geruch des Ritters zu folgen; je-doch nach Metallrüstung riechende Ritter gab es hier viele, und einen bestimmten Ritter darunter zu finden, erwies sich als un-möglich. Als nächsten Schritt schlug Saturn, der der klügste der Gruppe war, vor, dass sie sich in den umliegenden Dörfern nach dem steinernen Turm erkundigen sollten. Aber leider waren die Bewohner aller Dörfer sehr drachenphobisch eingestellt und rannten sofort vor ihnen weg, bevor sie überhaupt irgendwelche Hinweise erfragen konnten. Also empfahl Jupiter den Luftweg: Die vier Drachen sollten in der Gegend herumfliegen und auf diese Art das richtige Schloss aufspüren. Doch die sich ihrer Stärke oft unsichere, aber umso liebenswertere Venus wandte dagegen ein, dass die Monster – von denen sie annahmen, dass sie den Ritter entführt hatten – die Vier zu früh bemerken und sofort angreifen würden. Die Drachen liessen die Köpfe hängen und waren mit ihren Ideen schon so ziemlich am Ende.

Venus überlegte gerade, wie sie die anderen überzeugen könnte, dass eine Rettungsmission ohne Hilfe von aussen unmöglich sei, und schlug vor umzukehren. Da unterbrach Mars, ein seit seiner Jugend sehr kampferprobter Drache, ihre Gedanken, denn er meinte, dass sie doch zu viert wohl irgendwelche popeligen Monster besiegen könnten, egal, wie gross oder einschüchternd die wären! Nach ein paar Minuten motivierender Diskussion stimmten die anderen zu, und entschlossen machte sich die Gruppe der vier Drachen auf den Weg. Zum Glück brachte das Fliegen viele Vorteile mit sich – zum einen mussten sie sich nicht mehr über Feinde auf dem Boden sorgen, da kein Bauer seine Heugabel so hoch werfen konnte, dass er sie zu treffen vermochte. Um ihre Spuren und Lautstärke mussten sie sich in der Luft auch nicht kümmern, obwohl ein zufällig nach oben blickender Wanderer vier verschiedenfarbige Punkte im Himmel gut hätte bemerken können. Aber in dieser Höhe bedrohte sie das überhaupt nicht, da sie Drachen waren, und die standen so ziemlich ganz oben in der Nahrungskette.

Jupiter glaubte plötzlich während ihrer Reise, ein altes Gemäuer zu erkennen. Als sie sich, Jupiter voran, dem Bauwerk näherten, bemerkten sie, dass es von Leuten in – nicht einfach glänzenden, sondern eher glitzernden – Rüstungen bewacht wurde. Die Drachen landeten auf der Brücke vor dem Schloss, ein bisschen müde von der Flugreise, aber immer noch angetrieben von der Sorge um ihren Freund und dem Ausbleiben des Abendsnacks. Sofort stellten sich die Wächter ihnen entgegen. „Halt! Stopp! Im Auftrag der Prinzessinnen von und zu Tausendschön dürfen wir keine Drachen reinlassen!", deklarierte einer von ihnen, während Mars voller Vorfreude seine Krallen im Hintergrund mit seiner Diamant-Feile schärfte. „Was seid ihr denn für Viecher?", knurrte Jupiter, worauf einer der Wächter ihm etwas beleidigt antwortete: „Wir sind die Model-Kobolde, du blöde Eidechse! Uns ist das Aussehen ganz schön wichtig. Die Prinzessinnen bezahlen uns sehr gut, mit Gold und exklusivem Menschenschmuck – und günstigem Botox und so." „Kein Wunder, dass sie perfekte Wächter für die Prinzessinnen ... äh ... von und zu Tausendschön abgeben ... aber wieso würden Prinzessinnen einen Ritter entführen? Sind wir hier überhaupt richtig gelandet?", dachte Saturn laut. Da trat Mars plötzlich vor die Kobolde, hob drohend die langen Krallen und fragte zischend: „Wird hier ein Ritter gefangen gehalten? Falls ja, nehmen wir ihn jetzt mit." „Oh ja, klar! Zweithöchstes Stockwerk rechts!", platzte einer der Kobolde sofort heraus, während der Rest vom Tor wegtrat. „Tut uns nicht weh, wir sind zu gutaussehend, um zu sterben!" Venus nickte und murmelte ein leises „Dankeschön", bevor sie und die anderen Drachen ungeduldig in den Turm einmarschierten.

So drangen sie in das Innere des Schlosses vor und mähten fast alles und jeden nieder, auf ihrem Weg die Treppe hinauf zum zweithöchsten Stockwerk der Burg. Je weiter sie nach oben kamen, desto besorgter wurden sie wegen der nun hörbaren Heullaute ihres Ritterfreunds, die mit jedem Schritt der Drachen lauter wurden. Welches grauenvolle Leid fügte das Monster wohl dem armen Ritter Robert dort oben zu? Auf der endlos scheinenden Reise begegneten sie mehreren Fallen, die sie aber mehr ärgerten als verletzten. Dort gab es übergrosse Flakons, die an den steinigen Wänden angebaut waren und widerlich süssliches Parfum in die Richtung der Drachen spritzten. Und auch so manche Stachelfalle, obwohl die Holzstacheln so dünn und schwach waren, dass sie sich unter den schuppigen Füssen der Drachen bloss wie ein Kitzeln anfühlten, das ein seltsames Blumenmuster auf der Drachenhaut hinterliess. Trotzdem blieben sie vorsichtig, denn sie wussten immer noch nicht, welches Monster den Ritter im zweithöchsten Stockwerk rechts des Turms gefangen hielt. Saturn und Venus waren sogar etwas nervös, dem mysteriösen Feind zu begegnen. Mars drängte die beiden jedoch entschlossen, es gäbe kein Umkehren mehr, egal, wie sehr sie es jetzt bereuten. Jupiter hingegen motivierte sie etwas einfühlsamer und sagte, dass vier Drachen so ziemlich alles besiegen könnten, und die Worte des älteren Drachen schienen ihre Nervosität etwas zu bekämpfen.

Schliesslich kamen die Drachen zum zweithöchsten Stockwerk des Turms, genauer gesagt vor die rechte Tür. Mars streckte seine rotglänzenden Arme aus und inspizierte die Tür. Dann bemerkte er mit aufgeregtem Unterton: „Das ist eine Holztür, die kann man einfach verbrennen!" Doch bevor er sich ans Werk machen konnte, stellte sich Jupiter bereits zwischen ihn und die Tür. „Nein, das wäre sehr unhöflich und eventuell auch gefährlich. Wir sollten erstmal klopfen!", schlug er vor, worauf Mars sofort zurückfeuerte: „Das funktioniert doch nicht, wir würden niemals eine Antwort kriegen! Ein Monster weiss doch nicht mal, was Klopfen bedeutet!" Die Diskussion zwischen den beiden eskalierte ziemlich schnell, wie eine Flamme, die sich in Windeseile ausbreitet. Die Drachen standen vor der Tür und bekämpften sich verbal für mindestens fünf Minuten, bevor Mars entschied, die Tür, trotz Jupiters Bedenken, zu verbrennen. Feuer schoss aus seinem Maul, und die Tür zerfiel augenblicklich zu Asche. Die drei anderen Drachen drehten ihre Köpfe langsam und etwas zögerlich in Richtung des Raumes, aber was sie dort sahen, war viel schrecklicher und unerwarteter, als sie es sich jemals in ihren kühnsten Träumen hätten ausmalen können.

In der Mitte des Raumes war der Ritter in hochpolierter Metallrüstung an einen breiten Stuhl gebunden. Dies war für die Drachen aber nicht der überraschende Teil. Der überraschende Teil war die Tatsache, dass er von drei vollschlanken, grünhäutigen Frauen in bunten Kleidern und dickem Make-Up umgeben war, die Kosmetika und Spiegel in den Händen hielten. Sie drehten sich nun schlagartig mit schockierten Gesichtern zu den Drachen um. Die schauten womöglich noch schockierter drein, denn Damen hatten sie als Letztes erwartet. Allerdings waren diese nicht nur sehr üppig, sondern die erste hatte eine dunkelgrüne Warze mitten auf der Nase, die zweite eine ungepflegte Glatze und die dritte einen haarigen Buckel. Der Ritter rief durch seinen fetten Metallhelm ein gedämpftes „Hilfe". Mars schnaufte ungeduldig und verschränkte seine schuppigen Arme. „Es tut uns leid, dass wir Sie unterbrechen müssen, liebe Damen, aber wir brauchen dringend den Ritter zurück", begann Jupiter in recht ruhigem Ton, worauf Mars zischend hinzufügte: „Ihr gebt uns den Ritter jetzt sofort zurück oder gleich brennt es hier drin!" Darauf trat eine der Frauen auf den Drachen zu und schimpfte: „Nein, wir geben niemanden zurück! Der gehört nicht mal euch! Wir, die grünen Prinzessinnen von und zu Tausendschön, haben ihn hierhergebracht, damit er eine von uns heiratet! Das geht euch übergrosse Regenbogeneidechsen gar nichts an." „Ich will aber gar nicht heiraten, ich will Junggeselle bleiben!", protestierte Robert, aber niemand beachtete ihn. Die anderen Prinzessinnen stimmten ihrer Schwester mit leichtem Nicken zu. „Also habt ihr, eine Gruppe von grünhäutigen, vollschlanken Prinzessinnen, einen Ritter entführt, damit er eine von euch heiratet?", fragte Saturn verwirrt nach, während Venus wegen der Bezeichnung „Regenbogeneidechsen" kicherte. „Ganz richtig, das haben wir! Und wir sind überhaupt nicht vollschlank, wir haben nur schwere Knochen! Seht euch selbst doch mal an, ihr seid mindestens zweimal so vollschlank wie wir!", antwortete die Prinzessin beleidigt, während sie auf Saturn zeigte. „Ja, aber … ". Bevor er weitersprechen konnte, unterbrach ihn die Bucklige: „Kein Aber! Ihr wollt uns doch nur mobben! Verlasst den Turm sofort!" Die Drachen tauschten untereinander verwunderte Blicke, denn sie wussten überhaupt nicht, wie sie mit dieser Situation klarkommen sollten.

Mars schärfte seine Krallen jetzt schon zum zweiten Mal, aber seine drei Begleiter waren offensichtlich nicht wirklich dazu bereit, eine Gruppe von komischen Prinzessinnen anzugreifen. Venus schaute zu den anderen, dann zum Ritter, dann wieder zu den Prinzessinnen, dann zurück zu den anderen Drachen. Sie kratzte sich leicht am Kinn und dachte für ein paar Sekunden nach. Zum Glück hatte sie eine Idee! Sie beugte sich zu Jupiter und flüsterte etwas in sein Ohr. Er nickte langsam und wandte sich zu Saturn und Mars, denen er dann die Idee auch flüsternd erklärte. Sie schienen alle einverstanden zu sein. Saturn drehte sich zu den Prinzessinnen und fragte: „Also, ihr wollt einfach nur, dass ihr geliebt werdet? Dass euch ein Mann heiratet? Irgendeiner?" „Oh, ja! Ein Prinz wäre am besten, aber unsere Erwartungen sind nicht mehr so hoch. Wir wollen doch einfach nur jemanden, der uns liebt, deswegen wäre auch ein einfacher Ritter okay", antwortete die mit der Warze. Die Drachen hatten ins Schwarze getroffen. Venus versprach freudig: „Das ist grossartig! Wir können euch damit helfen, solange ihr den Ritter freilasst." Die Prinzessinnen schauten die Drachen ein bisschen zweifelnd an, worauf Venus ein schnelles „Vertraut uns einfach!"

hinzufügte. Und so krochen die vier Drachen alle nacheinander durch eines der Fenster des Turms und flogen los, um mithilfe ihres angehäuften Goldes den Plan auszuführen. Sie brauchten ein bisschen Zeit und Anstrengung, denn Drachen waren naturgemäss nicht die besten Organisationstalente der Welt, aber nach ein paar Stunden reisten sie zum Turm zurück mit allem im Gepäck, was sie für ihre Idee benötigten. Sie brachten ein paar Poster-Exemplare mit und zeigten sie den Prinzessinnen, die absolut begeistert waren. Denn auf den Plakaten stand: „Reiche, nicht perfekte Prinzessinnen in hübschem Schloss suchen Männer, die auch nicht perfekt sein müssen!" Danach machten sie sich an die eigentliche Arbeit. Die Drachen druckten nicht nur Poster und hängten sie in den umliegenden Dörfern auf, sondern besorgten auch Baumaterialien, um so schnell wie möglich den alten Steinturm zusammen mit den Prinzessinnen zu renovieren. Auch der Ritter half fleissig mit. Am Ende hatte das Schloss eine polierte Marmorfassade und glänzende Wände, mit einem noch schöneren und eleganteren Innenbereich. Nachdem sie fertig waren, flogen die Drachen mit dem so befreiten Ritter weg, um aus der Ferne zuzuschauen, wie sich mehrere Adlige und Prinzen nach und nach mit Blumen und Geschenken in den Händen vor dem Gemäuer des Turms aufstellten. Es waren sehr dicke und sehr dünne unter ihnen, ältere, welche mit Glatzen und Buckeln, Einäugige und Vernarbte dabei. Aber alle wirkten sie ziemlich nett und auch irgendwie erleichtert. So waren die Drachen erfolgreich und lebten wieder in einer Welt mit leckeren Freitagabend-Snacks, der Ritter Robert war befreit und die Prinzessinnen mit Dates fürs restliche Leben versorgt. Und so lebten sie glücklich und zufrieden bis ans Ende ihrer Tage.

DER DRACHEN-WANDLER

Lea Mescher

Es war Mittag. Ich machte gerade Hausaufgaben, als plötzlich ein lautes Poltern auf dem Dach erklang. „Lina! Schnell! Drachen!", schrie meine Mutter panisch. Sie nahm mich am Arm und zog mich mit in den Keller. Dort versteckten wir uns immer, wenn Drachen kamen. Ich hatte nur meine Mutter, denn mein Vater hatte sie, als ich geboren wurde, verlassen. Ich glaube, ihm war es zu stressig gewesen, ein Kind zu haben. Nun war ich schon 14 und meine Mutter konnte auch gut alleine für mich sorgen. Das sagte sie auf jeden Fall immer.

Hier auf unserer kleinen Insel Aeel war es eigentlich Alltag, dass Drachen uns angriffen. Die Leute, die hier lebten, waren das gewöhnt. Meine Mutter hatte trotzdem furchtbare Angst. Ich wusste nicht, warum, aber ich mochte schon immer Drachen. Selbst als ich klein war, hatte ich stets mit Drachenfiguren gespielt. Die Leute sagten, dass ich verrückt oder selbst eher ein Drache als ein Mensch sei, aber das war mir egal. Nachdem das Poltern verstummt war, traute sich meine Mutter mit mir wieder nach oben. Langsam ging sie die Treppe hoch. Je höher sie kam, desto mehr zitterte sie. Ich verdrehte die Augen. Am liebsten hätte ich gesagt: „Ist doch nur ein Drache!", aber ich wollte nicht wieder diese Diskussion mit ihr anfangen. Als sie sah, dass nirgendwo ein Drache zu sehen war, atmete sie durch. „Ich mach' dann weiter Mathe!", sagte ich unbeeindruckt. Sie nickte. Es war schon dunkel, als ich mit den Hausaufgaben fertig wurde, und ich beschloss, noch einen kurzen Spaziergang zu machen. Draussen blieb ich stehen und atmete tief ein. Wie sehr liebte ich den Geruch von Meersalz, Fisch und Dünengras. Ich zog meine Schuhe aus und ging den Strand entlang. Ich hörte die Wellen rauschen. Hier war der einzige Ort, an dem ich entspannen konnte. Verträumt schloss ich die Augen. Plötzlich hörte ich ein Geräusch. Sofort öffnete ich die Augen wieder, sah mich um und lauschte. Stille. Ich wollte gerade wieder umdrehen und nach Hause laufen, da sah ich eine kleine Höhle an der steilen Klippe neben mir, die ich zuvor noch nie bemerkt hatte. Daraus kam nun erneut ein komisches Geräusch. Neugierig näherte ich mich. Es war stockdunkel. Ich machte das Licht meiner Handykamera an und tastete mich vorsichtig immer weiter vorwärts. Als ich merkte, dass sich irgendwas um meine Beine schlängelte, war es schon zu spät. Ich wurde durch die Luft gerissen und landete hart auf dem Boden. Benommen versuchte ich, mein Handy zu finden. Ein paar Meter weiter lag es. Ich wollte mich gerade aufrappeln, um es zu holen, da sah ich, dass der Lichtstrahl, der bis zur Decke reichte, durch ein Gesicht unterbrochen wurde. Wobei Gesicht vielleicht nicht das richtige Wort war, es glich eher einer Fratze. Ich schrie so laut ich konnte, in der Hoffnung, dass mich jemand hören würde. Der monsterhafte Kopf verschwand wieder im Dunkeln, stattdessen konnte ich jetzt die Schultern sehen. Sie waren breit und feuerrot. „Das ist kein Mensch!", dachte ich mit aufsteigender Panik. Nun verschwanden auch die Schultern und man sah den breiten

Rücken, auf dem knochige Platten nach oben ragten. Keine Frage, das Ding kam auf mich zu. So schnell ich konnte, stand ich auf und stolperte blind durch den immer niedriger werdenden Gang. Da hinten wurde es wieder heller, wahrscheinlich war dort ein Ausgang. Ich war erleichtert, aber musste nun schon durch den Gang auf allen Vieren kriechen. Zum Glück hatte ich keine Platzangst. Und endlich: Ein kleiner Ausgang. Ich zwängte mich hindurch und sah schon gleich das nächste Problem. Um mich herum reichten riesige Klippen bis hoch in den Himmel. „Wie soll ich da nur hochkommen?", fragte ich mich selbst. Doch bevor ich mir darüber weitere Gedanken machen konnte, hörte ich ein lautes Geräusch hinter mir. Ich fuhr herum und sah, dass ein Stück der Höhle herausbrach. Erst war dort nur eine Staubwolke, aber dann kam dieses Wesen aus dem Loch geklettert. Nun gab es keinen Zweifel mehr. Es war ein Drache. Mit offenem Mund blieb ich stehen, vor Angst konnte ich mich nicht mehr bewegen. Noch nie hatte ich einen Drachen live gesehen und schon gar nicht so nah. Er war zwar nicht viel größer als ich, trotzdem klang sein immer näher kommendes Schnaufen sehr bedrohlich. Als er nur noch etwa einen Meter von mir entfernt war, erkannte ich, dass sein Flügel eine große Wunde trug. Im gleichen Moment entdeckte ich einen kleinen Spalt, der sich durch die Klippen schlängelte. So schnell ich konnte, robbte ich zu dem Spalt und quetschte mich hinein. Ungefähr zehn Minuten lang zwängte ich mich seitwärts durch das Gestein. Endlich sah ich in der Nähe unser Haus. Ich sprang ins Freie. Doch als ich zu Hause ankam, brannte im ganzen Haus kein Licht mehr. Ich wunderte mich. War meine Mutter schon ins Bett gegangen? So früh? Ich wollte nicht klingeln, falls sie tatsächlich schon schlief. Schnell und leise kletterte ich also durch das offene Küchenfenster. Danach schloss ich es und ging ins stockdunkle Wohnzimmer. Ich hörte ein leises Schnaufen. Langsam folgte ich dem Ton, bis ich meine Mutter in ihrem Lieblingssessel schlafen sah. Ich deckte sie zu und ging dann selbst ins Bett, aber an Schlaf war nicht zu denken. Ich stand wieder auf und öffnete das Fenster. Der Wind wehte durch meine Haare. Ich sah raus zum Sternenhimmel. Immer wieder flog eine Sternschnuppe über den klaren Himmel. Was der Drache jetzt wohl machte? Beim Nachdenken wurden meine Augenlider schwer und ich stieg wieder ins Bett und schlief ein.

Am nächsten Morgen weckte mich mein schriller Wecker. Schlaftrunken und noch halb im Traum über einen Höhlendrachen öffnete ich ein Auge und sah auf die Uhr neben mir. Was?! Schon so spät? Ich schreckte hoch, rannte ins Bad, putzte die Zähne und zog ich mich in Rekordzeit an. Frühstücken konnte ich vergessen. Dann flog ich aus der Tür und sprintete zum Bus, der schon an der Haltestelle stand. An der Schule angekommen, musste ich feststellen, dass ich in der Eile kein Pausenbrot eingepackt hatte. Also ging ich schnell zu unserem Kiosk. „Eine Brezel bitte!", murmelte ich, während ich mein Geld zählte. „Und was war in der Höhle? Ein Drache?", fragte der freundliche Mann hinter der Kasse. Diese Worte liessen mich zusammenzucken. Ich sah ihn an. Doch vor mir stand plötzlich nicht mehr der nette Kioskbesitzer mit der Jogginghose und den Pantoffeln. Nein, ein riesiger Mann starrte mich mit feuerroten Augen an. Er hatte eine Narbe am rechten Arm. Ich liess das Geld fallen und rannte fluchtartig durch die Hintertür in mein Klassenzimmer. Träumte ich immer noch? Nein, dafür fühlte es sich zu real an. Ich nahm mir vor, den Verkaufsstand in Zukunft zu meiden, doch die Ereignisse seit dem letzten Abend – geträumt oder nicht – liessen mir keine Ruhe. „Ich werde einfach nicht mehr zum Kiosk gehen, dann kann auch nichts passieren!", dachte ich mir. Ich sass schon an meinem Platz, als der Mathelehrer ins Klassenzimmer guckte und dann schnellen Schrittes zu seinem Pult lief. Der Unterricht war langweilig. An der Tafel erzählte Nicklas, der Lieblingsschüler unseres Mathelehrers Maier, irgendetwas über Potenzen, wobei Herr Maier ihm immer wieder freundlich zunickte. Ich krizelte in meinem Matheheft herum und überlegte, ob der Kioskbesitzer vielleicht etwas mit dem Drachen zu tun hätte. Ein lautes „Lina!" riss mich aus meinen Gedanken. Mein Blick fuhr nach oben. Ich zuckte zusammen, denn ich sah direkt in das strenge Gesicht meines Lehrers. „Sieben hoch zwei! Sieben hoch zwei!" flüsterte mir mein Sitznachbar energisch zu. „Sieben hoch zwei?", sagte ich zweifelnd. „Das ist zwar richtig, aber ich habe nicht dich gefragt, Jonas!", sprach Herr Maier. Jonas grinste frech und wollte gerade etwas sagen, da klingelte die Glocke zur grossen Pause. Herr Maier drehte sich um und ging zu seinem Pult.

Ich schlenderte mit meinen Freunden auf den Pausenhof. Die restlichen 5 Stunden vergingen schnell, so dass ich endlich nach Hause kam. Meine Mutter hatte schon Mittagessen gemacht. Pfannkuchen! Hm, das war mein Lieblingsessen. Sofort wusch ich meine Hände und setzte mich an den nach Apfelmus duftenden Tisch. „Na, war die Schule gut?", fragte meine Mutter, während sie ihren Pfannkuchen bearbeitete. „Ja!", schmatzte ich mit vollem Mund. Von dem Kioskbesitzer wollte ich ihr erstmal nichts erzählen.

Nach dem Essen sputete ich in mein Zimmer. Auch bei den Hausaufgaben konnte ich mich einfach nicht konzentrieren. Schlussendlich beschloss ich, mich wieder in die Höhle zu wagen. Ich musste unbedingt wissen, was es mit dem Kioskbesitzer und dem kleinen Drachen auf sich hatte. Aber als ich wieder in der Mitte der steilen Klippen stand, war ich fast enttäuscht.

Nirgendwo konnte ich einen Drachen sehen. Ich guckte mich um und ging sogar ein paar Schritte in die Höhle hinein. Nichts! Also doch zurück zum Kiosk an der Schule?

Mit einem Stock bewaffnet schlich ich unauffällig zum Kioskeingang. Ich schluckte, dann klopfte ich an die rostige Tür. „Herein!", hörte ich eine Stimme von drinnen. Ich drückte die Türklinke runter und ging vorsichtig hinein. Von aussen sah der Kiosk zwar aus wie ein ganz gewöhnlicher Kiosk, aber von innen ähnelte er eher einer riesigen Werkstatt. Bestimmt zehnmal so gross wie auf Grund seines Äusseren anzunehmen wäre. „Hier bin ich!", rief mir da wieder die freundliche Stimme zu. Zögernd stieg ich eine steile Wendeltreppe hinunter, dann erblickte ich den Kioskbesitzer. Mit dem Stock voraus ging ich auf ihn zu. Jetzt bemerkte er mich auch. „Ach, du bist es, dich habe ich schon erwartet. Ja, und das vorhin tut mir leid. Ich hatte gerade meine Verwandlung nicht so richtig im Griff", sagte er und schmunzelte. Ich zog eine Augenbraue hoch. „Verwandlung?", fragte ich. „Oh, du weisst es noch gar nicht? Ich bin ein Drachenwandler. Das heisst, ich bin ein Mensch und kann mich in einen Drachen verwandeln … Und du bist auch einer!" Ich brauchte einen Moment. Dann liess ich den Stock fallen und versuchte zu begreifen, was dieser Mann mir gerade mitgeteilt hatte: „Ich kann mich in einen Drachen verwandeln!?" Er nickte nur, als wäre diese Information das Normalste der Welt. Ich starrte ihn weiter ungläubig an. „Dann zeigen Sie mal, wie Sie sich verwandeln können!", forderte ich ihn zweifelnd auf. „Du kennst mich schon! Ich bin doch der Drache aus der Höhle, Lina", lachte er. Anscheinend machte ihm das Spass. Ich wollte gerade etwas sagen, da setzte der Mann schon an: „So, bevor noch mehr Fragen kommen, will ich dir erstmal etwas erklären." Er machte ein Zeichen, dass ich ihm folgen sollte und führte mich in einen anderen Raum. Wahrscheinlich war das sein Wohnzimmer. „Aeel ist nicht die einzige Insel. Westlich von hier liegt die Dracheninsel. Oder warum denkst du, greifen uns die Drachen an und fliegen dann wieder aufs Meer? Und dann gibt es auch noch die Insel Basas. Dort leben Wesen genau wie wir. Unsere drei Inseln leben oft im Krieg. Und da kommt unsereins ins Spiel: Drachenwandler sind dafür da, Frieden zwischen Drachen und Menschen zu stiften. Sie sorgen für ein Gleichgewicht und brauchen eine spezielle Ausbildung. Was bedeutet, dass ich dich ausbilden werde!", endete er feierlich. Ich hatte zwar nur die Hälfte verstanden, tat aber so, als wäre ich voll im Bilde, und hörte weiter aufmerksam zu. Nach einer Stunde, in der er mich belehrte, wo und wann ich mich genau verwandeln durfte, sollte ich es endlich selbst versuchen. „Ich soll mich jetzt und hier in einen Drachen verwandeln?" Der Kioskbesitzer erklärte mir geduldig: „Du musst dir vorstellen, wie du dich verwandelst. Wie deine Arme zu Flügeln werden, wie deine …" – „Ja, ja, schon gut!", unterbrach ich ihn, auf einmal völlig bei der Sache. Ich konzentrierte mich, und presste meine Augen zusammen. Nichts. Ich versuchte es nochmal. Immer noch kein Drache. Doch ein Blick auf die Wanduhr lenkte mich ab. Mist. Der Kioskbesitzer, der meinem Blick gefolgt war, sagte nun: „Du musst gehen, was?" Ich nickte bedauernd. „Alles klar. Mir fällt gerade auf, dass ich dir noch gar nicht meinen Namen gesagt habe. Also ich bin Lennad, aber nenn mich lieber Lenni, da fühl' ich mich nicht so alt, wie ich bin!", lachte er. Ich verabschiedete mich von Lenni und beeilte mich, nach Hause zu kommen. In meinem Herzen war ich ziemlich froh, dass ich zum Kiosk gegangen war, denn jetzt wusste ich etwas, das ich sehr bald auch gut können würde, etwas ganz Besonderes. Zu Hause versuchte ich mich nochmal zu verwandeln. Natürlich klappte es wieder nicht. Doch beim wohl zwölften Versuch spürte ich schliesslich ein Kribbeln im Bauch. Ich spürte, wie meine Finger verschwanden, meine Arme zu Flügeln wurden und ich einen langen Schwanz bekam. Ich konnte es kaum glauben. Doch meine Freude verging schnell, denn ausgerechnet jetzt klopfte es an die Tür. „Nein, Mama, bitte komm noch nicht rein!", rief ich in der Hoffnung, dass sie draussen bleiben würde. Angestrengt versuchte ich mir vorzustellen, dass ich ein Mensch bin, aber es klappte einfach nicht. Ich bekam Panik. Meine Mutter durfte mich nicht so sehen. Als ich die Klinke hörte, quetschte ich mich rasch in meinen Schrank. Gerade noch rechtzeitig schloss ich die Schranktür. Schon kam meine Mutter herein, guckte sich in meinem Zimmer um und ging dann mit einem verwunderten Gesicht wieder hinaus. Im Schutz des Schrankes spürte ich endlich, wie mein Körper sich wieder verwandelte. Geschafft. Erschöpft warf ich mich auf mein Bett und schlief ein.

Am nächsten Tag war Wochenende, sodass ich hätte ausschlafen können. Hätte können! Leider war ich aber so aufgeregt, wieder zu Lenni zu gehen, dass ich mich schon um 07:00 Uhr aus dem Haus stahl. „Ich hab's geschafft! Ich hab's geschafft!", verkündete ich, als ich endlich die Wendeltreppe des Kiosks runter lief. Lenni schenkte mir einen erstaunten Blick, dann meinte er: „Das ist zwar gut, aber du musst trotzdem noch üben, dass es nicht einfach so passiert, sondern dass du es genau bestimmen kannst! Denk dir am besten ein Zeichen aus, zum Beispiel: In den Drachen verwandeln ist Daumen hoch, und wieder zurück ist Kralle runter. So geht es leichter." Ich versuchte es. Daumen hoch, und tatsächlich: Schon war ich ein Drache! Kralle runter, Kralle runter! Verdammt, es klappte nicht. Es brauchte eine ganze Weile, dann wurde ich wieder zu einem Menschen. Den ganzen Tag übte ich, bis es wie auf Knopfdruck klappte. „Drache!", rief der Kioskbesitzer und ich verwandelte mich sofort in einen Drachen. „Gut, und jetzt wieder in einen Menschen!", befahl er und im nächsten Augenblick war ich wieder ein Mensch. Er lachte mich an und sagte: „Mehr Übung brauchen wir nicht, du kannst es! Ich glaube, du bist fertig mit deiner Ausbildung. Herzlichen Glückwunsch! Du bist jetzt ein Drachenwandler." Ich war stolz auf mich selbst. Lenni unterbrach mein Jubeln: „So, und jetzt kann ich dich auch einweihen …" „Noch mehr Neues?", stöhnte ich. „Ja und nein! Es gibt, wie gesagt, die Insel der Drachenwandler. Dort leben sie alle. Der König von ihnen ist der Duke und dieser bin ich!", verkündete er stolz. „Echt jetzt?", fragte ich erstaunt. Er fuhr fort: „Ja, echt jetzt! Ich werde dich dahin mitnehmen, wenn du willst." Ich nickte euphorisch und Lenni nahm einen glänzenden Stein aus der Schublade und rieb daran. Plötzlich wurde alles ganz verschwommen. Der Kiosk um mich herum verschwand und plötzlich standen Lenni und ich auf einem Berg. Die Landschaft um mich herum war herrlich. Alles war grün und überall waren bunte Blumen. Blühende Bäume standen um mich herum. Ein Drache kam hergeflogen, verwandelte sich und grüsste uns herzlich. Als wir zwischen den Tempeln spazieren gingen, begegneten uns noch andere Drachenwandler. Das war echt das Coolste, das ich je gesehen hatte.

Am nächsten Tag war ich deshalb in der Schule sehr aufgeregt, denn Lenni hatte mir versprochen, dass er mir in der grossen Pause auch so einen Stein schenken würde. Aber als ich dann vor dem Kiosk stand, war die Tür abgeschlossen und die Rollläden waren unten. „Lenni, Lenni! Hallo, bist du da?", rief ich, während ich an die Tür hämmerte. „Hey, Lina, das hat keinen Zweck. Der alte Kioskbesitzer ist nicht da", meinte da eine Stimme hinter mir. Es war eine Klassenkameradin. „Ach ja, wo ist er denn? Weisst du das?", fragte ich. „Mmhhh ja, ich glaube, er ist im Krankenhaus. Herzinfarkt oder so", sagte sie. „Was!?", rief ich entsetzt. Ich musste sofort zu ihm. Am Krankenhaus angekommen, sagte ich keuchend der Krankenschwester am Empfang: „Ich muss jemanden besuchen." „Mhm. Und kannst du mir auch verraten, wie dieser Jemand heisst?", antwortete diese nüchtern. „Also, ich weiss nur den Vornamen: Er heisst Lennad." Die Miene der Krankenschwester verdunkelte sich und sie sagte einfühlsam: „Es tut mir sehr leid, aber ich muss dir mitteilen, dass er gestern verstorben ist." Ich war erschüttert. Ich kannte ihn zwar erst seit ein paar Tagen näher, die Nachricht über seinen Tod schmerzte dennoch tief in mir. Die Krankenschwester sah mich prüfend an. Auf einmal sagte sie aufgeregt: „Aber … warte. Du musst Lina sein! Er hat einen Brief für dich." Sie kramte in ihrem Schreibtisch und reichte mir schliesslich feierlich ein gefaltetes Blatt Papier. Ich las: „Hallo Lina. Wenn du das liest, weile ich nicht mehr unter den Menschen. Ich möchte dich aber beruhigen, denn nur mein menschlicher Körper ist gestorben. Du kannst mich also immer als Drache auf der Dracheninsel besuchen. Ich vererbe dir hiermit meinen Kiosk. Ich finde, du hast es verdient, der nächste Duke zu werden! Herzlich, dein Lenni".

Unter Tränen begann ich nun zu strahlen. Er war also doch nicht gestorben.

Und ich werde der beste Duke aller Zeiten werden!

OSWALD IN DER GROSSSTADT

Luise Dünnewald

Schnaubend, schnaufend, prustend landete ein grosses grünes Ungeheuer auf dem asphaltierten Boden und rang erschöpft nach Atem. Die goldenen Augen huschten unsicher von links nach rechts und in dem schaurigen, von Zähnen gespickten Maul baumelte ein reichlich gefüllter Sack aus Leinen. „Entschuldigen Sie", versuchte sich jemand räuspernd zu Wort zu melden. Das grosse grüne Ungeheuer schaute sich verwirrt um, bis es die Stimme einer Person direkt vor sich ausmachen konnte. Eine Frau mittleren Alters, die ungeduldig ihre Hornbrille zurecht rückte und auf ihrem bereits erhobenen Podest wegen seiner beachtlichen Grösse noch immer zu ihm aufschauen musste. „Ihr Ausweis, Reisepass und die Flugstartbescheinigung bitte." „Oh! Natürlich!", stammelte es mit einem dunklen Brummen. Hastig legte das Ungeheuer den Sack auf dem Boden ab und fischte die gewünschten Dokumente hervor. Kritisch schaute die Frau an ihm auf und ab und las währenddessen von der Flugstartbescheinigung: „Oswald Feuerschreck, ein Drache aus Grünwaldkralle? Sie sind heute Morgen am Flughafen in Gelb-zahnwasser gestartet?" Eifrig nickte das Ungeheuer und nahm mit vorsichtigen Krallen die Papiere zurück. „Ich wünsche Ihnen einen erholsamen Aufenthalt."

„Vielen Dank", lächelte der Drache unbeholfen mit seinen blitzweissen Zähnen und tappte weiter über den Flugplatz, den man speziell für seinesgleichen gebaut hatte. Er stapfte in einen sich von alleine drehenden Eingang, der in das grosse Gebäude führte, das er vom Himmel aus bereits entdeckt hatte. Wie sich herausstellte, musste Oswald sich ziemlich beeilen, damit die seltsame Tür nicht stehenblieb, aber er schaffte es schliesslich auch und fand sich in einer riesigen Halle wieder. Von überall her drang das Gegrummel und Geknurre von Drachen. Planlos starrte Oswald in die vor Schuppen schillernde Menge. Ein Drache nach dem anderen lief ihm vor die Füsse und alle waren sie völlig unterschiedlich. Krallen, Federn, Hörner, Flügel und Grösse – niemand glich dem anderen. „Zur Gepäckkontrolle bitte den Pfeilen folgen", stand in roter Leuchtschrift auf einer schwarzen Tafel an der Wand, die er soeben entdeckt hatte. Da musste er hin. So stürzte er sich ins Getümmel und folgte den blinkenden Folgepfeilen, bis er vor einer Schlange stand, die für die Gepäckkontrolle anzustehen schien. Geduldig wartete er in der Schlange und erinnerte sich an die Worte seiner Grossmutter, die sie ihm eingebläut hatte: Er solle stets höflich und hilfsbereit sein. Er hatte genickt und seine Grossmutter hatte ihm seufzend seinen Leinensack zugeschnürt. „Ich würde ja an deiner Stelle fliegen", sie hatte abrupt gestoppt und derartig husten müssen, dass Oswald einer Wolke dunklen Rauchs hatte ausweichen müssen, „aber du siehst ja, ich habe mich erkältet." Verständnisvoll hatte er in ihre fiebrig glänzenden, grünen Augen geblickt. „Ich schaffe das schon, mach dir keine Sorgen um mich und ruhe dich erst einmal aus." Sie hatte ihm den Sack zwischen die Zähne gedrückt und war müde gähnend in ihre Schlafhöhle geschlurft. So kam es auch, dass er nun vorne an einem Förderband für Koffer stand und sein Sack ein piependes Geräusch bei dem Gerät des blau uniformierten Kontrolleurs verursachte. „Was haben Sie denn alles dabei?" Oswald überlegte einen Moment. „Wasserwurz, Mohnkamille, Zimtschnecken und Gold." Der Kontrolleur schaute ihn ungläubig an, während er ganz unverfroren den Sack öffnete und den Wasserwurz zusammen mit der Mohnkamille herauszog. „Wissen Sie denn nicht, dass jegliche Pflanzen der Drachenwelt hier verboten sind?" Oswald schwieg betreten und seine Ohren glühten vor Scham. „Das Mitführen von Pflanzen und Pflanzenerzeugnissen ist verboten zum Schutz der eigenen heimischen Pflanzen und Tiere." Verständnisvoll nickte der Drache. „Es tut mir leid."

Mit den Worten: „Die Pflanzen müssen hierbleiben", beschlagnahmte der Kontrolleur murrend Oswalds Mittagessen. „Es bleibt diesmal bei einer mündlichen Verwarnung. Sie können passieren, aber achten Sie beim nächsten Mal bitte darauf, was Sie alles mitnehmen." Erleichtert atmete Oswald aus, sodass sein warmer Atem dem Kontrolleur die Haare zerzauste. „Dankeschön."

Als der Drache erschöpft aus dem Flughafen trat, war er glücklich, diesen endlich hinter sich lassen zu können. In dem Land der Menschen war alles immer so klein und eng gebaut, dass er nicht nur einmal einem Drachen auf den Fuss getreten war.

Staunend betrachtete er nun, wo er eigentlich gelandet war. Riesige Gebäude, die sich in den Wolken behangenen Himmel erstreckten, und in ihrer Mitte eine breite graue Strasse, auf der die seltsamen Fahrgefährte der Menschen hin und her surrten. Er konnte sich kaum an den vielen ungewöhnlichen Dingen sattsehen, die so anders waren als in seinem Land, in dem die Natur fast unberührt war und in dessen Wald, in dem er auch wohnte, immer ein süsslicher Duft von Blumen und Honig hing. Hier allerdings roch es eher wie der Rauch, der immer aus der Schnauze seines Vaters aufstieg. Er schüttelte den Kopf, um sich von dem Anblick der gläsernen Paläste zu reissen, und suchte erneut in seinem Sack, der sich deutlich geleert hatte, nach der Einkaufsliste seiner Grossmutter. Wenn er sich beeilte, wäre er vor Anbruch der Dunkelheit wieder zu Hause. Er musterte das Stück Papier.

~ 10x Orangensaft (die Zwei-Liter-Flaschen)
~ 15 Zuckerstangen
~ 3 Tuben Gelenksalbe
~ Vollkornbrot vom Bäcker Hosselross
~ 70kg Sauerkraut vom Bauern Fichtelsand (ist bereits für mich hinterlegt)

Ratlos runzelte er die Stirn. Wie sollte er das alles finden? Er wusste ja nicht mal, wo er genau war. Am besten arbeitete er die Liste einfach Punkt für Punkt ab und fragte die Menschen, die sich, wie er jetzt bemerkte, verärgert zwischen seinen Beinen entlang schlängelten, weil er den halben Bürgersteig versperrte. Beschämt hob er seinen Schwanz hoch und faltete die Flügel auf dem Rücken zusammen, um Platz zu schaffen. Drachenfreundlich konnte man diesen Bürgersteig nicht unbedingt nennen, auch wenn man zumindest versucht hatte, ihn extra breit zu bauen. Oswald war ein Drache von beachtlicher Grösse, fast so gross wie ein Einfamilienhaus. Diese Stadt war geschaffen für kleinere Drachen, aber nicht für ihn. Er lief einige Schritte und der Boden erschütterte unter seinen Füssen, hielt aber stand. Am liebsten hätte er sich einfach in die Luft geschwungen und wäre über die Stadt ein paar Runden gekreist, um sich einen Überblick zu verschaffen, aber fliegen war innerhalb der Stadt verboten. Genauso wie Feuer zu spucken, oder auch nur ein wenig Rauch zu pusten. Man befand sich schliesslich in einer Umweltzone. Typisch Mensch. Erst die Bäume fällen, um alles zu asphaltieren, und sich dann wundern, warum die Luftqualität so schlecht wurde. Verzweifelt versuchte er, wahllos Menschen und auch umherstreifende Drachen anzusprechen und nach dem Weg zu fragen, aber sie alle nuschelten nur halbe Entschuldigungen und gingen eilig weiter. Bis ein kleines Mädchen ihn auf einmal von der Seite ansprach: „Kann ich dir helfen?" Erschrocken zuckte er zusammen und wandte sich dem kleinen Mädchen zu. Zwei Zöpfe hielten ihre Haare hoch und eine zu grosse rote Regenjacke umhüllte sie fast vollständig. „Äääh, gerne", stotterte er immer noch überrascht. „Du weisst nicht zufällig, wo es hier Orangensaft gibt?"

„Klar weiss ich das!" Sie lächelte ihn neugierig an. „Soll ich dir zeigen, wo der Laden ist?" „Das wäre nett, aber du brauchst mich nicht hinzuführen, eine Beschreibung des Weges reicht auch." Oswald versuchte zu lächeln, ohne seine gefährlichen Zähne zu zeigen. „Ach, papperlapapp! Mir ist ohnehin langweilig, ich komme mit!" Ihre Augen glitzerten aufgeregt und Oswald wagte es nicht, ihr zu widersprechen. „Danke", murmelte er stattdessen, erleichtert, jemanden gefunden zu haben, der ihm den Weg zeigte. „Geradeaus!", rief das kleine Mädchen und hüpfte voran, musste aber augenblicklich feststellen, dass Oswald viel schneller war als sie. Also beugte der Drache seinen Kopf nach unten und bot ihr an, an ihm hoch zu klettern. Das kleine Mädchen willigte überglücklich ein und kletterte von seiner Schnauze aus bis auf seinen Kopf, wo sie sich an einem seiner langen gedrehten Hörner festhielt. „Willst du nicht auf meinen Rücken? Dort ist es nicht so hoch". Das kleine Mädchen verneinte. „Ich kann so viel besser sehen", meinte sie. Vorsichtig hob er den Kopf und das kleine Mädchen lachte vergnügt. „Ich bin übrigens Emmi", stellte sie sich vor. „Und mein Name ist Oswald." Er schielte nach oben zu ihr. „Rechts!", schrie Emmi und beinahe hätte er die Abbiegung verpasst. Er wollte schon die Strasse überqueren, aber Emmi kreischte entsetzt: „Stopp!" Perplex hielt er an. „Die Ampel ist rot", erklärte sie. Tatsächlich! Das rot leuchtende Männchen unter ihm war scheinbar ein Stoppsymbol für die Menschen. Die Autos hielten und das Männchen sprang auf Grün um.

„Jetzt können wir rüber." Er leistete ihrem Befehl Folge und übertrug ihr schliesslich das Oberkommando. Und siehe da, nach einigen Minuten hatten sie ihr Ziel erreicht. Betrübt stellte er fest, dass der Eingang zum Laden nicht gross genug für ihn war. „Ich mach das schon", sagte Emmi und patschte ihm auf den Kopf, als Zeichen, sie herunter zu lassen. Die Menschen traten hastig zur Seite, als Oswald behutsam den Kopf senkte und Emmi von seinem Kopf kletterte. „Was brauchst du?" Oswald kramte in dem Leinensack. „Hier, zehnmal Orangensaft, aber die mit zwei Litern." Er überreichte Emmi ein Stück Gold und den Einkaufszettel, der fast so gross war wie sie selbst. „Wird erledigt." Sie steckte sich das Gold in die linke Jackentasche und verschwand im Laden. Es dauerte einige Zeit und Oswald wartete geduldig, bis er Emmi entdeckte, wie sie mühsam einen Einkaufswagen vor sich her schob. „Ich hab alles", rief sie ausser Atem. Während Oswald anfing, den Orangensaft, den seine Grossmutter immer mit ihren Freunden an Kartenspielabenden zu trinken pflegte, achtsam in den Sack zu packen, faltete Emmi die Einkaufsliste auseinander und deutete darauf: „Ich nehme an, du weisst auch nicht, wo sich der Rest findet?" Er schüttelte peinlich berührt den Kopf. „Wieso bist du denn ohne Plan hierhergekommen? Du hättest ja wenigstens ein Handy benutzen können." Oswald kratzte sich verlegen am Hinterkopf. „Nun ja … meine Grossmutter hat sich erkältet und ich sollte an ihrer Stelle einkaufen gehen. Woher hätte ich denn wissen sollen, dass es hier so kompliziert ist, etwas zu finden? Und Handys gibt es bei uns nicht, damit kenne ich mich nicht aus." „Oh Mann." Emmi schlug sich mit der Hand vor die Stirn. Für ein so junges Mädchen war sie erstaunlich schlagfertig und schlau. Und er war Jahrhunderte alt und wusste nicht mal, wie er sich in dieser von Glasbergen gesäumten Stadt zurechtzufinden sollte. „Ich helfe dir lieber dabei, den Rest zu finden, bevor du am Ende die ganze Stadt demolierst." Oswald liess sie wieder auf seinem Kopf platznehmen. „Danke", brachte er erleichtert über die Lippen. „Kein Ding", erwiderte Emmi und deutete mit gestrecktem Arm in eine Richtung. „Nach links!" Belustigt brummelnd setzte er sich wieder in Bewegung.

„Stopp!", rief Emmi, als sie durch die Shoppingmeile stapften. Oswald liess das Mädchen wieder von seinem Kopf klettern und drückte ihr ein weiteres Goldstück in die Hände. „Kauf dir auch was Schönes davon", befahl er ihr nachdrücklich, als Emmi mit glitzernden Augen in dem niedlichen Süssigkeitenladen verschwand, den man an der bunten und blinkenden Fassade schon von weitem sehen konnte. Drachen bezahlten hier meist mit dem Gold ihrer Schätze und die Menschen hatten nur zufrieden grinsend das Gold entgegengenommen. Das funkelnde Edelmetall hatte schon immer eine faszinierende Wirkung auf Drachen gehabt und so hatte auch seine Familie im Laufe der Jahre einen beachtlichen Berg zusammengehäuft. Apropos Gold. Etwas Funkelndes fiel Oswald ins Auge. Auf der anderen Seite des Süssigkeitenladens strahlte es ihm in einem verlockendem Goldgelb entgegen und rief förmlich nach ihm. Wie hypnotisiert näherte er sich den kunstvoll geformten Ketten und Ringen, die im Schaufenster des Ladens lagen. Er merkte gar nicht, dass er fast die Scheibe mit der Nase berührte. Er hatte nur noch Augen für die Kostbarkeiten. Diese waren viel schöner als die Goldstücke, die er zu Hause besass. Die panisch blickende Frau, die sich hinter dem Tresen verschanzte, schien er auch nicht zu bemerken. Er wollte diese schönen Goldketten haben und hätte beinahe schon mit der Kralle danach gegriffen, hätte sich in diesem Moment nicht eine grimmig blickende Emmi vor seine Schnauze gestellt. In ihrem Mund steckte ein Lutscher von bemerkenswerter Grösse, in ihrer Hand hielt sie eine hübsch verzierte Tüte. „Oswald", sagte sie drohend. „Auch der Goldschmied möchte Geld verdienen, also vergiss es, das ist Diebstahl." Bettelnd sah er sie an. „Aber die schönen Ketten und Ringe!" „Nichts da!" Schmollend riss er sich von dem verlockenden Anblick los und stopfte die Tüte in den Sack. „Na schön", gab er letztendlich auf und sie machten sich auf den Weg zur Apotheke.

„Im fünften Stock?!" Ungläubig starrte er an dem Gebäude hoch. „Jetzt sag mir nicht, dass du Höhenangst hast", spottete Emmi. „Ich mag keine engen Räume", gab er nur eingeschnappt zurück. „Die Apotheke ist speziell für Drachen, entsprechend ist auch der Fahrstuhl gross genug. Jetzt komm!", forderte sie Oswald auf. „Wird schon schiefgehen." Gemeinsam betraten sie die geräumige Eingangshalle. „Da ist der Fahrstuhl." Emmi deutete mit dem Finger auf einen grossen, grauen Raum, der sich gerade geöffnet hatte. „Das ist zu eng." Er blieb zögernd stehen. „Jetzt stell dich nicht so an, los, bevor er sich wieder schliesst!" Widerwillig schnaubte er, quetschte sich aber in den auf einmal doch nicht so grossen Aufzug. Emmi kletterte auf seinen Schwanz, da ihr ansonsten kein Platz blieb. Die Türen schlossen und der Fahrstuhl bewegte sich ruckelnd nach oben.

Angespannt hockte Oswald in dem engen Raum und atmete zur Beruhigung tief ein und aus. „Es ist zu eng", beschwerte er sich mit Unbehagen, das ihn von allen Seiten immer stärker bekroch. Mit einem Ping blieb der Fahrstuhl stehen und öffnete sich endlich. In Windeseile hatte Oswald sich wieder aus dem Fahrstuhl gewrungen und wäre beinahe mit seinen Hörnern an der Tür hängen geblieben. Sie holten die Salben, die ihnen ein kleiner Drache mit einem Lächeln bestehend aus vielen spitzen Zähnen an der Kasse aushändigte. „Es arbeiten hier auch Drachen?", fragte Oswald erstaunt. „Jap, aber nicht so grosse wie du. Kleine Drachen haben es hier einfacher", erzählte ihm Emmi. „Wohl wahr", nickte er zustimmend, als er den Fahrstuhl am Ende des Ganges wieder erblickte. Diesmal konnte er sich schon geübter in das metallene Gehäuse zwängen. Als sie jedoch unten ankamen, war ihm schlecht. „Ich fahre nie wieder damit!", stellte er entschlossen klar, nachdem sie auf die Strasse traten. „Memme!", gluckste Emmi über ihm vergnügt und er konnte sich ein kleines Schmunzeln nicht verkneifen. „Die Bäckerei ist gleich um die Ecke, lass uns doch danach eine Pause im Park machen", schlug sie versöhnlich vor. „Das ist eine gute Idee. Suchst du für uns dann auch ein paar leckere Köstlichkeiten aus? Mein Essen wurde bei der Kontrolle am Flughafen beschlagnahmt und das Einzige, was mir geblieben ist, sind Zimtschnecken." Emmi konnte noch immer nicht aufhören zu lachen, als er sie vor der Bäckerei absetzte und ihr das nächste Goldstück überreichte. Sie kam zurück mit drei herrlich duftenden Tüten.

Im Park angekommen liess sich Oswald gähnend nieder, während Emmi die Kuchen, Donuts und Kekse auspackte. „Und du wirst davon satt?" Ungläubig sah sie ihn an. „Es mag zwar nicht viel sein, aber als kleiner Snack für zwischendurch reicht es mir." Er legte die Zimtschnecken daneben, die viel grösser waren als die kleinen Gebäcke der Menschen. Emmi zuckte nur verständnislos mit den Schultern und nahm sich einen pink glasierten Donut. Den Lutscher hatte sie sicher eingepackt und in ihrer Jackentasche verstaut. Ein Happs – und Oswald war fertig mit dem Essen. Er betrachtete stattdessen den wunderschönen Park mit den prächtigen Eichen, die überall standen, und die präzise zu Figuren geformten Buchsbäume. Ein kleiner Fluss sprudelte irgendwo weiter weg und ausnahmsweise hörte man anstatt des lauten Brummens von Automotoren das friedvolle Zwitschern von Vögeln. Hier und da wuchsen Blumen in allen möglichen Farben und er schnupperte verträumt an einer davon.

Dann geschah es: Ein Blütenblatt löste sich und er atmete es auf direktem Wege ein. Es kitzelte in seiner Nase und er konnte nicht anders als zu niesen. Ein Feuerschwall ergoss sich über das Gras und die Flammen brannten alles nieder, was sie berührten. Emmi kreischte erschrocken auf und liess den Keks fallen, in den sie gerade hineingebissen hatte. „Ach du heilige Peperoni, Oswald!"

„Hups", war alles, das ihm dazu einfiel. Verstohlen blickte er sich um, ob jemand bemerkt hatte, wie er die halbe Wiese samt kunstvoll geschnittener Bäumchen abgefackelt hatte. Ein Pärchen, das auf der Promenade lief, schaute verstört zu ihnen hinüber. „Ich glaube, es ist Zeit zu gehen", flüsterte Emmi und tippte ihn auffordernd an. Sie verloren keine Zeit und räumten in Rekordzeit den Platz. Eine Stille breitete sich zwischen ihnen aus, während sie zum Stadtende liefen. Eine Stille, die kurz danach von Emmis Gelächter gefüllt wurde, und Oswald stieg erheitert mit ein. Zusammen lachten sie eine Weile, bis sie auf eine weite Ebene blickten, die von Feldern gesäumt war. „Ab hier darf ich in zwanzig Metern Höhe fliegen. Du gehst auf meinen Rücken, da ist es sicherer". Emmi quickte aufgeregt und platzierte sich anschliessend zwischen seinen Flügeln, wo sie sich an ein einem seiner Rückenstacheln festklammerte. „Gut festhalten", mahnte er und breitete seine Flügel aus. „Auf zum Bauer Fichtelsand!", rief Emmi und Oswald hob zufrieden vom Boden ab. Endlich konnte er wieder fliegen. Der Wind fuhr ihm über die Schuppen und geniesserisch schloss er die Augen. Emmi schaute fasziniert auf die Welt unter sich, die immer kleiner wurde. Sie flogen zu einem Bauernhof nicht fern der Stadt; den Weg dorthin hatte ihnen ein netter Passant verraten. „Sauerkraut, 70 Kilo Sauerkraut", Emmi verzog angewidert das Gesicht und Oswald tat es ihr gleich. „Moin!" Ein bärtiger Mann mit gelben Gummistiefeln näherte sich ihnen schlurfend. „Guten Tag, wir hatten 70 Kilo Sauerkraut vorbestellt auf den Namen Feuerschreck". Emmi trat an seiner Stelle vor, um ihm die Hand zu reichen. Mit seiner Bärentatze drückte er beherzt zu und wandte sich dann an Oswald. „Steht alles schon bereit; das Sauerkraut hab' ich sicher in einem Beutel verstaut." Er lief voraus und die beiden trotteten ihm nach. „So viel Sauerkraut!" Entsetzt starrte Emmi den Beutel an, der grösser war als sie selbst. Oswald drückte dem Bauern das Gold in die Hände und nahm das eingepackte Sauerkraut zwischen seine Zähne. „Vielen Dank und auf Wiedersehen", verabschiedete er sich und Emmi kletterte schon auf seinen Rücken. „Nichts zu danken!" Der Bauer winkte ihnen noch hinterher, als sie sich bereits in die Lüfte erhoben hatten. „Auf nach Hause!", schnaufte Oswald und flog wieder in Richtung Stadt, die untergehende Sonne im Rücken. Er überlegte kurz, dann fragte er: „Emmi, wo wohnst du?" „Wieso?", hakte sie überrascht nach. „Ich bringe dich nach Hause". „Das ist doch nicht nötig", wehrte sie ab. „Du hast mir heute so viel geholfen, jetzt bin ich an der Reihe."

Mit roten Wangen beschrieb sie ihm den Weg. Er landete sanft bei einem blauen Häuschen kurz vor der Stadt. „Danke." Sie rutschte von seinem Flügel. „Aber das wäre wirklich nicht nötig gewesen". Ihre Zöpfe waren vom Wind ganz strubbelig geworden und sie gähnte herzhaft. Mittlerweile war es ganz dunkel geworden und Sterne blitzten am Himmel wie Glitzersteine. „Nun, es ist wohl Zeit für den Abschied. Es war wirklich ein schöner Tag mit dir und … ähm …", druckste sie herum, aber Oswald griff nach seinem geschuppten Panzer und zog ihr eine der schillerndsten Schuppen heraus. „Wenn du mich vermisst, drück die hier ganz fest und ich komme zu dir." Da fing Emmi überglücklich an zu lächeln und er lächelte mit ihr.

DRACHEN-
STARKE
KURZ-
BIOGRAFIEN

Bartetzko, Philip, nach einiger Zeit im Berufsfussball ist er nun schon seit einigen Jahren künstlerisch rund um das Dreiländereck aktiv. Nach seiner Ausbildung bei der niederländischen Konzertpianistin Renée Derks spielte er bei mehreren Veranstaltungen in Deutschland und den Niederlanden, war bei einer studentischen Theaterproduktion beteiligt und begleitete Sänger:innen auf dem Klavier. Darüber hinaus befasst er sich mit dem Thema Klavierimprovisation und komponiert selbst kleinere Solostücke.
2020 erschien mit „Drinnen die Gedanken" sein Lyrikdebüt. Neben gesellschaftlichen Themen, wie unserem Umgang mit der Natur, Liebe und Selbstfindung, beinhaltet sein erster Gedichtband auch ein Kapitel, welches mit originellem Humor überzeugen kann.

Bergmann, Susy, Jahrgang 1967, Pädagogin M.A., Theaterpädagogin, freie Kulturschaffende … schreibt seit ihrer Kindheit Geschichten & Gedichte … heute vor allem Kurzgeschichten, Texte für eigene Lesungen (Spoken word, poetry slam, Kabarettistisches), Theater- und Puppentheaterstücke.

Bertini, Hanna, nach Stationen in Frankfurt (Oder), St. Louis und Aix-en-Provence lebt die Autorin in Niedersachsen und Berlin. Sie veröffentlicht regelmässig Kurzgeschichten in Anthologien, u.a. in der des Strittmatter-Literaturwettbewerbs 2019, sowie in Literaturzeitschriften. Aphorismen aus ihrer Feder wurden 2020 und 2018 in die Wettbewerbsanthologie des Deutschen Aphorismus Archivs aufgenommen.

Böer, Julian, geboren 2004, ist bekannter Fanatiker von Synonymen und Schachtelsätzen. Neben seiner aufreibenden Tätigkeit als Schüler kreiert er dramatische Geschichten und vertieft sich in die Welt der Literatur. Urban-Fantasy steht dabei ganz oben auf dem Speiseplan.

Casas, David, Dr., wurde 1978 in Puertollano (Spanien) geboren, der Stadt, in der er derzeit lebt. Er hat an der Universität von Córdoba Physik studiert und an der Universität von Castilla-La Mancha einen Doktortitel erworben. Einen Teil seines Postgraduiertenstudiums absolvierte er am Max-Born-Institut in Berlin, wo er eineinhalb Jahre lang lebte. Gegenwärtig arbeitet er als Lehrer an Gymnasien und unterrichtet Mathematik sowie Informatik. Er hat vier Bücher bei Amazon veröffentlicht: *La esfera de Boltzmann*, *El hexaedro de gadolinio*, *Infinitas teselaciones* und *La capitana de Kneppendorf*. Im Mai 2018 gewann er für seine Erzählung *La creación de Eva* den zweiten Preis im Literaturwettbewerb #creaCIC 2018 VIII Edición Concursos Culturales Universitarios der Universität von Castilla-La Mancha.

Dünnewald, Luise, besucht ein Gymnasium. Sie liebt das Lesen, Schreiben und Zeichnen. Das Genre „Fantasy" hat sie schon immer fasziniert, ebenso wie das Eintauchen in eine andere Welt mit Magie und verrückten Wesen.

Geiger, Karina, Jahrgang 1990, lebt mit ihrer Lebensgefährtin in Stuttgart. Ihre Faszination an dem geschriebenen Wort führte sie zu dem Studiengang „Mediapublishing" und danach in die Verlagswelt. Karina veröffentlichte im Buch „Creative Crowds – Perspektiven der Fanforschung im Deutschsprachigen Raum" einen Beitrag zum Thema „Wahrnehmung von Belletristik-Fanfictions durch die deutsche Verlagsbranche". Ihre Freude am Schreiben und ihr soziales Engagement vereint Karina in ihrer Arbeit für Amnesty International, für die sie ehrenamtlich in der Öffentlichkeitsarbeit tätig ist.

Hadwiger, Heinz-Helmut, Dr., 1941 in Wien geboren, neben Studium der Rechts- und Staatswissenschaften Ausbildung zum Buchhändler, Promotion zum Dr. jur., seit 1969 Richter; zuletzt am Landesgericht Linz, seit 1996 freischaffender Dichter.

Heinrichs, Katherina, wurde 1983 in Berlin geboren. Als Psychologin und Gesundheitswissenschaftlerin mit Doktortitel versucht sie herauszufinden, wie junge Menschen (oder auch andere Lebewesen) ihre Gesundheit stärken können. Ihre Oma hat ihr viele Jahre lang die schönsten Märchen vorgelesen, von den Brüdern Grimm über Hauff bis hin zu den Märchen aus 1001 Nacht. Und selbst hat sie jahrelang jungen Zuhörern im SOS Kinderdorf in Berlin Geschichten vorgelesen, damit diese merken, wie wundervoll Bücher sind.

Hygelheim, Danny M., ist 1985 im nördlichen Hessen Deutschlands geboren und schreibt seit der frühen Kindheit Geschichten und lyrische Werke. Die Liebe zum Sein und zum Schöpferischen treiben D.M. Hygelheim an; die Liebe zum Wort, zu Geschichten und zum Entfliehen an einen anderen Ort – allgemein die Liebe zur Poesie, Ästhetik und Philosophie. In den letzten Jahren (2018–2020) sind primär philosophische Arbeiten im Rahmen des universitären Studiums der Philosophie und Soziologie entstanden und veröffentlicht worden. Aktuell verfasst Danny M. Hygelheim darüber hinaus wieder vermehrt lyrische Texte, welche sich als sozialkritische Balladen auszeichnen.

Kacperska, Danai, ist 15 Jahre alt und besucht das Lise-Meitner-Gymnasium in Crailsheim, wo sie am LEMAS-Programm, einer Hochbegabten-Förderung, im Bereich Kreatives Schreiben teilnimmt. Die junge Frau, die dreisprachig aufgewachsen ist, hat ein unglaubliches Gespür für Sprache und ein außerordentliches

Talent im Um-die-Ecke-denken. Ihre Geschichten verfügen immer über das typische Augenzwinkern und gehen stets anders aus, als es die Leser und Leserinnen erwartet haben.

Küpper, Stephanie, sagt über ihre Arbeit als Autorin und Grafikdesignerin: „Sprachbilder und Bildsprache stehen für mich stets in symbiotischem Dialog". Die gebürtige Hagenerin findet vor allen Dingen in den Randerscheinungen und „Untiefen" des Alltags eine unverzichtbare Inspirationsquelle für ihre Texte und Bilder. Sie studierte Grafikdesign, verlor ihre Leidenschaft für die Literatur jedoch nie aus den Augen und erfüllte sich 2005 mit einem Fernstudium „Literarisches Schreiben", einen lang gehegten Wunschtraum. Es folgten zahlreiche Veröffentlichungen in Literaturzeitschriften, Hörbuch-, Prosa- und Lyrikanthologien, zuletzt: *Helden* (Antho?-Logisch Literaturpreis 2020, Axel Dielmann Verlag); *Mohnblumen* Bd.2 (SternenBlick e.V. 2020); *Dr Nachthösligeist und sini Gspänli* (Totechöpfli 2020). *Drachenfutter* ist ihre zweite Veröffentlichung in einer Anthologie des Totechöpfli-Verlages, und sie freut sich riesig wieder mit dabei sein zu dürfen. Weitere Informationen zur Autorin: www.artanjo.de

Löw, Zora, schreibt schon, seit sie klein ist, sehr gerne Geschichten und Gedichte. Erste Veröffentlichungen hatte sie bereits in Anthologieprojekten des Papierfresserchenverlags.

Martin, Jonas, geboren im orwellschen Jahr 1984, verbrachte seine Kindheit damit, die Nerven des Schulbibliothekars zu strapazieren und seine Jugend mit der Herausgabe eines Boulevard-Käseblattes. Nach dem Filmstudium in Zürich zog er mit eigenen Kurzgeschichten durch Kulturlokale und Mittelaltermärkte und brachte als Autor zwei Musiktheater erfolgreich auf die Bühne. Heute singt und textet er für die Folk-Rock-Band „Koenix", verdient sein Grundeinkommen als freischaffender Projektleiter und nutzt jede freie Minute zum Schreiben. Er lebt mit Frau und Kindern an einem nebelumwaberten Waldrand im Kanton Bern.

Mescher, Lea, geboren 2009, besucht die Unterstufe eines Gymnasiums. Ihre Hobbies sind Fussball, Manga zeichnen und Schreiben.

Neitz, Laura-Luisa, wurde 1991 in der sagenumwobenen Rattenfängerstadt Hameln geboren, wo sie auch heute noch lebt. Nach ihrer Ausbildung zur Massschneiderin hat sie die Nähmaschine gegen die Tastatur getauscht und arbeitet seitdem freiberuflich in den Bereichen Datenaufbereitung, Bildbearbeitung sowie Texterstellung. Wenn sie neben dem Verfassen von Werbetexten und Blogartikeln Zeit findet, schreibt sie leidenschaftlich gerne an eigenen Geschichten – inspiriert von Kunst und Antiquitäten, witzigen Alltagsbegebenheiten, kleinen Wundern und den schönsten Liebesgeschichten. Neben den großen Gefühlen webt sie auch gerne eine gute Portion Humor und eine Prise Gesellschaftskritik in ihre Stories ein.

Nelier, Elin, wenn sie nicht gerade Katzen streichelt oder sich aktuellen Mobilitätsfragen annimmt, brennt ihre Leidenschaft sowohl für Philosophie und Geschichte als auch phantastische Literatur. Da sich Samtpfoten nur schwer zu philosophischen Diskussionen motivieren lassen und auch von Einhörnern und Drachen mässig angetan sind, schreibt Elin hauptsächlich für das zweibeinige Publikum. Den Austausch mit anderen Schreibwütigen pflegt sie im Verein Schweizer Phantastikautoren. 2020 hat Elin Nelier ausserdem die Autorengemeinschaft Chronistenturm gegründet, um deutschsprachiger High Fantasy mehr Sichtbarkeit zu geben.

Niederbäumer, Kerstin, schreibt seit ihrer Jugendzeit und nimmt gerne an Schreibwettbewerben teil. In ihrem Heimatort besucht sie regelmässig eine Schreibgruppe. Diese Gruppe hat im Selbstverlag bereits drei Textsammlungen und eine CD herausgebracht, zu denen Kerstin Niederbäumer verschiedene Texte beigesteuert hat. Gern trägt sie diese in Lesungen auch selbst vor. Neben dieser Schreibgruppe schärft sie ihre Schreibfertigkeiten in verschiedenen Schreibworkshops.

Polaczuk, Denise, lehnt den Namen Nisibert strikt ab. Folglich ist dieser Versuch hier neben einem dramatischen Malheur während ihrer Schulzeit ihr erster darin, eine Kurzgeschichte zu schreiben. Sie hat dafür fünf Jahre lang einen vermeintlichen Drachen in der benachbarten Grossstadt München erforscht.

Rabe, Thomas, Jahrgang 1984, hat Soziologie und Politikwissenschaft in Kassel studiert, wo er auch heute noch lebt. Nachdem er mehrere Jahre im Marketingbereich tätig war, arbeitet er mittlerweile als Jobcoach in einer Werkakademie. Die Liebe zu Büchern begleitet ihn bereits seit zwei Jahrzehnten und damit verbunden auch die Idee einen eigenen Roman zu veröffentlichen. Diese Idee nimmt seit 2017 weiter Gestalt an, an deren Ende eine phantastische Geschichte stehen wird.

Rens, Martina, Jahrgang 1964, wuchs im Schwarzwald an der Schweizer Grenze auf und lebte viele Jahre in den Niederlanden. Die Autorin und Übersetzerin schreibt seit vielen Jahren Geschichten und betreibt einen Blog (https://undsonstsoblog.wordpress.com), in dem sie ihre manchmal schrägen Beiträge über Alltagsdinge, Beobachtetes und Fabuliertes veröffentlicht. Ihre Ideen entstehen während langer Spaziergänge mit ihrem Hund und in Alltagssituationen.

Rüegg, Ronja, 2005 geboren, will schon seit ihrem zehnten Lebensjahr Autorin werden. 2019 machte sie am Schreibwettbewerb des Zürcher Oberländer mit und belegte den ersten Platz in der Kategorie Jugendliche.

Schönbeck, Gerhard, geboren 1979 in Salzburg, lebt mit seiner Lebensgefährtin und Inspiration in Wien. Von Ausbildungs- und Berufswegen im Steuerrecht verhaftet, hat er in den vergangenen Jahren seine Liebe zum Schreiben wiederentdeckt und zu kultivieren begonnen. Erste Veröffentlichungen bei Traumkubik sowie im Schreib-Lust-Verlag. Näheres unter www.gerhardschoenbeck.com

Schweiger, Sophia, lebt zwischen jeder Menge Büchern in der Nähe von Nürnberg. Schon seit der Grundschule liest und schreibt sie gerne Geschichten. Inspirieren lässt sie sich dabei von alldem, was sie selbst schon immer mal erleben wollte. Zurzeit besucht sie ein Gymnasium, wo sie den Wahlkurs „Kreatives Schreiben" belegt. Zwei ihrer Kurzgeschichten wurden bereits in Anthologien veröffentlicht.

Steigenberger, Gundel, Dr., geboren 1979, lebt – nach Stationen in Dresden, Köln und Helsinki – zurzeit mit ihrer Familie in Südschweden. Sie studierte Naturwissenschaften und promovierte in analytischer Chemie. Danach absolvierte sie ein Studium im belletristischen Schreiben bei der Textmanufaktur. Sie arbeitet als Lektorin, hat mehrere Kurzgeschichten veröffentlicht, ihr erster Roman erscheint im Herbst 2021. Weitere Informationen und Leseproben gibt es auf www.eine-nuance-phantastisch.de

Tapasco, Barbara, geboren 1990, lebt mit ihrem Mann in einer winzigen Wohnung im Kanton St. Gallen. Unter der Woche ist sie Primarlehrerin, die Wochenenden verbringt sie in realen Wäldern oder erfundenen Welten, sei es zwischen Buchdeckeln, auf Theaterbühnen, in bequemen roten Sesseln oder ausgerüstet mit Stift und Tastatur. Barbara Tapasco ist Mitglied im Verein Schweizer Phantastikautoren und arbeitet momentan an ihrem zweiten Fantasyroman.

Ullrich, Sofie, 16 Jahre alt. Sie hat 2021 ihren Realschulabschluss gemacht und liebt das Schreiben. Dabei kann sie ihrer Fantasie freien Lauf lassen und neue Welten erfinden. Neben anderen Hobbies (schwimmen, singen, surfen, angeln, usw.) ist es für sie zu einer grossen Leidenschaft geworden. Beim Schreiben kann sie komplett abschalten und alles auf Papier bringen, was ihr so einfällt.

Wagner, Katharina, Jahrgang 1996, studiert Wissenschaft-Medien-Kommunikation in Karlsruhe und arbeitet nebenher als Technische Systemplanerin. Sie beschäftigt sich mit dem Schreiben seit 2018 und arbeitet derzeit an ihrem ersten Roman.

Weiler, Silke Katharina, 1975 in Saarbrücken geboren, war schon als Kind nie ohne Buch anzutreffen. Nach einem erfolgreich absolvierten Kunststudium begab sie sich in den Schoss eines eher unkreativen Angestelltenverhältnisses. Zum Glück bietet ihre Leidenschaft für Bücher den notwendigen Ausgleich. Ihren grössten Traum, leere Blätter selbst mit Leben zu füllen, hat sie sich 2018 mit ihrem Fantasy-Debüt erfüllt. Seitdem schreibt sie, wo sie nur kann, und wenn sie nur einen Fetzen Papier und einen Bleistiftstummel zur Verfügung hat. Mehr auf www.silke-k-weiler.de

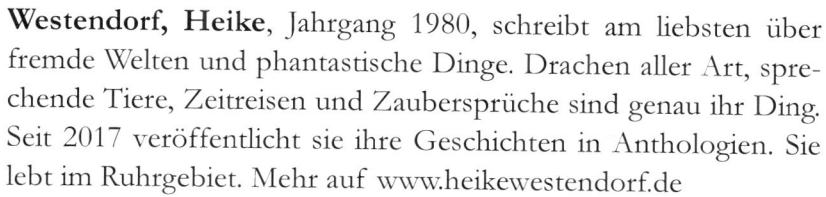

Westendorf, Heike, Jahrgang 1980, schreibt am liebsten über fremde Welten und phantastische Dinge. Drachen aller Art, sprechende Tiere, Zeitreisen und Zaubersprüche sind genau ihr Ding. Seit 2017 veröffentlicht sie ihre Geschichten in Anthologien. Sie lebt im Ruhrgebiet. Mehr auf www.heikewestendorf.de

Worofka, Cornel, wurde 1995 geboren und lebt in Leipzig. Bereits in seiner Kindheit wurde seine Faszination für Drachen mit zahlreichen Geschichten geweckt. Mit *Der Lektor* debütiert er als Autor in seiner liebsten Schreibumgebung – der Welt der Drachen.

Wust, Maximilian, geboren 1983, ist studierter Kommunikationsdesigner, Leidenschaftsleser und nebenberuflich Redakteur für Jugend und Medien. Seine Ideen entspringen, nach eigenen Angaben, seinen Erlebnissen in der S-Bahn, mit der er jeden Tag fährt.

ENDE

DRACHE CHÖPFLI

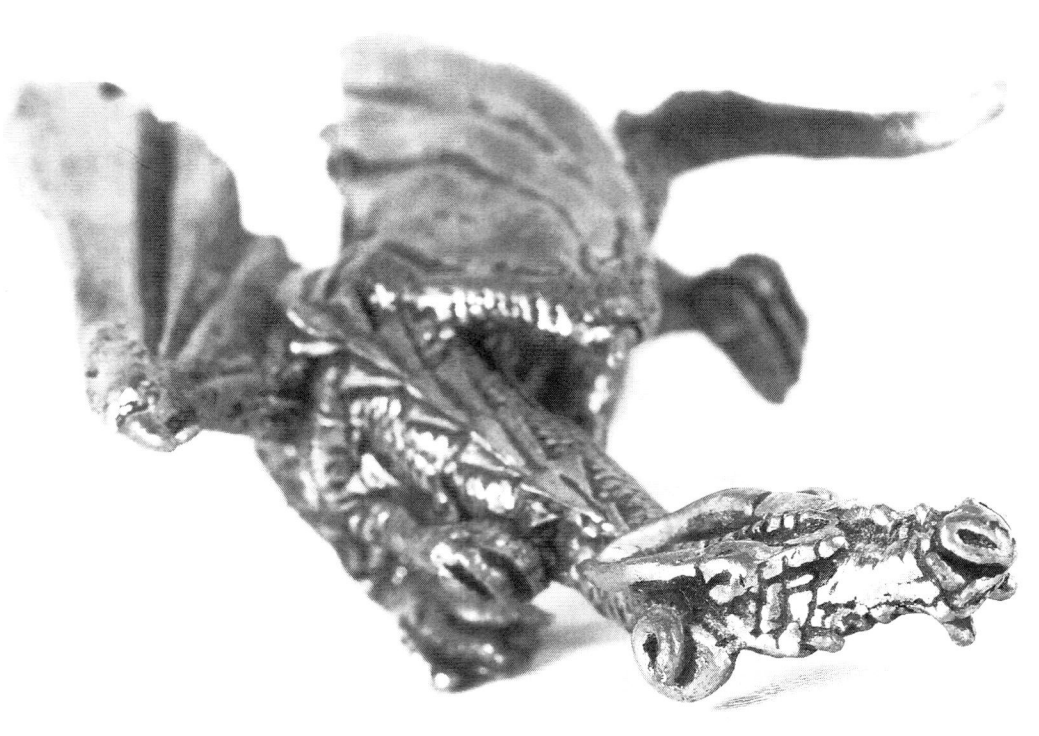